तख़्ते ताऊस

गुरु तेगबहादुर की बलिदानगाथा

तख़्ते ताऊस

गुरु तेगबहादुर की बलिदानगाथा

शत्रुघ्न प्रसाद

वाणी प्रकाशन

वाणी प्रकाशन

4695, 21-ए, दरियागंज, नयी दिल्ली 110 002

फ़ोन : +91 11 23273167 फ़ैक्स : +91 11 23275710

शाखाएँ

अशोक राजपथ, पटना 800 004, बिहार

कॉफ़ी हाउस कैम्पस, महात्मा गांधी मार्ग, इलाहाबाद 211 001, उत्तर प्रदेश

महात्मा गांधी अन्तरराष्ट्रीय हिन्दी विश्वविद्यालय, वर्धा 442 001, महाराष्ट्र

सुल्तानिया रोड, मोतिया पार्क, भोपाल 462 001, मध्य प्रदेश

www.vaniprakashan.com
marketing@vaniprakashan.in
sales@vaniprakashan.in

TAKHTE TAOOS
by Shatrughn Prasad

ISBN : 978-93-89563-93-1
Novel

पेपरबैक प्रथम संस्करण 2020

मूल्य : ₹ 299

सिटी प्रेस, दिल्ली-110 095 में मुद्रित

वाणी प्रकाशन का लोगो मक़बूल फ़िदा हुसेन की कूची से

एक

आकाश में अँधेरे के बीच उजाला झलकने लगा, और कुछ क्षणों के बाद लाली पसरने लगी। हरियाणा के नारनौल के सदानन्दी गाँव के घर-घर से 'सतनाम' के स्वर आने लगे। ऐसा लगा कि पंछियों के कलरव के साथ 'सतनाम' के स्वर गूँजने लगे। चैत के दूसरे सप्ताह की शीतल मन्द समीर के साथ ऊपर पंछी और नीचे सतनामी मानो एक-दूसरे का स्वागत कर रहे हैं। सभी ने सतनाम के मधुर स्वर के साथ आँखें मूँद कर हाथ जोड़ दिये। पति सन्तराम की नींद टूट गयी। उसने भी सतनाम के उच्चारण के साथ नमन किया। दोनों ने एक-दूसरे के लिए मंगलभावना प्रकट की। दोनों के होंठों पर मन्द मुस्कान आयी।

सन्तराम ने दरवाज़े को खोला। देखा कि जौ-गेहूँ के बोरे रखे हुए हैं। बाहर का द्वार बन्द है। वह बोल उठा—'रामी! सतनाम की किरपा और अपनी मेहनत से अन्न के बोरे द्वार पर आ गये हैं।'

'जी, हाँ! गुरु जी की आग्या है—मेहनत से अन्न उपजाओ और सतनाम के सहारे मुस्कराते जिओ।' रामी ने कहा— 'गुरु जी ने तो भूमि, खेती और व्यापार की सीमा बाँध दी है। धन का संग्रह नहीं करना है। शुद्ध जीवन बिताना है। आपसी सहयोग से रहते हुए दीन-दुखी की मदद करनी है।' सन्तराम ने बताया।

'यह भी समझाया है—न डरना और न किसी को डराना।' रामी ने एक बड़ी बात स्पष्ट कर दी।

'मुग़ल हुकूमत के हाकिम तो डर पैदा करके राज करते हैं। पर हम सतनामी डर कर जीना नहीं चाहते।' सन्तराम ने अपनी बात रख दी।

'इसीलिए तो डर इधर आने से झिझकता है।' रामी ने मुस्कारते हुए कहा।

उसने भरा हुआ लोटा लाकर अपने पति को दे दिया। 'उधर जंगल से होकर आ रहा हूँ। आप देवियों के लिए पिछवाड़े संडास है। पहले तो भंगी की ज़रूरत नहीं पड़ती थी। भंगी तो इस ज़माने की देन हैं।'

'ऐसा लग तो रहा है।'

'हरम की सफ़ाई के लिए युद्ध में हारे हुए लोगों को ही सफ़ाई के काम में ज़बर्दस्ती लगा दिया गया। इनका वर्ण भंग हो गया। ये ही भंगी हैं।' सन्तराम ने बता दिया।

'राजाओं के राजभवन के लिए भी सफ़ाईकर्मी मिल गये। और वे अछूत हो गये। ...ओह!' रामी के स्वर में पीड़ा थी। 'आज शहरों में आदमी आदमी का मैला ढो रहा है। यह तो कठोर दण्ड है। ...क्यों? ...यह परमात्मा का अपमान है, रामी!' रामी का सर हिला। फिर आँखें बन्द हो गयीं।

सन्तराम लोटा और डण्डा लेकर घर से बाहर निकल गया। गाँव से बाहर होते और खेतों की ओर बढ़ने पर उसने देखा कि एक साधु कटे हुए खेत में से गेहूँ-जौ की बालियाँ चुन रहा है। उधर पंछी भी खेतों में उतर आये हैं। पड़ोस के गाँव का कोई बूढ़ा भी दो मुट्ठी अन्न पाने के लिए आ गया है। ...उसके पगों की आहट से पंछी उड़ जाते हैं। थोड़ी दूर चले जाते हैं। बूढ़ा पंछियों को नहीं भगाता।

साधु और बूढ़ा खेतों में जहाँ-तहाँ गिरी हुई बालियों को चुनते हुए निकट आ गये। दोनों ने एक-दूसरे को देखा। बूढ़े ने हाथ जोड़ दिये। साधु ने आशीष देते हुए पूछा, 'तुम तो गृहस्थ लग रहे हो। तुम क्यों चुन रहे हो? क्या घर में कोई नहीं है?'

'जी हाँ, साधुजी! घर में हम बूढ़ा-बूढ़ी हैं। ...एक बेटा था। वह पिछले बरस शीतलहरी में खाट पर गिर पड़ा। गाँव के वैद्य जी ने दवा की। पर बच नहीं सका। हम रो-धोकर रह गये। हम मज़दूर हैं। अब मेहनत नहीं हो पाती। हाथ पसारना अच्छा नहीं लगता।' बूढ़े ने करुण स्वर में अपनी स्थिति बता दी।

'पर गाँव को तो ध्यान रखना चाहिए। गाँव में कोई असमर्थ भूखा न रहे। गाँव का मतलब क्या है? कटे हुए खेतों से अन्न चुन लेना हम साधुओं का काम है।'

'मैं साधु नहीं हूँ। पर क्या करूँ? भिखारी नहीं बनना है!'

'बूढ़े बाबा! कभी-कभी भीख भी नहीं मिलती है। युद्ध और अकाल के समय कौन पूछता है? तुलसीदास भी लिख गये हैं। उनकी भाषा रामायण का पाठ होने लगा है।'

'शायद बादशाह अकबर के ज़माने में सन्त तुलसीदास हुए थे!'

'ठीक कह रहे हो। ...अभी तो औरंगज़ेब पादशाह ग़ाज़ी का शासन है। शाहों-शहंशाहों के युग में युद्ध के डंके बजते रहते हैं। गाँव और खेत उजड़ जाते हैं। ...जब-तब सूखा या बाढ़ से अकाल आता रहता है। प्रजा हाय-हाय करती रहती है।'

'मेरे घर में सदा के लिए दुष्काल आ गया। ...सूखा-उजाड़!'

बूढ़े बाबा! साधु-संन्यासी को तो दस द्वार जाना चाहिए या इन कटे हुए खेतों में आ जाना चाहिए। ...जंगल से फल-मूल पा लेना चाहिए। वह दिनभर पेट की चिन्ता नहीं करता। यदि करता है तो वह साधु-फ़क़ीर क्यों बना?'

'आप कबीरपन्थी हैं या रामानन्दी या वल्लभी?'

'मैं तो रामानन्दी हूँ। कबीरदास और रैदास आचार्य रामानन्द जी के शिष्य थे! मैं दोनों का आदर करता हूँ।'

'जी! मेरे गाँव में तुलसीदास की रामायण का पाठ हो रहा है। कोई-कोई कबीरदास के पदों का गायन करता है। कभी-कभी दोनों सन्तों के 'राम' को लेकर वाद-विवाद होता है।'

'आपस में वार्ता हो। पर विवाद न हो। ...यह तो बताओ, बूढ़े बाबा! इतने से दो का भोजन हो सकेगा?'

'एक बार भोजन हो जायेगा। ...भगवान जो चाहे!'

'राज्य में कोई भूखा न रहे—इसे तो ग्राम पंचायत और फिर ऊपर के हाकिम को देखना है। पर कौन देखता है, बूढ़े बाबा!

'सतनामी गाँव में कोई भूखा नहीं रहता। सब एक-दूसरे का ध्यान रखते हैं। यह मैंने देखा है।'

'जी! मैंने भी देखा है।' बूढ़े बाबा ने कहा।

दोनों आसपास के खेतों में जौ-गेहूँ की बाली चुनते रहे। गाँव के लोग जंगल-दिशा से लौटते रहे।

सन्तराम किशनराम के साथ लौट रहा था। दोनों एक कुएँ पर आ गये। हाथ-पैर और लोटे को धोकर साफ़ करने लगे। किशनराम ने कहा—'मेरे गेहूँ की दौनी बाक़ी है। मौसम ठीक चल रहा है। सूरज की किरणों में धीरे-धीरे ताप बढ़ रहा है।'

'हाँ, किशन! शीत भाग चुका है। पर अभी सुबह में थोड़ी ठण्डक तो है।'

'यही तो चैत का सुभाव है। ...मैं चलता हूँ। दौनी बाक़ी है।'

'जाओ, किशन! मेरी अन्न-राशि तो कल घर में आ गयी।'

किशनराम के पग तेज़ी से बढ़ रहे थे। शीघ्र खलिहान में पहुँचना है। खेत-खलिहान से अन्न राशि का घर में आ जाना त्यौहार ही है। वसन्त तो अपने आप में त्यौहार है। इसे फाग कहो या होली कहो।

पूरब में सूरज मुस्करा रहा है। सन्तराम सतनाम सुमिरन करते हुए गाँव की ओर जाने लगा। उसने कोशिश की कि कोई नन्हा जीव पैरों तले न आ जाये। अचानक चींटियों की पंक्ति दीख पड़ी। पगडण्डी पार करके जा रही थीं। सन्तराम ने सावधानी से पैर आगे रखकर चींटियों की पंक्ति को पार कर लिया।

उधर किशनराम अपनी पत्नी वसन्ती के साथ खेत में पहुँचकर दौनी का प्रबन्ध करने लगा।

वसन्ती ने ऊपर-नीचे देखकर कहा—'खेत में उपज होने पर कितनों को अन्न-कण मिल जाते हैं! धरती माँ सबका पेट भरने की कोशिश करती है।'

'हाँ, वसन्ती! देखो, सन्तराम के कटे हुए खेत में एक साधु और एक बूढ़ा बाबा—दोनों गिरे हुए गेहूँ को चुन रहे हैं।'

'उधर पंछी भी नीचे उतर अन्न चुग रहे हैं। सबके लिए आकाश, धरती, पेड़-पौधे सब चाहिए।'

'वसन्ती! सभी जीवों को जीवन के लिए सूरज से धूप, पवन से प्राण, नदी-पोखर-वर्षा से जल और धरती की हरियाली चाहिए। ...आकाश और धरती के बीच में ही सबका जीवन पलता है।'

'जैसे हमारा जीवन है, उसी तरह पशु-पंछी और पेड़-पौधों का भी।'

'हाँ, वसन्ती! इसीलिए हम किसी को नहीं मारते। परन्तु तुर्क़-मुग़ल ऐसा नहीं मानते। वे तो बाहर से हुकूमत करने आये हैं।'

अचानक वसन्ती के मुख से 'उँह' स्वर आया। किशन समझ गया कि गेहूँ के रूखे-सूखे डाठ का टुकड़ा गड़ गया है। उसने उसे निकाला। ख़ून की बूँद झलक उठी। उसने एक घास को उखाड़ कर हरी पत्तियों से रस निकाला और वसन्ती की उँगली पर लगा दिया। ख़ून का रिसना बन्द हो गया। ...दोनों मुस्करा उठे।

साधु और बूढ़ा बाबा–दोनों अपनी-अपनी गमछी में बटोरी हुई बालियों को सँभाल कर लौटने लगे। उधर कुछ खेतों में शेष गेहूँ कटने लगे। कहीं-कहीं वसन्त गीत का स्वर उभर आया। मालूम पड़ा कि इन खेतों में जीवन मुस्करा रहा है।

ऊपर बगुलों का एक दल पंक्ति में उड़ता जा रहा था। इस पंक्तिबद्ध उड़ान से पंखों का संगीत फैल रहा था। अनुशासित उड़ान का तालबद्ध संगीत अच्छा लगा। ...ये बगुले भी भोजन की खोज में किसी पोखर या नदी किनारे जा रहे थे। किशन दो क्षण देखता रहा। सोचा कि यहाँ से वहाँ तक फैला हुआ आकाश इनकी उड़ान के लिए है। बिना किसी रोकटोक के उड़ान भरते जाओ।

लगा कि किसी ने बगुलों पर निशाना साधा है। शायद एक या दो बगुले नीचे गिर पड़े है। शिकदार की हवेली के कारिन्दे ने शिकार किया होगा। हुकूमत के शिकदार का कारिन्दा है। उन्हें शिकार का शौक़ है। वह उन्हें रोक नहीं सकता। उसने उधर देखना ही बन्द कर दिया। वह मनोयोग से कटनी में लग गया। पर आँखों में बगुला-घायल बगुला झलक जाता था, ...ये भी तो शिकारी हैं। बगुले मछली का शिकार करते हैं। ...वह मुस्करा उठा।

दो

प्रातःकाल सदानन्दी गाँव के चतुर्दिक पेड़-पौधों के ऊपर कुछ क्षण ठहरकर सूरज ने देखा कि सामने के मैदान में सतनामी तरुण दण्ड और शूल के प्रयोग का अभ्यास कर रहे हैं। ठेहुने तक मोटी धोती को कसे हुए, ऊपर कुरता पहने हुए और सर पर मुरेठा बाँधे सतनामी तरुण मैदान के चारों कोनों पर अभ्यास में लीन हैं। एक कोने पर दण्ड, दूसरे पर शूल, तीसरे पर खड्ग और चौथे पर क्षुरिका के अभ्यास को देखकर आकाश के देवता को भी मानो अच्छा लग रहा है। तरुणों के मुखड़ों पर तेज को देखकर उड़ान भरते पंछी कलरव करने लगे!

सप्ताह में चार दिन दो घण्टों का यह अभ्यास गाँव को आन्दोलित तथा उल्लसित कर देता है। आसपास के गाँव देखकर मुस्कराते हैं। शिकदार की हवेली को यह अभ्यास चुभता है! इस अभ्यास के बाद ये सतनामी खेत या हाट में पहुँच जाते हैं। प्रौढ़ तो पहले ही खेतों में चले जाते हैं। ...साधुसरन सोचता है कि सतनामी निष्ठा, प्रेम, श्रम और सहयोग के आधार पर जीता है। परमात्मा में निष्ठा एवं प्रेम, आजीविका के लिए श्रम और गाँव के जीवन के लिए सहयोग भाव के साथ यह पन्थ आगे बढ़ रहा है। ...यह शस्त्राभ्यास आत्मरक्षा और ग्राम की सुरक्षा के लिए बहुत ज़रूरी है। इसे कोई रोक नहीं सकता। स्वाभिमान और सम्मान के साथ जीने के लिए अहिंसा के नाम पर अस्त्र-शस्त्रों को फेंक नहीं देना है। ...शील के साथ शक्ति आवश्यक है। ...हर बरस मुग़ल फ़ौज सल्तनत के फैलाव या किसी क्षेत्र के विद्रोह को दबाने के लिए चल पड़ती है। दहशत पैदा करती हुई फ़ौज आगे बढ़ती जाती है। इसीलिए तो पंजाब में गुरुनानक देव के शिष्य–सिक्ख शस्त्रधारण कर चुके हैं। बुन्देलखण्ड में छत्रसाल ने स्वाधीनता के लिए संघर्ष शुरू कर दिया है। महाराष्ट्र में शिवाजी विजय पर विजय पाते बढ़ रहे हैं। ...पर मथुरा में गोकुल की हार हो गयी तो भी उधर के जाट किसान शस्त्राभ्यास तथा संगठन से पीछे नहीं हट रहे हैं।

सतनामियों को सतनाम के सुमिरन के साथ अपने ऊपर पूरा भरोसा है। मन में विश्वास और साहस हो तो हाथों में हथियार भी हो।

साधुसरन का ध्यान एक क्षण के लिए अपने भीतर गया। साहस है न! आत्मविश्वास के साथ साहस!!...दूसरे साथी का दण्ड उसकी बाँह पर आ गया। चोट लगी। साधुसरन के हाथ का दण्ड नीचे गिर गया। वह अपनी बाँह को सहलाने लगा। पास में हटकर बैठ गया। ...गुरुसरन पास में आ गया। तुरन्त तेल में पकी हुई औषधि आ गयी। गुरूरन ने साधुसरन की बाँह में औषधि लगायी। मालिश की। धीरे-धीरे पीड़ा कम हुई।

शस्त्राभ्यास चलता रहा। सूरज का रथ बढ़ता रहा। सूरज कभी रुकता नहीं। सदानन्दी गाँव के सतनामी भी सक्रिय हैं। धरती की हरियाली, प्रकृति के चाँद-सूरज-पवन और सतनामी श्रम के साथ एक-दूसरे से मिलकर रहते हैं। लाहौर और देहली की चमक-दमक से यह गाँव दूर भी है। पर उनके क़ायदे-क़ानून और रोब-दाब को जानते हैं। क़ायदे-कानून का पालन करते हैं, पर ये डरते नहीं।

घण्टे-भर के बाद गाँव की हाट खुल गयी। साफ़-सुथरी दुकाने ढंग से सजी हुई थीं। अपने नारनौल क्षेत्र के खेतों, उद्यानों तथा वनों से ये पण्य सामग्री एकत्र कर लेते हैं। छोटे नगरों से क्रय कर लेते हैं। कुछ समान देहली से भी आ जाता है। पर ये लाहौर और देहली के विदेशी सौदागरों से बचते हैं। कभी-कभी देहली या दिल्ली-राजधानी अपनी नहीं लगती। कहीं खँडहर हैं और कहीं नयी इमारतें। ये सोचने लगते हैं।

फ़क़ीरचन्द, गुरुसरन और साधुसरन अपनी-अपनी पण्यशाला में आ गये। पण्यशाला-दुकानें खुल गयीं। हाट लग गया। ग्राहक आने लगे! अब तो हाट-बाज़ार शब्द चलने लगा है। पिछले चार सौ वर्षों के तुर्क़-मुग़ल सम्पर्क के कारण सल्तनत, दारुल सल्तनत, मुल्क़, सूबा, शहर, बादशाह-शहंशाह, दरबार, अदालत, फ़ौज, क़िला, जंग आदि विदेशी शब्दों के प्रयोग खुलकर होने लगे हैं। गाँव की अपनी बोली में भी विदेशी शब्द आ गये हैं। हाट-बाज़ार, नगर-शहर, गाँव-देहात, वैद्य-हक़ीम, हमारी भाषा में ये शब्द आ गये हैं। हाट-बाज़ार, नगर-शहर, गाँव-देहात, वैद्य-हक़ीम, व्यापार-कारोबार, यात्रा-सफ़र ऐसे बहुत शब्द चलने लगे हैं। ...तुलसीदास ने भी दीनबन्धु के साथ 'ग़रीबनवाज' का प्रयोग कर दिया है।

आसपास के गाँवों के ग्रामीण हाट करने आते हैं। आने लगे हैं। पास के गाँव—नारायना से दो लोग आ रहे हैं! नारायना गाँव में शैव और वैष्णव हैं। सदानन्दी से दूर रहना चाहते हैं, क्योंकि हम सतनामी हैं। पर दूर नहीं रह पाते हैं।

नारायना से आते पूरनचन्द ने कहा—'शामलाल! दूर से ही मालूम हो जाता है कि सामने का गाँव सतनामियों का है। गाँव के मध्य में सफ़ेद झण्डा लहराता रहता है। सन्ध्या में झण्डा उतर जाता है। उनका भजन-कीर्तन शुरू हो जाता है।'

'हाँ, पूरनचन्द! पिछले पचास वर्षों से सतनामी पन्थ की शक्ति बढ़ती रही है। ये मिल-जुलकर रहते हैं।' शामलाल ने उत्तर दिया।

'यही इनकी शक्ति का रहस्य है। ...एक और बात है।'

'वह क्या है?' शामलाल ने पूछा।

'ये व्यापार में बहुत साफ़-सुथरे हैं। बड़े निष्ठावान हैं। दिल्ली-लाहौर में विदेशी सौदागर नयी-नयी वस्तुओं से ख़ूब लाभ उठाते हैं।' पूरनचन्द ने बताया।

'इन विदेशी सौदागरों ने विदेशी शासक की मदद से अपना व्यापार चमकाया है। ख़ूब ऐंठते हैं।' शामलाल ने कहा।

'हम सही मूल्य नहीं जानते। वे मनमाना वसूल करते हैं। हम उनसे लड़ नहीं सकते। हुकूमत तो उन्हीं की है।' पूरनचन्द के स्वर में पीड़ा थी।

'इधर सतनामियों के गुरु जीवनदास ने ऐसा संस्कार दिया है कि हम सदानन्दी हाट में निश्चिन्त रहते हैं।' शामलाल ने अपना विचार प्रकट किया।

'अपने पुरोहित जी कह रहे थे कि सतनामी रैदास पन्थ से जुड़े हुए हैं। ये जाति-पाँति को नहीं मानते। ...ये स्वयं छोटी जाति के हैं।' पूरनचन्द ने बताया।

दोनों सतनामी हाट में पहुँच गये। चहल-पहल हो गयी थी। शामलाल पूरनचन्द के साथ साधुसरन की दुकान पर पहुँच गये। साधुसरन ने विनम्र स्वर में स्वागत किया।

उन्होंने कुछ जड़ी-बूटियों की माँग की।

साधुसरन ने उन जड़ी-बूटियों को उनके सामने ला दिया।

शामलाल ने पूछ लिया—'सब ठीक है न?

'आप सतनामी हाट में आये हैं। पूरे विश्वास के साथ आये हैं। ...सब ठीक है।' साधुसरन ने उत्तर दिया।

पूरनचन्द ने कहा– 'हम विश्वास के साथ नारायना से आये हैं। ...वहाँ तो एक पड़ोसी ने कहा था कि जड़ी-बूटियाँ नहीं मिल सकेंगी।'

'यहाँ बड़ी दुकानें तो नहीं है। पर जड़ी-बूटियाँ तो मिलेंगी ही। इनके बिना रोगों से जूझना कैसे हो सकेगा?' साधुसरन ने उत्तर दे दिया।

'सतनामी तो रैदासी ही हैं। जाति-पाँति को नहीं मानते। पर आप लोगों पर विश्वास है।' शामलाल ने कहा।

'आप अपने जाति-पाँति के बटखरे से हमें मत तौलें। उधर गुरुनानक देव ने उस बटखरे को बेकार मान लिया है। हमारे गुरुदेव ने उस बटखरे को हटा दिया है। ...आप हमसे से दूर रह सकते हैं। हमें चिन्ता नहीं है।' साधुसरन ने साहस के साथ जवाब दे दिया।

'आप तो साधुसरन हैं। आप रुष्ट हो गये।' शामलाल बोल उठा।

'मुझे मालूम है कि आप सनातनी हैं। हम हैं सतनामी। हम इसी धरती के हैं सब। हम इसी जलवायु के हैं। हम एक ही वृक्ष की शाखाएँ हैं। हम हिन्दू हैं। सर्वोपरि हम मानव हैं।' साधुसरन ने हाथ जोड़कर निवेदन किया।

दोनों जड़ी-बूटियों का मोल चुकाकर आगे कपड़े की दुकान पर आ गये। फ़क़ीरचन्द ने स्वागत किया। दोनों कपड़े देखने लगे।

उन्होंने समझ लिया था कि आसपास पाँच-छह वस्त्र विक्रेता हैं। शामलाल ने हथकरघों से बने पचीसों प्रकार के कपड़ों पर दृष्टि दौड़ायी। पूरनचन्द से संकेत पाकर फ़क़ीरचन्द उनकी रुचि और आवश्यकता के अनुसार वस्त्र दिखाने लगा। पूरनचन्द के भाई का विवाह निश्चित हुआ था। अतः विवाह के योग्य कपड़े देखने लगा। शामलाल फ़क़ीरचन्द से पूछ बैठा– 'सुना है कि बंगाल के कपड़े अधिक महीन और सुन्दर होते हैं।'

'आप सही कह रहे हैं। अगले माह में वे कपड़े आ जायेंगे। ...अन्य क्षेत्रों के सुन्दर से सुन्दर कपड़ों को देखें। जयपुर-उदयपुर के वस्त्र तो अपनी रंगीनी के लिए प्रसिद्ध हैं।' फ़क़ीरचन्द ने बताया।

पूरनचन्द वस्त्रों के रंग-बिरंगे रूप को देखकर प्रसन्न हो रहा था। उसने शामलाल की राय से कुछ कपड़े ले लिये। शामलाल ने कहा– 'इन कपड़ों का मोल जोड़ें। कुछ कम तो करेंगे ही।'

'सतनामी हाट में शुद्ध सामान और उचित मोल ...इससे अधिक नहीं कहना है।; फ़क़ीरचन्द ने हाथ जोड़ दिये।

'हमें फिर आना है।' पूरन ने कहा।

'अवश्य आयें। तब तक बंगाल ताँत के कपड़े भी आ जायेंगे', फ़क़ीरचन्द ने कहा।

दोनों क्रीत वस्त्रों को लेकर चले पड़े। दोनों ने गठरियों को सँभाल लिया।

पूरनचन्द सतनामी गाँव की हाट से बाहर निकल रहा था। वह सोचने लगा—सतनामी पन्थ को छोटा क्यों माना जाये? इन्होंने जाति-पाँति को ठुकरा दिया है। ये कबीरदास और रैदास से प्रेरणा पाते हैं। अपने पन्थ के अनुसार उपासना करते हैं। ...इससे ये छोटे हो गये! ये भी तो हिन्दू हैं। फिर छोटे क्यों? सनातनी समाज व्यवस्था-मर्यादा के नाम पर अपने ही समाज में बड़े-छोटे का भेदभाव क्यों ला देती है? इससे समाज को क्या लाभ है?

वह बोल उठा—'भाई शामलाल! पंजाब, हरियाणा, जयपुर, काशी के सभी निर्गुणवादी सन्तों ने जातियों के भेद को अमान्य कर दिया है। सभी निर्गुण राम की ब्रह्म रूप में भक्ति करते हैं। छोटी जातियों में नया विश्वास जगा है। ये न बड़ी जातियों के दबाव को सहते हैं और न मुग़लों-तुरुकों से डरते हैं। समता चेतना और रामभक्ति ने इन्हें नयी शक्ति दे दी है।'

'पूरनचन्द! तुम तो अपने गाँव में रहकर भारतवर्ष का चित्र रख रहे हो! बहुत अच्छा!' शामलाल ने अनुमोदन किया।

'इसी नयी शक्ति के कारण भारत में चारों ओर मुग़लों के विरुद्ध विद्रोह हो रहे हैं।' पूरनचन्द ने बताया।

'वाह-वाह! बिल्कुल सही!! गाँव में भी चारों दिशाओं से साधु-सन्त आ जाते हैं। इससे देश की स्थितियों का ज्ञान हो जाता है।'

'हाँ, भाई शामलाल! साधु-सन्तों, कथावाचकों और सैनिकों से जानकारी मिल ही जाती है। ...मथुरा, बुन्देलखण्ड और महाराष्ट्र में क्या हो रहा है—देर-सबेर वहाँ की जानकारियाँ आ ही जाती हैं।'

'दिल्ली में शहंशाह औरंगज़ेब ज़िन्दापीर कहलाकर भी चैन से नहीं सो पाते।' शामलाल ने मन्द स्वर में कहा।

'हाँ, भाई! केवल कोयल की कूक और बिहारी लाल की कविता ही सुनाई नहीं पड़ती। राजधानियों के कोलाहल भी पवन देवता के कन्धे पर बैठकर गाँवों में आ जाते हैं।'

'यह तो कविता है, पूरन भाई!'

'यथार्थ की कविता है।'

तीन

सतनामी पन्थ के गुरु जीवनदास नारनौल के आसपास के गाँवों के भ्रमण के बाद लौट रहे थे। सन्ध्या में लौटने का समाचार मिल गया था। सदानन्दी गाँव के अधिकांश पुरुष और स्त्रियाँ अगवानी के लिए गाँव की सीमा पर आ गये। हाथों में

'सतनाम' अंकित श्वेत ध्वज लहरा रहे थे। सभी पुरुष श्वेत वस्त्र में थे। पुरुषों के शीश केशमुक्त थे। तभी तो वे मुँडिया कहलाते थे। ...आकाश में सूरज पश्चिम में पहुँच गया। पूर्व-उत्तर की दिशा से गुरु जीवनदास आते दिखाई पड़े। जयध्वनि गूँज उठी। ऊपर आकाश में किरणों का रंग पीताभ हो रहा था। पंछियों का समूह अपने घोंसले की ओर उड़ान भर रहा था। ...पश्चिमोत्तर में मुग़ल सल्तनत के शिकदार की हवेली ज़र्द-स्याह आसमान के नीचे झलक रही थी। हवेली पर शाही परचम फहरा रहा था। इधर धरती पर सतनामी पन्थ का ध्वज।

सन्तराम ने सोचा कि शिकदार सब्ज़ परचम के साये में पन्थ के इस ध्वज को देख रहा होगा। उसे अजीब लगा होगा। पर वह तो हमेशा देखता रहा है। आज कोई नयी बात तो नहीं है। यह ध्वज पिछले चालीस-पचास बरस से इस क्षेत्र में लहरा रहा है। यह जीवन की सादगी और सतनाम की सच्चाई का सन्देशवाहक है। जयघोष ऊँचा हो गया। उसका ध्यान टूट गया। उसका कण्ठ स्वर सबके साथ मिल गया।

गुरु जीवनदास ने अपने शिष्यों को अपने सामने देखा। उन्होंने सबके सादर अभिवादन को हाथ जोड़कर स्वीकार किया। 'सतनाम' का समवेत स्वर आकाश में गूँज उठा। और सभी गाँव की ओर चल पड़े। लगा कि बढ़ता हुआ अँधेरा रास्ता रोक लेगा! पर अँधेरा सहम गया था। गाँव के रास्ते पर हलका प्रकाश झलक रहा था। खेत की मेंड़ और ऊँचे बाँध से होकर सभी बढ़ रहे थे। आकाश कलरव से भर उठा था। गुरु जीवनदास श्वेत वस्त्रों और मुरेठे में आगे-आगे चल रहे थे। पीछे-पीछे सभी शिष्यों के पग उठ रहे थे। चारों ओर अँधेरे-उजाले की आँखमिचौनी चल रही थी। गुरु जीवनदास ने ऊपर पंछियों की उड़ान देखी। कलरव को सुना। वे मन में बुदबुदाये– 'हम भी अपने घोंसले की ओर जा रहे हैं। ...वे भी भ्रमण से लौट रहे हैं। ...पर एक अन्तर है। ये पंछी दिन भर अपने भोजन की चिन्ता में उड़ान भरते रहते हैं। पहले अपना पेट भरना है; फिर घोंसलों में प्रतीक्षारत बच्चों को दाना चुगाना है। अपने में से उनका भी पेट भरना है। बच्चों की चिन्ता तो है। ...हम मनुष्य हैं। हम केवल अपने भोजन की ही चिन्ता नहीं करते। हम कुछ और चिन्तन करते हैं। इनके परे भी हम सोचते हैं। ...चिन्तन, वार्ता, लेखन और प्रयोग की ओर बढ़ते हैं। ...यह बहुत बड़ा अन्तर है।

सभी गाँव में पहुँच गये। गुरु जी ने सबको अपने-अपने घर जाने का संकेत किया। सबने शीश झुकाकर नमन किया। सभी अपने-अपने घर चले गये।

गुरु जी अपनी कुटिया में आ गये। विश्राम करने लगे। हाथ-पैर धोकर थोड़ा-सा दूध ग्रहण किया, और वे ध्यानस्थ होने लगे। ...पर उनका मन मेवात के पास के गाँव में पहुँच गया। वहाँ एक सतनामी युवक कीरतराम आँखों में झलकने लगा। वह पास के गाँव की एक नवयुवती से मिलता है। दोनों के हृदय निकट आ रहे हैं। ...शायद यह वयस की मादकता है! सुन्दर नवयुवती का आकर्षण है या अन्तर का

रागभाव है!! ...यह यौवन का कामभाव है या प्रेम का खिंचाव है? ...उन्होंने कीरत को पास में बुलाकर पूछताछ की थी। उसने शीश झुकाकर अपने प्रेमभाव को स्वीकार किया। ...उन्होंने दूसरी बात कह दी थी–'यह तो यौवन का आकर्षण हो सकता है।'

उसने उत्तर दिया था–'आकर्षण राग-अनुराग में बदल चुका है।

'पर वह तो मुस्लिम नवयुवती है।'

'जी! वह एक नये मुसलमान की लड़की है। ये डेढ़-दो सौ बरस पहले बलात् नये मज़हब में लाये गये हैं। पराजय के बाद भयानक दबाव में इन्हें नया मज़हब अपनाना पड़ा था। इन्हें याद है। ये अपने को भूल नहीं पाते हैं।'

'यह भी देख-समझ लिया, कीरत?'

'इनके भीतर के द्वन्द्व औद दर्द को थोड़ा महसूस... ।'

'जब तक मुग़ल हुकूमत है तब तक ये अपने समाज में लौटने का साहस नहीं कर सकेंगे।'

'यह सच है, गुरुदेव!'

'तब तुम कैसे उनके निकट पहुँच गये?'

'मैं दूर-दूर रहकर हृदय के निकट... ।'

'तब तो तुम्हारे लिए आगे संकट ही संकट है।'

'त्राण के लिए आपका आशीर्वाद चाहिए गुरुदेव!'

'सोचूँगा, कीरत!'

गुरु जीवनदास ने मन को एकाग्र किया। वे ध्यानमग्न होने लगे। ...समय बीत रहा था।

ध्यान टूटा। मन स्वस्थ लगा। ...मन ने निःशब्द कहा–वह सत्य है। वह निराकार है। उपनिषद् के ऋषि ं ने माना है। निराकार की साकार उद्भावना सहज है। पर सत्य निराकार ही है। ...सारी सृष्टि उस निराकार का साकार रूप है। ...हम सभी उसी की सगुण साकार रचना हैं। ...आज देश में भक्ति की दोनों धाराएँ साथ-साथ चल रही हैं। निर्गुणपन्थी सन्त-भक्त घूम-घूमकर भक्ति का सन्देश दे रहे हैं। सगुणपन्थी भक्त मन्दिरों में उसकी लीलाओं का गान कर रहे हैं। पर मन्दिर सभी के लिए नहीं खुलते। निर्गुण सन्त की कुटिया सबके लिए खुली है। वे ज्ञान-ध्यान-सबद कीर्तन के साथ जनजीवन के दुखदर्द में भी साथ हो जाते हैं। गुरुनानक पन्थ के सन्त...गुरु 'एक ओंकार निराकार' हरि का सुमिरन करते हैं। गुरु तेगबहादुर जी इनके नौवें गुरु हैं। जानकारी मिली थी कि वे पूर्वी प्रदेशों से भ्रमण कर पंजाब लौट आये हैं। ...मुझसे भेंट नहीं हो सकी।

मैं सतनामी पन्थ में दूसरा हूँ। इस पन्थ का फैलाव हो रहा है। पर समाज का उच्च वर्ग इस पन्थ से दूर रहा है। उसका अहं सबसे बड़ा हो जाता है। मुग़लों की पराधीनता में रहकर भी अपने समाज में अपने को बड़ा मानकर प्रसन्न रहता है।

एक-दो लोग इस पन्थ को समझना चाहते हैं। पर अपनी अहम्मन्यता के कारण समझ नहीं पाते। पर समझना चाहिए। निकट आना चाहिए। भक्ति-उपासना और जीवन चिन्तन से कैसे दूर रहेंगे?...सारे हिन्दू राम की भक्ति के साथ एक-दूसरे से जुड़ जायें। भले ही वह भक्ति निर्गुण की हो या सगुण की। ...सभी वर्ण-जातिगत भेदभाव को भूल जायें।...परन्तु सभी को जाति-पाँति के भेदभाव की चर्चा में मन लगता है। इस चर्चा में इन्हें षट्रस से अधिक रस मिलता है। अचरज है! ...यह सोचते-सोचते वे सो गये। रात का सन्नाटा गहरा गया।

प्रातः पक्षी स्वर की गूँज के साथ सतनामी गाँव की नींद टूटी। गुरु जीवनदास 'सतनाम' सुमिरन करते हुए उठ गये। नित्यकर्म से निवृत्त हो वे योगासन में बैठे। अन्तःस्मरण के साथ वे ध्यानस्थ हो गये। ...आधे घण्टे के बाद सारे ग्रामवासी गुरु जी की कुटिया के सामने मैदान में आये। शीतल मधुर बयार बह रही थी। पूर्व दिशा सूर्य के स्वागत में मुस्करा रही थी। उसका मुखड़ा अति सुन्दर लग रहा था। मालूम पड़ा कि कोई देवकन्या अभिनन्दन कर रही है। सूर्य उस देवकन्या उषा के साथ आगे बढ़ने लगे। उषा सूर्य के हृदय में समाहित हो गयी। अब सूर्य का तेज बढ़ने लगा। इधर जगे हुए गाँव की गति भी बढ़ने लगी। मैदान में एकत्र ग्रामवासी सूर्यदर्शन के बाद गुरु के दर्शन के लिए उत्सुक हो गये।

गुरु जी कुटिया से निकलकर ऊँचे आसन पर विराजमान हुए। सबको लगा कि इस सदानन्दी गाँव के आकाश में भुवन-भास्कर हैं और नीचे धरती पर तेजस्वी जीवनदास। अरुण किरण और शीतल वायु—दोनों ने अपने-अपने ढंग से सतनामी पन्थ के गुरु का अभिनन्दन किया। मैदान के कुछ पेड़ों के पत्ते दीप्त हो रहे थे। ...मैदान में एक ओर सभी पुरुष बैठे थे। दूसरी ओर स्त्रियाँ बैठी हुई थीं। वातावरण शान्त और प्रसन्न दीख पड़ा। सबकी आँखों में श्रद्धा उमड़ रही थी। सबके कान गुरुदेव से प्रभात चिन्तन सुनने के लिए सचेत हो गये। पंछियों का कलरव शान्त हो गया। कभी-कभी दूर से कोयल की कूक सुनाई पड़ जाती थी।

गुरु जी मन्द-मधुर स्वर में बोलने लगे—'मेरे सामने सदानन्दी गाँव का सतनामी समाज उपस्थित है। यहाँ एक ओर पुरुष हैं तो दूसरी ओर स्त्रियाँ निर्भीक भाव से बैठी हुई हैं। यह इस ज़माने में अचरज है। आज तो स्त्रियों को परदे के भीतर परदे में रहना पड़ता है। ये घर-गाँव के बाहर सुरक्षा के साथ निकल पाती हैं। समूह में पुरुषों की देख-रेख में निकलना पड़ता है। ...ये देवी हैं। गृहस्वामिनी हैं। माँ हैं। घर की धुरी हैं। ये दासी नहीं हैं। विलास की सहचरी नहीं हैं। अप्सरा नहीं हैं। सम्पूर्ण मानवी हैं। तभी तो परिवार और समाज की गाड़ी चल पाती है। चक्का कमज़ोर न हो। कोई इसे कमज़ोर न करे। कोई बुरी नज़र से न देखे।

यह सच है कि सब में चेतना है। वह सतनाम परम चेतना है। हिंसा अपराध है। पाप है। परन्तु हम आत्मरक्षा के लिए सशस्त्र हैं। हम निर्भीक हैं। ...उस सतनाम

की उपासना-ध्यान हमारे जीवन का लक्ष्य है। वह सतनाम सत्य है। चैतन्य है। वह चराचर में व्याप्त है। अतः हम सभी समान हैं। एकात्म हैं। एक हैं। अतः विचार और व्यवहार में कोई अन्तर नहीं हो। ...अपने बृहद् हिन्दू समाज में अन्तर दिखाई पड़ता है। हम इस अन्तर को मिटा रहे हैं। मानव-मानव के बीच के भेदभाव को दूर करना चाह रहे हैं। हमारे पन्थ में यह भेदभाव नहीं है। जन्म से भेदभाव नहीं है। नहीं होना चाहिए। ...शेष समाज विचार करके भी व्यवहार नहीं कर पाता। वह बृहद् समाज 'आत्मवत् सर्वभूतेषु' की बात करता है, पर अपने में ही भेदभावपूर्ण व्यवहार करता है। ...उधर विदेशी शासक की दृष्टि में हम दूसरे-तीसरे दर्जे की प्रजा हैं। तुर्क़-मुग़ल शासक विदेशी मुसलमानों को ही पहले दर्जे का मानता है। ...आज की यही स्थिति है और यह देश हमारा है। यह एक गम्भीर समस्या है। ...हम दो पाटों के बीच में हैं। पर हम दो पाटों के बीच में रहकर कुचले नहीं जा सकते। निर्भय सर और पैर उन्हें दूर रखते हैं।

चार

मेवात के पास का गाँव शिवपुर दिख रहा है। बाग़-बगीचे से घिरा हुआ है। गाँव के बाहर नाला है। नाले के पार सड़क है। सड़क के बाद दूसरा बड़ा गाँव है। वह नौ मुस्लिमों का गाँव मुबारकपुर है।

शिवपुर सतनामी गाँव है। गाँव के उत्तरी छोर पर कीरतराम का घर है। कीरत प्रभात में घर के पिछवाड़े एक पेड़ की छाया में बैठकर सतनाम का जाप कर रहा है। वह चाहता है कि उसका मन शान्त हो जाये। गुरुदेव ने उसे समझाया है। काम और प्रेम पर चर्चा हुई है। उसने कुछ छिपाया नहीं है। सतनामी झूठ नहीं बोल सकता। ...उसका मन बार-बार सड़क के पार पहुँच जाता है। सड़क से सटे बगीचे का दृश्य झलक उठता है। अतः उसने अपने मन को बाँधने की कोशिश की। एकाग्र करने का प्रयत्न किया। ...गुरु जी की झलक मिल जाती है। ...फिर वह चाहता है कि आँखों में सत् की जोत झलक उठे। बन्द आँखों में वह सत् की जोत देखना चाहता है। ...परन्तु ऐसा नहीं हो पाता। ...कोयल की कूक गूँज उठी, और फिर बुलबुल भी चहक उठी। पंछी के मधुर स्वर कानों को अच्छे लगे। ...वह स्वर को सुनने लगा! ...कभी कोयल की कूक...कभी बुलबुल का मीठा स्वर...उसे लगा कि जुही का स्वर ही कभी कोयल की कूक और कभी बुलबुल की चहक में बदल जाता है।

उसे याद आ गयी कि एक माह पहले उसने जुही को देखा था। वह अपने बड़े बगीचे में आयी थी। वह गुनगुना रही थी। ...वह घूमते-फिरते ऊँटों के क़ाफ़िले को देखने के लिए सड़क के पास पहुँच गया था। क़ाफ़िला दिल्ली की ओर चला गया। ...किसी का गुनगुनाना सुनाई पड़ा। वह सुनने लगा था। अचानक उसने उसे देखा।

वह शरमा गयी थी। वह अपनी सहेली के साथ तुरन्त लौट गयी। वह देखता रह गया। ...कुछ क्षणों के बाद वह लौट आया था।

दूसरे दिन वह घर से निकलकर सड़क के पास पहुँच गया। पार कर बगीचे की ओर चला गया। वह आ गयी थी। वह बगीचे में ज़मीन पर गिरे हुए टिकोरे चुन रही थी। उसके साथ वही सहेली थी। उसने उसे गुलाब कहकर पुकारा था। दोनों टिकोरे इकट्ठा कर रही थीं। ...कुछ क्षणों के बाद गुलाब ने उसे गीत गुनगुनाने के लिए इशारा किया। गुलाब ने उसे जुही कहा था। ...वह उसका नाम जान गया। वह मन-ही-मन मुस्कराया। उसने मन में 'जुही' शब्द का उच्चारण किया। उल्लसित हुआ।

जुही ने देख लिया कि वह आ गया है। उसने सर घुमाकर गुनगुनाना शुरू कर दिया। कीरत का मन झूमने लगा। वह सड़क पर आते-जाते घुड़सवारों को देखकर भी देख नहीं पा रहा था। एक घुड़सवार उसके पास आ गया। वह हट नहीं सका। घुड़सवार ने चाबुक चला दिया। वह दर्द के मारे आह कर उठा। घुड़सवार ने दुबारा चाबुक चलाना चाहा। कीरत ने चाबुक पकड़ लेना चाहा। मुग़ल सवार आँखों से आग बरसाता आगे बढ़ गया। ...कीरत अपनी पीठ सहला रहा था। साथ ही वह घुड़सवार पर आँखों से आग भी बरसा रहा था।

जुही और गुलाब ने आह का स्वर सुना और दोनों ने देखा कि वह सतनामी चाबुक को पकड़ लेना चाह रहा है। ...बेख़ौफ़ है। ...उसके गीत को सुनने के लिए आ गया है। गुलाब ने कहा—'जुही! वह तुझे देखने के लिए चाबुक की मार सह गया! वह ख़ौफ़ से भागा नहीं! बेख़ौफ़ जाँनिसार है।'

जुही लबों में मुस्कराकर रह गयी। ...फिर उसने कहा—'वह तुझे देखने और मेरे गीत को सुनने के लिए आया है।'

'नहीं, जुही! वह तुझे ही देखने के लिए आया है। वह अपनी दिलनशीं के दीदार के लिए आया है!'

'बात मत बना! टिकोरे इकट्ठे हो गये हैं। अब वापस चलो!'

'उसे भी कुछ टिकोरे दे दो।'

'जाओ, तुम्हीं दे आओ!'

'मैं क्यों इस झंझट में...!'

'तो मुझे क्यों इस जाल में...!'

दोनों मुस्कराती हुई चली गयीं।

कीरत कुछ क्षण उधर देखता रहा। ...और वह भी लौट गया। तीसरे दिन भी वह आ गया। जुही गुलाब के साथ आ गयी थी। उसी समय जुही का भाई आ धमका। उसने जुही को सड़क की ओर झाँकते देखा। सड़क पर शिवपुर का सतनामी नौजवान दिखाई पड़ा। जुही घबरा गयी। गुलाब आम के टिकोरे की बात करने लगी। लेकिन भाई अकरम को शक़ हो गया। वह अपनी आँखों से गुस्सा

उड़ेलते चला गया। जुही सर नीचा किये खड़ी रही। गुलाब ने जल्द लौटने के लिए इशारा किया। ...दोनों लौट गयीं।

कीरत ने समझ लिया। वह भी अपने गाँव की ओर मुड़ गया। ...उसे याद आ गया कि गुरुदेव ने पास में बैठाकर समझाया था– 'उस गाँव के लोग मुसलमान हैं। पर ये हिन्दी मुसलमान हैं। ये विदेशी नहीं हैं।'

कीरत को अचरज हुआ।

वे बता रहे थे कि इन पर धर्मपरिवर्तन के लिए दबाव पड़ा। जीने के लिए इन्हें नये मज़हब को अपनाना पड़ा। परन्तु ये चाहकर भी हमारे निकट नहीं आ पाते। ...तुम अपने को इस मोह से बचाओ। तुम्हें विफल होना पड़ेगा। विफल मनोरथ प्राणी बड़ा दुखी होता है। इसलिए मन को शान्त करो। ...याद रखो, मन के हारे हार है और मन के जीते जीत।

गुरुदेव तो शिवपुर से चले गये! पर उसका मन उधर से लौट नहीं सका। वह क्या करे? मन को शान्त करने के लिए जप कर रहा है, आँखें तो बन्द हैं। पर मन तो उधर ही भागता रहता है। ...उस दिन वह मुग़ल घुड़सवार से उलझना चाह रहा था। कुछ भी हो सकता था। अब जुही का भाई गुस्से में दिखाई पड़ रहा है। ...हो सकता है कि जुही को बाग़ में आने से मना कर दिया जाय। ...या उसे अपने भाई के गुस्से का शिकार बनना पड़े!! ...सम्भव है इस सतनामी को इधर आने से धमका दिया जाय!!! ...क्या वह डर जायेगा? ...जूही और गुलाब क्या समझेंगी?

कीरत ने आँखों को खोला। उसे लगा कि सड़क के पार वह बाग़ झलकने लगा है। गीत का मन्द स्वर आ रहा है। इधर से पंछी उड़कर उधर जा रहे हैं। इस पेड़ पर बैठा हुआ पंछी उधर ही तो गया है! ...वह तो इधर ही बैठा है। पर पंछी तो इशारा कर रहा है! उसी क्षण पिछवाड़े कागा बोल उठा। कीरत ने दो क्षण सोचा। उसके क़दम सड़क की ओर बढ़ गये। ...ऊँटों का क़ाफ़िला दिल्ली की ओर जा रहा था। वह उस काफ़िले को देखता रहा और फिर सड़क के पार पहुँच गया।

अपने बाग़ में जुही मौजूद थी। साथ में गुलाब भी थी। दोनों ने उसे देखा! दोनों होंठों में ही मुस्करायीं! इस बार गुलाब गुनगुनाने लगी। पर वह तो जुही को देख रहा था। मानो कह रहा हो कि तुम्हीं गाओ ना! तुम्हारे गीत को सुनने के लिए राह के रोड़ों को पारकर आ गया हूँ। ऊँट-रेगिस्तान के मददगार बाग़ की हरियाली और कोयल की कूक को मना नहीं करेंगे। ...उसने जुही को गाने के लिए आँखों से अनुरोध करने की हिम्मत की। फिर उसकी आँखें झुक गयीं।

गुलाब समझ गयी। उसने जुही को गाने के लिए कहा। जुही गाने लगी। कीरत मगन होने लगा। जुही समझ गयी। उसने अपने अन्दर कुछ एहसास किया। अचानक किसी के क़दमों की आहट आयी। गुलाब ने जुही को लौटने के लिए इशारा किया। जुही समझकर गुलाब के साथ मुड़कर जाने लगी। उधर कीरत भी लौट चला। पर

पैरों में तेज़ी नहीं थी। अकरम आ गया था। उसने सड़क को पार करते कीरत को देखा। उसने चाहा कि उसे पकड़ ले। पर वह सड़क पार कर चुका था। उसने गुस्से में एक ढेला फेंका! ढेला आम के पेड़ पर गिरा। दो टिकोरे गिर पड़े। पास के पंछी उड़ गये। पेड़ से दो पत्ते गिरते हुए उसके पास आ गये। उसने टिकोरों को उठा लिया और कीरत अपने गाँव के पास के नाले को पार कर गया। अकरम का गुस्सा बेकार गया। लेकिन उसने सोचा कि उसने उस सतनामी को धमका दिया है। अब वह इधर नहीं आयेगा।

अकरम टिकोरों को लेकर चला गया। वह कुछ सोचता हुआ जा रहा था। क़दमों में तेज़ी थी। वह अपने हवेलीनुमा मकान में पहुँच गया। वह टिकोरों को एक तरफ़ रखकर बहन जुही को देखता हुआ अपने अब्बाहुज़ूर के पास आ गया। ख़ुदाबख़्श अपने कमरे में बैठकर दीवार की ओर देख रहे थे। एक बड़ी तस्वीर के दोनों तरफ़ दो तलवारें सजी हुई थीं। उनके पूर्वज वीरभद्र सिंह की तस्वीर थी। ऊँची पगड़ी और नुकीली मूँछों के बीच उनका मुखड़ा दमक रहा था। हाथ में भाला था।

अकरम ने नज़दीक आकर आहिस्ते से कहा–'अब्बा! एक ज़रूरी बात कहने आया हूँ।'

ख़ुदाबख़्श तस्वीर को देखने में खो गये थे।

अकरम बोल उठा–'आप जूही को बाग़ में जाने से मना कर दें।

'क्या बात है?' ख़ुदाबख़्श ने पूछा।

'जुही गुलाब के साथ बाग़ में जाकर गीत गाती है। हँसी-ठट्ठा करती है। ... उधर बाग़ के बाहर शिवपुर का एक नौजवान आ जाता है। ...चाह रहा हूँ कि उसे मारकर भगा दूँ। ...वैसे मैंने धमका दिया है।'

'सतनामी है?'

'सतनामी ही होगा। ...ये तो छोटी जाति के हैं।'

'हम क्या बड़े रह गये हैं?'

'ऐसा क्यों बोल रहे हैं?'

'इस तस्वीर को देखो। पहचानो। अपने पूर्वज वीरभद्र सिंह की है। इनकी तलवार की कौंध से तुर्क़ भाग जाते थे।' 'ऐसा...!'

'ये अपने राजा के सेनापति थे। हमारा ख़ानदान वीर सैनिकों का रहा है। राजा की हार के बाद भी हम पचीसों बरस तक तुरुक से छापामार युद्ध करते रहे हैं। ...अगर सभी राजे-महाराजे-सामन्त-सैनिक तुरुक बादशाह को घेर लेते तो इन विदेशियों का नामोनिशान नहीं रह पाता। लेकिन ऐसा नहीं हो सका। हमारा ख़ानदान और हमारे गोत्र के सैनिक आख़िरी दम तक लड़ते रहे। हम कमज़ोर होते चले गये। विदेशी तरुकों ने पास के जंगल में हमें घेरकर मार डाला था। बचे हुए लोगों ने मज़बूरी में उनके मज़हब को अपना लिया।'

'सैकड़ों साल हो गये। अब उसे याद करने का क्या फ़ायदा!'

'अपने पुरखों-बुज़ुर्गों को भूला नहीं जाता। उनका ख़ून इन रगों में बहता रहता है। वे नहीं थे तो हम नहीं होते। ...हम यादवभट्ठी हैं। ...मुल्ला साहब भी पुरखों को भूल जाने को कहते हैं। इस तस्वीर को उनकी नज़रों से छिपाना पड़ा है।'

'ऐसा...!'

'हम घर के अन्दर हिन्दू हैं। यादवभट्ठी हैं। ...हम घर के बाहर मुसलमान हैं। मुल्ला-मौलवियों और तुर्क़-मुग़ल हुकूमत का दबाव है। ... हम क्या करें?'

'जब-तब मैं भी कुछ महसूस करता हूँ।'

'बेटे! हम न नानकपन्थी संगत में जा पाते हैं और न सतनामी सत्संग में। पण्डित-पुरोहित हमारे घर नहीं आ पाते। ...अभी कुछ माह पहले गुरु तेगबहादुर इधर से होते हुए पंजाब की ओर गये थे। हम दूर से देखते रह गये। ...इस लाचारी-बेबसी को तुम नहीं समझ सकोगे! ...सोचो, मैं घर के भीतर तुम्हें कभी-कभी इन्दर सिंह कहता हूँ। तुम्हें कैसा लगता है?'

'अजीब लगता है! कुछ याद करने के बाद अच्छा लगने लगता है। ...मगर पण्डित-पुरोहित तो दूर रहते हैं। देखकर मुँह फेर लेते हैं।'

'पुत्तर! यह हालत बड़ा दर्द पैदा करती है। हम न पूरे रूप में इधर हैं और न उधर। मन अपने पूर्वजों को...अपने ख़ून को भूलना नहीं चाहता। ...क्या यही ज़िन्दगी है?'

अकरम अपने गुस्से को भूल गया। वह उस तस्वीर को देखने लगा। ...तो वह इन्दर सिंह है! अकरम हुसैन नहीं है! ...हिन्दू तो दबे-दबे रहते हैं। इधर सिर्फ़ नानकपन्थी और सतनामपन्थी डरते नहीं हैं। लेकिन उनकी हुकूमत तो नहीं है। ...टूटे हुए मन्दिरों को देखकर वे सर झुकाकर आँखों से दो बूँद टपका देते हैं। ...ये हिन्दू राम जी-हनुमान जी की याद करने लगते हैं लेकिन कुछ हो नहीं पाता। ...इन्दर सिंह को भी सर झुकाकर चलना पड़ेगा? ...नहीं! ...वह अकरम ही...!!

जुही अपनी अम्मा के पास पहुँचकर भरोसा पा गयी थी। उसे लगा था कि बप्पा के गुस्से से अम्मा बचा लेगी। ...वह तो अपने बाग़ में जाती है। वहाँ कोयल की आवाज़ से अपनी आवाज़ मिलाने लगती है। ...हरे-भरे दरख़्तों के ऊपर पंछियों की उड़ान देखने जाती है। ...और फिर टिकोरे आम...। ...अब सड़क पर खड़ा कोई उसका गीत सुनता है तो वह कसूरवार तो नहीं है। ...अब उसे देखे बिना दिल नहीं मानता। उसे गीत सुनाने की इच्छा हो जाती है। ...ऐसा क्यों हो रहा है?

गुलाब ने मुस्कराकर कहा था—'दिल की इस हालत को इश्क़ कहते हैं, जुही!'

'इश्क़! यह क्या बला है?' मैंने पूछा था।

'इसे प्यार-मुहब्बत कहते हैं, जुही! ...जब कोई अच्छा लगने लगता है। बिना देखे चैन नहीं पड़ता।'

मैंने कहा था—'तुम्हें तो पूरी जानकारी है, गुलाब! तुमने कैसे समझा कि यह प्यार है? क्या तुम्हारा इश्क़ से पाला पड़ चुका है? मेरी गुलाब कली!'

'जुही की कली तो जादू करती है। यह तो देख लिया है।' उसने मुस्कराते हुए कहा था।

'गुलाब के रंग और बू— दोनों किसी को मदहोश करने के लिए काफ़ी हैं।' —मैंने जवाब दे दिया था।

'अरे, तू तो शायरी करने लगी।'

हम दोनों मुस्करा उठी थीं।

पाँच

गुरु तेगबहादुर पूर्वी भारत की यात्रा से लौटकर अमृतसर आ गये थे। उनके पिताश्री गुरु हरिगोविन्द जी ने जहाँगीर के शासनकाल से ही टकराव की स्थिति को देखते हुए साधना और सुरक्षा-दोनों ही दृष्टियों से पहाड़ी क्षेत्र में कीरतपुर नामक नगर बसा दिया था। गुरु तेगबहादुर ने भी इसी दृष्टि से विचार करते हुए विलासपुर राज्य के एक गाँव 'मारवोवाल' को राजा से ख़रीदकर एक नये नगर का निर्माण शुरू कर दिया था। माँ के नाम पर इसे चकनानकी कहा जाने लगा था। अब उनके मन में आया कि साधना और सुरक्षा के इस सुन्दर नगर को 'आनन्दपुर' कहा जा सकता है। इसलिए उन्होंने अपने शिष्यों और कारीगरों के बीच 'चकनानकी' को आनन्दपुर घोषित कर दिया। सभी बहुत ख़ुश हुए। शिष्य (सिक्ख) जय-जयकार करने लगे। 'सत् श्री अकाल' के श्रद्धापूर्ण स्वर से वातावरण गूँज उठा। वे मुस्करा उठे। आनन्दपुर नगर का रूप झलक उठा। प्राचीर (कोट) के भीतर एक ओर भवन बन चुका था। दूसरी ओर हरि मन्दिर की रचना हो रही थी।

प्रसन्न वातावरण में गुरु तेगबहादुर जी के होंठों से एक पद मुखरित होने लगा—

साधो, रचना राम बनाई।
इकि विनसै इक असथिरू मानै
अचरज लखियो न जाई।।
काम क्रोध मोह बसि प्रानी
हरि मूरति बिसराई।।
झूठा तनु साचा करि मानिओ
जिउ सुपना रैनाई।।
जो दीसै सो सगल बिनासे
जिउ बादर की छाई।।
जन नानक जगु जानिओ मिथिआ

रहियो राम सरनाई।।

साधो, रचना राम बनाई।।

सभी शिष्यों (सिक्खों) की दृष्टि ऊपर सूर्य के प्रकाश से दमकते आकाश के नीचे धरती तक दौड़ रही थी। और 'साधो रचना राम बनाई' का स्वर गूँज रहा था। दो क्षण के बाद गुरु जी कहने लगे—'हमेशा याद रहे कि हम काम, क्रोध, मद, मोह के वश में होकर हरि को न भूल जाये। यह नया नगर उसी की कृपा की देन है। हमारा संकल्प है। आप सबकी मेहनत है। पर नयी नगरी की रचना का अहंकार न जगे। अहंकार यानी मद तो पाप की ओर ले जाता है। ...गुरुनानक देव ने बार-बार चेताया है। ...और फिर सभी ने प्रसाद को ग्रहण किया।

गुरु तेगबहादुर कोट के भीतर घूम कर निरीक्षण करने लगे। कारीगर ख़ास-ख़ास स्थलों को दिखा रहे थे। ...उन्हें स्मरण आया कि परिवार को पटना से आ जाना चाहिए। वे छह वर्षों से पुत्र गोविन्द को देख नहीं सके हैं। ...पटना से सुखद समाचार मिला था कि गोविन्द का जन्म हुआ है। परन्तु उन्होंने अपनी यात्रा को बन्द नहीं किया था। वे जगन्नाथपुरी पहुँच चुके थे। पुरी के बाद वे गया होते हुए पटना के लिए चल पड़े थे। पुत्र की झलक पाने के लिए उनका मन बेचैन था। फिर पश्चिम की ओर लौटना था। ...मुग़ल बादशाह औरंगज़ेब का कठोर शासन कहर ढा रहा था। 'सिपह-ए-दीन' का ज़ुल्म बढ़ता जा रहा था। पश्चिम के गाँव त्राहि-त्राहि कर रहे थे! पटना से पश्चिम का रास्ता भी सुरक्षित नहीं था। इसलिए वे परिवार को साथ नहीं ले आ सके।

वे गया से होकर पटना पहुँच गये थे। शहर के बाहर नवाब रहीमबख़्श के बाग़ में वे ठहरे। नवाब रहीमबख़्श और करीमबख़्श ने इस्तक़बाल किया। ख़बर मिल गयी कि परिवार उनकी अगवानी में पहुँच रहा है। ...पिता और पुत्तर की भेंट होगी। ...क्या नन्हा गोविन्द उन्हें पहचान सकेगा? क्या वह अपनी माता गुजरी की गोद से उछलकर उनके पास आ जायेगा? वह तो दादी नानकी की गोद में उछलता रहेगा? नहीं, उसकी दादीजी तो पिता की ओर इशारा कर देंगी!

उसी समय माँ नानकी, पत्नी गुजरी के साथ पटना के शिष्य और श्रद्धालु भी आ गये। ...उन्होंने एक क्षण के बाद देखा कि बालक गोविन्द माँ की गोद से उछलकर उनके पास आ गया। गोविन्द ने अन्तर्दृष्टि से अपने पिता को पहचान लिया था। उन्होंने नन्हे को हृदय से लगा लिया। उनकी माँ नानकी और पत्नी गुजरी दोनों पिता-पुत्र का मिलन देखकर फूली नहीं समा रही थीं। शिष्यों (सिक्खों) और श्रद्धालुओं के हाथ जुड़े हुए थे। उन आनन्दमय क्षणों का दृश्य कल्पना से परे था! इस आनन्दपुर में उस दृश्य का स्मरण हो रहा है। वे क्षण आँखों से ओझल नहीं हो रहे हैं।

वे बोल उठे थे— 'गोविन्द! तू मुझे याद कर रहा था! मैं तो तेरे भोले मुखड़े और किलकारी का अन्दाज़ कर मन-ही-मन प्रसन्न हो रहा था!'

'दादी आपके बारे में बता रही थीं। कभी माँ कुछ बता देती थीं और मैं आपको घोड़े पर सवार एक सन्त को देखने लगता था।' गोविन्द ने हाथ जोड़कर जवाब दिया।

'तू तो खेलकूद में मस्त था। पर मेरा घोड़ा पटना की ओर बढ़ रहा था। एक बार तो वह हिनहिनाकर पटना की ओर इशारा कर चुका था।'

'आपका घोड़ा पटना चलने को कह रहा था।' यह कहकर नन्हा गोविन्द बँधे हुए घोड़े को देखने लगा। ...घोड़े का सिर हिल रहा था।

'मैंने सुना है कि राजा फतेहचन्द मैनी के महल में रोज़ खेलने जाया करते हो। रानी तुम्हें बहुत प्यार करती हैं। निःस्सन्तान रानी के मन में तुझे पास पाकर वात्सल्य उमड़ आता है।'

'जी, सही है पिताजी! मैं तो उनकी गोद में बैठकर माँ कहने लगा हूँ।'

'उन्होंने तुझे धर्मपुत्र बना लिया है!'

'जी हाँ! खेलकूद के बाद वे घुँघनी और पूड़ी खिलाती हैं।'

'ऐसा! तब तो तू हमें भूल जायेगा।'

माता नानकी और पत्नी गुजरी मुस्करा रही थीं।

'रानी माँ तो रानी माँ हैं। पहली गोद तो माँ-पिता की गोद है। ...हम इतने दिनों से आपकी राह देखते रहे हैं।'

'सचमुच, गोविन्द!'

'दादीजी से पूछ लें।' यह कहकर गोविन्द ने अपनी दादी की ओर देखा।

दादी नानकी मुस्कराती हुई सर हिला रही थीं।

'यह तो ठीक है। पर गोविन्दराय मुझे अपने यहाँ चलने को निमन्त्रण नहीं दे रहे हैं।'

'हम सभी तो आपकी अगवानी में आये हैं। ...अब हमारे साथ चलना है।'

उनके साथ सारा समुदाय पटना नगर की ओर चल पड़ा। ...लगा था कि सारा पटना नगर उनके स्वागत में खड़ा है। ...यह तो अपने देश का बहुत पुराना नगर रहा है।

अब गोविन्द अपने पिताजी के साथ थे। दादी और माँ दोनों पालकी में थीं। सिक्खों और श्रद्धालुओं का जुलूस बन गया था।

अचानक उनके ध्यान में आया कि राजा जयसिंह के राजकुमार रामसिंह बड़े बेचैन थे। असम (अहोम) के राजा चक्रध्वज से बादशाह औरंगज़ेब परेशान थे। सूबेदार मीर जुमला असम की जलवायु को बर्दाश्त नहीं कर सका। वापसी की राह में उसकी मौत हो गयी। शाइस्ता ख़ाँ सूबेदार बना। रामसिंह को सिपहसालार के रूप में जाने का हुक्म हुआ! ...आगरा से शिवाजी के सुरक्षित पलायन की सज़ा मिल गयी। रामसिंह ने उनके साथ जाना चाहा। उनके संकेत को समझकर राजकुमार अपनी फ़ौज के साथ पीछे-पीछे गये। असम (अहोम) के राजा चक्रध्वज से टकराव

होना ही था। इस विषम स्थिति को समझकर उन्होंने राजा और रामसिंह की सन्धि करा दी थी। रामसिंह को चैन मिला। ...उधर विन्ध्याचल के पार सहयाद्रि के क्षेत्र में शिवाजी का संघर्ष उग्र हो रहा है। बादशाह बेचैन हैं। ...सारे देश में मुग़ल बादशाह के कठोर शासन के ख़िलाफ़ आज़ादी के लिए विद्रोह हो रहा है। ...काश! शाहज़ादा दाराशुकोह जीत जाते तो इस देश में इतिहास का नया अध्याय लिखा जाता। ...ओह! एक हिन्दू माँ की औलाद सलीम...बादशाह जहाँगीर जितना ऐयाश था, उतना ही बेरहम! ...उसने गुरु अर्जुनदेव को अपना और इस्लाम का दुश्मन मान लिया। ...उसने उन्हें प्राणदण्ड दे दिया। नानकपन्थी शिष्यों (सिक्खों) की पहली शहादत हो गयी। ...जहाँगीर ने पिताजी गुरु हरिगोविन्द जी को ग्वालियर के क़िले में बन्द कर दिया था। बहुत मुश्किल से वे मुक्त हुए थे! ...जिस ख़ुर्रम यानी शाहजहाँ को पिताजी ने मदद की थी; वह तख़्त पर बैठकर भूल गया! ...वह नानकपन्थ की बढ़ती हुई शक्ति से घबरा गया। टकराव होने लगा। इसीलिए पिताजी ने कीरतपुर को बसाया।

अब गोविन्द को अपनी दादी और माँ के साथ लौट आना चाहिए।

दोपहर में सबके साथ एक ही पंगत में भोजन करते समय पश्चिमी पंजाब के गाँवों के ग़रीब किसान आ गये। पहले उन्हें भोजन कराया गया और तब गुरु जी ने उनसे बातचीत की।

एक किसान ने कहा– 'उनके इलाक़े में पीने का पानी भी नहीं मिल रहा है। दूर से लाना पड़ता है। पानी की कमी से खेती भी चौपट हो रही है।'

दूसरे ने बताया– 'मुग़ल हाकिम और अमले उनका दुखड़ा सुनने को तैयार नहीं हैं। ...सिपह-ए-दीन ने दहशत फैला दी है। ग़रीबी और दहशत में जीना पड़ रहा है।'

तीसरा हाथ जोड़कर बोल उठा–'लगता है कि भगवान हमें भूल गये हैं। मुग़ल हुकूमत के साथ हैं। अब हमारी रच्छा... ।'

गुरु तेगबहादुर ने महसूस कर लिया कि इन ग़रीब किसानों पर आसमान ही टूट पड़ा है। मुग़ल हाकिम समझता है कि प्रजा को कुचलकर ही हुकूमत की जाती है। लेकिन अपने देश में प्रजा राजा की सन्तान मानी जाती है। आज ये राजा सिर्फ़ शासन कर रहे हैं। मुग़ल हरम की ऐयाशी की नक़ल कर रहे हैं। ...क्या शिवाजी प्रजा के लिए कल्याणकारी शासन क़ायम कर सकेंगे? ...अभी तो एक जागीरदार आज़ादी के लिए लड़ रहा है। ...इस मुग़ल राज्य में प्रजा को तीन भागों में बाँट दिया गया है। विदेशी नस्ल के मुसलमान, हिन्दी मुसलमान और तीसरे दर्जे में हिन्दू। हुकूमत तो विदेशी मुसलमानों-मुग़लों की है! ...हिन्दी मुसलमान सोचकर सन्तोष कर लेते हैं कि उनकी हुकूमत है। क़ाफ़िर तो तीसरे-चौथे दर्जे की प्रजा हैं। ...यह भी सही है कि हिन्दू समाज में वर्ण-जाति की व्यवस्था में बड़े-छोटे का क्रम है। छोटे जन्म से मरण तक छोटे हैं। पीड़ा तो होती है। पर सभी एक समाज के हैं। हर जाति की

रोज़ी-रोटी निश्चित है। परिवार रचने-रखने की आज़ादी है। पूजा-पाठ की भी छूट है। ...पर छोटे का मन तो दीनता-हीनता से दुखित हो जाता है।

निर्गुण भक्ति ने समाज के इस भेदभाव को दूर करते हुए समता का भाव जगाने की कोशिश की है। गुरुनानक देव ने वर्ण-व्यवस्था को कर्म से माना। सभी एक ही संगत और पंगत में बैठने लगे। बदलाव आने लगा। ...सबमें एक ही आत्मा-रूह है। वह निर्गुण राम सच है! वह सत काल से परे है। हम सब उसी की सन्तान हैं। जाति के नाम पर भेदभाव ग़लत है। अच्छे चरित्र और बुरे चरित्र के आधार पर बड़ा-छोटा माना जाना चाहिए। सबसे प्रेम और सबकी सेवा—यही तो धर्म है।

उनकी दृष्टि किसानों की ओर गयी। सबने एक साथ कहा—'गुरुदेव! आप ही सहारा हैं। हम बहुत दुखी हैं!'

'आपके लिए पानी का इन्तज़ाम होगा। आपका दुख दूर होगा। मैं ख़ुद भी आपके इलाक़े में आऊँगा।'

सबने सर झुकाकर नमन किया।

गुरु जी ने कहा—'राम पर आप विश्वास रखें। और मेरे वचन पर विश्वास करें।'

छह

गुरु तेगबहादुर प्रातः उठकर स्नान के बाद जप में लग गये। पंजाब के मालवा इलाक़े से आये हुए किसानों ने नहाकर हरि मन्दिर के पास आकर निर्गुण अकाल पुरुष को नमन किया और गुरुनानकदेव की बानी का कीर्तन करने लगे। नये हरिमन्दिर जी का अधबना शिखर सूरज के प्रकाश में चमकने लगा। सभी को लगा कि ऊपर से सूरज देवता की किरणें शिखर को नहला रही हैं। वह शिखर भी मुस्कराकर ध्यान लगा रहा है। नीचे से सबद कीर्तन के स्वर शिखर तक पहुँच रहे हैं। शायद शिखर सबद को सुनकर ही ध्यान में मगन हो रहा है। ...यह सोचकर किसान बहुत ख़ुश हुए। कभी वे ऊपर देखते और फिर सबद कीर्तन में बेसुध हो जाते। ओंकार रूप परम सच करता पुरुख उनके सबद सुन रहे होंगे। उनका भजन-कीर्तन बेकार नहीं जा रहा है। ...गुरु जी जप कर रहे होंगे। उनसे मिलकर ही लौटना है। ...उनका सबद-कीर्तन पूरा हुआ। अब उनकी दृष्टि सरोवर पर गयी।

सबको वह सरोवर भा रहा था। ...सूरज की किरणें, हवा का बहना और जल की तरंगें—इस धरती पर सबके लिए ज़रूरी हैं। लेकिन मालवा और बांगड़ के इलाक़ों में जल की छोटी-छोटी लहरें भी गीत नहीं गातीं। धरती की प्यास नहीं मिटती। सभी प्यासे हैं। गाय-बैल-भैंस ये कब तक जी सकेंगे? उनके बछड़े कब तक उछल सकेंगे? ...घर-आँगन में बच्चे पानी के लिए जब-तब छटपटाने लगते हैं और मुग़ल हुकूमत का पटवारी मालगुज़ारी वसूलने आ जाता है। नहीं देने पर ये धमकाते हैं।

सिपह-ए-दीन आकर पटवारी की मदद करते हैं। गाय-बैल खोल लेते हैं। ...जब पेट नहीं भरेगा। और प्यास नहीं मिटेगी, तब कौन जी सकेगा? सिपह-ए-दीन चाहते हैं कि ये दबकर घबराकर और ख़ौफ़ से उनके मज़हब को क़बूल कर लें। फिर राहत हासिल हो सकेगी। ...यह हुकूमत इसी के लिए है? हुकूमत तो रिआया की भलाई के लिए होती है।

गुरु तेगबहादुर जी सबके साथ मन्दर के अन्दर आये। एक साथ बैठे। ...संगत यानी सत्संग में बड़े-छोटे का भाव नहीं है। यह तो राम का दरबार है। यहाँ सभी बराबर हैं। पंडत जी के हरिमन्दिर में सभी बराबर नहीं हैं। कुछ को मन्दर के भीतर जाने से रोका जाता है। कुछ छोटे लोग बाहर से ही सर झुकाकर चले जाते हैं। मन छोटा हो जाता है। ...सिपह-ए-दीन और मुग़ल फ़ौज की टुकड़ी—दोनों मिलकर मन्दर को घेर लेते हैं। सभी लड़ते हैं। पर मन्दर को बचाना मुश्किल हो जाता है। ईंटें बिखर जाती हैं। सभी आँसू बहाकर रह जाते हैं। ...भगवान प्रकट नहीं होते।

गुरु तेगबहादुर जी ने गुरुनानक देव के पद को गाना शुरू किया।

मैं बनजारिन राम की।।
तेरा नामु बखरु बापारु जी।।1।।
कोकिल होवा अंबि बसा सहजि सबद वीजारू।।
सहजि सुभार मेरा सहू मिले दरसनि रूपि अपारू।।2।।
मखुली होवा जल बसा सीअ जल सभि सारि।।
उरबारि पारि मेरा सहु बसे हउ मिलउगी बाहु पसारि।।3।।
नागानि होवा घर बसा सबढु बसै भउ जाई।।
नानक सदा सोहागणौ जिन जोती जोति समाई।।4।।

...हे राम! मैं तेरी बनजारिन हूँ। तेरा नाम ही मेरा सौदा है। मैं उसी का सौदा करती हूँ। अगर कोयल होऊँ और आम के पेड़ पर मेरा निवास हो तो मैं गुरु के शब्द का विचार करूँगी। मेरे सहज प्रेम को देखकर वे मुझे दर्शन दें। अगर मैं मछली होऊँ और जल मेरा निवास हो तो मैं उस प्रभु को याद करूँगी जो सभी जीवों का पालनहार है। वह तो सब जगह है। मैं बाँहें पसारकर उससे मिलूँगी। अगर मैं नागिन होऊँ और धरती मेरा निवास हो तो मैं चाहूँगी कि प्रभु का नाम मेरे मन में बस जाये जिससे भय मिट जाये। जिनकी ज्योति परमज्योति में समा जाती है। वे सदा सुहागिन होती हैं।

सबकी दृष्टि गुरु तेगबहादुर पर केन्द्रित हो गयी। गुरु जी भी ध्यानस्थ हो गये थे। ...दूर-दूर से आये ग़रीब हिन्दू किसान सोच रहे थे कि उधर तो कुएँ-तालाब नहीं के बराबर हैं फिर मछली कहाँ दिखेगी? बिन पानी के मछली का जी लेना बहुत मुश्किल है। सभी प्राणियों को पानी चाहिए। पेड़ तो धरती माँ से दूध के

समान जल पा लेते हैं। लेकिन छोटे पौधे और प्राणी को पानी नहीं मिल पाता। वह छटपटाता रहता है।

गुरु तेगबहादुर का ध्यान टूटा। सबके हाथ जुड़ गये थे। उन्होंने सबकी मंगल कामना की और कहा कि आप लंगर में भोजन करके ही अपने गाँव लौटें। कुएँ-तालाब ज़रूर बनेंगे। ...इन्तज़ाम हो जायेगा।

सबके सर हिले। सबको भरोसा मिल गया। लगा कि चारों ओर उनका आशीर्वाद बरस रहा है। सभी उठकर खड़े हुए। गुरु जी ने पंगत में बैठने का इशारा कर दिया। वे उधर जाकर पंगत में बैठ गये। सबने प्रसाद के रूप में भोजन ग्रहण किया। लगा कि उनका अन्तर्मन तृप्त हो रहा है। सभी हाथ-मुँह धोकर गुरु जी के सामने आये। सभी झुके। सबको आशीष मिला। सभी विदा हुए। उन्होंने एक बार मुड़कर देखा। लगा कि गुरु जी उन्हें देख रहे हैं। सचमुच उन्हें अवलम्ब मिल गया है। उम्मीद जग गयी है। दुखी मन से आये थे। भरोसे के साथ लौट रहे हैं।

गुरु जी सोच रहे हैं कि उन्होंने इनमें भरोसा जगा दिया है। इनका दुख दूर होना है। किसानों की पूरी ज़िन्दगी और उस पूरे इलाक़े की समस्या है। जल्द ही कारीगरों को भेजना है। मज़दूर तो मिल ही जायेंगे। किसी को देख-रेख के लिए भेजना पड़ेगा। धन लेकर जायेगा। उन्होंने एक शिष्य (सिक्ख) को बुलाया। दयाल जी आ गये।

गुरु जी ने कहा—'मालवा और बाँगड़ के इलाक़े के किसान दुखी हैं। पानी की बहुत कमी है। दूसरी तरफ़ मुग़लों का दमनचक्र है। कुछ करना है।

जैसा हुक्म हो, वैसा किया जायेगा।' दयालदास ने उत्तर दिया।

'कुओं को बनवाना है। हर गाँव में कुएँ के लिए मिट्टी की खुदाई होगी। कहीं-कहीं सरोवर भी बनेंगे। ...पहले तो आपको जाना है। बाद में मुझे भी आना है।'

'परिवार पटना से आ जाये, तब आप उधर आयें। तब तक मैं मिट्टी काटने-खुदवाने का काम शुरू करा दूँगा।'

'मैं भी यही चाहता हूँ। यहाँ से ख़र्च के लिए नगदी ले जानी है। सँभालकर ले जाना है। वहाँ के किसान सहयोग देंगे। पर मुग़ल अमले-कारिन्दे बाधा डाल सकते हैं। सावधान रहना होगा।

गुरुदेव ने समझा दिया।

'जी, आपके हुक्म का पालन होगा।' दयालदास ने हाथ जोड़कर कहा।

धनराशि मिल गयी। दयालदास सरहिन्द, पटियाला, भटिण्डा, बरनाला और तलवण्डी के इलाक़ों के हालात का अन्दाज़ करते हुए चल पड़ा। साथ में दो सशस्त्र सहायक थे। ...सूर्योदय हो रहा था। पंछी चहचहा रहे थे। शीतल पवन मस्ती में टहल रही थी! ...आनन्दपुर जाग चुका था। लाल किरणों से जगमग आकाश के नीचे हरिमन्दिर का शिखर सरोवर में झाँककर मुस्कराने लगा। दयालदास ने देखा

कि वह अपने साथियों के साथ नगर में प्रवेश कर आगे बढ़ चुका है। गुरुवाणी की ध्वनि गूँज रही है।

गुरु जी स्नान कर जपुजी का पाठ करने लगे—'एक ओंकार सतनाम, करता पुरुख निर्मोह निर्वैर अकाल मूरत, अजूनी सैभं गुर प्रसादि।।'

वह ओंकार रूप परमात्मा सतनाम है। वही सच है। वह इस जगत का कर्ता है। वह निर्भय है। वह किसी से वैर नहीं रखता। सबको प्यार करता है। वह काल से परे है। अजन्मा है। यह ज्ञान सद्गुरु की कृपा से ही सम्भव है।

सद्गुरु नानकदेव ने ओंकार रूप परमात्मा का स्वरूप स्पष्ट कर दिया है। ...उन्होंने आगे बताया है—

'आदि सचु जुगादि सचु।
है भी सचु नानक होसी भी सचु।।

इस जगत् का आदि सत्य ओंकार रूप परमात्मा है। यह जगत् भी सत्य है क्योंकि यह उसी की रचना है। वह परमात्मा सब जगह व्याप्त है। यह समस्त चराचर जगत् सत्यरूप परमात्मा ही है।

वे जाप करते हुए अर्थ का भावन भी कर रहे थे। चारों तरफ़ सूर्य का प्रकाश फैल रहा था। ...जाप पूरा हुआ। वे उठकर खड़े हुए। एक ओंकार रूप परमात्मा को उन्होंने प्रणाम किया।

सारे शिष्य (सिक्ख) आ गये। उनके पीछे बैठ गये। सबद-कीर्तन आरम्भ हुआ। सबके स्वर एक साथ प्रकट होने लगे।

गुन गोविन्द गाइयो नहीं, जनमु अकारथ कीन।
कहु नानक हरि भजु मना, जिहि विधि जल को मीन।।
विखिअन सिउ काहे रचिउ, निमख न होहि उदास।।
कहु नानक भजु हरि मना, परै न जम की फास।।

कीर्तन पूरा हुआ। सबने शीश झुकाकर अपनी श्रद्धा व्यक्त की और फिर संकेत पाकर सभी ने प्रसाद को बारी-बारी से पा लिया।

गुरु तेगबहादुर ने मन्दर के शिखर को देखते हुए कोट के चारों ओर चक्कर लगाया। कोट की दीवार और मैदान को देखा और वे भवन के भीतर जाकर सुबह का अल्पाहार करने लगे।

उधर मैदान में अस्त्र-शस्त्र की शिक्षा के लिए तीस नौजवान इकट्ठे हुए। शिक्षण-प्रशिक्षण आरम्भ हो गया। गुरु जी ने आकर देखा। कृपाण का अभ्यास हो रहा था। उन्होंने ध्यान से देखा। शिक्षक को कुछ संकेत भी दिये। नौजवान गुरु जी को अपने पास देखकर उत्साह में आ गये। अच्छा लगा। ...उन्हें स्मरण आ गया—अपने अभ्यास का! समय कह रहा था कि अब शस्त्र आवश्यक है। परन्तु उनका नामस्मरण, सबद-कीर्तन और ध्यान में मन अधिक लग रहा था। इसीलिए वे

दूर बकाला गाँव में रह रहे थे। गुरुगद्दी की इच्छा नहीं थी। ...पिताजी ने मृत्यु के समय पोते हरिरायजी को गद्दी सौंप दी थी। कारण था कि उनके बड़े पुत्र गुरुदित्ता जी की मृत्यु उनके जीवनकाल में ही हो गयी थी। इसलिए सबने हरिराय जी को स्वीकार किया। लेकिन बादशाह औरंगज़ेब नाखुश थे। बादशाह ने उन्हें बुला भेजा। उन्होंने अपने पुत्र रामराय को गुरु ग्रन्थ साहिब के साथ भेज दिया। रामराय ने बादशाह को नाराज़ न होने देने के लिए एक पद के एक शब्द का ग़लत अर्थ बता दिया। इसलिए गुरु हरिराय जी ने अपनी मृत्यु के समय अपने छोटे पुत्र हरिकृष्ण को गद्दी सौंप दी, क्योंकि उनकी मृत्यु कम उम्र में ही हो गयी। हरिकृष्ण जी आठ बरस की उम्र में ही चेचक के कारण चल बसे। परन्तु उन्होंने मृत्यु के पहले 'बाबा बकाला' का नाम ले लिया। ...इसलिए उन्हें गुरुगद्दी को स्वीकार करना पड़ा।

अब उनकी इच्छा है कि मर्यादा के साथ सद्गुरु नानकदेव की परम्परा आगे बढ़े। पन्थ की शक्ति बढ़े। दुखी जनों की सेवा हो। अपना हिन्दू समाज भयमुक्त हो। परन्तु मुग़ल बादशाह से टकराव नहीं हो।

उसी समय कुछ सिक्ख व्यापारी घोड़े लेकर आ गये! नौजवानों को शस्त्र-शिक्षा के साथ घोड़ों की भी ज़रूरत है। पिताजी ने भक्ति के साथ शक्ति की साधना शुरू कर दी थी। भक्ति के साथ शक्ति बढ़ती जाये। ...वे घोड़ों को देखने लगे। वे घोड़ों की पहचान कर रहे थे। उन्होंने चाहा कि घोड़ों की दौड़ हो तो इनकी जाँच ठीक से हो सकती है। ...अपराह्न का समय नियत हुआ।

दौड़ में घोड़ों के गुणों की जाँच हुई। उन्होंने स्वयं कुछ पर सवार होकर घोड़ों की शक्ति और वेग को समझने की कोशिश की और तब उन्होंने घोड़ों की ख़रीद की। उनके शिष्य (सिक्ख) ही व्यापारी थे। ख़रीद में कठिनाई नहीं हुई।

सात

गुरु तेगबहादुर जी आनन्दपुर में कोट के बाहर निर्मित सरोवर के किनारे टहल रहे थे। शिष्य (सिक्ख) आ रहे थे। वे सबके नमन को स्वीकार कर रहे थे। ...सरोवर में उठती छोटी-छोटी लहरें और छोटी मछलियों का तैरना-छिपना देखकर मन-ही-मन प्रसन्न हो रहे थे।

सबके साथ वे हरिमन्दिर के पास आये। सभी बैठ गये। गुरु जी ने सबसे पहले गुरुनानकदेव की वाणी का हवाला देते हुए 'नाम महिमा' की चर्चा की। उन्होंने बताया—'नानक नाम जहाज है चढ़े सो उतरे पार'...यानी हरि का नाम ऐसा जहाज है जो इस पर चढ़ गया, वह भवसागर के पार उतर गया। जिसने नाम का सहारा नहीं लिया, वह इस भवसागर में डूब गया।

...उन्होंने स्वरचित सबद का पाठ किया—

रे मन राम सिउ करि प्रीति।
स्रवन गोविन्द गुन सुनउ अरू
गाउ रसना गीति।
करि साध संगति सिमरु माधो
होहि पतित पुनीत।।

शिष्य (सिक्ख) समुदाय सबद की लय में झूम रहा था। सबद-कीर्तन पूरा होने पर सबने लंगर में प्रसाद ग्रहण किया। उन्होंने भी सबका साथ दिया। ...बाद में वे सरोवर के पास आ गये। इस बार उन्होंने देखा कि कमल का फूल खिलने लगा है और पास में जलपंछी जल पर उछल रहे हैं। ऊपर आकाश में पंछियों की उड़ान है। उनके कलरव हैं। ...उस ओंकार रूप कर्तापुरुष की कैसी लीला है! हम इसे समझ नहीं पाते। इसके साथ आनन्दमग्न नहीं हो पाते। कुछ तो पंछियों और मछलियों का शिकार कर ख़ुश होते हैं। धर्म तो जीवन की रचना का रास्ता बताता है। अपने को ऊपर उठाना है। सचखण्ड की ओर बढ़ना है।

गुरु नानकदेव ने रावी के किनारे करतारपुर बसाया था। गुरु अमरदास ने व्यास नदी के किनारे गोइन्दवाल को अपना स्थान बनाया था। वहाँ उन्होंने ही संगत के साथ लंगर (सहभोज) की शुरुआत की थी। गुरु रामदास ने एक पोखर के पास नगर बसाना शुरू किया! उस पोखर के जल का महत्त्व पहले से था। दूर-दूर से लोग उसमें नहाने आते थे क्योंकि उस जल में नहाने से अनेक रोग दूर हो जाते। उन्होंने उसे बड़ा सरोवर बना दिया। नगर भी बसने लगा। वह गुरु का चक कहलाया। बाद में रामदासनगर बना। अब वह अमृतसर कहला है। ...पिताजी ने पहाड़ों में कीरतपुर बसाया और अब आनन्दपुर बस रहा है। ...शुभ निर्माण सबके लिए।

समय का चक्र अजीब है। ...मैंने ग्यारह बरस की उम्र में करतारपुर के युद्ध में हथियार उठाया था। तेग-तलवार को धारण किया था। पिताजी ने इस त्यागराय को तेगबहादुर कहना शुरू कर दिया। पर मेरा तो भक्ति-भजन-ध्यान में मन अधिक लगता रहा। मैं बकाला गाँव में शान्ति से रह रहा था। कालचक्र ने मुझे गुरुगद्दी पर बैठाकर यहाँ पहुँचा दिया है।

उसी क्षण एक सिक्ख आ गया। उसके पैरों की गति में तेज़ी थी। उनका ध्यान टूट गया। उन्होंने उसकी ओर देखा। सिक्ख के चेहरे पर उल्लास झलक रहा था। उसने उसी उल्लास में कहा— 'गुरुदेव! पटना से परिवार आ पहुँचा है। आनन्दपुर में प्रवेश कर चुका है। ...मैं तो दौड़कर आया हूँ।'

वे उसे लेकर कोट के भीतर आये। उसे बैठाया। उसे शीतल जल पिलाया! सिक्ख को लगा कि उसे बहुत कुछ मिल गया। कोट के भीतर ख़बर मिल गयी। सभी बाहर आ गये। सरोवर के पार से भीड़ आती दिखाई पड़ी। ...आगे-आगे माता

नानकी जी, पत्नी गुजरी जी और पुत्र गोविन्द की झलक मिली। ये सभी गाड़ियों से उतरकर पैदल आने लगे। गुरु तेगबहादुर जी अपने सिक्खों के साथ आगे बढ़े। परन्तु गोविन्द तो तेज़ी से आकर पिता के चरणों में झुक गये। गुरु जी ने अपने गोविन्द को हृदय से लगाकर माताजी के चरणों में झुककर आशीष पाया। पत्नी गुजरी जी उनके चरणों में झुक आयीं।

'सत् श्री अकाल' का जयघोष होने लगा। सभी निर्माणरत श्री हरिमन्दिर के पास आ गये। सबके हाथ जुड़ गये और फिर सबकी दृष्टि मन्दिर के शिखर पर गयी। लगा कि शिखर की ऊँचाई मन की ऊँचाई के मुताबिक़ है या मन को ऊँचाई की ओर बढ़ने का संकेत देती है। ...सभी भीतर से प्रसन्न हुए।

'माताजी! अब इस आनन्दपुर में रहना है।' गुरु तेगबहादुर ने अनुरोध किया।

माँ नानकी ने शीश हिलाया। पत्नी गुजरी मुस्करा रही थीं। सभी थकान भूल चुके थे। गुरु जी सबको भवन में लेकर आये। बालक गोविन्द बाहर सरोवर और कोट के भीतर हरिमन्दिर और भवन को देख उछल रहे थे। मन में आ रहा था कि पिताजी ने नये मन्दर को नये ढंग से बनवाया है।

अन्य लोग सोच रहे थे कि मुग़ल राज्य के शहर उनकी शक्ति के केन्द्र हैं। वैसे ज़्यादातर शहर तो पुराने ही हैं पर उनका दबदबा है। प्रजा को दबकर सर झुकाकर रहना पड़ता है। गुरुदेव के बसाये नगर में सबको सुख-शान्ति सुलभ है। लगता है कि वे आज़ाद हैं। अपनी धरती है। अपनी नदी है। अपना सरोवर है। अपने लोग हैं। सबद-कीर्तन और जप-ध्यान की पूरी आज़ादी है। ...समाज में मौजूद ऊँच-नीच की खाई को पाटा जा रहा है। भेदभाव मिटाया जा रहा है। संगत में सभी एक साथ बैठकर सबद-कीर्तन करते हैं। लंगर में एक पंगत में बैठकर परसाद पाते हैं। अपनी भाखा को भी बचाया जा रहा है।

गोविन्द ने अपने पिताजी की ओर देखा।

'गोविन्द! आप सबके आने से उल्लास छा गया है।'

'पिताजी! पटना के मेरे साथी बिछड़ गये।'

'पुत्तर! गोविन्द के जन्मस्थान को हम भूल नहीं सकेंगे। कोई भूल नहीं सकेगा।'

'वहाँ रानी माँ की आँखों में आँसू आ गये थे। उन्हें लग रहा था कि उनका पुत्तर छोड़कर बहुत दूर जा रहा है।'

'हाँ, गोविन्द! दूर तो आना पड़ गया। लेकिन राजा फतेहचन्द और रानी हमसे दूर नहीं हैं। हम हमेशा उनके पास हैं।'

'पर हमारे खेलकूद के साथी तो दूर रह गये। मुझे रात में वे दिखाई पड़ते हैं।'

'ऐसा! ...मैं तो चाहूँगा कि बरस में एक बार उधर जाना हो। सबसे मिलना हो। रानी माँ का आशीर्वाद मेरे गोविन्द को मिले।'

'ऐसा हो तो बहुत अच्छा...।'

'पुत्तर! इस मुग़ल हुकूमत में कब क्या होगा, कहना मुश्किल है! अपने इतने बड़े देश में प्रजा असहाय लगती है।'

'हम यहाँ रहकर भी दुखियों के सहायक बनेंगे।'

'यहाँ रहकर पढ़ना-लिखना है। अस्त्र-शस्त्र का अभ्यास करना है। ...योग्य बनकर समाज और देश की सेवा हो सकेगी, गोविन्द!'

'जी, हाँ!'

'याद रखो, गोविन्द! बाहरी मुल्क़ से आये मुग़लों की हुकूमत है। सख़्त और बेरहम है यह शहंशाह। मथुरा के किसानों ने बग़ावत की तो शहंशाह औरंगज़ेब ने बेरहमी से कुचल दिया और दबाव डालकर धर्म बदलने की कोशिश की।'

'सद्गुरु नानकदेव ने तो हिन्दू और मुसलमान को एक माना है। दादी बता रही थीं कि गुरुदेव के सबद-कीर्तन में सारंगी बजानेवाले मरदाना मुसलमान थे।'

'सही है। लेकिन अफ़सोस है कि मेरे पिताजी-गुरु हरिगोविन्द जी को शाही तख़्त के दमनचक्र को देखकर अपनी रक्षा के लिए शस्त्रधारण करना पड़ा।'

'आपने इसीलिए इस नगर को बसाया है?'

'मेरा पुत्तर तो गोविन्द है। गोविन्द ने शस्त्र धारण किया था—कंस के दमन के ख़िलाफ़! राम ने तो साधारण जनों को लेकर अत्याचारी रावण से जंग की थी।'

'जी, हाँ! दादी की गोद में मैंने यह कहानी सुनी है।'

'तो अब यहाँ पढ़ाई करो। अस्त्र-शस्त्र को सीखो।'

'मैं तैयार हूँ, पिताजी!'

'अपराह्न में आनन्दपुर की बस्ती के लोग गुरुमाता, गरुपत्नी और बाल गोविन्दराय के दर्शन के लिए आने लगे। गुरुमाता तथा गुरुपत्नी ने सबको आशीष दी। गोविन्दराय ने सबकी श्रद्धा को देखकर सबके प्रणाम को स्वीकार कर हाथ जोड़ दिये, जयकार होने लगा।

अचानक गुरु तेगबहादुर को लगा कि कोई अनजान चेहरा कोट के भीतर आ रहा है। द्वार पर खड़े रक्षक को भी कुछ ऐसा ही लगा। वह उसे पकड़कर भीतर लाया। गुरु जी ने पूछा—'कहाँ से आये हो? क्या चाहते हो?'

'मैं पास के गाँव का हूँ। इधर आ नहीं सका था। जश्न को देखने इधर आ गया।' उस अनजान चेहरे ने बताया।

'तुम कभी घबरा रहे हो और कभी तमतमा रहे हो। ...आ गये हो तो हरिमन्दिर और सामने के मैदान को देख लो। ...इसे चारों तरफ़ घुमा दो। बेचारा परेशान है।' गुरु तेगबहादुर ने अपने एक सिक्ख को आदेश दे दिया।

उस अनजान शख़्स को भीतर जाना पड़ा। उसे चारों तरफ़ घुमा दिया गया। कुछ देर के बाद उसे लौट जाना पड़ा। गुरु जी ने अपने सिक्ख से पूछा—'कुछ पूछ रहा था?'

'वह मुग़ल ख़ुफ़ियानवीस ही लगा। वह इसे क़िला मानकर हर कोने को—बनते हुए मकानों को देख रहा था। कभी-कभी कुछ पूछ भी लेता था।' सिक्ख ने बताया।

'यह मुग़ल ख़ुफ़ियानवीस गोविन्दराय के पीछे-पीछे ही आया होगा और वह मौक़ा पाकर चुपके से कुछ देखना-समझना चाह रहा होगा।' गुरु जी ने अपना अनुमान प्रकट किया।

'जी, हाँ! यही हो सकता है।'

आठ

गुरु तेगबहादुर का मन मालवा और बाँगड़ के इलाक़ों की ओर दौड़ रहा था। दयालदास पर पूरा विश्वास है कि वह उधर के हर गाँव के कुएँ खुदवाने का काम शुरू कर चुका होगा। दो बड़े गाँवों के बीच में तालाब खुदवाने का काम भी हो रहा होगा। ...यहाँ भाई चौपतराय ने गुरुमुखी लिपि का अभ्यास आरम्भ करा दिया है। पण्डित देवनाथ संस्कृत पढ़ायेंगे। मुग़ल हुकूमत की ज़ुबान फ़ारसी को भी पढ़ाना होगा। इसलिए पीर मुहम्मद भी आयेंगे।

उसी समय गोविन्दराय ने आकर पूछा— 'पिताजी! एक साथ तीन-तीन भाषाओं को पढ़ना होगा!'

'हाँ, गोविन्द! संस्कृत अपने देश की सबसे पुरानी भाषा है। धर्म, दर्शन, काव्य, गणित, ज्योतिष और कला के ग्रन्थ तो संस्कृत में ही हैं। गुरुमुखी लिपि पंजाब की अपनी लिपि है। फ़ारसी की वजह से नागरी लुप्त हो गयी थी। इसलिए गुरुमुखी के द्वारा अपनी पहचान बचाने की कोशिश हो रही है गुरु जी ने स्नेह से अपने गोविन्द को बताया।

गोविन्दराय ने शीश हिलाकर स्वीकार कर लिया।

मुंशी चौपतराय आ गये। वे गुरु जी के साहबज़ादे को देखकर ख़ुश हो गये। अब यहाँ रोज़ आना है। इन्हें शिक्षा देकर कितना सुख मिलेगा! ...जब-तब संस्कृत के पण्डित जी से भी भेंट हो सकेगी। मुंशी चौपतराय ने गुरुमुखी का अभ्यास कराने के लिए बाल गोविन्द को आकर बैठने को कहा। गोविन्दराय ने आकर अपने शिक्षक को नमन किया और फिर अभ्यास शुरू हो गया।

उनके जाने के बाद क़ाज़ी पीर मुहम्मद आ गये और उन्होंने पहले फ़ारसी की लिखावट को बताना शुरू किया और अचानक कुछ याद आने पर उन्होंने गुरु तेगबहादुर जी से पूछा— संस्कृत और फ़ारसी दोनों पुरानी ज़ुबान हैं। दोनों नज़दीक हैं। क्या दोनों में...?'

'मैं समझ गया। मेरी नज़र में तो पुरानी फ़ारसी और संस्कृत आपस में बहनें हैं। आज की फ़ारसी पुरानी से थोड़ी अलग-सी हो गयी है। यह हक़ीक़त है।'

'जी, हाँ! मुझे भी यह लगता है।' पीर मुहम्मद ने जवाब दिया। और तख़्ती पर 'अलिफ़', 'बे', 'पे' लिखकर दुहराने को कहा।

उनसे छुट्टी पाकर गोविन्द भवन में गये! देखा कि दालान में दादी के साथ माँ भी बैठी हुई हैं। वे पास जाकर खड़े हो गये।

'क्या बात है, गोविन्द?' माँ ने पूछा।

'आप दोनों से कहना है कि मुझे तीन-तीन भाषाओं को पढ़ना है और अस्त्र-शस्त्र का अभ्यास करना है। खेलकूद के लिए भी थोड़ा समय चाहिए। खेलना तो बन्द नहीं करना है।'

'तब तो यह एक बड़ी समस्या है। पटना में तो सिर्फ़ खेलना-कूदना होता था। खेलकूद में जंग का भी खेल हो जाता था। यहाँ तो समस्या है!' माता गुजरी ने स्मरण दिलाया।

'आप भूल रही हैं। गंगाजी में नहाना-तैरना भी हो रहा था। राजा साहब तीर-धनुष चलाना सिखा रहे थे।'

'बच्चे को बच्चों वाले तीर-धनुष से...!'

'पर मैं तीर चलाना सीख रहा था। ...लग रहा है कि आनन्दपुर में खेलकूद का आनन्द नहीं मिल सकेगा।'

'तब तो पिताजी से पूछना पड़ेगा कि आपका आनन्दपुर कैसा है जहाँ गोविन्द को खेलकूद का आनन्द नहीं मिल रहा है?' माँ ने विनोद किया।

'दादी! माँ को समझा दीजिए। ये विनोद में मेरी बात को उड़ा रही हैं। मैं इनसे कुट्टी कर लूँगा।'

यह कहकर गोविन्द दादी नानकी की गोद में बैठ गये।

'मेरे गोविन्द रूठ गये! नन्दगाँव के गोविन्द भी अपनी माँ से जब-तब रूठ जाते थे। माँ जसोदा मना लेती थीं।'

'आप तो कथा-कहानी भी बढ़िया से नहीं सुनाती हैं। दादी जी तो एक से बढ़कर एक क़िस्सा-कहानी सुनाती रही हैं।' गोविन्द ने रूठे स्वर में कहा।

'मेरे गोविन्द! आप पटना में छोटे थे। यहाँ आप सातवें बरस में प्रवेश कर रहे हैं। पढ़ाने वाले शिक्षक आ रहे हैं। ...वे कथा-कहानी भी सुनायेंगे।'

'दादी! आपने पटना में एक पुरानी कहानी सुनाई थी...पटना के चन्द्रगुप्त और उनके गुरु चाणक्य ने मिलकर पहले यूनानियों को हराया और फिर पटना को सबसे बड़े नगर के रूप में खड़ा किया।'

'मैंने तो पिताजी के बचपन की एक कहानी सुनाई थी...उन्होंने बचपन में तेग-तलवार से मुग़लों से जंग की थी। वीरता दिखाई थी। इसलिए दादाजी ने त्यागराय को तेगबहादुर कहना शुरू कर दिया। वही नाम चल रहा है।'

'जी, हाँ! याद है।'

'बहू! हमारे गोविन्द को सब याद है।'

'तभी तो मैं कह रहा हूँ कि मुझे अस्त्र-शस्त्र सीखने के लिए समय चाहिए जिससे मुझमें भी वह वीरता...।

'गोविन्द! तुम तो विद्वान और वीर—दोनों बनोगे। यह मेरा शुभाशीष है।' दादी नानकी का हृदय बोल उठा।

माता गुजरी का हृदय हुलसने लगा।

दादी ने गोविन्द को कुछ इशारा किया।

गोविन्द ने माँ के पास पहुँचकर कहा—'माँ! दादी का आशीष तो मिल गया। अब आप मेरे शीश पर हाथ धर कह दें कि मेरा गोविन्द विद्वान् और वीर दोनों बनेगा। ...आपसे कुट्टी ख़त्म कर दूँगा।'

'पक्की बात!' यह कहकर माता गुजरी ने गोविन्द के शीश पर हाथ धरकर कहा—'मेरा गोविन्द विद्वान् और वीर दोनों बनकर अपने देश को नया रास्ता दिखायेगा।'

गोविन्द ताली बजाकर झूम उठे। ...माँ को नमन किया। दादी नानकी जी मुस्करा रही थीं।

उसी क्षण जलपान के लिए घुँघनी और लड्डू की थाली आ गयी।

गोविन्द के नन्हे मुखड़े पर हर्ष झलक उठा। माताजी ने पूछा—'पहले घुँघनी या लड्डू?'

'मैं पहले पटने वाली रानी माँ को याद कर घुँघनी खाऊँगा। और फिर लड्डू।' गोविन्द ने सप्रसन्न बताया।

माँ ने मुस्कराकर शीश हिला दिया।

गोविन्द ने हाथ-मुँह धोकर रानी माँ को पूरब दिशा में प्रणाम किया और घुँघनी को खाना शुरू कर दिया। लगा कि मसालेदार घुँघनी थोड़ी तीखी है। वे लड्डू को तोड़ कर खाने लगे। दादी और माँ—दोनों अपने गोविन्द की बाललीला देखकर मगन होने लगीं।

सूरज पश्चिम की ओर बढ़ रहा था। लस्सी भी आ गयी। गोविन्द की दृष्टि लस्सी पर गयी। अब दही शर्बत का मलाईदार पात्र मोहने लगा।

'पहले घुँघनी और लड्डू खा लो, फिर लस्सी।' दादी ने समझाया। बाहर से ख़बर आयी कि भाई चौपतराय गुरुमुखी-पंजाबी पढ़ाने आ गये हैं।

'मैं तो लस्सी पीकर ही जाऊँगा।' बाल गोविन्द ने कहा।

दादी और माँ ने 'हाँ' कह दिया।

गोविन्द खाने में जल्दी करने लगे।

दादी ने इशारा किया—'खाने में जल्दी नहीं...।'

गोविन्द ने मन से खा-पीकर और तृप्त होकर दादी और माँ को नमन किया।

और वे पढ़ने के लिए बाहर गये! सामने उद्यान में छोटे-छोटे पौधे थे। पंछी चहचहा रहे थे। हवा में थोड़ी गर्मी थी। पर अच्छा लग रहा था।

गोविन्द अपने शिक्षक भाई चौपतराय को नमन कर गुरुमुखी का अभ्यास करने लगे। ...मन में आया कि नागरी की लिखावट के आसपास ही है—गुरुमुखी। लेकिन फ़ारसी की लिखावट तो बिल्कुल अलग है। शायद समुद्र पार के अरब देश यानी रेगिस्तानी देश की यह लिखावट है। अब यह मज़हबी लिपि बन गयी है। साथ ही मुग़ल हुकूमत की। इसलिए इसे भी सीखना है।

भाई चौपतराय गुरुपुत्र—बाल गोविन्द के मुख पर उभरे भाव को समझना चाह रहे थे। गोविन्द बोल उठे—'गुरु जी! नागरी गुरुमुखी और अरबी-फ़ारसी लिपि का पहला अक्षर-अ, ऐड़ा और अलिफ़ के रूप और अर्थ एक समान लगते हैं।' गोविन्द ने कहा।

'हाँ, गुरुपुत्र-गोविन्द! पर गुरुमुखी में पहला अक्षर ऊड़ा ओंकार रूप है। दूसरा अक्षर ऐड़ा 'अ' के समान है।'

'ऐसा क्यों?'

'गुरुमुखी में सबसे पहले ओंकार रूप परमात्मा का स्मरण किया गया है। वैसे अ, ऐड़ा और अलिफ़—एक ही हैं।' भाई चौपतराय ने समझाया।

'मतलब यह हुआ कि मूल में सभी एक हैं। वह हरि भी एक है!'

'जी, हाँ, गुरुपुत्र!'

'फिर तख़्ते ताऊस पर आसन लगाये मुग़ल बादशाह क्यों नहीं समझते हैं?'

'उनके मुताबिक़ वे सही हैं। सभी ग़लत हैं। उनका मज़हब भी यही बताता है।'

'अजीब बात है! ...जो भी हो, मुझे तो अभी पढ़ना है। समझना है। तब विचार करना है। ...आप देखें, लिखावट ठीक हो रही है न!

'सही है। आप जल्दी सीख जायेंगे। यह तो अपनी लिखावट है।'

गोविन्द ने विनम्रता से इस मंगलभाव को स्वीकार किया। शिक्षक गुरुपुत्र की प्रतिभा और दृष्टि को समझने की चेष्टा कर रहे थे। मन-ही-मन खुश हो रहे थे। ...उन्होंने ऊपर देखा और राम का स्मरण किया।

नौ

जमुना तट पर त्रिविक्रमपुर-तिकुवाँपुर नामक गाँव में श्रावणी पूजा के अवसर पर स्व. पं. रत्नाकर त्रिपाठी के ज्येष्ठ पुत्र कविवर चिन्तामणि दिल्ली से आ गये थे। बूँदी की ओर से कवि मतिराम के आने की आशा थी। जटाशंकर लखनऊ से पहले ही पहुँच गये थे। छोटे भाई घनश्याम त्रिपाठी गाँव में ही थे। इन चारों भाइयों में बड़ा स्नेह था! तीनों भाई चाहते थे कि घनश्याम किसी के साथ चलकर, किसी

दरबार से जुड़कर यश और धन अर्जित करे। गाँव की खेती की व्यवस्था हो जायेगी। ...बड़े भाई चिन्तामणि के साथ घनश्याम बादशाह शाहजहाँ के दरबार में जा चुके थे। वहीं पण्डितराज जगन्नाथ से भेंट हुई थी। उनसे मिलना अच्छा लगा था। परन्तु शाही दरबार और शहर देहली का वातावरण अच्छा नहीं लगा। घनश्याम वहाँ से गाँव लौट आये।

शाहज़ादा औरंगज़ेब के तख़्तनशीन होने पर कविवर चिन्तामणि घनश्याम को ले गये। उदार और समभावी शाहज़ादा दाराशुकोह और फ़क़ीर सरमद की निर्मम हत्या के बाद शाहजहाँ अपने बेरहम बेटे के हुक्म से आगरा के क़िले में क़ैद कर दिये गये थे। घनश्याम अमानवीय और क्रूर शहंशाह औरंगज़ेब को देख क्षुब्ध हो उठे। वे पुनः लौट आये।

चिन्तामणि ने गाँव में आने पर मुग़ल दरबार में शिवाजी के तेजस्वी रूप का वर्णन किया। पर वे भी एक महल में बन्द कर दिये गये थे। घनश्याम चाहकर भी शिवाजी से नहीं मिल सके। मन छोटा हो गया था।

अपने गाँव तिकुवाँपुर के देवीस्थान पर पूजा के पहले घर में पूजा होती थी। मतिराम की प्रतीक्षा हो रही थी। दोपहर तक मतिराम थके-माँदे आ गये। घनश्याम ने सहर्ष नमन कर अगवानी की। घर में उल्लास छा गया। उसी दिन सन्ध्या में कुलदेवी की पूजा आरम्भ हुई। घनश्याम सहयोग दे रहे थे। भाभियाँ कभी गम्भीर मुद्रा में और कभी मन्द मुस्कान के साथ देवर घनश्याम से सहयोग ले रही थीं। पूजा आरम्भ हो गयी। देवी से सम्बद्ध लोकगीत गूँजने लगा। गीत की लय पर पूजा सम्पन्न हुई और तब चारों भाइयों ने प्रणामांजलि प्रदान की। सबको प्रसाद मिला। सभी एक साथ बैठ कर प्रसाद ग्रहण करने लगे। ओसारे में बत्ती का धीमा प्रकाश फैल रहा था। थोड़ी दूर पर भाभियाँ बैठकर घनश्याम के साथ उनके सभी भाइयों को देखकर प्रसन्न हो रही थीं।

चिन्तामणि बोल उठे–'घनश्याम! तुम दो बार मेरे साथ दिल्ली गये थे। पर तुम लौट आये। ...सभी कवि और कलाकार बादशाहों के निकट रहना चाहते हैं।'

'हाँ, भैया! ...पर यह पूरा सच नहीं है। सभी कवि और कलाकार...तथा विद्वान् शाही दरबारों में जाना नहीं चाहते।' घनश्याम ने जवाब दिया।

कबीरदास, सूरदास और तुलसीदास का ज़माना नहीं है, घनश्याम! आज तो अलंकार और रस के आधार पर सरस कविता करने का युग है तभी तो आश्रयदाता राजा-महाराजा-बादशाह खुश होंगे। देवी सरस्वती भी प्रसन्न होंगी।' चिन्तामणि ने समझाया।

'बड़े भैया! शहंशाह और देवी सरस्वती–दोनों एक साथ कैसे प्रसन्न होंगे? यहाँ अन्तर्विरोध है।'

'घनश्याम! शब्दशक्ति, अलंकार और रस के आधार पर सरस काव्य की रचना

से सरस्वती प्रसन्न नहीं होंगी? तुम क्या कह रहे हो? गाँव में कुश्ती लड़ने और कभी-कभी भक्ति एवं वीर रस के एकाध छन्द की रचना से क्या होगा?' मतिराम ने प्रश्न किया।

'मैं रस और अलंकार का पण्डित नहीं हूँ। इसलिए रस सिद्ध कवि भी नहीं हूँ। ...दरबारों की चमक-दमक के आगे सर झुकाने से अच्छा अपना गाँव है, भैया! ...पास ही में यमुना जी का पावन तट है। मेरे मित्र-सखा हैं। अपना घर और खेत हैं।' घनश्याम ने उत्तर दिया।

'विवाह के बाद आजीविका चाहिए, मेरे भाई! केवल खेती से काम नहीं चलेगा। शिक्षा तो है ही।' जटाशंकर ने अपना विचार रखा।

'खेती के साथ और भी कुछ चाहिए। इसीलिए कभी-कभी भाभियाँ कुछ बोल देती हैं। परन्तु मैं अपने गाँव में निश्चिन्त-सा रहता हूँ।' घनश्याम ने धीरे से बताया।

'मेरे साथ दिल्ली चलो, घनश्याम! शाही दरबार से जुड़े राजाओं के यहाँ सादर स्थान मिल जायेगा। वे कवियों को आश्रय देकर हर्षित होते हैं। विद्वानों और कलाकारों को वे सम्मान देते हैं।' चिन्तामणि ने समझाया।

'जैसे वे हाथी पालते हैं, पहलवान को आश्रय देते हैं, उसी प्रकार वे कवियों को भी पालते हैं। ...परन्तु मैं उनके पास दौड़कर नहीं जा सकूँगा।' घनश्याम ने साफ़-साफ़ कह दिया।

'तो यहाँ भाभियों के हास-परिहास सुनते रहोगे!' जटाशंकर ने पूछा।

'जब मन को पीड़ा होगी तो मार्ग सूझ जायेगा। ...सुन रहा हूँ कि बुन्देलखण्ड में छत्रसाल स्वाधीनता के लिए तलवार उठा चुके हैं। शिवा तो आगरा से मुक्त होकर सहयाद्रि के क्षेत्र में अलख जगा रहे हैं।' घनश्याम ने उत्तर दिया।

'क्या छत्रसाल बुन्देले या शिवाजी मराठे के पास जाओगे? उधर दिन-रात युद्ध है। वहाँ कविता-कामिनी प्रसन्न नहीं होगी भाई!' चिन्तामणि ने अपना विचार दिया।

'बड़े भैया! कविता कामिनी नहीं है। कविता वाणी की साधना है। सरस्वती-वाक्देवी की उपासना है। ...सूरदास और तुलसीदास ने वाणी की साधना की है।' घनश्याम ने अपना विचार रखा।

भोजन का समय हो गया था। घर के भीतर बुलाहट हुई। चारों भाई भीतर गये। हाथ-पैर धोकर एक साथ बैठे। सबके सामने थाली आयी। सबने अन्न देवता को नमन किया। सभी भोजन करने लगे।

'भैया! गाँव में भोजन धर्म-कर्म के अन्तर्गत है। शाहों, नवाबों और राजाओं के यहाँ शाही खाना है। ऐश्वर्य की उदर-विलासिता है।'

'कैसी बात करते हो, घनश्याम!' मतिराम ने असहमति व्यक्त की।

'मैं तो गाँव का गँवार हूँ। मैं अन्नपूर्णा और अन्नदेवता को प्रणाम कर रूखा-सूखा खाकर मस्त रहता हूँ।' घनश्याम ने मन्द स्वर में कहा।

'श्रीमन्तों के महल में व्यंजनों के प्रकार हैं। सुभोजन की व्यवस्था तो होगी ही। दूर रहकर निन्दा मत करो।' चिन्तामणि ने कहा।

'गाँव में पड़े रहने और रूखा-सूखा खाने से कवि की कविता सूख जायेगी।' मतिराम बोल उठे।

बड़ी भाभी दाल परोसने आ गयी। बोल उठी—'गाँव में घनश्याम जी को बैठे-बिठाये प्रेम से भोजन मिल जाता है। फिर ये शरीर बनाते हैं। मित्रों के साथ घूमते हैं। मन्दिर में रामचरितमानस का पाठ करते हैं। ...इधर छोटी बहू कलपती रहती है।'

'घनश्याम! यह सच है न? ...जहाँ इच्छा है, वहाँ जाओ। कुछ करो। पं. रत्नाकर त्रिपाठी के पुत्र हो। कवि हो। यहाँ किसे सुनाते हो?' बड़े भैया ने डाँटा।

जटाशंकर ने अनुरोध किया—'अभी हम लोग भोजन करें। भोजन के समय इन चिन्ताओं को बाहर रखकर आसन पर बैठना चाहिए।'

घनश्याम ने कहा—'जब भाभियों ने पसीना बहाकर भोजन बनाया है तो स्नेह से भोजन करायें...नहीं तो मुझे उठकर...।' सभी मौन हो गये।

घनश्याम की दृष्टि ऊपर उठी। आँगन के पार कक्ष के द्वार के पास पत्नी रमा घूँघट में बैठी हुई दिखाई पड़ी। पास में प्रसाद-दाल-शाक-भाजी के कटोरे हैं। वह जब-तब इधर देख लेती है। बेचैन लगती है। सब काम करती है। किसी को कुछ नहीं कहती। ...यह बेचैनी क्यों?'

भोजन के अन्त में बड़ी भाभी छाछ लेकर आ गयी। उसने घनश्याम की थाली में छाछ दे दी। लगा कि बहुत कम है। घनश्याम ने अनुरोध करना चाहा। वह आगे बढ़ गयी। घनश्याम की आँखें देखती रह गयीं।

तीनों भाई छाछ के साथ प्रसाद (भात-दाल) को मिलाकर ग्रहण कर तृप्त हो गये। घनश्याम ने पत्नी रमा की ओर देखा। रमा ने आँखों से ही कुछ कहा। घनश्याम ने मौन भाव से शेष भोजन पूरा कर लिया। ...पर मन में आया कि लक्ष्मी-गैया की सेवा तो वह स्वयं करता है। अपने हाथ से चोकर-चुन्नी खिलाता है। तब दूध दुहाता है। ...खेती की भी देख-रेख करता है। ...और बड़ी भाभी का यह व्यवहार...!

स्मरण आया कि एक बार लछमी चरने लगी। भटक गयी। वह लाठी लेकर अपने रखवारे के साथ निकल पड़ा था। गैया पशुचोर के जाल में फँस गयी थी। वह कसाई के हाथों बेच रहा था। दोनों पहुँच गये। लछमी डकराने लगी और उन्हें सींगों से हड़काकर इनके पास आ गयी। दोनों की लाठियों के घेरे में लछमी अपने गोठ में आ गयी! ...भाभियाँ और रमा—सब आकर लछमी को सहलाने लगी थीं।

बड़ी भाभी बोल उठी थीं—घनश्याम! आज तो लक्ष्मी बच गयी। कैसे ध्यान बँट गया?'

'चरने के समय भटक गयी। पर मेरी लाठी के सामने चोर-कसाई टिक नहीं सकें।' उन्हें उत्तर मिल गया।

'ध्यान रहे, घनश्याम! नहीं तो चरने के समय वे घात में रहते हैं।'

'भाभी जी! मैने सुना है कि शिवाजी की लाठी सबसे पहले गैया को बचाने के लिए उठी थी, और तब उन्होंने स्वाधीनता के लिए तलवार उठा ली।'

'रमा! इन्हें शिवाजी की सेना में भेज रही हो? त्रिपाठी कुल के श्याम तलवार उठायेंगे या लेखनी?' बड़ी भाभी ने पूछा।

'यह तो इनको निर्णय लेना है। वैसे ये दोनों में सुरुचि रखते हैं।' रमा ने मन्द-मधुर स्वर में उत्तर दिया।

मैंने कहा था—'बड़ी भाभी! जीने के लिए हल, लेखनी और खड्ग तीनों ज़रूरी हैं। मुझे तीनों से लगाव है।'

घर की सभी देवियाँ मेरे शब्दों को सुन रही थीं। कोई दूसरा प्रश्न नहीं कर सकी थीं।

दस

रात में रमा घर का सब काम निबटा रही थी। घनश्याम अपनी कोठरी में खाट पर लेटा हुआ था। कोने में एक दीपक जल रहा था। हलका लाल प्रकाश कोठरी में फैलता रहा। बाहर बादल गरज रहे थे। खाट पर लेटे-लेटे घनश्याम सोच रहा था कि उसके अन्दर भी कोई स्वर घुमड़ रहा है। भीतर बेचैनी है। ...अपना परिवार ऐसा व्यवहार क्यों कर रहा है? वह सबका छोटा भाई है। वह घर, खेत और गोठ की देखभाल कर रहा है। सन्ध्या में मन्दिर जाकर भजन-कीर्तन करता है। प्रभात में थोड़ा व्यायाम हो जाता है। फिर अपना परिवार क्यों रुष्ट है? अपने गाँव और घर-आँगन से दूर छोटे-बड़े राजदरबारों में जाकर कुछ अर्जित करने से जीवन सार्थक हो जायेगा? छोटे भैया जटाशंकर मुग़ल सूबेदार के लखनऊ दरबार पहुँच गये हैं। बड़े भैया और मँझले भैया—दोनों अपनी कविता-कामिनी के श्रृंगार के द्वारा प्रतिष्ठा पा चुके हैं। कवि समाज तथा विद्वानों में चर्चा होने लगी है। ...बड़े भैया उसे दो बार दिल्ली ले गये थे। वह तख़्ते ताऊस की छाया में आश्रय नहीं ले सका। ...मन क्या चाहता है? ये दरबार उसे आकृष्ट नहीं कर पाते। अपना गाँव अच्छा लगता है। रामायण और महाभारत की कहानियाँ मन को भाती हैं। शिवाजी का संघर्ष आकृष्ट करता है।

रमा के आने की आहट आयी। वह किवाड़ को धीरे से खोलकर आ गयी। लगा कि बादलों का गर्जन-तर्जन सुनकर सहम गयी है। वह पास में बैठ गयी। उसका सर कन्धे पर आ गया। उसके लम्बे घने केश खुल गये।

घनश्याम ने रमा के केशों को सहलाते हुए पूछा— 'बादलों के गर्जन से डर गयी हो?'

'शायद आपने बादलों का गर्जन-तर्जन सुनकर मुझे पुकारा था। इसीलिए मैं जल्द आपके पास आ गयी।' रमा ने उत्तर दिया।

यह सुनकर घनश्याम चकित हुआ। ...दो क्षण के बाद कहा—'रमा! यह हर्ष की बात है कि बादलों ने तुम्हें डराया नहीं है। ...मैं सोच रहा था कि अपना परिवार मेरे साथ ऐसा व्यवहार क्यों कर रहा है? मन बेचैन है। भीतर कुछ उथल-पुथल है। ...और अब इन सुन्दर केशों ने घेर लिया है। लगता है कि ये घने केश घेरकर कुछ कह रहे हैं। मेरा और तुम्हारा—हम दोनों का प्रश्न एक-सा मालूम पड़ रहा है।'

'तो आप इन केशों के स्वर सुन रहे हैं! ...हाँ, हम दोनों के प्रश्न एक-से हैं। इसीलिए भीतर विकलता है! ...उधर बड़े भैया अपनी कोठरी में अपना कवित्त सुना रहे हैं। वे तो पूरे निश्चिन्त हैं। प्रसन्न हैं।' रमा ने उत्तर दिया।

'ऐसा! वे तो सन्तुष्ट और प्रसन्न हैं ही!!' यह कहकर घनश्याम ने द्वार को थोड़ा खोल दिया।

कवित्त का मन्द-मधुर स्वर सुनाई पड़ने लगा—

आँखिन मूँदिबे मिस आनि अचानक पीढ़ि उरोज लगावै।
कैहूँ कहूँ मुसकाय चितै अंगराय अनूपम अंग दिखावै।
नाह छुई छल से छतियाँ हँसि भौंह चढ़ाय अनन्द बढ़ाये।
जोबन के मदमत्त तिया हित सों पति को नित चित्त चुरावै।।

इस कवित्त की घोर शृंगारिकता की अनुभूति कर रमा आँखें नीचे कर शरमाने लगी। घनश्याम भी शरमा उठा।

दूसरी कोठरी से भैया मतिराम की कविता गुनगुनाने लगी।

'इसे भी सुन लिया जाये।' घनश्याम ने धीरे से कहा।

कुन्दन को रंग फीको लगै, झलकै अति अंगन चारू गोराई,
आँखिन मैं अलसानि, चितौनी मैं मंजु विलासन की सरसाई।
को बिन मोल बिकात नहीं, 'मतिराम' लखै मुसकानि मिठाई
ज्यों-ज्यों निहारिए नेरे ह्वै नैननि, त्यों-त्यों खरी निकरैं-सी निकाई।

घनश्याम ने कहा—'रमा! मँझले भैया की कविता में सौन्दर्य का कलात्मक वर्णन हुआ है। ...यह अच्छी लगी।'

'जी, हाँ!

शब्द गूँज रहे थे—'को बिन मोल बिकात नहीं, मतिराम लखैं मुसकानि मिठाई।'

दो क्षण के बाद रमा बोल उठी—'दोनों भैया के तन और मन सुखी हैं। अतः चिन्ता से मुक्त हैं और शृंगारिक कविता इनके मन में उमड़ रही है।'

'हम अपने घर में दुखी हैं! ...तुम्हें कैसा लग रहा है, रमा?'

'यदि हम चिन्ता से मुक्त होते, सुखी जीवन बिताते तो ऐसी कविता अच्छी लगती', रमा ने उत्तर दिया।

'रमा! सारे देश में मुग़ल बादशाहत के विरुद्ध विद्रोह हो रहा है। अफ़गानिस्तान, बुन्देलखण्ड, महाराष्ट्र, बीजापुर—सर्वत्र युद्ध का ताण्डव चल रहा है। मथुरा आज भी

भीतर से अशान्त है। पंजाब में भी बेचैनी है। मेवाड़ भी बेचैन लग रहा है। ...युद्ध में खेत उजड़ जाते हैं। गाँवों का विनाश दिखने लगता है। जन और पशु हताहत हो छटपटाते हैं। गिद्ध मँडराते हैं। इस विषम स्थिति में शृंगार काव्य—कविता-कामिनी की उपासना मुझसे सम्भव नहीं है।' रमा ने सिर हिलाया। दोनों के मुखड़ों पर गम्भीरता छा गयी। 'रमा! मैं चाहता हूँ कि सबमें स्वाधीनता का भाव जगे। संघर्ष का साहस जगे। शिवा और छत्रसाल के घोड़ों की टापों की तेज़ आवाज़ तेज़ होती जाये। इसलिए मैं प्रार्थना करता हूँ—

जै जयति, जै आदिसकति, जै कालिकपर्दिनी,
जै मधुकैटभ-छलनि, देवि, जै महिष विमर्दिनी।

...और मैं चाहता हूँ कि दोनों स्वदेशवीर अवश्य विजयी हो जायें।'

'आपने अभी तक शिवाजी को देखा नहीं। आप आगरा में उनसे मिल नहीं सके। ...पर आप विजय की कामना कर रहे हैं'!

'क्योंकि वे देश की स्वाधीनता के लिए रक्त दे रहे हैं। पराधीनता से दबे-कुचले लोगों में स्वातन्त्र्य-चेतना जगा रहे हैं।'

'पर आप अपने घर में सब कुछ सुनते रहते हैं। मुझे चोट लगती है और आप देश के वीरों की जय मना रहे हैं!'

'मैं सोचने लगा हूँ, रमा कि तुम्हें कष्ट नहीं हो। तुम्हारे मन को चोट न लगे। पर मैं इन दरबारों में जाना नहीं चाहता। दरबारों से जुड़े राजाओं के पास नहीं जा सकूँगा। ...संघर्ष और संघर्ष काव्य की ओर मन दौड़ना चाह रहा है। ...मुझे कुछ करना है।'

'आप अपने मन के विरुद्ध कुछ नहीं करें। मुझे कष्ट नहीं होगा।...बड़ी दीदी मुझे कुछ नहीं बोलतीं। परन्तु मन महसूस कर लेता है।' रमा ने कहा।

'अचरज है, रमा! मुझ पर ताना मारना...आज सबके बीच ताना मारना...व्यंग्य! पहले मैं ध्यान नहीं दे रहा था। ...वैसे मैंने आज सबके सामने जवाब दे दिया है।'

'आज आपने जवाब दे दिया है। पर अपने गाँव में मस्त रहना सही जवाब नहीं हुआ।'

'ऐसा क्यों!'

'छोड़िए इन बातों को...सोने के समय एक कहानी सुना दूँ!'

'सुनाओ, रमा!'

'सुना है कि पड़ोस के गाँव की एक तुर्क़ सुन्दरी मुहर्रम के मेले में आपको देखकर आह-वाह करने लगी थी। आप उधर कई बार गये थे। नयनों से नयनों का मिलन हुआ था। उसके बाद...।'

'हाँ, रमा! यह एक आकस्मिक प्रसंग है। यौवन ऐसा प्रसंग रच देता है। परन्तु उधर मिलन की एकमात्र शर्त उनके मज़हब को क़बूल करने की थी। ...अपनी

धरती, अपने कुल-वंश-पूर्वज और अपने धर्म-कर्म का परित्याग कर नैन लड़ाने का खेल क्यों होता रहे?...मैंने उसे एक भूला हुआ सपना मान लिया।'

'एक और प्रसंग है, कविजी! आपकी बड़ी भाभी की छोटी बहन ने भी आपके सलोने रूप पर नज़र गड़ा दी थी।'

'मैंने तो उन पर दृष्टि को केन्द्रित नहीं किया था। ...बात यह हुई कि मैंने रमा जी के लक्ष्मी रूप की गाथा सुन ली थी।'

'इसीलिए आपकी बड़ी भाभी आपसे चिढ़ी रहती हैं।'

'यह हो सकता है, रमा!'

'पर आपको कुछ सोचना चाहिए।'

'अभी तो वर्षा-संगीत चल रहा है। मेढक गीत गा रहे हैं। इसलिए आपकी बाँहों में सो जाना है या आप मेरी बाँहों में सो जाइए।'

दोनों की मुस्कानें मिलीं। आराध्य का स्मरण कर दोनों सो गये। गहरी नींद में वर्षा का संगीत दूर हो गया। रात गहराती गयी। ...तीसरे पहर में सपना मँडराने लगा। घनश्याम ने देखा कि बड़े भैया शाही दरबार से निकलकर अपनी नयी शृंगारिक कविता को गुनगुनाते हुए लौट रहे हैं। लाल क़िला से हवेली तक आते हैं। पीछे-पीछे चाँदी की थाली में शाही तोहफ़ा है। लोग दरबार के सम्मानित कवि को सलाम करते हैं। कवि मुस्कराते हुए सलामी को स्वीकार कर अपनी हवेली के दरवाज़े पर पहुँच जाते हैं। भाभी जड़ीदार साड़ी में आभूषणों की सुनहली चमक के साथ स्वागत करती हैं।

उसी समय घनश्याम रमा के साथ उनके निकट पहुँचना चाहता है। लेकिन मुग़ल सिपाही दोनों को डाँटकर हटाते हैं। वे पहचानकर भी कुछ नहीं बोल पाते। उनके इशारा करने के बाद भी इन दोनों को हटना पड़ता है। ठोकर लगती है। ...घनश्याम की नींद टूट जाती है। ...वह देखता है कि वह अपने गाँववाले घर में सोया हुआ है। पास में रमा है। ...यहाँ मुग़ल सिपाही कहाँ से आ गये! ...उसने दिल्ली दरबार को ठुकराया है। दरबार ने उसे ठुकरा दिया है।...शायद यह उचित रहा।

प्रभात होने पर गाँव के मन्दिर में पूजा की तैयारी आरम्भ हुई। सारा परिवार पूजन-सामग्री लेकर मन्दिर में पहुँच गया। भीतर चत्वर पर पिण्ड रूप में देवी प्रतिष्ठित हैं। ऊपर लाल कपड़े की चाँदनी टँगी हुई है। ...इधर दो ओर की दीवारें जर्जर हो चली हैं। देवीथान अपनी जीर्णता में दयनीय लग रहा है। इसके जीर्णोद्धार के लिए हुकूमत की इजाज़त ज़रूरी है। बड़े भैया और छोटे भैया इजाज़त के लिए कोशिश कर रहे हैं। पास का पुराना शिवालय तो और जीर्ण-शीर्ण है। देवीथान के आँगन में ग्रामीण एकत्र हो गये हैं। कनेर और लाल अड़हुल (जवाकुसुम) के ताज़े फूल देवी पर अर्पित किये गये। देवी पूजा के लोकगीत की लय पर दीप भी जलने लगा। धूप की सुगन्धि फैलने लगी। सिन्दूर से अर्चना के साथ गुड़-आटे से बना नैवेद्य चढ़ाया

गया। तब सबने बच्चों, पूरे परिवार और गाँव के कल्याण के लिए प्रार्थना की। सबके शीश झुक गये। लगा कि देवी माँ का आशीर्वाद बरस रहा है। ...बच्चे पीड़ा से मुक्त रहेंगे। गाँव रोग-शोक से मुक्त होगा। ...सभी देवीथान और शिवालय की जीर्णता को भूल गये। हुकूमत को भूल गये। सभी देवी माँ की शरण में जो आ गये थे।

घनश्याम सोचने लगा—देवी माँ की यह पूजा महामारी से गाँव को त्राण दिलायेगी—यह विश्वास है। ...देवी का उग्र रूप दुष्टों से रक्षा करेगा। ...सचमुच जीवन की दो ही समस्याएँ हैं—भूख और रोग से मुक्ति और दुष्टों से रक्षा। ... हम पूजा कर सन्तुष्ट हो जाते हैं। हम विश्वास कर लेते हैं कि अब रोग-शोक से बचाव हो जायेगा। दुष्टों से रक्षा भी हो जायेगी। ...पर केवल पूजा से भूख नहीं मिटती! रोग नहीं भागता। दुष्टों का शमन नहीं हो पाता। पूजा की प्रेरणा के साथ संगठित-गम्भीर प्रयत्न आवश्यक है। पश्चिम में नानकपन्थ ने भक्ति के साथ शक्ति की साधना आरम्भ कर दी है। सतनामी पन्थ भी सक्रिय हो रहा है। विन्ध्याचल से दक्षिण शिवा ने संघर्ष को आगे बढ़ा दिया है।

रमा ने अपने पति की ओर देखा। उसे लगा कि वे कुछ सोच रहे हैं। ...उधर देवी माँ के पिण्ड की पूजा के बाद काली माँ की पूजा भी शुरू हो गयी। अब पुरोहित जी के मन्त्र भी गूँजने लगे। घनश्याम ने उन मन्त्रों के साथ स्तुति की। ...स्वराज्य के लिए संघर्ष एवं विजय के साथ सभी सुखी हो सकें। सभी रोग से मुक्त हो सकें।

सर्वे भवन्तु सुखिनः सर्वे सन्तु निरामया।

ग्यारह

देवी पूजा के बाद तीन दिन ठहरकर चिन्तामणि, मतिराम और जटाशंकर अपने-अपने शाही दरबारों के लिए जाने को तैयार हो गये। घर में उदासी छा गयी। तिकुवाँपुर की धूमधाम ठहर गयी। शान्त हो गयी। तीनों घर-परिवार और गाँव से विदा होने लगे।

चिन्तामणि चाहकर भी अपनी पत्नी को दिल्ली नहीं ले जा सके थे। मतिराम और जटाशंकर ने भी यही सोचा। घर की बहुएँ गाँव में रहकर घर-द्वार की देखभाल कर रही थीं। सारा परिवार गाँव से जुड़ा हुआ था। बहुओं का मन उदास होकर भी परिवार-गाँव-खेत-गोठ में रम जाता था। ...कारण है कि दिल्ली का माहौल बहुओं के अनुकूल नहीं है। वहाँ शाही शानोशौक़त और चमक-दमक अधिक है। वहाँ जंग और ऐयाशी की आँधी आती रहती है घायल हो जाने का डर रहता है।

शहंशाह औरंगज़ेब ने खुद अपने को ऐयाशी से दूर कर लिया था। वे अब अपनी बेगमों के साथ खुश थे। आलमगीर ग़ाज़ी ज़िन्दापीर के लिए ऐयाशी गुनाह थी। ...दक्कन की सूबेदारी के वक़्त इश्क़ोऐश का एक दौर आया था। वह जवानी की शुरुआती मौज थी। अब देहली की फ़तह के बाद दाराशुकोह की प्यारी उदयपुरी

बेगम को हासिल कर तोहफ़े के रूप में अपना लिया था। उदयपुरी बहुत दिनों तक शहंशाह आलमगीर से नफ़रत नहीं कर सकी। उसे फ़तहयाब आलमगीर औरंगज़ेब के आगोश में आना पड़ा।

शहंशाह ने शराब पर पाबन्दी लगा दी थी। तवायफ़ों को शहर देहली से बाहर कर दिया था। लेकिन शाहज़ादों, आला हाकिमों और सरदारों ने शहर से बाहर शराब और ऐयाशी का रास्ता निकाल लिया था। उन्हें वज़ीरों से सहारा मिल रहा था! चुनाँचे शराब और ऐयाशी शहर के बाहर चलती रही। रात रंगीन होती रही। कभी-कभी दबंग और ऐयाश मुग़ल सरदार क़ाफ़िरों की लौटती हुई बारातों से दुल्हिनों का अपहरण कर लेते थे। बारातियों से टकराव हो जाता था क्योंकि बाराती सशस्त्र होकर बारात में आना-जाना करने लगे थे।

अपने गाँव में चिन्तामणि ने मतिराम के सामने घनश्याम से कहा—'तुम तो मुग़ल बादशाह और देहली दरबार में टिक नहीं सके। ...यदि तुम चाहो तो चित्रकूट के राजा हृदयराम सोलंकी के पास जा सकते हो। तीर्थयात्रा के साथ एक सहृदय राजा से भेंट कर लो। वहाँ अपनी प्रतिभा का परिचय देना। उस पहाड़ी तीर्थ के राजा मेरे अनुज का सम्मान करेंगे।'

घनश्याम ने दो क्षणों के बाद उत्तर दिया—'बड़े भैया! आपने उचित परामर्श दिया है। उधर अवश्य जाऊँगा।'

तीनों भाइयों ने मंगलकामना की! घनश्याम ने सोचा कि उधर बुंदेलावीर छत्रसाल से मिलना हो सकता है।

तीनों भाई घर से विदा हुए। घर की देवियाँ द्वार पर आकर भरे नयनों से मंगल मना रही थीं। घनश्याम गाँव की सीमा तक साथ गया। गाँव के अनेक लोग साथ हो गये थे। सबने उन्हें नमन कर विदा किया। घर में सन्नाटा छा गया। उधर कुछ क्षणों तक धूल उड़ती रही। फिर सब शान्त हो गया। बहुएँ उदास हो गयीं।

घनश्याम ने गाँव की पगडण्डी पर चलते हुए सोचा कि श्रावणी पूजा की धूमधाम पूरी हो गयी। पर खेतों में रोपनी शेष है। अपने-अपने खेत में किसान रोपनी में लगे हुए हैं। आकाश में बादल छाया कर रहे हैं। पंछी अपने संगीत से रोपनी का स्वागत कर रहे हैं। गड्ढों और नालों में मेढक टर्र-टर्र करते हुए किसानों को उत्साहित कर रहे हैं। ...जब-तब साँप निकलते हैं। डण्डे से मार खा जाते हैं। कई बार वे अपने दंश से हाहाकार फैला देते हैं। ...साँप और मानव का द्वन्द्व चलता रहेगा। मानव प्रबल होता जायेगा। ...कहा जाता है कि पाताल में नागों का शासन है। धरती इसके फ़न पर टिकी हुई है। ...शायद यह पुराकालीन नागजाति की मान्यताएँ हैं। ये मान्यताएँ हिन्दू मान्यताओं की अंग बन चुकी हैं। हिन्दू नागदेवता की पूजा करते हैं। साथ ही मृत्यु के भय से उसे मारने के लिए उछल भी पड़ते हैं। ...शिव के गले में शोभित नाग और शेषनाग की शैया पर सोये विष्णु—यह नाग और वैदिक के समन्वय की

स्थिति है। यह समन्वय हिन्दू धर्म की विशेषता है। ...हिन्दू धर्म ने आत्मिक उत्कर्ष के लिए अहिंसा और करुणा को आवश्यक माना है। पर अस्तित्व और आत्मरक्षा के लिए शस्त्रधारण सर्वथा समुचित है।

दो क्षण रुककर अपने घर की ओर देखकर वह बुदबुदाया—'वह अपने परिवार से असन्तुष्ट हो रहा है। रमा भी भीतर से विकल है। ...क्या चित्रकूट तीर्थ की यात्रा से मन की विकलता दूर होगी? निर्णय तो लेना है! उधर राजा सोलंकी के साथ वीर छत्रसाल से भी मिलना हो सकता है।'

घनश्याम अपने खेत की ओर चल पड़ा। कुछ खेती ख़ुद और कुछ बटाई पर हो रही है। रास्ते में किसानों से भेंट होती गयी। वे जानते हैं कि तिकुवाँपुर का त्रिपाठी परिवार सचमुच पण्डित है। विद्वान है। कवि है। पर तुलसीदास के समान नहीं है। ...घनश्याम त्रिपाठी तो गाँव में रहकर अपनी कविता सुनाते हैं। कभी-कभी रामचरितमानस को गाकर सुनाते हैं। थकान दूर हो जाती है। सन्ध्या सुहानी लगने लगती है। मन कविता में रमने लगता है।

घनश्याम अपने खेत पर पहुँच गया। बटाईदार ख़ुश हो गये। उसने प्रणाम किया! घनश्याम ने आगे बढ़कर हल को अपने हाथ में लेकर जोतना शुरू कर दिया।...बटाईदार साथ-साथ चलता रहा। वह बोल उठा—'आपके हाथ में कलम शोभती है। आप तलवार भी भाँज लेते हैं! हल भी सँभाल लेते हैं। ...हल को तो हमारे हाथ में रहने दीजिए।'

घनश्याम मुस्कराता रहा। पर बैल बिदकने लगे। रुकने लगे। किसान ने अनुरोध किया—हो गया। अब आप मेंड़ पर खड़े होकर देखें। ...ये बैल मुझे पहचानते हैं।'

'अपने खेत में अपने हाथ से हल नहीं चलाया और अपना पसीना नहीं बहाया तो खेती का क्या अ[illegible] हुआ!' घनश्याम ने उत्तर दिया।

किसान बोल उठा—'आप गैयन की सेवा तो करते ही हैं। परन्तु हल-कुदाल नहीं, कलम-पोथी आपको शोभा देती है।'

'अपनी धरती, अपनी गैया और गंगाजी-यमुनाजी—सब माँ है। जन्म देने वाली माँ के नाते ये सब सबकी माँ हैं। सभी स्त्रियाँ भी देवी के समान हैं। सबका आदर होना चाहिए।'

आसपास हल जोतते दोनों किसानों ने कहा—'आप एकदम सही कह रहे हैं। यही तो अपना धरम है। इन्हीं से अपना कर्म जुड़ा हुआ है।'

'हमारे मुसलमान भाइयों में कुछ इस बात को मानते हैं।' घनश्याम ने बताया।

'ज़्यादातर तो अपने को हाकिम-सरदार मानते हैं। हम पर हुकूमत कर अकड़ते रहते हैं।' पहले किसान ने कहा।

'यही सच है।' दूसरे ने समर्थन किया।

'हम सब में परमात्मा के दर्शन करें—ऐसा धर्म ने बताया है। ...कबीरदास

ने कहा है–'लाली मेरे लाल की जित देखूँ तित लाल...।' तुलसीदास ने लिखा है–सियाराममय सब जग जानी।' घनश्याम ने स्पष्ट कर दिया।

दोनों ने सर हिलाकर इस कथन का समर्थन किया। ...दो क्षणों के बाद पहले ने पूछा, 'पं. घनश्याम जी! पर कुछ लोग जन्म से बड़े और अधिक लोग छोटे माने जाते हैं। छोटी जात के लोग भीतर से दुखी रहते हैं। भाग्य के नाम पर दुख को सह लेते हैं। ...यह सही नहीं लगता।'

'हाँ, यह दोष है। यह कमी है। यह भेदभाव दूर होना चाहिए।' घनश्याम ने कहा।

'पर ऐसा नहीं हो पाता। ...तो भी गाँव में मेलजोल रहता है। ...विद्वान् और चरित्रवान को तो आदर मिलना ही चाहिए।' दूसरे ने अपनी बात रख दी।

'यदि गाँव में प्रेमभाव नहीं रहा, स्नेह-सहयोग नहीं रहा तो गाँव ही उजड़ जायेगा। स्नेह और सहयोग गाँव का आधार है।'

'जी हाँ।' दोनों ने माना।

घनश्याम थोड़ी देर ठहरकर लौटने लगा। ...उसकी दृष्टि...खेत के पार उस गाँव की ओर गयी। उसी गाँव की तुर्क़कन्या ने उसके प्रति रागभाग प्रकट किया था। उसकी बड़ी-बड़ी आँखों में पूर्वराग झलक उठा था। वह उस रागभाव का एहसास कर जब-तब उधर चला जाता था। उस गाँव की घूरती हुई आँखों के बीच एक जोड़ी सुन्दर आँखें इन्तज़ार करती रहती थीं। उसे देखकर वे आँखें मुस्करा उठती थीं। आँखों ही आँखों में मौन शब्दों का आदान-प्रदान हो जाता था। ...वह एक पेड़ की छांव में कुछ देर ठहरकर लौट पाता था। मन को अच्छा लगने लगा था। उस दिन बादलों की छाँव में उससे मुलाक़ात भी हो गयी। शब्द मौन रहे। आँखें बातें करती रहीं। ...उसके चाचा ने देख लिया। उसने अरब से आये मज़हब को अपनाने की शर्त रख दी। उस नाज़नीन ने भी चाहा कि वह चचाजान की शर्त मान ले। ...उसने उस 'सख़्त शर्त के साथ हसीना' को अपनाने से इनकार कर दिया। और तब उसे उस गाँव में नहीं आने की धमकी मिल गयी थी। ...वह बेचैन रहा। अब वह उधर जा नहीं सकता था। पर वे बड़ी-बड़ी आँखें पीछा करती रहीं। ...धीरे-धीरे वह बेचैनी पर विजय पा रहा था।

इसी मनःस्थिति में बड़ी भाभी ने अपनी छोटी बहन से विवाह की बात चलायी थी। वह अनमना था। वह कभी मन्दिर में, कभी नदी तट पर जाकर कुछ सोचा करता था। ...एक बार भाभी की बहन आ गयी थी। उसने उसे देखा था। उसी समय दूसरे गाँव से रमा का परिवार पूजा के लिए देवीथान में आ गया था। वह वहाँ भजन गा रहा था। ...रमा उसके भजन को एकाग्र होकर सुनने लगी थी। उसकी ओर देख रही थी। उसे ऐसा लगा। और उसने बड़ी भाभी की छोटी बहन के प्रति अपनी उदासीनता दिखा दी। साथ ही रमा के प्रति बड़े भैया को अपनी इच्छा प्रकट कर दी। बड़ी भाभी चिढ़ गयी थीं। पर बड़े भैया ने उस परिवार को सूचित कर विवाह को निश्चित कर दिया था। विवाह सम्पन्न हो गया था।

याद है कि सारा गाँव बाराती के रूप में बारात में गया था। प्रायः सभी लाठी-भाले के साथ थे। बड़ी भाभी ने रमा को परिवार की छोटी बहू के रूप में स्वीकार कर लिया। उस समय माँ जीवित थीं।

और अब उनकी खीझ और चिढ़ ने पीड़ा देना शुरू कर दिया है। निर्णय करना है।...बूँदा-बूँदी शुरू हो गयी। वह तेज़ी से घर की ओर चल पड़ा।

बारह

मुग़ल सल्तनत की राजधानी कभी आगरा रही और कभी देहली। बड़े शाहज़ादा दाराशुकोह और सूफ़ी फ़क़ीर सरमद को कुफ्र का समर्थक समझकर शहंशाह औरंगज़ेब ने दोनों को दूसरी दुनिया में पहुँचा दिया था और तब तख़्तेताउस पर उनकी ताजपोशी हो गयी थी। अब्बा हुज़ूर शाहजहाँ की मौत के बाद वे आगरा छोड़कर देहली आ गये। ...वे सोच रहे थे कि इसी देहली-दारुल सल्तनत से हिन्दुस्तान पर हुकूमत हो रही है। बागियों की बग़ावत को कुचलने की पूरी कोशिश की है। उन्होंने दीन (मज़हब) के प्रति ईमानदार और सख़्त हुक्मराँ की हैसियत से अपने को पेश किया है। इसलिए तो 'ज़िन्दापीर' का दर्जा पाया है।

दो लम्हों के बाद कुछ याद कर वे बेचैन दीख पड़े। ...शिवाजी आगरा से बचकर निकल गया। दक्कन में उसे कामयाबी मिल रही है। ख़बर मिली थी कि उसने सूरत को लूट लिया है। ...वैसे मथुरा के जाट किसानों की बग़ावत को कुचल दिया गया है। लेकिन देहली से मग़रिब की ओर सतनामी और नानकपन्थ—दोनों क़ाफ़िरों में फैल रहे हैं। ये ताक़तवर हो रहे हैं। क़ाफ़िरों की हिम्मत बढ़ रही है। इसलिए इन दोनों पर नज़र रखी जा रही है। नवें गुरु पर सख़्त नज़र है। ...पंजाब के मग़रिब में अफ़रीदी बग़ावत पर उतर आये हैं। दक्कन के बीजापुर और गोलकुण्डा ऐसी छोटी शिया रियासतों पर उनका क़ब्ज़ा नहीं हो सका।

जुमा का दिन था। शहंशाह की शाही सवारी लाल क़िले के देहली दरवाज़े से होकर जमना तट पर शान से खड़ी जामा मस्जिद की ओर चल पड़ी। वे सजे-सजाये हाथी पर चाँदी के हौदे में बैठे हुए थे। हौदे के ऊपर मखमली चाँदनी थी। ...शाही सवारी के निकलने के पहले सड़क पर पानी का छिड़काव हो गया था जिससे गर्द न उड़े। इसके बाद हथियारबन्द सिपाही देहली दरवाज़े से होकर जामा मस्जिद तक फैल गये थे। सड़क पर चलते हुए आम शहरी किनारे हो गये थे। सबकी आँखें शहंशाह औरंगज़ेब आलमगीर ज़िन्दापीर के दीदार के लिए उधर ही देखने लगीं। यह शाही सवारी शहंशाह के इकबाल और बुलन्द हुकूमत की पहचान बन गयी थी। इसलिए रिआया बेताब लगने लगी। अदबोकायदा के साथ रियाआ किनारे खड़ी होकर लगी। ग़ैर-मुल्क़ों से आये सौदागर, सैलानी और एलची उमड़ने लगे। वे देख

रहे थे कि दूर खड़ी रिआया में ज़्यादा तो फटेहाल हैं। उधर शाही सवारी में शामिल अमीर-उमरा ठाठ-वाट से मौजूद हैं। वे सवारी के पीछे-पीछे रहकर भी अकड़ रहे हैं। ...शाही सवारी आ गयी। धीरे-धीरे आगे बढ़ती रही। सवारी के आगे और पीछे आठ हज़ार सिपाही क़दम से क़दम मिलाते हुए चल रहे थे। पीछे उमराव, मनसबदार और दीगर सरदार अपने-अपने सजीले घोड़ों पर सवार थे। कुछ बड़े मनसबदार पालकियों पर थे। ...शहंशाह ने चारों ओर देखा। उन्होंने महसूस किया कि देहली तो मुग़लों की तामीर है। पुराने क़िले की तरफ़ हिन्दू सल्तनत की निशानियाँ हैं। जो आहिस्ता-आहिस्ता मिट रही हैं। वे उन निशानियों को भूल नहीं पाते। आह भरकर रह जाते हैं। उन्हें आह भरकर जी लेना है।...

लाल क़िला और जामा मस्जिद मुग़ल तामीर हैं। देहली की पहचान इन्हीं से है। अब्बाजान ने बड़े शौक़ से बनवाया है। ...इधर-उधर से अफ़वाहें आती हैं कि हिन्दू इन्हें भी अपनी तामीर मानते हैं। उन पर हँसी आती है। अब वे क्या कर सकेंगे? ...अब्बाजान ने पहले दारा को वली अहद बना दिया और फिर तख़्ते ताऊस पर ताजपोशी की कोशिश की थी। इसलिए वे उन्हें माफ़ नहीं कर सके। ...चाँदनी चौक तो आपा जहाँनारा की देन है। वे भी भाईजान दारा का साथ दे रही थीं। उन्होंने तो एक क़ाफ़िर राजा के प्रति इश्क़ का इज़हार भी कर दिया था। इस तरह दारा और आपा—दोनों क़ाफ़िरों के नज़दीक हो गये थे। आपा को भी क़ैद करना पड़ा। उन्होंने अपनी अक्ल, जवाँमर्दी और अल्लाह की मेहरबानी से तख़्ते ताऊस हासिल कर लिया है। उन्होंने अपनी ताक़त से मुग़ल हुकूमत को मज़बूत करने की कोशिश की है। आज सारा हिन्दुस्तान उनके क़दमों में है। ...मगर दक्कन बग़ावत करता रहा है। इधर मग़रिबी इलाक़ों के क़बीले भी बग़ावत करने में अपनी शान समझते हैं। वे क़ाबू में नहीं आते। उन्हें क़ाबू में लाना है। उन्हें मुग़ल हुकूमत के आगे झुकना है। सबको झुकना है।

जामा मस्जिद का बुर्ज दिखाई पड़ा। ...इस शहर के बीच की पथरीली चट्टान को बराबर कर जमना किनारे जामा मस्जिद की तामीर हुई है। संगमरमर से बनी मस्जिद हिन्दुस्तान की शानदार इबादतगाह है। यहाँ सबके सर झुकते रहे हैं। सरमद का सर अल्लाह के लिए झुकता था। मगर वह रसूल मुहम्मद को आख़िरी पैगम्बर नहीं मानता था। शहंशाह औरंगज़ेब की बादशाहत को मानने को तैयार नहीं था क्योंकि दाराशुकोह के नज़दीक था। क़ाफ़िरों के देवता को भी इज़्ज़त देता था! ...लगभग सारे पीर और फ़क़ीर मुग़ल हुकूमत को दुआएँ देते रहे हैं। वे इस इस्लामी हुकूमत के ख़ैरख़्वाह रहे हैं। इनसे तुर्क़ और मुग़ल—दोनों ने ताक़त पायी है। कुछ सूफ़ी फ़क़ीर तो अपने में मस्त रहे हैं। लेकिन सीदी मौला और सरमद ने बग़ावती तेवर अख़्तियार कर लिया था। ...सरमद से तख़्ते ताऊस को चुनौती-सी मिल रही थी। उसे इस दुनिया से जाना पड़ा। मज़ार पास में ही है। उसे देखने पर गुस्सा बेक़ाबू होने लगता है।

रिआया के सर अदब में झुके हुए हैं। ग़ैर-मुल्की सौदागर, सैलानी और एलची हाथ बाँधकर खड़े हैं। हुकूमत का यही मतलब है। ...क्या देहली बादशाह शाहजहाँ को भूल पायी है? क्या वली अहद दारा को भूल चुकी है?...जो भी हो, अब इस दारूल सल्तनत में उनके ख़िलाफ़ किसी को ख़ाँसने की हिम्मत नहीं रह गयी है! ...यह फ़ज़्ले ख़ुदा है। यह फ़ज़्ले मौला है और इन बाजुओं में ज़ोर है।

शहर देहली की चारों ओर से सड़कें जामा मस्जिद के पास पहुँच रही हैं। बड़ी सड़क तो बड़े दरवाज़े के सामने हैं। मस्जिद के बड़े फाटक से थोड़ी दूर पर शाही सवारी रुक गयी। शहंशाह हौदे से उतर आये। वे जामा मस्जिद की ओर बढ़े। सामने के बड़े दरवाज़े के ऊपर सफ़ेद संगमरमर के ख़ूबसूरत कँगूरे मुग़ल शहंशाह का इस्तक़बाल करते नज़र आये। बीच वाला गुम्बद अगल-बगल के गुम्बदों से ऊँचा है! आँखें सीढ़ियों से होकर संगमरमरी दरवाज़े पर और फिर ऊपर गुम्बद पर पहुँच जाती हैं। सबसे ऊपर तो आसमान है। ...सातवें आसमान में अल्लाह...!

शहंशाह औरंगज़ेब सीढ़ियों से होकर मस्जिद में आये। अन्दर गये। शाही इमाम ने उनका इस्तक़बाल किया। शहंशाह का दिल मुस्करा उठा। सामने लाल संगमरमरों से बनी इबादत की जगह है। बाहर के सफ़ेद और अन्दर के सुर्ख़ रंग का निराला मेल जामा मस्जिद को बेमिसाल ख़ूबसूरती अता कर देता है। कितना खुशनुमा लगता है! इस पर नज़र पड़ते ही सर सिजदा के लिए झुक जाता है! यह तो क़ाफ़िरों के मुल्क़ पर दीन इस्लाम की बुलन्दी का ऐलान है।

शहंशाह ने मुक़म्मल अकीदा के साथ जुमे की नमाज़ पढ़ी। इबादत की। उनके पीछे उमराव और मनसबदार बैठकर नमाज़ पढ़ रहे थे। एक साथ मग़रिब-अरब की ओर सबके सर झुक रहे थे। अरब रसूलेपाक का मुल्क़ है। उसी पाकगाह से सारी कायनात को रोशनी मिलती है। वहीं पैगम्बर साहब को इलहाम हुआ था और तब कलामेपाक सबके सामने आया। इसी पर सारी दुनिया को चलना है।...हिन्दू मनसबदार जामा मस्जिद के बाहर खड़े थे। बाअदब खड़े थे। कुछ फ़क़ीर सरमद के मज़ार को देखकर आह भरकर रह जाते थे।

नमाज़ पूरी हुई। शाही इमाम ने अल्लाह और रसूल की ओर से शहंशाह की दुआएँ दीं। उन्हें ज़िन्दापीर कहकर इज़्ज़त बख़्शी। साथ ही वे मुग़ल हुकूमत की मज़बूती के लिए आसमान की ओर देखते हुए अल्लाह से दुआएँ माँगने लगे। ...शहंशाह को एहसास हो रहा था कि उन पर अल्लाह की मेहरबानी हो रही है। रहमतेआलम का रहमोकरम बरस रहा है। तभी तो वे अन्दर-बाहर के दुश्मनों पर फ़तह पाकर क़ाफ़िरों के इतने बड़े मुल्क़ पर शान से हुकूमत कर रहे हैं। ...कुछ लम्हों के लिए उनका सर ऊँचा हुआ। और वे बाखुशी मस्जिद से बाहर आये।

बाहर फ़क़ीरों और भिखारियों की भीड़ अपने शहंशाह का इन्तज़ार कर रही थी। फ़क़ीर जमात में थोड़ा आगे बढ़कर खड़े थे। भिखारी दूर थे। उन्हें देखते ही

फ़क़ीर दुआएँ देने लगे। शहंशाह ने उनकी दुआओं को क़बूल करते हुए ख़ैरात से सबको ख़ुश कर दिया और 'शहंशाहेहिन्द ज़िन्दापीर' के नारों से इलाक़ा गूँज उठा। बाद में भिखारियों को भी दूर से दाम और पैसे मिल गये।

शाही सवारी लौट पड़ी। नारों की गूँज के बीच शहंशाह बुदबुदाने लगे...कहाँ फरगना और कहाँ यह हिन्दुस्तान! बुज़ुर्गों ने बाजुओं की ताक़त से इस मुल्क को दस्तयाब किया है। अल्लाह चाहते हैं कि मुग़लों की फ़तह हो। चारों तरफ़ फ़तह का डंका-नगाड़ा बजता रहे और सभी अल्लाह, कलामेपाक और रसूल पर ईमान लायें। कुफ़्र का नामोनिशान मिट जाये।

शहंशाह की नज़र रिआया की ओर गयी। बड़ी तादाद में रिआया शहंशाह की झलक के लिए खड़ी दिखाई पड़ी। वह 'शहंशाह ज़िन्दाबाद' के नारों से इस्तक़बाल कर रही है! उनका दाहिना हाथ उठा। मानो वे उनके इस्तक़बाल को क़बूल कर रहे हैं। ...कुछ ख़ुश दिख रहे हैं और कुछ ख़ौफ़ज़दा हैं। यही सही है।

शाही सवारी लाल क़िले की ओर बढ़ रही थी। ...अब यह शहर शाहजहानाबाद नहीं, देहली है। यही सही है। लाल क़िले पर फहराता हुआ सब्ज परचम मुग़ल हुकूमत का एलान करता रहता है।

जामा मस्जिद और देहली दरवाज़े के बीच का बाज़ार सजा-धजा है। ...चाँदनी चौक आपा जहाँनारा की याद दिला देता है। ...उनकी मुख़ालिफ़त और रोशनआरा बहन का साथ देना अजीब रहा। देहली में रहकर बहन रोशनआरा ने उन्हें पूरा साथ दिया। तभी तो वे तख़्ते ताऊस पर हैं। चुनाँचे बहन की ज़ाती ज़िन्दगी से आँख मूँदना पड़ा है। उनकी हवस...ऐश...!

देहली दरवाज़े के पास ही नक़्क़ारखाने में नगाड़ा बज रहा है। ...दीवानेआम दिखाई पड़ा। लाल पत्थर से बना दीवानेआम दीवानेख़ास से कमतर नहीं है। ऊपर संगमरमर की छतरी है। इसी के नीचे वह चबूतरा है जिस पर शाही तख़्त रखा हुआ है। दीवारें जड़ाई की बहुरंगी कसीदाकारी की झलक देती हैं। दीवानेआम और दीवानेख़ास के बीच के तालाब में लगे फव्वारे लुभा देते हैं। दिलकश नज़ारा होता है।

दीवानेख़ास, ख़ासमहल और रंगमहल जन्नत की याद दिला देते हैं। इनके बीचोबीच नहर-ए-बहिश्त बह रही है। ...यह तो बहिश्त का दिलफ़रेब नज़ारा है! ...सफ़ेद पत्थरों से बने दीवानेख़ास की छत में सोने-चाँदी की मढ़ाई की गयी है। रंग-बिरंगे ख़ूबसूरत दरवाज़े बेशक़ीमती पर्दों से सजे हुए हैं। ये पर्दे भी रत्नजड़ित हैं। ...और तख़्ते ताऊस की ख़ूबसूरती तो बयान से बाहर है।

ख़ासमहल और रंगमहल तो बेगमों के हरम हैं। शाही हरम के दो हिस्से हैं। शाही हरम तो इस ज़मीन का हिस्सा नहीं लगता। वह मुकम्मल बहिश्त का एक टुकड़ा है। मगर शहंशाह आलमगीर ग़ाज़ी के लिए दारुल सल्तनत ऐशगाह नहीं है। यह सल्तनत का मरकज़ है और हुकूमत दीनोईमान की ख़िदमत है। शरीयत के

मुताबिक़ ख़िदमत है। खुदाई शख़्सियत का नूरानी इज़हार है। ...दारा की क़ाफ़िरी से छुटकारा मिला तभी तो वे ज़िन्दापीर हैं।

तेरह

दीवानेख़ास के पास पहुँचने पर शहंशाह को याद आ गया कि उनका पूरा नाम तो अब्दुल ग़फ़ूर मुजफ़्फ़र मुहीउद्दीन मुहम्मद औरंगज़ेब आलमगीर पातशाह ग़ाज़ी है। हक़ीक़त में वे मुहीउद्दीन हैं क्योंकि उन्होंने इस्लाम और इस्लाम हुकूमत को नयी ताक़त दी है। कुफ्र की ओर झुकते दाराशुकोह को अल्लाह के हुज़ूर में सज़ा पाने के लिए भेज दिया। क़ाफ़िरों की बढ़त को रोक दिया है। चुनाँचे वे ग़ाज़ी हैं। उनके एक हाथ में शमशीर और दूसरे हाथ में तस्वीह है। शराब का जाम नहीं है। उन्हें फ़ज़्ले इलाही चाहिए, बाज़ारे हुस्न की अदाएँ नहीं।

वे शाही हरम के दरवाज़े पर आ गये। ख़्वाजासरा ने सर झुकाकर दरवाज़े को खोल दिया। उस महल में बेगम नवाबबाई उनसे नाखुश होकर तन्हाई में रह रही हैं। वे गमगीन हैं। ...वे तो शाही तख़्त को हासिल करने के लिए बेगम के प्यार को ठुकरा कर जंग में कूद गये थे। नाज़ुक बाँहों के गजरे को भूलकर उन्होंने बेरहम तेग को थाम लिया था और उन्होंने अपने तमाम दुश्मनों को राह से हटा दिया। उनके दुश्मनों के नामोनिशान ख़ाक में गुम हो रहे हैं। ...वे दारा की चहेती ग़ैर-मुल्की हसीना उदयपुरी के लिए बेचैन हो उठे थे। इसलिए भी बेगम नवाबबाई नाराज़ हो गयीं। उन्होंने मिलने से इनकार कर दिया। वे रंजोगम में वक़्त गुजार रही हैं। अगर उन्हें अपने सरताज़ की फ़िक्र नहीं है तो उन्हें भी नहीं रही। ...वे हुस्नोशबाब के गुलाम नहीं हैं और वे सूफ़ियों और इश्क़िया सूफ़ी नग़मों को भी पसन्द नहीं करते। इन नग़मों से बाजुओं का ज़ोर ढील: हो जाता है।

वे उदयपुरी के पास पहुँच गये। उदयपुरी ने अपनी मुस्कान से उनका इस्तक़बाल किया। खुशआमदेद कहा। वे वहीं आराम करने लगे। बाँदियाँ हट गयीं।

उदयपुरी बेगम ने कहा—'अब आप शाहज़ादों पर ख़याल रखें। उनकी तालीम का उम्दा और सही इन्तज़ाम हो!'

'बेगम! शाहज़ादों को तो तालीम मिल रही है। ...क्या बात है?

'उनकी देखभाल अच्छी तरह नहीं हो रही है। ...वे वज़ीरों और सरदारों के बेटों के साथ मस्ती कर रहे हैं। माहौल मुफ़ीद नहीं है। माहौल में आवारागर्दी और ऐश की बू है।'

'कहना क्या चाहती हो?'

'क्या आप सल्तनत के आलाहाकिमों और सरदारों की ऐशोइशरत को नहीं

जानते हैं? शहर के बाहरी हिस्से में ऐयाशी के कहकहे गूँज रहे हैं। ...शायद उनकी आवाज़ यहाँ तक नहीं आ पाती।'

'आप इतनी फ़िक्रमन्द हैं? मैं इन शाहज़ादों को सही राह पर ला दूँगा।'

'यक़ीन तो है। ...आपने मुझे गम की तन्हाई से निकालकर अपने आगोश में ले लिया। ...मैं उन्हें भूल गयी। अब आप मेरे सरताज हैं।' उदयपुरी ने नज़र झुकाकर कहा।

'आप याद दिला रही हैं! मैं याद और यादगार को पसन्द नहीं करता बेगम! यह ख़याल रहे।' औरंगज़ेब की आवाज़ में तल्ख़ी आ गयी।

उदयपुरी की चेहरा मुरझा गया। पलकें झुक गयीं। आँखों में आते अश्क़ को रोका। ...और उन्होंने बेगम को अपनी बाँहों में ले लिया। और कहा– 'बेगम! मुझे माफ़ कर दो। मैंने तुम्हारे दिल को दुखा दिया! ...मेरे सामने क़ाफ़िर भाईजान का नाम नहीं लेना–यह याद रहे।'

उदयपुरी ने सर हिला दिया! वह अपने शहंशाह के सर को सहलाने लगी! ...उन्हें नींद आने लगी।

उदयपुरी बेगम को अपनी गुज़री हुई ज़िन्दगी की यादों का सिलसिला झलकने लगा। दर्द उभर आया। पास में शहंशाह को देखकर ख़ौफ़ज़दा हो गयीं। ...आहिस्ता-आहिस्ता ख़ौफ़ दूर हुआ। ...उसने सोचा कि शहंशाह अपनी ताक़त से इस मुल्क़ पर हुकूमत कर रहे हैं। मगर अपने शाहज़ादों को भी प्यार नहीं कर पाते। ...यह तो अजीब बात है! इन्होंने तो बेगम नवाबबाई को तन्हाई में भेज दिया है। ...और उसे तो इन्होंने फ़तह का तोहफ़ा समझकर इस हरम में डाल दिया है। वह छटपटाती रही। लेकिन छटपटाहट को रोकना पड़ा है। ...और वह कामबख़्श की अम्मी बन गयी। यही वजूद है। ...ये तो समझ रहे हैं कि वज़ीरों और हाकिमों के फरजन्दों के साथ उठ-बैठकर उनके शाहज़ादे मुग़लिया ज़िन्दगी जी रहे हैं। सही तालीम पा रहे हैं। ...उसका शाहज़ादा कामबख़्श भी अपनी अम्मी की बात नहीं सुनता। मदरसे में उसका दिल नहीं लगता। मौजमस्ती में डूबा रहना चाहता है। ...सरताज़ के शाहज़ादों में अपनापन गहरा नहीं लगता। दिली भाईचारा नहीं दिखता। ...क्या इस ख़ानदान की यही रवायत है?...क्या होगा? अगर शाहज़ादे लायक नहीं बने; क़ाबिल नहीं हुए तो इस मुग़लिया सल्तनत का क्या होगा?...क्या ये भी आपस में तलवार टकरायेंगे? एक-दूसरे की गर्दन काटेंगे?...ओह! यह ख़याल तो दर्दनाक है!!

थोड़ी देर आराम करने के बाद शहंशाह उठकर बाहर आ गये। उदयपुरी देखती रह गयी। ...उधर दीवानखाने में वज़ीर उनका इन्तज़ार कर रहा था। वे दीवानखाने में आ गये। उनकी इजाज़त पाकर दो जासूसों ने आकर फ़रशी सलामी दी।

एक ने बताना शुरू किया– 'आलमपनाह! महावत ख़ाँ के लौटने के बाद दिलेर ख़ाँ ने बहादुर ख़ाँ के साथ पूना पर क़ब्ज़ा कर लिया। पूना में तहलका मच गया। हज़ारो मारे गये। शहर क़ब्रिस्तान-सा लग रहा है।'

'शाबाश! यह तो खुशख़बरी है। ...उस पहाड़ी जागीरदार ने नाक में दम कर रखा है। उसे सबक सिखाना ही है।' शहंशाह ने वाहवाही दी।

'मराठे हार नहीं मान रहे हैं, हुज़ूर! ...पूना हाथ से निकल चुका है। लेकिन शिवनेर क़िले पर अपना क़ब्ज़ा बदस्तूर है। उन्हें पीछे हटना पड़ा है।' यह बताकर वह जासूस चुप हो गया। उसका सर झुक गया।

शहंशाह ने उसे बाहर जाने का हुक्म दे दिया।

दूसरे जासूस ने धीमी आवाज़ में कहा–'शहंशाह! मग़रिबी पंजाब के कुछ इलाक़ों में बारिश नहीं हो सकी है। उधर के काश्तकार पानी के लिए हाय-हाय कर रहे हैं। ...गुरु तेगबहादुर की ओर से कुएँ खुदवाने का काम हो रहा है। उधर के काश्तकार उन्हीं को मालगुज़ारी का आधा हिस्सा देने लगे हैं। उनके चेले...सिक्ख हथियारबन्द हैं। ...जहाँ-तहाँ सिपह-ए-दीन से टकराने की कोशिश करते हैं।'

'ऐसा क्यों? क्या उधर क़ाफ़िरों के पीर...मुर्शिद की हुकूमत है?'

'आलमपनाह! अपने हाकिमों और शिकदारों ने रिआया की फ़रियाद को नज़रअन्दाज़ कर दिया है। शायद इसीलिए...।'

'क्या मुग़ल हुकूमत रिआया के मुताबिक़ चलेगी? मालगुज़ारी तो उन्हें मुग़ल हुकूमत को देनी है।'

'इसके लिए तो सख़्ती हो रही है। सिपह-ए-दीन तो उन्हें ख़ौफ़ दिखा रहे हैं। लेकिन गुरु की वजह...।'

'गुरु पर सख़्त नज़र रखो। उनके ख़िलाफ़ सबूत लाओ। क़ाफ़िरों के पीर-मुर्शिद की हरकतों से बग़ावत की बू आ रही है। ...मालगुज़ारी की मुकम्मल वसूली हो। वसूली के बाद रिआया की फ़रियाद सुनी जा सकती है।' शहंशाह ने हुक्म दिया।

'शिकदार को तो हर इलाक़े में सिपाहियों के साथ जाकर मालगुज़ारी को वसूलना होगा।' वज़ीर ने सलाह दी।

'हाँ, यही होना है।' शहंशाह ने मंजूरी दे दी।

'जी, हाँ!'

'हुक्मनामा जायेगा।'

उसी वक़्त बुन्देलखण्ड से भी जासूस आ पहुँचा। उसे इजाज़त मिली। थके हुए जासूस की आवाज़ थरथरा रही थी। शहंशाह ने इशारा किया।

जासूस बोल उठा– 'आलीजाह! छत्रसाल बुन्देला तो साल भर से बग़ावत की राह पर चल पड़ा है। अपने बप्पा चम्पत राय की मौत का बदला धँधेरो के कँवरसेन को हराकर ले लिया है। उसने अपनी भतीजी की शादी छत्रसाल से कर दी है!

उसके साथ उसका भाई बलदीवान भी हो गया है। ...और सिरोंज के फ़ौज़दार को हराकर अपनी ताक़त बढ़ाने के लिए दौलत हासिल कर ली है।'

'पहले चम्पतराय ने मुग़ल सल्तनत से बग़ावत की। वह मारा गया। अब उसका फरजन्द उछल-कूद कर रहा है। यह बर्दाश्त के बाहर है। इसे जल्द दबाया जाये। उसे गिरफ़्तार कर शाही दरबार में पेश किया जाये।' शहंशाह ने वज़ीर को हुक्म दे दिया।

'शहंशाह! छत्रसाल ने धमौनी पर हमला किया था। लेकिन शाही फ़ौज़दार ख़ालिक ने अपनी दिलेरी से उसे पीछे हटने को मज़बूर कर दिया है।' जासूस ने बताया।

'अब उसे घेर लिया जाय। उसे पहाड़ी इलाक़े में छिपने नहीं देना है।'

'जी, हाँ!' वज़ीर ने जवाब दिया।

जासूस फ़रशी सलाम कर चला गया।

शहंशाह औरंगज़ेब आलमगीर का चेहरा सख़्त हो उठा। उन्होंने वज़ीर से कहा—'राजा जयसिंह और जसवन्त सिंह कभी वली अहद दारा के मददगार थे। अब ये दोनों मेरे साथ हैं। लेकिन इनकी ताक़त में इज़ाफ़ा नहीं होना चाहिए। इनका दबदबा नहीं बढ़े। यह ख़याल रखना है। हो सके तो आहिस्ता-आहिस्ता इनसे छुटकारा...।'

'जी!'

शहंशाह के इशारे पर वज़ीर चला गया और शहंशाह यह सोचकर हरम की ओर चल पड़े कि यह मुल्क़ पूरी तरह क़ाबू में नहीं आ पा रहा है। यह अजीब बात है। ...अगर शिवाजी बीजापुर और गोलकुण्डा से टकराता है तो ठीक ही है। मुग़ल फ़ौज़ और सालार को थोड़ा चैन मिलेगा। वे टकराकर कमज़ोर होंगे! ...इधर जयपुर-जोधपुर-मेवाड़ वग़ैरह के क़िले-दर-क़िले कब सर ऊँचा कर खड़े हो जायें—कहना मुश्किल है। ...सिर्फ़ मेवाड़ से ऐसी बग़ावत की सुगबुगाहट सुनी जा सकती है। इधर अफ़ग़ान और अफ़रीदी तो परेशान कर ही रहे हैं। ...वे दीवानखाने से निकल कर शाही हरम के अन्दर बेगम औरंगाबादी के महल की ओर आ गये।

शाही हरम शाम हो जाने से रोशन होने लगा था। रोशनी में दमकने लगा था। शहंशाह मुस्करा उठे।

रात आ गयी। वज़ीर का पोता तफ़ख्खुर अपने साथियों के साथ शहर देहली के बाहर स्थित ऐशगाह में पहुँच गया। साथ में शाहज़ादा आज़म और शाहज़ादा कामबख़्श थे! बड़ा बेटा सुलतान चाचा शुजा से मिल जाने और चचेरी बहन से शादी करने की वजह से क़ैदखाने में पड़ा था। शाहज़ादा अकबर और शाहज़ादा मुअज्जम ऐशगाह की रंगीनी से दूर थे।

उस ऐशगाह में हलकी रोशनी फैल रही थी। मगर खिड़कियों से बाहर रोशनी नहीं आ पाती थी। ...रक्कासा का नाच शुरू हो गया। उसके चेहरे पर शबाब की लाली दमक रही थी। उसकी नशीली अदाओं से वह लाली लपट बनने लगी! शाहज़ादों और उनके साथियों की आँखों में शराब की मस्ती छलक रही थी और फिर

उनमें वासना की आग सुलगने लगी। ...सामने चाँदी की चौकियों पर बाद-ए-गुलरंग, बाद-ए-नैशकर और बाद-ए-कुहना—ये क़िस्म-क़िस्म की शराबें जाम में छलकने लगीं।

रक्कासा हुस्नोइश्क़ का नग़मा गाती हुई नाच रही थी। उसकी हर अदा पर वाह और आह की आवाज़ें ऐशगाह के अन्दर गूँज जाती थीं। ...ऐशगाह के बाहर स्याह अँधेरा छाया हुआ था।

चौदह

बुन्देलखण्ड के पन्ना नामक स्थान से सन्त प्राणनाथ अमीचन्द के साथ चित्रकूट की ओर बढ़ रहे थे। भागवत पुराण के आधार पर श्रीकृष्ण की भक्ति के एक नये रूप को वे रख रहे थे। कच्छ और गुर्जर प्रदेश से सम्बद्ध होने के कारण पहले उन्होंने उधर ही श्रीकृष्ण की भक्ति का प्रचार किया था! अब वे इधर आ गये थे। ...वे सोच रहे थे कि शहंशाह औरंगज़ेब ने उनके निवेदन को ठुकरा दिया। उन्होंने तो श्रीमद्भागवत के साथ कुरानशरीफ़ का भी अध्ययन किया है। धर्म के मूल रूप में कोई अन्तर तो नहीं लगता है। अतः शहंशाह सबके साथ समान व्यवहार करें। ...परन्तु उनका विचार स्वीकृत नहीं हो सका।

वे चित्रकूट के मार्ग में बस्ती, वन और पहाड़ी—सब को पार करते बढ़ रहे थे। वे सन्ध्या में किसी बस्ती में ठहर जाते। वे बस्ती के किसानों, कारीगरों और वनवासियों से मिलते। बस्ती के सुख-दुख की चर्चा होती। सहयोग की बात होती। अन्त में श्रीकृष्ण का स्मरण एवं कीर्तन होता! रात में विश्राम हो जाता। अमीचन्द साथ में था। सरमद का शिष्य अमीचन्द अब जमुनादास कहला रहा था। पहनावा बदल गया था। बाँसुरी साथ में थी, पर छिपी हुई थी। ...उसे कभी पीर फ़क़ीर सरमद की याद आती और कभी माता-पिता की। शहंशाह ने सरमद के शिष्य को क़ैद करने का हुक्म दे रखा था। उसे दिल्ली से भागना पड़ा था। ...अब वह सन्त प्राणनाथ के साथ गाँव-गाँव भटक रहा था। उसने सन्त को निकट से देख-समझकर अनुभव कर लिया था कि सन्तजी फ़क़ीर सरमद के समान सहृदय, सदय और भक्त हैं। कवि भी हैं। ये श्रीकृष्ण के साथ खुदा का भी नाम लेते हैं। पर ये श्रीकृष्ण की भक्ति में लीन रहते हैं। प्रणामी सम्प्रदाय के मन्दिर में श्रीकृष्ण के मोरपंख और बाँसुरी—प्रतीकों की प्रतिष्ठा है। ये भागवत पुराण के आधार पर श्रीकृष्ण-लीला का वर्णन करते हैं। परन्तु भक्ति और भक्तिपदों में अपनी भारतभूमि को भूला नहीं सके हैं। बुन्देलेवीर छत्रसाल ने इन्हीं से स्वराज्य-संघर्ष की प्रेरणा ली है, साथ ही शिवाजी से। अब सारे बुन्देलखण्ड में छत्रसाल का स्वराज भाव जग रहा है। योद्धाओं का सहयोग बढ़ रहा है। मुग़ल क़िलेदारों और दिल्ली के वशवर्ती छोटे राजाओं से युद्ध चल रहा है।

सन्त प्राणनाथ सोच रहे थे—उन्होंने हिन्दू धर्म और इस्लाम के समान विचारों को ढूँढ़ निकाला है। यह समान विचार दोनों को जोड़ सकते हैं! ...बड़े शाहज़ादे दाराशुकोह और सूफ़ी सरमद ने भारतीय अद्वैत दर्शन और सूफ़ी तसव्वुफ़ के अद्वैत को समझकर जोड़ा है। दाराशुकोह ने तो पण्डितराज जगन्नाथ के सहयोग से इस अद्वैत पर ग्रन्थ लिखा था। यमुना के तट पर अद्वैत और तसव्वुफ़ का समुद्र संगम हो रहा था। लेकिन युद्धों में विजयी औरंगज़ेब ने ग़ाज़ी बनकर इस साधना को ठुकरा दिया। ...उनके नये विवेचन को भी कुफ़्र के क़रीब मानकर फेंक दिया। उनके शिष्य भी क़ैद कर लिये गये। बड़ी पीड़ा हुई। ...अब वे देश के छोटे-छोटे राजाओं और योद्धाओं को जगा रहे हैं। उनकी प्रेरणा से छत्रसाल रणक्षेत्र में आ गये हैं। ...सरमद के शिष्य अमीचन्द को इस कट्टर और बेरहम हुकूमत की टेढ़ी नज़र से बचाना है। ...अब इसे नये रूप में नारनौल, पंजाब और राजस्थान के निर्गुण-सगुण सन्तों-भक्तों से मिलने जाना है। सबको जोड़ना है। बाँसुरी को छिपाकर रख लेना है। अब सबसे मिलकर और जोड़कर ही मन शान्त होगा।

वे बोल उठे— 'जमुनादास!'

'जी!' अमीचन्द ने चौंककर सन्त की ओर देखा।

'तुम्हें नारनौल के सतनामियों से मिलने जाना है। प्रणामी सम्प्रदाय के जमुनादास के रूप में मिलना है।'

'आपको छोड़कर जाना है?' जमुनादास ने पूछा।

'क्यों भय हो रहा है?'

'आपकी शरण में आकर भयमुक्त हो चुका हूँ।'

'तब तो ठीक है। तुम्हें कबीरपन्थी, रैदासपन्थी, सतनामी, नानकपन्थी, दादूपन्थी—सबसे मिलना है। श्रीराम, श्रीकृष्ण और श्री शिव के भक्तों के पास पहुँचना है।' सन्त प्राणनाथ ने समझाया।

'मुझे सबके पास पहुँचना है। यह तो बहुत बड़ा काम है!!'

'मैं स्वयं भटक रहा हूँ। सबको जगा रहा हूँ। कश्मीर की ओर भी जाना चाहिए। वहाँ के हिन्दू अधिक पीड़ित हैं।' सन्त प्राणनाथ ने बताया।

'जी, हाँ! ...पर ऐसा क्यों? हम अपने ही देश में पीड़ा सह रहे हैं।'

'मुल्ला-मौलवियों ने अपने सत्य को परम सत्य घोषित किया है। शेष सभी धर्मों-पन्थों के सत्य को असत्य और अविश्वास यानी कुफ़्र मान लिया है। कुफ़्र को मानने वालों को क़ाफ़िर समझकर ये शाहों-शहंशाहों की मदद से पीड़ित कर धर्म बदलने के लिए कठोर दबाव डालते हैं।' सन्त ने स्पष्ट किया।

'हम तो सबको मान-सम्मान देते हैं।'

'जमुनादास! सभी धर्मों-पन्थों का उद्देश्य एक ही है। मार्ग भिन्न हैं। पर यह मज़हब और मज़हबी सियासत मानने को तैयार नहीं है। अतः तुमको अलख जगाना है।'

'मैं तत्पर हूँ।' जमुनादास ने हाथ जोड़कर आदेश को शिरोधार्य किया। वह समझ गया कि उसे देश में सबसे मिलने के लिए दौड़ना है। ...सबसे मिलना और सबको जोड़ना—यही तो धर्म है।

सन्त प्राणनाथ ने देखा कि कोई इधर आ रहा है। ...मुग़ल गुप्तचर तो नहीं है? दिल्ली का तो नहीं लग रहा है।

थका हुआ युवक एक वटवृक्ष की छाया में बैठ गया। विश्राम करने लगा। वृक्ष के ऊपर पंछी चहचहा रहे थे! मन्द पवन बह रही थी। पत्ते डोल रहे थे। ...उसकी आँखें मूँद गयीं। ...कुछ क्षणों के बाद पैरों की आहट आयी। उसकी आँखें खुल गयीं। उसने देखा कि कोई सन्त अपने शिष्य के साथ आ रहे हैं। निकट आ गये हैं। लगता है दोनों चित्रकूट जा रहे हैं। वह चित्रकूट से लौट रहा है। शरीर थक गया है। पर सन्तजी को आदर देने के लिए वह उठकर खड़ा हो गया। उधर सन्त प्राणनाथ द्वन्द्व में थे। यह कौन हो सकता है? यह तो उठकर खड़ा हो गया। युवक है। धोती-अँगरखे में है। ...यह हाथ जोड़कर नमन कर रहा है। सन्त के मन का द्वन्द्व मिट गया। उन्होंने पहले जमुनादास की ओर देखा। वह भी भयमुक्त होकर शान्त है। वह उस युवक को देखता है और कभी सन्त प्राणनाथ की ओर। सन्त उस युवक की ओर देख रहे थे। वह युवक सन्त की ओर आ रहा था। ...वह भी पीछे हो गया। सन्त ने देखा कि युवक थका हुआ है। वह निकट आकर सन्त को नमन करने लगा। सन्त ने मधुर स्वर में पूछा– 'युवक! कहाँ से आ रहे हो? अकेले हो? कहाँ जाना है?'

'मैं त्रिविक्रमपुर के स्वर्गीय रत्नाकर त्रिपाठी का कनिष्ठ पुत्र घनश्याम त्रिपाठी हूँ। कविवर चिन्तामणि, मतिराम और जटाशंकर का अनुज हूँ। बड़े भैया के परामर्श पर चित्रकूट की तीर्थयात्रा पर आ गया। श्रीराम की वनयात्रा और उनकी यहाँ अनुसूया जी से भेंट...। यह तो पावनतीर्थ बन गया है! इस तीर्थ में आकर मन को शान्ति मिली है।' घनश्याम ने विनम्रभाव से बताया।

'आप कवियों के अनुज हैं। आप भी काव्य-साधना करते हैं?' सन्त ने दूसरा प्रश्न किया।

'जी, हाँ! चित्रकूट के राजा आदरणीय हृदयराम सोलंकी ने मेरी कविता सुनकर मुझे 'भूषण' कहा है!'

'तो आप घनश्याम त्रिपाठी 'भूषण' हैं! यह तो बड़ा चौड़ा नाम हो गया' जमुनादास ने मुस्कराकर कहा।

'आप केवल 'भूषण' कहें या घनश्याम।'

'घनश्याम तो भगवान श्रीकृष्ण का ही एक नाम है। बड़ा मधुर है। वे घन के समान श्याम थे।' सन्त प्राणनाथ ने मन्द मुस्कान के साथ बताया।

'जी! यह तो आप उचित कह रहे हैं! ...अब मैं द्वन्द्व में पड़ गया।' घनश्याम ने अपनी मनःस्थिति स्पष्ट की।

'वे यादवकुल भूषण थे; आप कविकुल भूषण हैं।' सन्त बोल उठे। सभी मुस्कराने लगे।

दो क्षण के बाद सन्त प्राणनाथ ने जिज्ञासा की—'कवि चिन्तामणि तो मुग़ल दरबार से जुड़े हुए हैं। वे तो प्रसन्न होंगे!'

'जी हाँ! वे तो प्रसन्न हैं। सन्तुष्ट हैं। परन्तु मैं अन्तर से असन्तुष्ट हूँ। इसीलिए इधर आ गया हूँ।' घनश्याम ने बताया।

'ऐसा क्यों, कवि? जमुनादास पूछ बैठा।

'अवश्य बताऊँगा। पहले आपको मैं जानना चाहता हूँ। वैसे आप तो सन्तजी के शिष्य हैं ही।'

'मैं जमुनादास हूँ और आप प्रणामी सम्प्रदाय के पूज्य सन्त प्राणनाथ जी हैं। भगवान श्रीकृष्ण की भक्ति का सन्देश देते घूम रहे हैं। हम चित्रकूट ही जा रहे हैं।'

घनश्याम त्रिपाठी 'भूषण' ने सन्त और शिष्य को सादर नमन किया।

'आप अपने भैया के साथ मुग़ल दरबार गये थे। शहंशाह औरंगज़ेब ने आपकी कविता को पसन्द किया था?' सन्त ने प्रश्न किया।

'न वे मेरी कविता को पसन्द कर सके थे और न मुझे दरबार का रंग-ढंग अच्छा लगा था। मैं लौट आया था। ...मैं शिवाजी के दर्शन के लिए आगरा गया था। पर वे बन्दी बनाये जा चुके थे। मैं उनके दर्शन नहीं कर सका था। ...अब अपने गाँव में रहकर ही अध्ययन और लेखन होता है। भजन-कीर्तन तो आवश्यक है ही।' भूषण ने बताया।

'आपने चित्रकूट की तीर्थयात्रा कर ली। राजा हृदयराम सोलंकी से भी मिलना हो गया। यह तो बहुत अच्छा हुआ। ये वनप्रान्तर के वनवासियों के राजा हैं। स्वाभिमानी और स्वतन्त्र हैं। इसीलिए आप 'भूषण' कवि बन गये।'

'जी हाँ!'

'बुन्देलखण्ड में छत्रसाल स्वतन्त्रता के लिए तलवार उठा चुके हैं। ...महाराष्ट्र में शिवा विजयपथ पर बढ़ रहे हैं। भगवान उनके हिन्दवी स्वराज के सपने को पूरा करें। ...आपकी कविता इधर गूँजकर सार्थक होगी, कवि भूषण!! आप इधर अवश्य जायें।' सन्त ने कवि को परामर्श दिया।

'सोच तो रहा हूँ।'

'मुग़ल हुकूमत से प्रजा आतंकित है। इसलिए प्रश्न उठता है कि शासन आतंक के बल पर चलता है? क्या यह उचित है? ...दूसरा प्रश्न भी हो सकता है कि धर्म-मज़हब-सम्प्रदाय कभी अन्धश्रद्धा और कभी भय के आधार पर चलता है? यह उचित नहीं है। कवि! सोचना चाहिए।'

'जी, हाँ! आपने उचित प्रश्न किये हैं।' भूषण ने उत्तर दिया।

'कवि को सोचना चाहिए। और स्वाधीनता के सेनानियों की प्रेरणा के लिए

कवि की ओजस्विनी वाणी की अपेक्षा है। ...कविता वाग्विलास नहीं है। मात्र रति का शृंगार नहीं है।'

'जी, मैं इन्हीं प्रश्नों से द्वन्द्व में पड़ा रहा हूँ। ...आपने सम्यक् दिशादृष्टि का संकेत दे दिया है।' भूषण ने हाथ जोड़कर कहा।

तीनों वटवृक्ष की छाया में बैठ गये। दो क्षण के बाद सन्त प्राणनाथ ने पूछा– 'घर-परिवार से सम्बन्ध न टूटे। विवाह हो गया है न?'

'जी हाँ!'

'तो वधू के साथ महाराष्ट्र की ओर जाओ। नया इतिहास रचा जा रहा है। अतः उधर कवि की वाणी मुखरित हो।'

'उधर की भाषा तो भिन्न है। कठिनाई होगी।'

'ब्रजभाषा काव्य की भाषा है। भक्ति की मधुर भाषा है। इसकी मान्यता सर्वत्र है। महाराष्ट्र के सन्त नामदेव तो दो सौ वर्ष पहले पंजाब की ओर गये थे।'

'तब तो उधर जाना है। पहले छत्रसाल वीर से मिलना है।'

'अवश्य मिलो, कवि भूषण! उनसे मिलकर सहयाद्रि के क्षेत्र में जाना। सारा देश एक है।' सन्त प्राणनाथ ने सहर्ष समर्थन किया।

सभी विश्राम करने लगे। मौन छा गया। ...जमुनादास ने आँखों को मूँदकर सोचा कि दर्शन, भक्ति और अध्यात्म के साथ देश की स्वाधीनता और स्वाभिमान की चिन्ता! ...अद्भुत है!! ...यही तो चाहिए। ...शाहज़ादे दारा ने फ़क़ीर सरमद और पण्डितराज के साथ मिलकर एक नये भारत का सपना देखा था, पर उस सपने की हत्या कर दी गयी–तख़्ते ताऊस की छाया में। ओह!

पन्द्रह

वह घनश्याम से भूषण बन गया। घनश्याम गाँव-घर का नाम है। भूषण कविनाम है। खेती-गो पालन और भजन-कीर्तन घनश्याम के रूप में होता रहा। भैया-भाभी ने मान नहीं दिया। जब-तब कुछ सुनना पड़ा। अब उसे कविनाम 'भूषण' के नाम से जीवन को नये ढंग से जीना है। केवल अपने लिए नहीं, स्वराज्य-साधना के लिए जीना है।

उसने देखा कि आसमान में बादल भटक रहे हैं। वर्षा हो रही है। बरसात बीत रही है। पहले तो बुन्देलावीर से मिलना है। वे निकट हैं। शिवाजी बहुत दूर हैं। एक बार वह कुछ दूर चलकर लौट आया था। उसे पता चल गया था कि शिवाजी राजा जयसिंह के साथ आगरा जा रहे हैं। ...उसने सोचा था कि शिवाजी भी जयसिंह के समान मुग़लों की अधीनता स्वीकार कर लेंगे क्या? नहीं-नहीं। वह आगरा चल पड़ा था। पर आगरा में उन्हें देख नहीं सका। मिलना तो दूर रहा। वे तो बन्दी बना लिये गये थे। ...दुखी मन से उसे लौट आना पड़ा था। ...वे अपने बुद्धि-कौशल से

आगरा की क़ैद से निकल गये थे। पकड़े जाने का भय था। पर वे सकुशल महाराष्ट्र पहुँच गये थे। ...शहंशाह औरंगज़ेब आलमगीर ग़ाज़ी गुस्से में हाथ मलकर रह गये। ...वह अपने गाँव के मन्दिर में कृष्ण-कंस प्रसंग के स्मरण के साथ मुस्करा रहा था। ...सूरदास का पद गाने लगा था।

जब-तब समाचार मिल जाता कि शिवाजी क़िले पर क़िले जीतकर आगे बढ़ रहे हैं। हो सकता है कि अब वे विजयी के रूप में राजछत्र धारण करें। उनका राजतिलक हो। ...अभी तक तो वे पूना के जागीरदार ही हैं। कुछ तो उन्हें बाग़ी समझते हैं। अब उन्हें छत्रधारण करना चाहिए। छत्रपति कहलाना चाहिए। मुग़ल सल्तनत के समक्ष वे छत्रपति घोषित हों। हिन्दवी स्वराज का सपना साकार हो। ...इधर छत्रसाल का सपना भी पूरा होगा। ...सन्त प्राणनाथ से उन्हें आशीष मिल चुका है। शिवा को समर्थ स्वामी रामदास का आशीर्वाद तो है ही। ...अद्‌भुत सन्तत्व मात्र व्यक्ति के लिए नहीं, समाज के लिए, स्वराज के लिए भी है। ...अतः कवि की कविता भी समष्टि के लिए...स्वराज के लिए मुखरित हो।

भूषण ने अपनी गठरी सँभाल ली। प्रातः उसने एक छन्द की रचना कर ली। उसे दुहराता और मुस्कराता चलने लगा। ...उसने सोचा कि बुन्देलखण्ड से लेकर महाराष्ट्र तक स्वराज का स्वर प्रबल होता जायेगा।

भूषण सावधानी से तीर्थयात्री के रूप में मिलने जा रहा था। दिन में चलना और रात में विश्राम करना...कभी-कभी गुनगुनाना। तीन दिनों के बाद पता चला कि छत्रसाल का सैन्य शिविर उस पहाड़ी के पार है। यह जानकर भूषण की थकान मिट गयी। उत्साह उमड़ आया। ...सामने पहाड़ी दिख गयी और वह ऊपर चल पड़ा। हरियाली मन को मोह रही थी। कुछ पेड़ों में फल भी दिखाई पड़े। पेड़ों से फल तोड़ कर खाता हुआ कवि सैन्य शिविर की ओर बढ़ने लगा। पहाड़ी पर चढ़ने पर उस पार शिविर दिखाई पड़ा। आगे बढ़ने पर दो सैनिकों ने रोका। उसने अपना परिचय दिया। पर उसे उन सैनिकों के साथ जाना पड़ा।

सैन्य शिविर में सैनिक गतिविधि और सैनिकों के तेज से उत्पन्न एक अपूर्व वातावरण झलक उठा। सेनानी ने भूषण से पूछताछ की। तदुपरान्त उसे छत्रसाल के सामने प्रस्तुत किया गया। उसने अपने सामने ऊँचे डीलडौल वाले वीर व्यक्तित्व को देखा! नमस्कार किया। और अपना परिचय देते हुए अपनी एक रचना को सुनाना शुरू कर दिया—

भुज भुजगेस की वै संगिनी भुजंगिनी सी खेदि खेदि खातीं दीह दारुन दलन के।
बखतर बीच धँसि जाति मीन पैरि पार जात परवाह ज्यों जलन के।।
रैया रांय चंपति को छत्रसाल महाराज 'भूषण' सकत को बखानि यों बलन के।
पच्छी पर छीने ऐसे परे पर छीने वीर तेरी बरछी ने वर छीने हैं खलन के।।

छत्रसाल बड़ी-बड़ी मूँछों के बीच मुस्कराने लगे। साथ बैठे सेनानी ने कवि भूषण के छन्द के ओज के साथ अपने वीर के शौर्य की अनुभूति कर ली। शीश हिलने लगा। ...और छत्रसाल ने भूषण की ओजस्विनी वाणी का अभिनन्दन करते हुए कहा– 'आप तो कविश्रेष्ठ चिन्तामणि और मतिराम से सर्वथा भिन्न हैं। मेरी बधाई स्वीकार करें।'

'आभारी हूँ, वीरवर छत्रसाल महाराज!'

'आप दो-तीन दिन ठहरकर विश्राम करें। कुछ और सुनाकर अनुप्राणित करें और तब महाराष्ट्र के स्वराज साधक के पास जायें।'

'हाँ, महाराज! अवश्य ठहरूँगा। और सुनाऊँगा।'

भूषण के ठहरने की व्यवस्था हो गयी। विश्राम और भोजन के बाद भूषण ने सोचा कि कंटकाकीर्ण मार्ग सहज होता जा रहा है। अब इस स्वराज-संघर्ष को अपने छन्दों में अभिव्यक्त करना है। ...शब्द जीवन के ऊँचे उद्देश्य को व्यक्त करें। उदात्त भाव को मुखरित करें। सोये हृदय को जाग्रत करें। यही वाणी की सार्थकता है।

कवि की लेखनी चलने लगी। कवि के मन में कभी छत्रसाल का वीर रूप सामने आता और कभी उनके युद्ध का...और कभी बुन्देलखण्ड की प्रकृति का। ...शिवा भी तो पहाड़ी क्षेत्र के हैं। दोनों ने स्वराज का संकल्प ले लिया है।

सन्ध्या में छत्रसाल ने कवि भूषण की कविता को सुनने के लिए अपने सभी सेनानियों तथा मन्त्रियों को शिविर में बुलाया। अस्त्र-शस्त्रों से सजा शिविर कवि के सम्मान तथा कवि की वाणी के श्रवण के लिए उत्सुक हो उठा। कवि भूषण ने आकर विनम्र भाव से नमन किया। छत्रसाल ने सामने के ऊँचे आसन पर बैठाया। सबकी आँखें भूषण की ओर केन्द्रित हो गयीं। कान उनके छन्द सुनने के लिए आकुल हो उठे। कवि ने सुनाना आरम्भ किया–

राजत अखण्ड तेज छाजत सुजस बड़ों गाजत गयंद दिग्ग जन हिय साल को।
जाहि के प्रताप सों मलीन आफताप होत ताप तजि दुजन करत बहु ख़याल को।।
साज सजि गज तुरी पैदर कतार दीन्हें 'भूषन' भनत ऐसे दीन प्रतिपाल को।
और राव राजा एक मन मैं न ल्याऊँ अब साहू को सराहौं के सराहौं छत्रसाल के।।

'वाह-वाह' ध्वनि गूँज उठी। पर कवि का स्वर अधिक प्रभावी सिद्ध हो रहा था। ...छत्रसाल हर्षविभोर रहो रहे थे। दो क्षण के बाद उन्होंने कहा–'कवि भूषण! राजा हृदयराम सोलंकी ने आपको सही नाम से सम्बोधित किया है। निस्सन्देह आप कवियों में भूषण हैं। आपकी वाणी हम सबको अनुप्राणित करे। ...मुझे तो सन्त प्राणनाथ और शिवाजी से ही प्रेरणा मिली है। ...आपकी वाणी...सरस्वती का अभिनन्दन है।'

'वीर बुन्देला छत्रसाल महाराज! यह मेरा सौभाग्य है।'

'आप शिवाजी महाराज के पास जायेंगे तो मेरा नमस्कार निवेदित करेंगे। और कह देंगे कि मैं प्रतिदिन उनका स्मरण कर लेता हूँ।'

'अवश्य, महाराज!'

छत्रसाल ने सहर्ष कवि भूषण को पुरस्कृत किया। भूषण ने दो दिन ठहरकर छत्रसाल दशक की रचना की। उन्हें सुनाया और सोत्साह विदा ले ली।

सन्ध्या हो गयी थी। वनप्रान्तर के मध्य पहाड़ी दिख रही थी। दूसरी ओर एक गाँव भी दिखाई पड़ा। ...कवि ने कल्पना की कि ऐसे ही बीहड़ में शिवा और अफ़ज़ल की भेंट हुई होगी। शिवा सावधान होंगे। अफ़ज़ल ने प्रहार किया होगा। शिवा ने अपने को बचा लिया था और फिर बघनखे का प्रयोग...वह चीख़ उठा होगा।

यह बुद्धि कौशल और रणचातुरी की विजय थी! ऐसे बलवान शत्रु को भू-शायी कर देना असाधारण प्रसंग सिद्ध हुआ और कवि भूषण ने बढ़ते अँधेरे की चिन्ता नहीं करते हुए गुनगुनाना शुरू कर दिया।

यों तम-तोमहिं चाबिकै चन्द चहूँ दिसि चाँदनी चारु पसारी।
ज्यों अफजलहि मारि मही पर कीरति श्री सिवराज बगारी।।

पहाड़ी के पास के गाँव के लोगों ने देख लिया कि कोई पथिक भटककर इधर आ गया है। भूषण उनके निकट आ गया। सबको नमस्कार किया।

एक ने पूछा– 'आप कहाँ से आ रहे हैं?'

'मैं जमुना जी के तट के एक गाँव से आ रहा हूँ। तीर्थयात्रा पर निकला हूँ। प्रयागराज और चित्रकूट से होता इधर आ गया हूँ। रात हो रही है। रैन बसेरा चाहता हूँ।'

'आप रात में इसी गाँव में विश्राम करें। कहाँ तक जाना है?' दूसरे ने प्रश्न किया।

'आगे नर्मदा जी में स्नान कर शिवशंकर का दर्शन करूँगा। ...नासिक की ओर जाऊँगा।'

'उधर तो शिवाजी की लड़ाई चल रही है।' तीसरे ने बताया।

'मैं घनश्याम त्रिपाठी–भूषण नाम से कविता रचता हूँ। मैं अपनी कविता शिवाजी को सुनाना चाहता हूँ।' भूषण ने अपने को स्पष्ट किया।

गाँव के लोग अपने बीच कवि को पाकर बहुत प्रसन्न हुए। एक वृद्ध ने भूषण को अपने साथ ले लिया और सबसे कहा–'ये मेरे अतिथि हैं। अतिथि देवता होता है। ये कवि हैं यानी सुरसती जी के पुजारी हैं।'

दीया जल उठा। वृद्ध के साथ सभी पीछे-पीछे आये। वृद्ध ने भूषण को खाट पर बैठाया। जल के साथ गुड़ की डली दी। भूषण ने गुड़ की मिठास के साथ जल पीकर तृप्ति पा ली। वृद्ध ने कहा–'कवि भूषण! इस गाँव में आपका स्वागत है। मेरे दुआर पर आप आराम करें। ...और शिवाजी के बारे में एक कविता सुनाने की कृपा करें।'

'अवश्य सुनाऊँगा। आप सभी बैठ जायें।'

सभी ग्रामीण बड़े उत्साह से आसपास बैठ गये। भूषण ने देखा कि गाँव के लोग दीये के प्रकाश में कविता सुनने को तत्पर हैं। लगता है कि गाँव शिवाजी का प्रशंसक है। ...उधर अँधेरे में जुगनू चमक रहे हैं। पर पहाड़ी तो स्याह स्तूप लग रही है। लेकिन यहाँ कोई भयभीत नहीं है! ...उसने सबकी ओर देखकर पहले अपना परिचय दिया—

देसन देसन ते गुनी आवत जाचन ताहि।
तिनमें आयो एक कवि 'भूषण' कहियतु जाहि।।
दुज कन्नोज-कुल कस्यपी रतनाकर—सुत धीर।
वसत त्रिविक्रमपुर सदा तरनि तनुजा तीर।।
बीर वीरवर से जहाँ उपजे कवि अरु भूप।
देव बिहारीश्वर जहाँ विश्वेश्वर तद्रूप।
कुल-सुलंक चित्रकूटपति साहस-सील समुद्र।
कवि 'भूषन' पदवी दई हृदयराम-सुत रुद्र।।
सिव चरित्र लखि यों भयों कवि 'भूषन' के चित्त।
भाँति-भाँति भूषननि सों भूषित करीं कवित्त।।

कवि परिचय सुनकर सभी धन्य-धन्य कहने लगे। वृद्ध ने शिवाजी के बारे में एक छन्द सुनाने का अनुरोध किया।

कवि ने शायस्ता ख़ाँ के पूना पर क़ब्ज़े और फिर पलायन के प्रसंग को सुनाना आरम्भ किया—

दच्छिन के दाव करि बैठो है सइस्त खान पूनामहिं दूना करि जोर कर-वार को।
हिन्दुवान-खंभ गढ़पति दलखंभ मनि 'भूषन' भरैया कियो सुजस अपार को।।
मनसबदार चौकीदार न गैजाय महलन में मचाय महाभारत के भार को।
तो सो को सिवाजी जेहि दो सौ आदमी सों जीत्यो जंग सरदार सो हजार असवार को।।

इस बार 'धन्य-धन्य' का स्वर कुछ देर तक गूँजता रहा। लगा कि दीये की जोत बढ़ गयी है। सबके चेहरे दमक रहे हैं।

वृद्ध ने भोजन के लिए भूषण से अनुरोध किया।

कवि ने बड़े प्रेम से सामान्य भोजन को ग्रहण कर आभार प्रकट किया, वह विश्राम करने लगा। उसने सोचा कि पहाड़ी तल का गाँव तो सरस्वती के समादर का गाँव है। ...यहाँ सभी शिवाजी की विजय चाहते हैं। जहाँ सरस्वती का समादर है, वहाँ स्वराज का भाव तो होना ही चाहिए। ...दिल्ली और आगरा—ये तो मुग़लिया शानोशौक़त के शहर बन गये हैं।

आँखें झपकने लगीं। नींद में सपना मँडराने लगा– अपने गाँव के घर में रमा जाग रही है। ...मेरे कल्याण के लिए प्रार्थना कर रही है। ...फिर वह बोलने लगी– वे जहाँ रहें, सकुशल रहें। वे कवि के रूप में शिवाजी के पास पहुँचकर यश पावें!

प्रातःकाल उठने पर सपना स्मरण हो आया। अब वे रमा की कल्याण-कामना के साथ आगे बढ़ेंगे। ...कवि ने वृद्ध बाबा से जाने की अनुमति माँगी। ...उसी क्षण ग्रामीण आ गये। भूषण को स्नान करके अल्पाहार करना पड़ा। सबके स्नेह का आग्रह रहा।

वृद्ध ने रास्ते के लिए भोजन की गठरी थमा दी और आशीष दिया। भूषण ने हाथ जोड़कर आशीष को धारण किया।

वृद्ध ने बता दिया कि आगे के गाँव में एक सम्बन्धी है, वे कवि को आगे ले जायेंगे। ये पग रुक नहीं सकेंगे।

सोलह

भूषण ने अपनी गठरी को कन्धे पर डालकर पग बढ़ा दिये। वह तीर्थयात्री के रूप में चल पड़ा। सोचा कि मालवा में विक्रमादित्य हुए थे जिन्होंने विदेशी शकों को पराजित कर उज्जयिनी को स्वतन्त्र किया था। उसी उपलक्ष्य में विक्रम संवत् प्रचलित हुआ। सम्भवतः सारे देश में विक्रम संवत् से काल गणना होती है। हिजरी साल तो तुर्क़-मुग़ल शासन द्वारा जारी हुआ है। परन्तु जनसाधारण का आर्थिक, सामाजिक तथा धार्मिक जीवन विक्रम संवत् से परिचालित होता है। खेती हो, व्यापार हो, ऋतुचक्र हो, व्रत और पर्व हों–सब तो अपने विक्रम संवत् द्वारा सम्पन्न होते हैं। लेकिन मुग़ल हुकूमत तो हिजरी साल के मुताबिक़ चलती है। खेतों की मालगुज़ारी हिजरी साल के मुताबिक़ वसूली जाती है। दरबार के सारे काम इसी के मुताबिक़ होते हैं। इसलिए प्रजा को दोनों पर ध्यान रखना पड़ता है। इस दृष्टि से समाज और शासन दोनों अलग-अलग चलते हैं। ...दोनों में कई सौ वर्षों का अन्तर है। तुर्क़-मुग़लों का मज़हब तो नया है। अरब मुल्क़ का है। अपने देश का धर्मचिन्तन बहुत पुराना है। इसकी अनेक शाखाएँ हैं। अनेक उपशाखाएँ हैं! जैसे नदी के प्रवाह में दूषण आ जाता है, उसी प्रकार समय के प्रभाव से धर्म के कर्मकाण्ड और समाज व्यवस्था में दोष आ गये हैं। समाज में ऊँच-नीच का भेदभाव कष्टकर है। समाज का निचला भाग दुखी रहता है। भाग्य के नाम पर सह लेता है।

मैं ब्राह्मण हूँ। समाज में जन्म से आदर मिलता है। कारण है कि शास्त्रानुसार ब्राह्मण विद्वान, चरित्रवान और धर्म एवं समाज के लिए समर्पित होना चाहिए। धनसंग्रह नहीं करना चाहिए। ऐसे ब्राह्मण होते रहे हैं। पर सभी तो ऐसे नहीं हो सकते। नहीं हैं। पर सभी आदर अवश्य चाहते हैं। सभी दान-दक्षिणा अवश्य पाकर

जीवन जीना चाहते हैं। ...क्या यह उचित है? अयोग्य और पाखण्डी को आदर एवं दान क्यों मिले? मुग़ल दरबार से जुड़े उच्चवर्गीय जन पद और धन पाकर अकड़ रहे हैं जबकि उनके शीश तख़्ते ताऊस के आगे झुके रहते हैं। ऐसे को क्या समाज से आदर मिलना चाहिए? ...समाज तो संस्कारवश आदर देता ही है। अतः अयोग्य और अपात्र गद्‌गद रहते हैं।

भूषण महाकालेश्वर के दर्शन कर नर्मदा क्षेत्र की ओर मुड़ गया। वनप्रान्तर, पर्वतश्रेणी और नर्मदा की तेज़ धारा को देखकर वह चकित रह गया। वह नर्मदा जी की तीव्र गति की लहरों को देखता रहा। उत्तर भारत की गंगा और यमुना की धारा से तुलना करने लगा। ...अपना देश कितना बड़ा है। यहाँ कितना वैविध्य है!!

एक साधु ने निकट आकर पूछा—'आप कहाँ से आ रहे हैं? स्नान करना हो तो थोड़ा साहस करना होगा।'

'मैं तो यमुना जी के तट से चित्रकूट से होता आ रहा हूँ। विद्युत-सी धारा को देख रोमांच हो रहा है।'

'यह तो है। गंगाजी-यमुनाजी तो समतल में बहती हैं। यह तो पर्वतीय और पठार का क्षेत्र है। ...सबके साथ सावधानी से स्नान कर लें।'

भूषण ने साहस करके तट के पास ही स्नान कर लिया और तट पर स्तुति की। वह ध्यानस्थ हुआ। ...उस पार ओंकारेश्वर शिव हैं। ...कैलास से कालेश्वर...फिर ओंकारेश्वर...सुदूर दक्षिण में सागर तट पर रामेश्वर महादेव—यह अपने देश का सांस्कृतिक रूप है। अद्‌भुत! पर आज...ओह!

वह आगे बढ़ा। वह भटकता-पूछता चलता रहा। तब उसे मालूम हुआ कि वह नासिक की ओर जा रहा है। श्रीराम के वनवास की भूमि के पास पहुँच रहा है। वह तो श्रीराम और श्रीकृष्ण की जन्मभूमि के प्रदेश से आया है। वह श्रीराम के वनवास के क्षेत्र में पहुँच गया है। वह कितनी दूर से यहाँ आ गया! ...श्रीराम पहले आये थे। वह भी आ गया है। ...सूर्यदेव के रथचक्र के साथ उसके पग चलते रहे हैं। सूर्य विश्राम के अस्ताचल पहुँच जाते हैं। उसे भी रैन बसेरा मिल जाता है। रात में चन्द्र और उनके सहयोगी तारे शीतल प्रकाश प्रदान कर देते हैं। पेड़-पौधों के पास जुगनू चमकते हैं। पर जब-तब वन्य पशुओं के भयंकर शब्द डरा भी देते हैं। जब-तब मार्ग में नाग देवता से भी भेंट हो जाती है। पर भगवत् कृपा से वह काट नहीं पाता। रमा की मंगलकामना तो सर्वदा साथ में है। इससे आत्मबल बढ़ जाता है। अन्तर का अनुराग दिव्य शक्ति के साथ उसको अनुप्राणित कर देता है।

लगा कि फ़ौज की आवाज़ आ रही है। किसकी फ़ौज हो सकती है? उसे छिपकर देख लेना चाहिए। समझ लेना चाहिए। ...युद्ध में विजयी या पराजित...किसी पक्ष की फ़ौज हो—उससे जनसाधारण को बचना पड़ता है। विजय का गर्व हो या पराजय का क्षोभ—दोनों से बचकर रहना चाहिए।

भूषण ने देखा कि मुग़ल फ़ौज लौट रही है। ये युद्ध से लौट रहे हैं। फ़ौज़ियों के चेहरे बुझे-बुझे हैं। इसका अर्थ यह हुआ कि वह शिवाजी की फ़ौज की विजय के अवसर पर पहुँच रहा है। वह हर्षित हो उठा। वह छिपा हुआ तो था ही। उसके होंठों पर मन्द मुस्कान उभर आयी। आँखें मुँद गयीं।

दो क्षण के बाद उसने देखा कि वह मुग़ल सिपाही की पकड़ में है। भूषण पूछ बैठा—'मुझे क्यों पकड़ रहे हो? मैं तो तीर्थयात्री हूँ। राही हूँ।'

मुग़ल सिपाही ने गठरी को खुलवाया और पूछा— 'यह क्या है? 'काग़ज़ के कुछ पन्ने हैं। किताबें हैं और कुछ कपड़े हैं।' भूषण ने बताया।

'काग़ज़ पर क्या लिखा है?'

'कविता...पद...नज़्म!'

'तो तुम शायर हो?'

'जी!'

'इधर तुम्हें इनाम-इकराम तो नहीं मिलेगा।'

'मैं यूँ ही मन की मस्ती में लिख लेता हूँ।'

'उँगली में अँगूठी है। इसे निकालो।' सिपाही ने हुक्म दिया। भूषण ने सोचा—क्या बड़े भैया का नाम लेना चाहिए? पर ये विलम्ब होने पर कुछ भी कर सकते हैं। ... शायद ये कविवर चिन्तामणि को जानते भी नहीं होंगे। ...यहाँ तो वह अकेला है।' इसलिए उसने अँगूठी निकालकर दे दी।

सिपाही ने छोड़ दिया।

भूषण ने अपनी अँगूठी को दूर जाते देखा! आह भरकर रह गया। उसने सोचा— 'उसके भाग्य का दोष है या देश के भाग्य का? क्या शाही फ़ौज का ऐसा ही सलूक होना चाहिए? ...फ़ौजी तो ऐसे ही होते हैं। शाही फ़ौज की तीखी तलवार का सलूक कैसा होगा! जनसाधारण तो देखकर काँप जाता है। भाग पड़ता है। छिप जाता है।

वह शरीर और मन से थक गया। पर वह धीरे-धीरे चलता रहा! ...अब जयघोष का स्वर आने लगा। उसने अनुभव किया कि थकान दूर हो रही है। गठरी का भार कम लगने लगा। उसी समय दो मराठे सैनिक दिखाई पड़ गये। भूषण प्रसन्न हुआ। ...पर मराठे सैनिक सोचने लगे कि यह कौन इधर आ रहा है? लगता है कि यह उत्तर भारत से आ रहा है। ..तीर्थयात्री है? या और कुछ? मुग़ल दरबार का जासूस तो नहीं है? इसे तो समझना पड़ेगा। युद्धकाल में अनजान पर विश्वास नहीं करना चाहिए। ...वह तो निकट आ गया।

एक सैनिक ने पूछा—'कौन हो? कहाँ से आ रहे हो?'

'मैं यमुना जी के तट से आ रहा हूँ। तीर्थयात्री हूँ! ...वीरवर शिवा जी के दर्शन की प्रबल इच्छा है।' भूषण ने बतलाया।

'क्या प्रमाण है?'

'मैं घनश्याम त्रिपाठी...अब कवि भूषण हूँ। तीन भाई कवि रूप में दरबारों से जुड़े हुए हैं। परन्तु मैं अपने स्वराज्य साधक के पास आ रहा हूँ। तीर्थयात्री के रूप में यहाँ तक आ पहुँचा हूँ। रास्ते में पराजित मुग़ल सिपाही ने मेरी अँगूठी ले ली है। ...इस उँगली को देखें!' भूषण ने अपना परिचय दिया।

'तो तुम कवि हो? ब्रजभाषा के कवि हो?'

'जी हाँ!'

'ठीक है। तुम्हें तो रुकना पड़ेगा। शिवाजी तक तुम्हारी बात पहुँचा दी जायेगी। ...वे चाहेंगे तो तुम मिल सकते हो।'

भूषण ने शीश हिलाकर मान लिया।

उसे सैनिकों के साथ रुकना पड़ा। उसे अजीब लगा। पर उसने उनके पास ठहर कर उनके हावभाव और उनकी बातचीत को समझने का प्रयत्न किया। कुछ देर के बाद उसने देखा कि वे बाजरे की रोटी खा रहे हैं। उसे भी प्याज और नमक के साथ एक रोटी मिली। ...वह भी मन मारकर खाने लगा। ...उसने सोचा–'इतना साधारण अन्न खाकर ये हिन्दवी स्वराज के लिए संघर्ष कर रहे हैं। अपना रक्त दे रहे हैं!! ...इसका अर्थ है कि शिवाजी ने इस क्षेत्र के साधारण जनों में स्वराज का भाव जगा दिया है। संकल्प के साथ साहस को जाग्रत कर दिया है।

तीन दिनों के बाद उसे एक सैनिक के साथ जाने की अनुमति मिली। उसी सैनिक से मालूम हुआ कि शिवाजी की सेना बीजापुर के पन्हाला दुर्ग की ओर बढ़ रही है। ...उधर शिवाजी के दर्शन हो सकते हैं। बीजापुर दूर है। उधर ही जाना होगा। ...क्या वे मिल सकेंगे? इस युद्धकाल में एक कवि से मिलना चाहेंगे? ...वे युद्ध में कब प्रत्यक्ष हैं और कब पहाड़ों में छिप जाते हैं–यह समझना कठिन हो जाता है! यह सहयाद्रि क्षेत्र की स्थिति है। गंगा-यमुना के समतल क्षेत्र में यह सुविधा नहीं है। सघन वनप्रान्तर रहने पर जहाँ-तहाँ ऐसी सुविधा मिलती रही है। ...वह शिवाजी के सैनिक के साथ आगे बढ़ता रहा। सैनिक से कुछ-कुछ बात करता रहा। रास्ता कटता रहा। जब-तब बीहड़ पथरीले मार्ग को देखकर कवि भूषण परेशान हो उठता था।

सप्ताह के बाद सामने घनघोर वन दिखाई पड़ा। सैनिक ने कहा कवि को उधर जाना है। अब मुझे लौटना है। कवि ने दो क्षण उस सैनिक को देखा। वह नमस्कार कर मुड़ रहा था। अब कवि को वन में प्रवेश करना था। घने वन से पंछियों के स्वर आ रहे थे। उसने साहस किया। वह बढ़ता गया। वन सघन होता गया।

सहसा एक शब्द–'आ जाओ, घबराओ मत।'

भूषण ने देखा कि आगे छोटा-सा मैदान दिख रहा है। उधर ही कोई छाया दिखाई पड़ी। उसने शिव का नाम लेकर पग बढ़ाये। ...वह निकट पहुँच गया।

'इधर कहाँ से भटककर आ गये हो? कौन हो?' उस व्यक्ति ने पूछा।

साथ का दूसरा व्यक्ति घूर रहा था।

'मैं यमुना तट के त्रिविक्रमपुर ग्राम से इधर आ गया हूँ। शिवाजी की स्वराज-साधना को निकट से देखना चाहता हूँ। ...उनके संघर्ष का अभिनन्दन करना चाहता हूँ।' भूषण ने विनम्र स्वर में बताया।

'कविता सुनाओगे?'

'अवश्य! आपसे निवेदन है कि शिवाजी के दर्शन करा दें।'

'ज़रूर करा दूँगा! कुछ सुनाओगे जिससे विश्वास तो हो जाये कि आप कवि हैं।'

भूषण को लगा कि ये दोनों शिवाजी के सेनानी होंगे। इनके द्वारा शिवाजी के पास पहुँचा जा सकता है। इसलिए उसने गठरी से काग़ज़ के कुछ पन्नों को निकाला। उनमें से एक कविता को चुना और अपने छन्द का पाठ आरम्भ किया।

इन्द्र जिमि जंभ पर, बाड़व सुअंभ पर, रावन सदंभ पर रघुकुल राज है।
पौन वारिवाह पर, संभू रतिनाह पर, ज्यों सहस्रबाह पर राम द्विजराज है।।
दावा द्रुम-दण्ड पर, चीता मृगझुण्ड पर, 'भूषन' वितुंड पर जैसे मृगराज है।
तेज-तम-अंस पर, कान्ह जिमि कंस पर, त्यों मलिच्छ-वंस पर देव सिवराज हैं।।

भूषण का तेजस्वी लययुक्त स्वर गूँज रहा था। वातावरण बदल गया। कवि ने सेनानी की ओर देखा।

उस सेनानी का शीश झूम रहा था! वाह-वाह का स्वर सुनाई पड़ा। फिर उसके शब्द आये– 'ऐसी कविता तो इधर नहीं सुनाई पड़ी है। सचमुच आप कवि भूषण हैं।'

वह बोल उठा–'कवि! एक बार और सुनाओ।'

भूषण ने एक बार और सुनाया।

'एक बार और...।'

भूषण ने पुनः सुना दिया।

'एक बार और कवि!'

'अब आप शिवा के पास ले चलें! वहीं सुनाऊँगा।'

उस दाढ़ी-पगड़ी वाले ने भूषण को हृदय से लगा लिया–'कवि भूषण! आप शिवाजी के साथ हैं। आप इन्हीं को अपना ओजपूर्ण छन्द सुना चुके हैं।'

भूषण चकित था। फिर हर्षविभोर हो गया।

वनप्रान्तर पंछियों के समवेत स्वर से गूँज रहा था। दूर से वन्य पशुओं के भयंकर शब्द भी आ रहे थे। पर कवि भूषण तो अपने अन्तर की झंकार सुन रहा था। शिवाजी और उनके सेनानी दोनों मगन हो रहे थे।

सत्रह

वर्षाकाल बीत चुका है। शरत् के आने के कारण आकाश स्वच्छ हो गया है। धरती पर चारों ओर हरियाली ही हरियाली दिख रही है। नदी-नालों में जल भरा हुआ है। उनमें मछलियाँ तैर रही हैं। आकाश पंछियों से गुंजायमान है। खेतों में भदई उपज लहलहा रही है। किसान देखकर मगन हो रहे हैं।

नारनौल के क्षेत्र के सतनामी गाँव सदानन्दी में चहल-पहल दिख रही है। गुरु जीवनदास के साथ सतनामी किसान खेतों की ओर जा रहे हैं। घरों में माताएँ बच्चों को सँभाल रही हैं। बच्चे भी खेतों की ओर जाना चाह रहे हैं। पर उन्हें नहलाना है। कुछ खिलाना है। माताएँ रोक रही हैं। बच्चे चाहते हैं कि उन्हें माँ से जल्दी छुट्टी मिले। माँएँ उन्हें नहलाकर और साफ़ कपड़े पहनाकर सतनाम का जाप करा रही हैं। अपने-अपने घर में बच्चे हाथ जोड़कर सतनाम परमात्मा को हाथ जोड़कर शीश झुका रहे हैं। कुछ की दृष्टि जलपान की कटोरी पर है। पर अपनी माताओं के कभी कठोर और कभी स्नेहपूर्ण संकेत पर वे सतनाम का जाप करते हुए प्रभु को नमन कर रहे हैं।

गुरु जीवनदास के साथ सतनामी खेतों में पहुँच गये। दूर-दूर तक खेतों में भदई उपज हवा में झूमती दिखाई पड़ी। सबका अन्तर भी झूमता-सा लगा। गुरु जीवनदास ने कहा—'फ़सल तैयार हो रही है। पकने लगी है। पन्द्रह दिनों के बाद कटनी हो सकती है।'

सबका समवेत स्वर प्रकट हुआ— 'जी, हाँ! सतनाम प्रभु की कृपा से भदई उपज लगभग पक गयी है।'

सन्तराम ने कहा—'गुरुदेव! लगता है कि इस बार की उपज अच्छी होगी। आकाश अनुकूल रहा है।'

'हाँ, सन्तराम! सतनाम की कृपा है। जलवायु अनुकूल रही है।' गुरु जी ने उत्तर दिया।

'त्यौहार के बाद कटनी शुरू हो सकती है!' किशनराम ने अपना विचार रखा।

'हाँ, किशनराम! त्यौहार के बाद सभी कटनी में लग जायें। ...मुग़ल शिकदार की हवेली थोड़ी ही दूरी पर है। उसकी नज़र खेत-बाग़—सब पर रहती है। ...पड़ोस के नारायना गाँव के एक ब्राह्मण का खेत था। वह निस्सन्तान मर गया। इसलिए मुग़ल क़ानून के अनुसार उसका खेत हुकूमत के क़ब्ज़े में चला गया।'

'जी! छह-सात बरस पहले की बात है।' सन्तराम ने बताया।

'समय पर मालगुज़ारी चुका देनी है। शान्ति और स्वाभिमान के साथ जीवन जीना है।' गुरु जीवनदास ने निर्देश दिया।

'जी हाँ! हम हर बरस मालगुज़ारी दे देते हैं। शिकदार को आँख दिखाने का

मौक़ा नहीं मिलता। और न हमें माफ़ी के लिए कुछ कहना पड़ता है।' किशनराम ने मन्द स्वर में कहा।

'यही तो जीने का ढंग है।' गुरु जी ने मधुर स्वर में समर्थन किया।

गुरु जीवनदास दोनों के साथ खेतों को देखकर लौट आये। सभी प्रसन्न थे। आकाश, सूर्य, पवन, वर्षा और अपनी धरती के प्रति वे मन-ही-मन आदर व्यक्त कर रहे थे।

दशहरा का त्योहार निकट आ गया। पड़ोस के नारायना गाँव में रामलीला आरम्भ हो गयी। पुराने लोग कहते हैं कि सन्त तुलसीदास ने काशी में रामलीला की शुरुआत करायी थी। रामचरितमानस का गायन लोकप्रिय हो रहा था क्योंकि कथावाचक घूम-घूमकर मानस की कथा को गीत-संगीत के साथ सुना रहे थे। ...वैसे पहले से कहीं-कहीं चन्दबरदाई रचित 'पृथ्वीराजरासो' के विवाह और युद्ध प्रसंगों का गायन भी होता था। आल्हा-ऊदल और लोरिक की कथाएँ भी गायन के ज़रिये लोगों के कण्ठ में आ गयी थीं। ...सभी दशहरा के त्योहार और अन्य अवसरों पर कथाएँ सुनकर साथ ही रामलीला देखकर लोग अपने दुख-दर्द को भूल जाते रहे हैं। ...दशहरा में तो एक सप्ताह के लिए सभी श्रीराम, राम के वनवास, रावण से युद्ध और रामराज्य की लीला देखकर मुग़ल हुकूमत को भी भूल जाते हैं।

सदानन्दी गाँव में प्रातः और सन्ध्या में गुरु जीवनदास सतनाम और निर्गुण राम पर प्रवचन देते थे। सन्त कबीर, सन्त रैदास और अपने गुरु के रचित पदों का संकीर्तन होता। राम-रावण के युद्ध में सत्य-असत्य के युद्ध और सतनाम-श्रीराम की विजय की चर्चा होती और फिर सामूहिक भोजन से त्योहार पूरा हो जाता।

गुरु जी ने प्रातःकाल के प्रवचन में कहा—'वह परमात्मा सत् है। सारा संसार उस सत् की रचना है। वह हमेशा सत् है। इसलिए हम उसे सतनाम से सम्बोधित करते हैं। उसे राम कहते हैं। तुलसीदास के राम सगुण साकार हैं। हमारे राम निर्गुण निराकार हैं। ...गुरुनानकदेव ने भी उस सत् को 'इक ओंकार सतनाम करता पुरुख' ही कहा है। ओंकार ध्वनि रूप है। वह ज्योति रूप है। वह प्राणरूप है। वह सारी सृष्टि में व्याप्त है।

बेदाग...कलुषरहित...सतोगुण से परिपूर्ण साधनामय जीवन हमारा लक्ष्य है। सतनामी ऐसा ही जीवन जी रहे हैं। उजले कपड़े का पहनावा सतोगुण का चिह्न है। ऐसा ही निर्मल...निष्कलुप जीवन हम सबका हो। इसलिए मांसाहार बन्द हो रहा है। ...इससे भी अधिक आवश्यक है कि काम, क्रोध, मद, लोभ, मोह, मत्सर आदि का विस्फोट हमारे भीतर नहीं हो! इन पर हमारा अंकुश रहे। हाथी पागल हो जायेगा तो विध्वंस करेगा। हाथी पर अंकुश लगाना होगा। ...यह दशहरा पर्व काम, क्रोध, लोभ, मोह, मद, मत्सर को पराजित करने का पर्व है। राम ने कलुष के मूर्तिमान रूप रावण को पराजित किया था। हम भी करेंगे।

सबने इस पर्व के प्रवचन को मनोयोग से सुना और शीश झुकाकर धारण किया! स्त्री-पुरुष सबने प्रत्येक शब्द को मन में लाने का प्रयास किया।

सन्ध्या में शस्त्राभ्यास तथा खेल की प्रतियोगिता में नौजवान सम्मिलित हुए। लगा कि अस्ताचल पर जाते हुए सूरज दो क्षण ठहरकर सदानन्दी गाँव के पर्वोत्सव को देख रहे हैं। सन्ध्या की मन्द-मन्द पवन बहने लगा। पंछी अपने-अपने घोंसलों की ओर उड़ान भर रहे थे। मैदान के उत्तर कोने पर स्थित बरगद पर पंछी आ गये। चहचहाते हुए अन्य भाई-बन्धुओं को बुलाने लगे। आसमान का रंग बदलने लगा। स्याह होने लगा।

सन्ध्या बीते ही कुछ नौजवान नारायना गाँव में जाने लगे। वहाँ रामलीला का आयोजन होता है। खुले आकाश के नीचे मंच पर लीला को दिखाया जाता है। नारायना के लोगों ने देखा कि सदानन्दी के मुँडिया रामलीला देखने आ गये हैं। पीछे बैठ गये हैं। ये निर्गुणवादी हैं। छोटी जाति के हैं। पर स्वभाव और व्यवहार के अच्छे होते हैं।

शामलाल ने पूरनचन्द से कहा—'हम तो जब-तब मुँडिया हाट में जाते हैं। उन्होंने मना नहीं किया। ये व्यापार में सच्चे होते हैं।'

'हाँ, भाई! ये हमें आदर देते हैं। हम दे नहीं पाते।' पूरनचन्द ने उत्तर दिया।

पं. मनसाराम शर्मा ने कहा—'आप दोनों चुप रहें। भगवान की लीला को श्रद्धा से देखें। ...उन्हें पीछे बैठने दो। हम नहीं रोकेंगे।'

सभी चुप हो गये। ...रामलीला आरम्भ हो रही थी। ...मुनि विश्वामित्र के साथ राम और लक्ष्मण जनकपुर की ओर जा रहे थे। ...'मानस' की चौपाई का सस्वर पाठ ढोलक और झाल पर हो रहा था। संगीत की लय पर राम और लक्ष्मण का जनकपुर जाना मधुर लग रहा था...जनकपुर गमनप्रसंग दृश्य और श्रव्य—दोनों रूपों में सामने आ गया! मन को भा गया। सभी तन्मय हो रहे थे।

दशहरा की सन्ध्या में दोनों गाँवों के मध्य की परती भूमि पर राम-रावण युद्ध और रावण-वध—दोनों रोमांचकारी प्रसंगों को प्रस्तुत किया गया। दोनों गाँव के लोग इकट्ठे हो गये थे। राम के जयघोष से सारा क्षेत्र गूँज उठा। ...सबने एक-दूसरे की मंगलकामना की।

दशहरा के बाद भदई उपज की कटनी होने लगी। लगा कि गाँव से खेत और खेत से गाँव तक जीवन मुस्करा रहा है। धरती, आकाश और मानवश्रम—तीनों ने मिलकर जीवन के पोषण के लिए अन्नराशि सामने ला दी है। इस अन्नराशि... अन्नदेवता के लिए तीन माह तक प्रतीक्षा करनी पड़ती है। आकाश अनुकूल रहे। जंगली पशु इधर न आयें। फ़ौज इधर से न जाये। किसान सतर्क रहे। सक्रिय रहे। तभी अन्न देवता का दर्शन हो पाता है। सभी का सहयोग आवश्यक है। तभी तो

फ़सल की कटनी त्यौहार बन जाती है। गीतों की लय पर अन्नराशि श्रम के हाथों में आ जाती है। अब तो दीयों की जोत बढ़ जायेगी।

शिकदार के दफ़्तर से मालगुज़ारी वसूलने वाला तहसीलदार खाता बही-रसीद लेकर आ गया। सदानन्दी गाँव में एक जगह बैठ गया। सबने बारी-बारी से अपनी मालगुज़ारी दे दी। तहसीलदार रसीद बनाकर देने लगा। पीले काग़ज़ पर काली स्याही से लिखकर देता रहा। उसने एक-दो को रसीद नहीं दी। सन्तराम और किशनराम वहीं बैठे थे। दोनों एक साथ बोल उठे–'पहले इन्हें रसीद दीजिए। फिर तीसरे से मालगुज़ारी लीजिए। 'पहले मालगुज़ारी...फिर रसीद।' तहसीलदार ने ऊँची आवाज़ में कहा।

'मुझे रसीद नहीं मिली है और मैं मालगुज़ारी दे चुका हूँ।' फ़क़ीरचन्द ने ऊँची आवाज़ में कह दिया।

'नहीं।'

'देख लीजिए। मिला लीजिए।' किशन ने भी तेज़ स्वर में जवाब दिया।

तहसीलदार ने इधर-उधर देखा और वह रसीद देकर बोल उठा– 'यहाँ से उठो। बाहर जाओ। एक-एक कर आओ।'

'यह सतनामी गाँव है, तहसीलदार! यहाँ अकेला कोई नहीं है। आप नगद लें। रसीद दें।' सन्तराम ने साफ़-साफ़ कहा।

तहसीलदार आँख तरेरकर चुप रहा। ...कुछ देर के बाद वह चला गया। बोलता गया–'अब कल आऊँगा।'

दूसरे रोज़ तहसीलदार आया। वह बोल उठा– 'हुक्म हुआ है कि मालगुज़ारी की दर में दस फ़ीसदी का इज़ाफ़ा हो चुका है। उसी हिसाब से मुझे वसूल करना है।'

'हम हुक्मनामा देखना चाहेंगे।' सबने एक साथ कहा।

'मैं जो कह रहा हूँ। ...हुक्मनामा आ जायेगा।'

'पहले हुक्मनामा...तब वसूली।'

सबकी एक आवाज़ सुनकर तहसीलदार को चुप रह जाना पड़ा। लेकिन उसकी आँखों में गुस्सा झलकने लगा। मगर लाचारी थी। उसने बाक़ी किसानों से मालगुज़ारी वसूल की। सबको रसीद दे दी। लौटते हुए वह बुदबुदा रहा था– 'इन सतनामियों को सबक सिखाना ज़रूरी है। इन्हें दबाकर रखना होगा। शहंशाह औरंगज़ेब आलमगीर की हुकूमत है, दाराशुकोह की नहीं। ...शहंशाह आलमगीर ग़ाज़ी से सारा हिन्दुतान सहमा रहता है। ...वली अहद दारा ने इनके दिमाग़ को चढ़ा दिया है। अच्छा हुआ कि उन्हें क़ब्र में ताक़यामत सुला दिया गया। अब अपने सख़्त शहंशाह के हुज़ूर में किसी को खड़ा होने की हिम्मत नहीं है। ...मथुरा का किसान–गोकुल बग़ावत करने पर बेमौत मारा गया। ...ये लोग याद रखें।

अठारह

मुबारकपुर के ख़ुदाबख़्श के मकान के पिछवाड़े की बगिया में बैठकर जुही अपनी सहेली गुलाब के साथ बातचीत कर रही थी। शाम का वक़्त था। ऊपर सूरज की सिन्दूरी रेखाएँ आसमानी रंग में फैल रही थीं। नीचे बगिया में फूल खिल रहे थे। कुछ मुरझा रहे थे। कुछ में कलियाँ उभर रही थीं।

जुही कह रही थी—'गुलाब! अकरम भैया ने सड़क के पास के अपने बाग़ में जाने से मना कर दिया है। दो रोज़ से नहीं जा सकी हूँ। ...तुम उधर गयी थीं?'

'जब तुम नहीं गयीं तो मैं कैसे जाती? शिवपुर का सतनामी नौजवान आकर लौट गया होगा।'

'मुझे तो अजीब लग रहा है, गुलाब!'

'वह तो बेचारा गीत सुनने और एक झलक पाने के लिए सड़क के पार से इधर आ जाता है। हिम्मत करके आ जाता है। इससे आगे नहीं बढ़ता! नेक और शर्मीला है, जुही!'

'लगता तो है कि वह नेक है। लेकिन इधर भाईजान नाराज़ हैं। वे अपने दोस्त इब्राहिम से गुफ़्तगू कर रहे थे मेरा नाम आ रहा था। अब तो डर लग रहा है, गुलाब!'

'डरना क्यों, जुही! हमारा ख़ून हिन्दू बुज़ुर्गों का है। हमारे घरों में ज़्यादातर रीति-रिवाज पुराने ही हैं। ...मगर अकरम भैया ऐसा नहीं सोचते...जुही! मुझे शक है कि इब्राहिम मुग़ल की नज़र तुम पर है। शायद वह उस सतनामी नौजवान को रक़ीब समझता है।

'मुझे इसका एहसास है, गुलाब! एक बार मुग़ल इब्राहिम भैया के साथ बैठकर मेरी तारीफ़ कर रहा था। मैं दूर से सुन रही थी। उसकी नज़र बार-बार मेरी ओर आ जाती थी।'

'हाँ जुही! तुमने इशारे से बताया था। घबराना नहीं, मैं तेरे साथ हूँ। ...हिम्मत रखो तो उस मुग़ल के बुरी नज़र दूर हो जायेगी!'

'आज हम आहिस्ता-आहिस्ता उधर चलें!' जुही ने कहा।

दोनों पिछवाड़े से ही निकलकर अपने बाग़ की ओर चल पड़ीं। उनके पैर जब-तब रुक जाते थे। दोनों पीछे देखने लगती थीं। ...कहीं अकरम भैया तो नहीं देख रहे हैं। कहीं वे इब्राहिम के साथ तो नहीं आ रहे हैं!! ...उधर बाग़ की ओर से कोयल की कूक आ गयी।

'इस मौसम में कोयल की मीठी आवाज़ कमाल है, जुही!'

'क़दम और अमरूद तो ख़ूब फले हुए हैं।'

उनके पैरों में तेज़ी आ गयी। दोनों ने बाग़ में आकर चारों ओर देखा। कोयल दिखाई नहीं पड़ी। ...बाग़ के बाहर खड़ा कीरत कोयल की बोली की नक़ल कर रहा था।

गुलाब ने कहा—'जुही! वे ही जनाब हैं। कोयल की आवाज़ से किसी को बुला रहे हैं।'

'ऐसा तुमने कैसे समझ लिया?'

'मैंने देख लिया है। तुम भी देख सकती हो।'

दोनों ने उचक-उचककर देख लिया कि कीरत सड़क के पार खड़ा होकर इधर ही निहार रहा है।

उधर कीरत को लगा कि दो दिनों के बाद दोनों आ गयी हैं। उसकी आँखें चमक उठीं। अन्तर की बेचैनी दूर हो गयी। वह बाग़ की दीवार के नज़दीक आ गया। उसने कोयल की कूक सुना दी।

जुही मुस्करा उठी।

गुलाब ने कहा—'कोयल को जवाब मिलना चाहिए।'

'जवाब! कैसे?'

'हम दोनों एक गीत गा दें।'

'क्या यह गीतों-नग़मों का मुक़ाबला है?'

'नहीं, जुही! उसने तो अपने दिल की आवाज़ सुना दी। अब तुम भी कुछ सुना दो! ...इश्क़ का मिज़ाज समझो, जुही! फ़ासले पर रहकर भी इश्क़ ने एक अफ़साना गढ़ना शुरू कर दिया है!'

जुही शरमा उठी। ...और उसने आँखें बन्द कर गीत गाना शुरू कर दिया।

उधर कीरत गीत सुनने लगा। मन-ही-मन झूमने लगा। ...अचानक उसे लगा कि स्वर तो कोयल की कूक-सा मीठा है।

कुछ क्षणों के बाद गीत पूरा हुआ। इधर कीरत दो दिनों की प्रतीक्षा की बेचैनी को भूल गया वह विचार करने लगा कि वह अपनी सहेली के साथ आ गयी। उसकी कोयल की कूक की नक़ल पर उसका अपना गीत गूँज उठा। ...इसका अर्थ है कि उसके मन में रागभाव जगा है। वह उसका इधर आना पसन्द करने लगी है। ...तो क्या अपने गीत के द्वारा मन का रागभाव प्रकट कर रही है? क्या इसी को प्रेम का पहला रूप माना जाये? ...क्या वह भी दो दिनों तक बेचैन हुई थी? अपने बड़े भाई की डाँट के कारण नहीं आ सकी थी? आज इसने आकर अपने राग को प्रकट कर दिया है? लगता तो है! ...ऐसा न हो कि इसके बड़े भाई आ जायें। फिर दोनों पर डाँट पड़े। ...उसके साथ और भी कुछ हो सकता है। मुग़लों की हुकूमत जो है। वह रिआया है। अकरम भाईसाहब इस हुकूमत को अपनी हुकूमत मानते हैं। हुकूमत-शासन का मद तो रहेगा। पर हिन्दी मुसलमान होने के कारण ये दूसरे दर्जे के हैं। और सतनामी तो तीसरे-चौथे दर्जे की रिआया है। ...मन दुखी हुआ।

उधर बाग़ में दूसरा गीत गूँजने लगा। दोनों सहेलियाँ मिलकर गा रही थीं। वह उधर एकाग्र होने लगा। मन का दुख भूलने लगा। ...सोचा कि उस गीत के स्वर

में उसका स्वर मिल सकता है? यह सम्भव नहीं है। ...वह सुनता रहा। पुलकित होता रहा।

गीत पूरा हो गया। स्वर मौन हुआ। पर वह स्वर गूँज रहा था!

उसने चाहा कि वह भी गीत आरम्भ कर दे। उसने देखा कि उसकी सहेली कुछ अमरूद सड़क किनारे रखकर झटके से चली गयी।

वह रोमांचित हो उठा। उसने बाग़ के भीतर देखा। जुही मुस्करा रही थी। गुलाब उसके पास पहुँच रही थी। उसने भी मुस्कराकर हाथ जोड़ दिये। ...दो क्षण के बाद अमरूद को उठा लिया। उसे हृदय से लगा लिया।

उसी वक़्त अकरम इब्राहिम के साथ आ गया। वह कीरत पर बरस पड़ा। कीरत हक्का-बक्का रह गया। उसे समझ में नहीं आया कि अचानक ये दोनों कहाँ से आ गये? ...उधर बाग़ में जुही और गुलाब—दोनों ताज्जुब करने लगीं। वे अकरम भाई के गुस्से का अन्दाज़ कर डर गयीं। दोनों अपनी हवेली की ओर पीछे से जाने लगीं।

अकरम ने तल्ख़ आवाज़ में पूछा—'तुम इधर क्यों आये हो? क्यों आते हो?'

'आप क्यों इतने नाराज़ हैं? यह तो सड़क है। सभी का आना-जाना होता है। सड़क के किनारे यह हरा-भरा बाग़ है। इसकी हरियाली और पंछियों की बोली अच्छी लगती है।' कीरत ने जवाब दिया।

'तुम मेरी बहन पर बुरी नज़र डालते हो। इसीलिए आते हो। यह बर्दाश्त के बाहर है। ...ये मुग़ल सरदार के फ़रजन्द इब्राहिम ख़ाँ हैं। इन्हीं से जुही की शादी होने वाली है।' अकरम ने धमकी के तौर पर सुना दिया।

'यह क़ाफ़िर इधर क्यों आने की जुर्रत करता है?' इब्राहिम बोल उठा।

'मुझे मालूम है—मुबारकपुर के बाशिन्दे कभी हिन्दू थे। लाचारी में अब नहीं हैं। सबके पुरखे हिन्दू ही थे। ...और मैं सन्त कबीरदास की भाषा में क़ाफ़िर नहीं हूँ। उनके मुताबिक़ जो बेरहम और सितमगर हो, वही क़ाफ़िर है। जो रहमदिल और दयालु है, वह पीर-फ़क़ीर-साधु है।' कीरत ने साहस के साथ जवाब दे दिया।

'तो तुम जुलाहे कबीर का उपदेश बताने आये हो! ऐसी गुस्ताख़ी मत करो। इसका अंजाम बुरा होगा।' इब्राहिम ने धमकी दी।

'आप सन्त कबीर पर भी नाराज़ हो गये! उन्हें तो हिन्दू-मुसलमान दोनों मानते हैं। वे तो सबके गुरु हैं। मुर्शिद हैं।' कीरत ने विनम्र भाव से कहा।

'कबीर तो क़ाफ़िर हो गये थे! हम क्यों मानेंगे? और तुम मेरे रक़ीब बनकर ज़िन्दा नहीं रह सकते।'

'ज़िन्दगी तो ऊपरवाले के हाथ में है।'

'चोरी और सीनाजोरी...!' यह कहकर अकरम ने कीरत को पकड़ लिया।

दोनों कीरत को ख़ुदाबक्श के पास ले गया।

जुही और गुलाब—दोनों काँपती-भागती हवेली में छिप गयीं।

'अब्बाजान! यही सतनामी कीरत है जो जुही पर बुरी नज़र डालता है। आज यह अमरूद चुराकर ले जा रहा था।' अकरम ने बताया।

खुदाबख़्श शाम के धुँधलके में कीरत को देखते रहे।

'चचाजान! आप ऐसी सज़ा दें कि फिर यह इधर आने की जुर्रत नहीं कर सके।' इब्राहिम ने गुज़ारिश की।

'कीरत! सतनामी तो बदनाम नहीं हैं। अच्छे हैं। तुम क्यों ऐसा कर रहे हो?' खुदाबख़्श ने पूछा।

'चचाजान! आप इसे बता दें कि मुग़ल हुकूमत में मुस्लिम लड़की पर बुरी नज़र डालना गुनाह है। इसकी सज़ा सख़्त है...मौत है, इब्राहिम की आवाज़ तल्ख़ हो गयी।

'कीरत! जुही पर बुरी नज़र डाल रहे हो! बाग़ से अमरूद चुरा रहे हो। तुम्हें कौन माफ़ करेगा?' खुदाबख़्श ने पूछा।

उसी वक़्त गुलाब आ गयी।

'तुम क्यों आयी?' अकरम ने पूछा।

'मैंने इन्हें अमरूद दिया है। यह मेरा क़सूर है, चाचाजी!' गुलाब ने सर झुकाकर कहा। और वह चली गयी।

'कीरत! एक जुर्म तो हलका हो गया। लेकिन दूसरा तो गुनाह माना जायेगा।' खुदाबख़्श ने कहा।

'मैं बुरी नज़र डालने नहीं आता हूँ। मैं आपके बाग़ की हरियाली और क़िस्म-क़िस्म के पंछियों के गीत सुनने आ जाता हूँ। ...और आपकी पुत्री का गीत भी कभी-कभी सुन लेता हूँ। अच्छा लगता है। ...इसके लिए आप सज़ा दे सकते हैं।' कीरत ने विनम्र स्वर में अपनी बात रख दी।

खुदाबख़्श कुछ सोचने लगे।

इब्राहिम बोल उठा– 'आपकी दुख़्तर के साथ बेजा हरकत करता है यह। आप इसे सख़्त सज़ा दें। ...मैं तो इसे माफ़ नहीं करूँगा।'

इस बार गुलाब के साथ जुही आ गयी! इब्राहिम की धमकी सुन कर सहम गयी।

गुलाब ने मन्द स्वर में कहा– 'इस सतनामी ने कोई बेजा हरकत नहीं की है। यह तो बाग़ के पार सड़क पर खड़े होकर बाग़ को देखता है। परिन्दों के गीत सुनता है। फिर चला जाता है।'

जुही ने अपने अब्बा की ओर देखा। सर हिला! और फिर दोनों एक साथ सर झुकाकर चली गयीं।

इब्राहिम का माथा झन्ना रहा था। अकरम हाथ मल रहा था। खुदाबख़्श कभी कीरत को देखते और कभी अन्दर जा रही अपनी लड़कियों को।

दो लम्हों तक सन्नाटा छा गया। इसी सन्नाटे में खुदाबख़्श की आवाज़ सुनाई पड़ी–'कीरत को ख़बरदार कर छोड़ दो, अकरम!'

अकरम को यक़ीन नहीं हुआ।

इब्राहिम कीरत की ओर देखकर उबलता रहा।

कीरत ख़ुदाबख़्श को प्रणाम कर जाने लगा।

उन्नीस

कीरत सड़क पार कर अपने गाँव की ओर मुड़ गया। उसने एक बार पीछे देखा। वह बाग़ दिखाई पड़ा। लगा कि जुही गुलाब के साथ झूले पर झूल रही है। गीत की लड़ी झूले की गति के साथ ऊपर जा रही है। ...झूला नीचे आ रहा है। पर गीत चारों ओर फैल रहा है। ...स्वर पवन के साथ फैलता है। झूला तो बँधा हुआ है। वह अपनी सीमा में ही उछलेगा। स्वर के संचार के लिए अनन्त आकाश है। नीचे अपने पास हृदय का आकाश है। ...वह एक क्षण ठहर गया। उसने ऊपर देखा, वहाँ तो केवल पेड़ ही पेड़ थे। अकरम और इब्राहिम की झलक मिली। ...क्या वे दोनों इधर आयेंगे? उससे उलझेंगे? वे बलवान तो हैं। हुकूमत की ताक़त है! ...तो क्या वह बलहीन है? नहीं! जुही के पिताजी ने माफ़ कर दिया है। ...जुही की ओर से गुलाब ने अनुरोध किया था।...क्या उसके हृदय के आकाश के स्वर को सुना गया है? क्या उसके रागभाव का एहसास किया गया है? ...क्या इसी के कारण वह सकुशल घर लौट रहा है? अपना घर झलकने लगा है। उसके पग आगे बढ़ गये। उसी समय उस सड़क से मुग़ल घुड़सवार सिपाहियों की दिल्ली जाने की आवाज़ आने लगी। घोड़ों की टापों से इलाक़ा सहम गया। वह भी क्षणभर के लिए चौंक गया। पर वह उधर बार-बार देखते हुआ नाले के किनारे जा पहुँचा।

कीरत ने देखा कि नाले के किनारे कास के पौधों में फूल आ रहे हैं। नाले में पानी बह रहा है। बाँस के बने पुल को पारकर वह बढ़ चला। ...तो जीवन में इसी तरह बाधाओं को पार करना है। रुकना नहीं है। ...गाँव के घर-घर से धुँआ निकल रहा है। भोजन बनने लगा है।

कीरत अपने घर के द्वार पर आया। कई लोग उसे देख रहे थे। कोई बोल नहीं रहा था! ...वह अपने घर के भीतर गया! बड़े भाई धीरजराम ने पूछ दिया– 'तुम रोज़ सन्ध्या में सड़क की ओर जाते हो। मुबारकपुर के बाग़ के पास खड़े रहते हो। आगे-पीछे सोच लिया है? इसका परिणाम क्या होगा? विचार कर लो। ...तुम्हें तो गुरुदेव ने समझाया था।'

'हाँ भैया! गुरुदेव ने समझाया था। मैंने भी कुछ निवेदन किया था। उन्होंने मेरे निवेदन पर ध्यान दिया है।'

'उनके समझाने पर तुम समझ नहीं सके। आगे ऐसी खाई है कि नीचे गिरने पर

पता नहीं चलेगा। वे मुग़ल हुकूमत की देखरेख में हैं। ...हम अपने गाँव में सुरक्षित हैं। पर तुम्हारे कारण संकट आ सकता है।'

'ऐसा संकट नहीं आयेगा? भैया!'

'क्या अपना धर्म-कर्म बदल लोगे? अपने आचार-विचार, कुल-परिवार और भाषा—सब छोड़कर उनके पास चले जाओगे? ...हमें मालूम है कि मुबारकपुर के लोग चार-पीढ़ी पहले तलवार की नोक पर धर्म बदलने को मजबूर हुए थे। वे अपने घर में अपने पूर्वजों की याद कर बेचैन हो जाते हैं।'

'ऐसा नहीं होगा, भैया!'

'ऐसा होता रहा है। हो रहा है! ...हम कब तक जूझेंगे? हम मन मारकर भगवान भरोसे तो नहीं बैठ जायेंगे! हम भाग्य भरोसे आँसू बहाकर नहीं रह जायेंगे? हम सतनामी हैं। उधर नानकपन्थी सिक्ख हैं। वे चुप नहीं बैठते। संकट आने पर वे हाथ में कृपाण लेकर खड़े हो जाते हैं।'

'जी, यह सच है।'

'कीरत! नवयुवती का आकर्षण, काम का उभरना और उम्र का उन्माद—ये तीनों मिलकर प्रबल हो जाते हैं। यह जीवन का एक बड़ा सच है। परन्तु कुल-परिवार, धर्म-कर्म, आचार-विचार और भाषा—ये सब काम से छोटे नहीं हैं। तौलना होगा। विचार करना होगा। ...गुरुदेव ने बताया होगा।'

कीरत सोच में पड़ गया।

'तुम्हारे पास उत्तर नहीं है। यह उम्र सोचने-विचारने नहीं देती। वह कामवृत्ति से उत्पन्न प्रबल इच्छा को पूरा करने के लिए आवेश में आ जाती है। आवेग पर अंकुश नहीं लग पाता।'

'आप तो गुरु जी की भाषा बोल रहे हैं।'

'सतनामी गुरु जी के एक-एक शब्द को सुनते हैं। गुनते हैं। उनके बताये पथ पर चलते हैं।'

'यह तो है, भैया!'

'हम पशु नहीं हैं। हम मानुस हैं। हम बिना विचारे कोई काम नहीं करते। पर पशु शरीर की भूख मिटाने के लिए आवेश में आ जाता है। पशु की प्रकृति है। मनुष्य बुद्धि-विवेक से काम करते हैं। विचार करके हर इच्छा को पूरा करते हैं क्योंकि हम विवेकशील प्राणी हैं।

'मैं मानता हूँ, भैया! ...उस सतनाम परमात्मा ने हमें इच्छाओं के साथ उत्पन्न किया है। स्त्री और पुरुष को एक-दूसरे के पूरक के रूप में बनाया है। ...स्त्री को इतना सुन्दर, कोमल और आकर्षक क्यों बनाया? आकर्षण क्यों अदम्य है? सारे कवि इस सुन्दरता और राग-अनुराग को अपनी कविता में वर्णन करते नहीं अघाते, नहीं थकते। ...ऐसा क्यों?'

'कीरत! बहुत बोल गये। तुम्हारा कथन भी सच है। दोनों सच में टकराव है। इसलिए विवेक और संयम के साथ काम उचित है। ...प्रकृति और प्रवृत्ति आकर्षण और काम के द्वारा सबके घर को बसाती है। सृष्टि को आगे बढ़ाती है। सन्तान का अर्थ ही है—सही ढंग से विस्तार...फैलाव।'

'जी, हाँ!

'इसके लिए इस देश के ऋषि-मुनियों तथा गुरुओं ने कुछ आचार-विचारों को रखा है। परिवार और समाज को रचा है। काम को संयमित कर अपनाया है और काम को देवता बना दिया है। ...तुम उससे विवाह कर सकते हो?'

'आप चाहें तो...।'

'वे चाहेंगे तब तो...! यही नहीं होगा।'

'उधर का परिवार रागभाव को समझने लगा है।'

'यह भ्रम है, कीरत! ...या तो तेरे शव को अपने गाँव में भेज दिया जायेगा या तेरा नाम-कुल-पहचान को बिल्कुल बदल दिया जायेगा? जैसे उनका बहुत पहले बदल दिया गया है।'

'भैया! इसीलिए वे भीतर से बेचैन रहते हैं। वे सतनामी पन्थ के अपने गुरुदेव से प्रवचन सुनना चाहते हैं। वे नानकपन्थ के गुरुदेव के निकट आना चाहते हैं।'

'तो तुम उनके बेचैन मन को शान्ति देने उनके पास जा रहे हो। वे तुम्हें प्रेम से अपनायेंगे? ...अपने को धोखा मत दो, कीरत!'

'मैं अपने को धोखा नहीं दे रहा हूँ, भैया! मैंने उनके मन की हालत के बारे में बताया है। ...उधर के कुछ लोग तो मुझे देखना नहीं चाहते। धमकी देते हैं। यह भी सच है।'

'तो बात यहाँ तक आ पहुँची है! अब तुम्हीं विचार करो। मैं इससे अधिक नहीं कहूँगा।' यह बताकर धीरज मौन हो गया। उसने एक बार अपने छोटे भाई की आँखों को पढ़ने की कोशिश की। ...और वह अपने मन की शान्ति के लिए आँखें बन्द कर सुमिरन करने लगा।

कीरत घर के भीतर गया।

उसकी भाभी ने कहा— 'छोटे भैया! बड़े भैया ठीक कह रहे हैं। ...मैं खुद एक सुन्दर लड़की को ढूँढ़ना चाहती हूँ जो तुम्हारी आँखों में बस जाये।

'मेरी अच्छी भाभी! मेरे मन को समझने का प्रयत्न करो। एक तो आँखों में बस गयी है! ...इन दो आँखों के लिए दो नहीं...।'

'मेरी खोज ऐसी होगी कि पहली को भूल जाओगे। वह इन आँखों से निकलकर चली जायेगी। दूसरी इन आँखों में आकर छा जायेगी।'

'पर वह आँखों से नीचे उतरकर हृदय तक आ गयी है, भाभी!'

'दूसरी को देखकर तय करना, छोटे भैया!'

'भाभी! भक्त सूरदास की गोपी ने कहा था–'उधो! मन नाहीं दस-बीस, एक हुतो सो गयो स्याम संग, को आराधे ईस!'

'देवर जी! क्या सचमुच प्रेमपन्थ के पथिक बन गये हो? ...मैंने तो ब्याह के बाद तुम्हारे भैया को प्यार किया है। इस घर को बसाया है तभी परिवार का जीवन आगे बढ़ रहा है।'

'भाभी! पहले मेरी आँखों और कानों ने उसे जगह दे दी। फिर वह मन में आ गयी है। ...तो अब घर भी बसना है। आप मेरी मदद करें भाभी!'

'वे लोग मेरे देवर को चुराकर क़ैद कर लेंगे तो मैं क्या कर पाऊँगी? ...यह अपना घर, अपना गाँव, अपना सतनामी समाज–सब बिलखते रह जायेंगे। मैं अपने देवर को खोना नहीं चाहती। उधर उनके समाज में अपने धर्म-कर्म और आचार-विचार के लिए काँटे ही काँटे हैं।' यह कहकर भाभी अपने देवर कीरत की ओर देखती रही।

कीरत को अकरम और इब्राहिम के शब्द याद आने लगे। उनकी आँखों की आग की लपट का एहसास होने लगा। ...वह सर झुकाकर अपनी भाभी के पास से चला गया। वह एकान्त में बैठकर सुमिरन करने लगा। ...धीरे-धीरे मन शान्त हुआ। उसे लगा कि 'सतनाम' शब्द गूँज रहा है। अकरम और इब्राहिम के बोल दूर चले जा रहे हैं।

प्रातःकाल शिवपुर के सभी सतनामी नौजवान गाँव के मैदान में सूरज की ओर मुख करके मानो सूरज के तेज को धारण करते हुए शस्त्राभ्यास करने लगे। आसपास के खेतों के लहलहाते पौधों से होकर आती हुई शीतल हवा तन-मन को प्रफुल्ल कर रही थी! ...तीन दिनों के बाद कटनी शुरू हो जायेगी। सबके घर अन्न से शोभा पायेंगे। नये अन्न से पर्वोत्सव मनाया जायेगा।

कीरत शस्त्राभ्यास में कुशल हो चुका है। अब वह शिक्षक बन गया है। नौजवानों में प्रिय बन रहा है। उसका शस्त्र कौशल और उसकी तेज़ गति–दोनों ने उसे प्रिय बना दिया है। ...कुछ लोग बुदबुदाते हैं–प्रातः वह अस्त्र-शस्त्रों का गुरु बन जाता है और सन्ध्या में वह कोमल हृदय का तरुण! ...रागी-अनुरागी के रूप में मुबारकपुर की ओर जाना संकट को बुलावा देना है। ...यह ठीक नहीं है। ...तलवार चलाना एक बात है और तलवार की धार पर चलना दूसरी बात।

कीरत शूल संचालन के शिक्षण में मस्त है। इसके बाद वह तलवार का शिक्षण देगा। ...वह सोचता है कि मथुरा में गोकुल ने किसानों के हाथ में भाला थमा दिया था। पंजाब में नानकपन्थी शिष्य शस्त्र धारण कर रहे हैं। इसीलिए सतनामी भी हल-कुदाल के साथ शस्त्र धारण कर रहे हैं। ...सतनामी हो या नानकपन्थी, वैष्णव हो या शैव...कुल मिलाकर हिन्दू भय में क्यों जियेंगे? अपने देश में अपने घर में ही डर कर क्यों जीना?

डेढ़ घण्टे के बाद अभ्यास पूरा हुआ। सबके ललाट से पसीना चू रहा था। पर

सब के मुखड़े दमक रहे थे। ...कीरत भाला लिए मैदान का चक्कर काटकर गाँव के बाहर के नाले के पास पहुँच गया। साथ में एक पड़ोसी नौजवान था। कीरत ने सड़क की ओर देखा। लगा कि अकरम और इब्राहिम इधर ही आ रहे हैं। ...देखा जायेगा!

अकरम और इब्राहिम नाले के उस पार आ पहुँचे। कीरत इस पार अपने पड़ोसी के साथ खड़ा था। ...अकरम ने तल्ख़ ज़ुबान में कहा–'कीरत! अब मेरे बाग़ के नज़दीक आने के पहले सोच लेना।'

'बड़े भाई अकरम, सलाम! इधर आपका स्वागत है। ...अगर आप एक सतनामी को धमकी देंगे तो शिवपुर ही उठकर आ जायेगा।'

'मुग़ल हुकूमत से मत टकराओ।' इब्राहिम बोल उठा।

'मैं तो आप सबसे प्यार पाने आता हूँ। मुझे तो विश्वास हो गया है कि मुझे आप सबसे प्यार मिलेगा। ...आप देख लें– नाले में शीतल जल बह रहा है। पौधों में फूल खिल रहे हैं।'

अकरम और इब्राहिम ने महसूस किया कि वे लाजवाब हो रहे हैं। इसके अन्दर ख़ौफ़ कैसे पैदा हो? ...यह तो बेख़ौफ़ लग रहा है। दोनों एक-दूसरे को देखने लगे।

'अगर आप मेरे गाँव में आना चाहते हैं तो पड़ोसी की तरह आइए।' कीरत ने हाथ जोड़कर अनुरोध किया।

अकरम और इब्राहिम ने कीरत की ओर गुस्से में देखा और इब्राहिम बोल गया– 'ख़ूब सोच-समझकर उधर आना।'

कीरत के होंठों पर मन्द मुस्कान थी। हाथ में भाला था। दोनों गुर्राते हुए लौटने लगे।

बीस

अमीचन्द यानी जमुनादास नयी वेशभूषा में जा रहा था। उसने अपनी बाँसुरी को छिपा कर रख लिया था। वह फ़क़ीर सरमद और शाहज़ादा दाराशुकोह को मन में याद कर लेता था। उनकी शहादत की स्मृति उसे भीतर से रुला देती थी। सन्त प्राणनाथ से मिलने के बाद उसके मन को शान्ति मिली। पर अपनी पहचान को छिपाकर रहना है। ...रास्ते में भूषण कवि ने नया उत्साह भर दिया। कवि अपना घर-द्वार छोड़कर छत्रसाल और शिवाजी से मिलने जा रहा है। अब उसकी कविता इन वीरों पर लिखी जायेगी क्योंकि ये हिन्दवी स्वराज के लिए संघर्ष कर रहे हैं। महाराष्ट्र के सामान्य जनों में स्वराज का सपना जगाकर शिवा ने संगठित कर दिया है। ...श्रीराम और श्रीकृष्ण–दोनों ने सामान्य जन को जगाकर साथ लिया था। छत्रसाल और शिवाजी ऐसा ही कर रहे हैं। उधर नारनौल में सतनामी गुरु जीवनदास साधारण...छोटे जनों को भक्ति और शक्ति का संस्कार दे रहे हैं। अमृतसर-आनन्दपुर में गुरु तेगबहादुर

जी ने पंजाब में भक्ति और शक्ति की नयी लहर जगा दी है। ...सन्त प्राणनाथ का आदेश है कि सबसे मिलना है। सबको मिलाना है।

पता नहीं, दिल्ली में घर की क्या हालत है? दिल्ली नहीं, देहली। मुग़ल शहंशाह की दारुल सल्तनत है। कठोर शासन में प्रजा तो आतंकित है। ...उधर माँ और पिताजी बूढ़े होकर अपने इस पुत्र के लिए बेचैन होंगे। उसके ब्याह की आस लगाये जी रहे हैं। उनके दर्शन के लिए जाना है। ...अगर कोई मुग़ल या मुग़लों का चाटुकार पहचान ले तो नरकतुल्य क़ैदखाने में...कल्पना कर वह काँप उठा। वह क्षणभर के लिए ठिठक गया।

वह रास्ता बदल-बदलकर आगे बढ़ता रहा! किसी तरह वह दिल्ली के पास पहुँच गया। गाँव में विश्राम किया। उसने बार-बार सोचा कि जाना चाहिए या नहीं। उसने साहस किया। दूसरे दिन सन्ध्या में गलियों से होता अँधेरे में अपने घर के द्वार पर आया। साधु जमुनादास के रूप में उसने दस्तक दी। नौकर ने द्वार को खोला। वह उसे संकेत से चुप रहने का निर्देश देकर भीतर आ गया। माँ खाट पर पड़ी हुई थी। बेटे अमीचन्द का स्मरण कर रही थी। पिता देवीचन्द ढाँढस बँधा रहे थे।

'रात में कौन आया है?' माँ ने पूछा।

पिता देवीचन्द ने देखा कि कोई नौजवान साधु उनके चरणों पर झुक रहा है।

'साधु जी! आप मेरे पैरों पर क्यों झुक रहे हैं।' देवीचन्द ने रोका।

'प्रणामी सम्प्रदाय का जमुनादास आप दोनों के दर्शन के लिए आया है।' पिता ने कण्ठ स्वर को पहचान लिया। मुखड़े को निकट से देखा और हृदय से लगा लिया। ...दोनों की आँखों से आँसू बहने लगे। माँ ने आँखें खोलकर देखा। दीप जल रहा था। देखकर समझ लिया। भगवान को हाथ जोड़कर उसने 'अमीचन्द' के नाम से पुकारना चाहा।

'नाम नहीं, साधुजी आये हैं। स्वागत करो।' देवीचन्द ने मन्द स्वर में बताया।

माँ समझ गयी।

जमुनादास माँ के पैरों पर आ गया। माँ का हृदय भर आया। आँखों में हर्ष के आँसू उमड़ आये। दो क्षण के बाद अपने अमीचन्द को उठाया। जमुनादास माँ के हृदय से लग गया। देवीचन्द इस दृश्य को भरी आँखों से देखते रहे। पर उससे अलग होने की सम्भावना से मन में पीड़ा उभरने लगी।

माँ के संकेत पर नौकर लोटे में पानी ले आया। साथ ही उसने भोजन के लिए थाली सजा दी। माँ अपने हाथ से खिलाने लगी। बूढ़ा नौकर गद्‌गद था। पिता देवीचन्द का हृदय खिल उठा था। ...कुछ क्षणों के बाद पिता ने पूछा– 'कब तक' अ... जमुनादास भटकते रहोगे?'

'जब तक दहशत कम नहीं हो जाती। ...गुरु तेगबहादुर और गुरु जीवनदास

का प्रभाव बढ़ रहा है। शिवाजी का जयघोष गूँज रहा है। छत्रसाल की धमक बढ़ रही है! अब दहशत को दुबकना पड़ेगा।'

दोनों के शीश हिले। ...पर कब तक...?

जमुनादास (अमीचन्द) ने माता-पिता के साथ घण्टे भर विश्राम किया। उनके प्यार को हृदय में सँजोता रहा। ...और वह जाने के लिए तत्पर हो गया। दोनों को प्रणाम करने लगा पर दोनों केवल अपने पुत्र को निहार रहे थे। ...हृदय फटने लगा। कुछ ही क्षणों में हृदय का टुकड़ा...आँखों का तारा आँखों से ओझल हो जायेगा। यह सोचकर दोनों की आँखों में आँसू झलक आये।

जमुनादास ने बूढ़े नौकर से हाथ जोड़कर कहा—'चाचा! माँ-पिताजी का पूरा ध्यान रखना है। इन्हें कोई कष्ट न हो। ...मैं फिर आऊँगा।'

नौकर के हाथ जुड़ गये। मुँह से शब्द नहीं निकल सके। जमुनादास अँधेरे में निकल गया। पास-पड़ोस में कोई समझ नहीं सका। तीनों बन्द द्वार की ओर देखते रहे।

देवीचन्द और उनकी पत्नी ने महसूस किया कि बेटे के आने से घर थोड़ी देर के लिए जगमगा उठा था। फिर चारों ओर अँधेरा छा गया। ...इस दीपक के टिमटिमाने से क्या होगा? दोनों आह भरने लगे। ...अमीचन्द के बचपन के दिनों की याद आने लगी। ...कैसे वे सूरदास के पदों को गाकर अमीचन्द को खिलाया करते थे। कभी तुलसीदास के रचे कवित्त को सुनाकर रिझाया करते थे। ...जब-तब वे कबीरदास की साखियों को गुनगुना कर अपने को समझाया करते थे। ...अमीचन्द ध्यान से सुनता था। कभी-कभी एकाध पंक्तियों को दुहरा देता था। दोनों निहाल हो जाते थे। उन्हें लगता था कि बच्चे को अच्छे संस्कार मिल रहे हैं। अचानक स्मरण आया कि वह मिट्टी की गोलियों के साथ रत्ती, मूँगा और मोतियों को भी उठा लेता था। चारों को मिलाकर खेलता था। ओसारे में उन्हें रखकर धीरे-धीरे उँगलियों से आगे बढ़ाता था। दो के टकराने पर किलकारी भरता था। ...मुझे लगता था कि एकाध मोती-मूँगा खो देगा। पर पत्नी अपने पुत्र की लीला देखकर बालकृष्ण का नाम लेकर हँसती थी। अंग-अंग जुड़ा जाता था।

आज वह सब कुछ छोड़कर साधु के वेश में भटक रहा है। वह फ़ारस देश से आये फ़क़ीर सरमद के पास पहुँच गया। उनके पास बैठने लगा। उनके इशारे पर वह बाँसुरी बजाता था। फ़क़ीर बाँसुरी की मधुर स्वर लहरी पर बेसुध हो जाया करते थे। वहाँ शाहज़ादा दाराशुकोह भी आते थे। वे भी उसकी बाँसुरी के भक्ति-संगीत को सुन कर मग्न हो जाते थे। ...वहाँ दर्शन, धर्म और अध्यात्म पर चर्चा होती। तसव्वुफ और अद्वैतवाद के एक परम तत्त्व और परमात्मा-आत्मा की तात्त्विक समता पर विचार होता रहा। हिन्दू और मुसलमानों के बीच इस तात्त्विक समता के आधार पर समरसता पर सबका ध्यान जाता। फ़क़ीर की दृष्टि दाराशुकोह पर लग जाती। दारा इसे महसूस करते। वे ऐसा व्यवहार करने लगे थे। एक नयी सुबह की आशा

जगने लगी थी। शाहज़ादी जहाँनारा साथ दे रही थी। पर रोशनआरा देहली में रहकर औरंगज़ेब की मदद कर रही थी...तख़्त की लड़ाई छिड़ गयी। औरंगज़ेब ने दाराशुकोह को हराकर तख़्ते ताऊस को हासिल कर लिया। ...उस सख़्त दिल ने शाहज़ादा दारा और फ़क़ीर सरमद–दोनों को अपनी मज़हबी सियासत की क्रूरता का शिकार बना लिया। ...इसे दिल्ली से भागना पड़ा। आज इतने दिनों के बाद छिपकर आया। घर में दीप की ज्योति मुस्करा उठी थी। ...फिर चारों ओर अँधेरा छा गया। ...आह! ...लगा कि दोनों की आहों से अँधेरा सघन हो उठा।

जमुनादास माता और पिता के प्यार से प्रफुल्ल होकर अँधेरे में जा रहा था। वेशभूषा के बदलने से कोई पहचान नहीं सका था। रात गहरा रही थी। अँधेरा बढ़ रहा था। रास्ते में इक्के-दुक्के लोग मिल जाते। साधु को रास्ता दे देते थे। पर शहर से बाहर निकलने पर थोड़ा भय हुआ! ...वह पश्चिम की ओर...सूरज कुण्ड की ओर जा रहा था। उसे स्मरण आया कि इधर तो ऐयाशी के अड्डे हैं। मुग़ल दरबार और शाही महल के ऐयाश आ गये होंगे। ...कुछ आ रहे थे। लेकिन किसी ने उसे रोका नहीं। किसी-किसी ने गुर्राकर भाग जाने की धमकी दे दी। उसने चाहा कि वह तेज़ी से निकल जाये। पर इससे उन्हें सन्देह हो सकता है वह स्वाभाविक गति से चलता रहा। ...अचानक अँधेरे में किसी तरुणी की चीख़ सुनाई पड़ी। उसकी धड़कन बढ़ गयी। वह क्या करे? ...क्या होगा? क्या यही कर्मगति है? क्या यह काल का प्रकोप है? ...यह तो मुग़ल हुकूमत की देन है! ...वह दयालु परमात्मा किस अपराध का दण्ड भारत की निरीह प्रजा को दे रहे हैं? ...यह माया नहीं है। यह आँखों के आगे का सच है। इस कड़वे सच को कैसे निगला जाये? ...उस तरुणी को बचाना चाहिए! वह दौड़ चला। लगा कि ऐयाश तरुणी को दबोच लेना चाहते हैं? वे उसे शिकार समझकर झपट रहे हैं। ...घर की बहू-बेटी शिकार है? ...ये शिकारी मांसभक्षी खूँखार जानवर के समान हैं। ये नरपशु हैं। ...वह निकट पहुँच रहा था! ...आह की आवाज़ आयी। फिर वह करुण आवाज़ मौन हो गयी। ...शिकारी नरपशु उसे छोड़कर भाग रहे थे। ...क्या उन्होंने मार डाला? उससे थोड़ा विलम्ब हो गया! ओह! वह पास में आ गया। लगता है कि उन्होंने इसे मार डाला–चीख़ने-चिल्लाने के कारण! ...यह भी हो सकता है कि तरुणी ने आत्मघात कर लिया हो! अपने को शिकार नहीं बनने दिया हो!! ...इसने तो आत्मघात ही किया है। छुरा इसकी उँगलियों में अटका हुआ है। ...यह तो एक प्रकार का जौहर है। ...इस देश की बेटी-बहुओं की यही गति है! यह सद्गति है? ...यह आत्मरक्षार्थ आत्महत्या है। यह माया नहीं है। ...इस सच का सामना तो पूरे समाज को मिलकर करना होगा। पूरे देश को करना होगा। इसीलिए वह जमुनादास के रूप में सबसे मिलने जा रहा है।

इसका अग्नि संस्कार होना चाहिए। उसने सूखी लकड़ियों को इकट्ठा कर शव के चारों ओर सजा दिया। आग सुलगा दी। धुआँ फैलने लगा। ...इस आग-धुएँ में

इस धरती की एक कन्या को बिना जीवन जिये चला जाना है। ओह! तुर्क़-मुग़ल राज्य में स्त्रियों को घरों में छिपना पड़ा। पर इससे भी रक्षा नहीं हो पा रही है।

जमुनादास ने देखा कि कुछ लोग इधर आ रहे हैं। वह वहाँ से निकल पड़ा। अँधेरे में खो गया।

कुछ ऐयाश आ पहुँचे। आग-धुएँ ने दूर रहने को मजबूर कर दिया। उन्होंने इधर-उधर देखा कि किसने आग सुलगा दी है। ...यहाँ लाश को जलाना—इसे मसान बना देना जुर्म है। किसने यह जुर्म किया? ...वह कमसिन हसीना आगोश में नहीं आ सकी। उसने खुदकुशी कर ली। ...अपना ही खंजर उसके हाथ लग गया। ...उन पर भी वह हमला कर सकती थी। ...अब क्या बचा? ...उधर रक्कासा का नाच देखना है। ...वे चले गये। ...अँधेरे में लाश जलती रही। ...उधर ऐयाशी के रंगीन मकानों के अन्दर ऐयाश मदहोश हो रहे थे।

इक्कीस

जमुनादास कभी अपने घर की याद करता और कभी फ़क़ीर सरमद की याद करते हुए सन्त प्राणनाथ के निर्देश पर जा रहा था। दिल्ली से बाहर सूरजकुण्ड क्षेत्र का वह दुखद दृश्य आँखों में झलक जाता। मन पीड़ा से आह भर लेता। इस स्थिति में उसकी गति कभी मन्द हो जाती और कभी तेज़ हो जाती। उसने रात में एक स्थान पर सोने की कोशिश की तो किसी प्रकार दो घण्टे सो सका। अँधेरे उठकर चल पड़ा था। एक सप्ताह के बाद वह पूछते-पूछते सतनामियों के गाँव—सदानन्दी में आ गया। गुरु जीवनदास के पास जाकर उसने नमन किया। गुरु जीवनदास ने परिचय पाकर कुशल समाचार पूछा। उन्हें बड़ी प्रसन्नता हुई कि सन्त प्राणनाथ ने अपने एक शिष्य को इधर भेजा है। विभिन्न क्षेत्रों के सन्तों से मिलने और सन्देश देने को कहा है।

जमुनादास ने सन्तजी के सन्देश को रखा—सभी पन्थों-सम्प्रदायों के सन्त, गुरु और भक्त धर्म, समाज और देश का चिन्तन करें। एक ओर सभी अपने समाज को जाग्रत करें और दूसरी ओर वे मुग़ल शासन के कठोर-क्रूर रूप से सावधान हों। सावधान करें।

गुरु जीवनदास इस सन्देश पर विचार करने लगे। ...कुछ क्षणों के बाद उनका शीश हिला। वे बोल उठे—'जमुनादास! आपका स्वागत है। आप यहाँ दो-तीन दिन ठहरें। आपका सन्देश गम्भीर है। विचारणीय है। यह उचित लग रहा है।'

'जी, मैं यहाँ ठहरूँगा। सतनामी पन्थ के जीवन को निकट से देखूँगा।' जमुनादास ने उत्तर दिया।

'आपको यहाँ ठहरने में कोई संकोच तो नहीं होगा? लोग हमें रैदासी समझते हैं। इस गाँव को मुँडियों का गाँव मानते हैं।'

'सन्त रैदास जी तो काशी से चित्तौड़ और फिर गुजरात तक पूज्य माने गये हैं। आज वे छोटे हो गये? हम इसे नहीं मानते।'

'जमुनादास! वैदिक सनातनी पण्डितों ने बताया है कि सबमें परमात्मा का वास है। सबमें एक ही आत्मतत्त्व है। सभी एक ही ईश्वर की सन्तान हैं। परन्तु समाज के व्यवहार में बड़े, छोटे और हीन का भेद जन्म से मरण तक निश्चित है। एक ओर रामायण और महाभारत ने उत्तम चरित्र को श्रेष्ठ जीवन का आधार बताया है। परन्तु जीवन के हर क़दम पर जाति का भेदभाव प्रबल है। विचार और व्यवहार में इतना अन्तर है। इसलिए छोटे-हीन माने जाने वाले हिन्दू दुखी रहते हैं। भीतर से बेचैन रहते हैं। मन हीनता-दीनता से ग्रस्त रहता है। फल यह होता है कि हीनता और दीनता से परेशान होकर कुछ जन दूसरे...बाहरी धर्म में चले जाते हैं। कुछ मुग़लों के ज़ुल्मों से बचने के लिए अपने धर्म-समाज को छोड़ देते हैं। ...धर्म का माथा इस सच्चाई को समझ नहीं पाता। वह तो अपनी श्रेष्ठता के भाव में मग्न रहता है।'

'आचार्य श्री रामानन्द ने तो इस अन्तर को नहीं माना है। उन्होंने युग की चेतना की अनुभूति कर सबको भक्ति का अधिकार दिया है। सन्त कबीरदास और सन्त रैदास उन्हीं के शिष्य थे। ...सन्त प्राणनाथ ने सबको कृष्णभक्ति का अधिकार देते हुए वैदिक सनातन के साथ इस्लाम की मूल अध्यात्म दृष्टि को भी समझा है।' जमुनादास ने बताया।

'ठीक कह रहे हो, जमुनादास। ऐसे अनेक सन्त हुए हैं। परन्तु उनका प्रभाव पूरे समाज पर नहीं पड़ता। कंकड़ से पोखर में लहरें उठीं। फिर जल शान्त हो गया।'

'यह भी सच है कि समाज के विकास के लिए सारे कामकाज को बाँटकर करने से कार्य की कुशलता बढ़ी। समाज आगे बढ़ा। विकास शिखर की ओर चल पड़ा। पर भेदभावपूर्ण विधान और व्यवहार से हानि हो रही है। चिन्ता का विषय है।'

'बाहर से आये नये मज़हब और उसके मज़हबी शासन की उग्रता और क्रूरता से हानि का अनुमान लगाना कठिन हो रहा है।'

'परन्तु निर्गुण तथा सगुण सन्तों के प्रभाव से जन साधारण में आत्मविश्वास बढ़ा है। ...अब सभी सन्तों को मिलकर इस समस्या पर विचार करना है।'

'मैं सहमत हूँ, जमुनादास!'

'मैं सदानन्दी ग्राम में रहूँगा। आपका सान्निध्य मिलेगा। विचार-विमर्श होगा। ...फिर पंजाब की ओर जाऊँगा।'

जमुनादास तीन दिन रहकर कभी किशनराम और कभी फ़क़ीरचन्द के साथ वह प्रातः सायं के सतनामी जीवन को देखता रहा। शस्त्राभ्यास, ध्यान-धारणा, बच्चों की पढ़ाई और खेती—सबको निकट से देखता-अनुभव करता-समझता।

उसका ध्यान गया कि सतनामी पुरुष के शीश पर केश नहीं हैं। स्त्रियों के शीश केशों से सजे हुए हैं। ...सभी पुरुषों के शीश मुण्डित क्यों हैं? ...इसीलिए यह मुँडियों का गाँव कहलाता है। ...वह पूछ बैठा—'किशनरामजी! आप सभी मुण्डित शीश क्यों हैं?'

किशन ने मुस्कराते हुए बताया—'स्त्रियों के लिए केश शृंगार शोभा है। पर पुरुषों को बनाव-शृंगार की ज़रूरत नहीं है! ...पुरुष को खेती, व्यापार, शिल्प और शस्त्राभ्यास में लगे रहना है।'

'सादा जीवन और उच्च विचार के लिए मुण्डित होना ज़रूरी है?' 'गुरु जी का कहना है कि वेशभूषा में स्वच्छता और सरलता चाहिए। व्यवहार में सहजता और भद्रता हो। सबको श्रम करना है। ध्यान-धारणा में लगना है। इसलिए केशों का मुण्डन आवश्यक है। पगड़ से शीश सुरक्षित रहते हैं।'

'यह तो सही लग रहा है, किशनराम जी!'

'जमुनादास! सतनामी में स्वाभिमान और विनम्रता—दोनों साथ-साथ हैं।' किशन ने बताया।

'अस्त्र-शस्त्र भी साथी बन गये हैं, किशनरामजी!'

'आत्मरक्षा के लिए आवश्यक है। कहीं विषैले साँप हैं। कहीं रक्तपिपासु व्याघ्र-सिंह। शासन का आतंक डरावना है। इसलिए शस्त्रधारी होना ज़रूरी है। ...श्रीकृष्ण भी चक्रधारी हैं।'

'यह तो सच है।'

'पंजाब में गुरु नानकदेव, गुरु अंगददेव और गुरु अमरदास—तीनों ने सहज भक्ति का सन्देश दिया। हिन्दू-मुस्लिम में फ़र्क़ नहीं माना। पर बादशाह जहाँगीर का दमन चक्र शुरू हो गया। इसलिए नानकपन्थी शस्त्र धारण करने लगे।'

जमुनादास ने इस विषम स्थिति को स्वीकार किया। उसने दोपहर के भोजन को देखा।

किशन ने बताया—'हम खेतों से जो उपज लाते हैं, उसी से हमारा भोजन होता है। ...कुछ लोग जंगल से पशुओं का शिकार कर लेते हैं। इसलिए कुछ मांसाहार करते हैं।'

फ़क़ीरचन्द और गुरुसरन निकट आ गये। दोनों ने हाथ जोड़कर जमुनादास का स्वागत किया और हाट में आने का न्योता दिया।

जमुनादास अपराह्न में हाट पहुँच गया। देखा कि गाँव के हाट में दुकानें दिल्ली के समान बड़ी-बड़ी नहीं हैं।

फ़क़ीरचन्द ने बड़े प्रेम से बुलाया। बैठाया।

'जमुनादास! सदानन्दी गाँव का हाट इस क्षेत्र में प्रसिद्ध है। पड़ोस के गाँवों से

भी लोग हाट करने आते हैं। सामने नारायना गाँव है। ये सन्तुष्ट और प्रसन्न होकर लौटते हैं। वैसे उनके लिए यह मुँडियों का हाट है।'

'ऐसा!'

'हाँ! यहाँ वस्तु ख़रीदते समय दूसरे हाट और बाज़ार से मिलान कर लेते हैं। ...आते-जाते समय अपने गाँव की जातियों के गुण-अवगुण की चर्चा ज़रूर करते हैं। जाति-चर्चा में विनोद-व्यंग्य ही रहता है। इस चर्चा से उन्हें ब्रह्मानन्द-सा आनन्द आता है।'

'नगरों में ऐसी चर्चा थोड़ी कम होती है, फ़क़ीरचन्द जी!'

'परन्तु गाँवों में ऐसा विनोद-व्यंग्य होता रहता है। जब-तब अपने उपास्य देवता की प्रशंसा और दूसरे की निन्दा भी होती है। इन चर्चाओं में समाज और धर्म का पता ही नहीं चलता। पर उन्हें मुग़ल हाकिम, ज़मींदार-जागीरदार और सिपाही से डरना पड़ता है।'

'फ़क़ीरचन्द जी! सन्तों ने इस भय को कम कर दिया है। नया विश्वास जगा दिया है। ...स्वराज के लिए संघर्ष भी चलने लगा है।' जमुनादास ने बताया।

'यह तो अच्छा लक्षण है। सतनामियों में जाति-पाँति का भेदभाव नहीं है। हम सभी सतनाम परमेश्वर की सन्तान हैं।'

'इसीलिए सन्त प्राणनाथ ने आप सबसे मिलने को भेजा है। उनकी दृष्टि में पूरा समाज एक है। सम्पूर्ण भारत एक है।'

घण्टे भर हाट में चक्कर लगाकर जमुनादास किशनराम के साथ खेतों की ओर गया। खेत सूने थे। कुछ जुते हुए दिखाई पड़े। जुते हुए खेतों में छोटे-छोटे पंछी उतर आये थे। कुछ चुग रहे थे। शीतल पवन के संचार के साथ सन्ध्या का वातावरण भा गया। जमुनादास को बाँसुरी की याद आ गयी। ...वह उदास हो गया।

उसी समय किशनराम ने बताया कि उधर खेतों के पार पेड़ों के झुरमुट में मुग़ल शिकदार की छोटी बस्ती है। शिकदार मालगुज़ारी वसूल करता है। ...वहाँ हुकूमत का झण्डा फहर रहा था।

नारायना गाँव के लोग हाट करके लौट रहे थे। वे आगे दिखाई पड़े। वे अपने गाँव की किसी विधवा बहू की बात कर रहे थे कि वह घर में सबकी डाँट-डपट सुनकर रोती रहती है। वह बहुत दुखी है।

लगा कि नारायना गाँव की ओर से कोई स्त्री आ रही है। वह शिकदार की बस्ती की ओर मुड़ना चाह रही है। पर वह ठिठक गयी है। कुछ सोच रही है। नारायना के लोग उसके निकट पहुँच रहे हैं। वे उसे समझाने लगे। वह अपना दुखड़ा बताने लगी। उसी समय किशनराम जमुनादास के साथ आ गया। दोनों ने सुना—'मैं घर के सारे काम करती हूँ। पर मेरे पति—उनके बेटे की मृत्यु मेरे कुलक्षण के कारण हुई है।

...उस घर की विधवा बहू को दिन-रात अपमान सहना पड़ रहा है। जीना कठिन हो रहा है। ...किससे कहूँ...सामने शिकदार है...उधर सतनामियों के गुरु जी!'

किशन ने सामने आकर कहा—'बहन! मैं सतनामी हूँ। आपसे हाथ जोड़कर कह रहा हूँ कि आप अपनी ससुराल लौट जाइए। ये लोग आपका साथ देंगे। हम भी आपके गाँव आ जायेंगे। अब अपमान नहीं होगा।'

नारायना के लोगों ने समर्थन किया।

लगा कि शिकदार का कारिन्दा इधर आ रहा है।

किशन ने उन्हें लौट जाने को कहा, नहीं तो समस्या बढ़ जायेगी। वे लोग विधवा बहू को समझाकर ले गये।

कारिन्दा आ गया। उसने पूछा– 'क्या बात है? वह औरत कौन है। वे लोग नारायना गाँव के हैं। हाट करने आये थे। वह स्त्री उनके पड़ोस की है। वह उनके साथ लौट गयी।'

'तुम कुछ छिपा रहे हो।' कारिन्दे ने तीखे स्वर में कहा।

'कोई छिपाव-दुराव नहीं है। वे अपने गाँव गये। हम अपने खेत देखकर इस साधु जी के साथ लौट रहे हैं। ...अँधेरा छा रहा है।' यह कहकर किशनराम ने हाथ जोड़ दिये। वह जमुनादास के साथ लौट पड़े।

नारायना गाँव के लोग अँधेरे में जा रहे थे।

कारिन्दा...दोनों तरफ़ देखता हुआ लौटने लगा। मगर सोच रहा था कि कुछ बात ज़रूर थी। ...ये सतनामी ख़ौफ़ नहीं खाते। ...शैतान हैं।

बाईस

जमुनादास प्रातःकाल स्नान कर ध्यान लगाने लगा। पर कभी सूफ़ी फ़क़ीर सरमद के बोल गूँज उठते। कभी गुरु प्राणनाथ के शब्द स्मरण हो आते। ...उसे अनुभव हुआ कि दोनों में कोई विशेष अन्तर नहीं है। यहाँ गुरु जीवनदास भी यही बताते हैं। ये उस परम तत्त्व को 'सतनाम' से सम्बोधित करते हैं। ...उसे राम कहो, घनश्याम कहो, सदाशिव कहो या सतनाम या खुदा...सब एक ही हैं। ...कोई कह रहा था कि खुदा फ़ारसी भाषा का शब्द है। पड़ोस का है। शायद 'खुदा' और 'स्वधा' एक ही हैं। शायद एक ही अर्थ है। क्या संस्कृत और फ़ारसी बहने हैं? अल्लाह तो समन्दर पार के अरब देश का शब्द है। तुर्क़-मुग़ल अल्लाह और खुदा—दोनों का प्रयोग करते हैं। नये तुर्क़-नये मुसलमान भी इन्हीं शब्दों का प्रयोग करने लगे हैं। वे अपनी धरती की अपनी भाषा को भूलने लगे हैं। पर अपने देश के निर्गुणवादी उसे राम, गोविन्द, परमेश्वर और साईं शब्दों से स्मरण करते हैं। खुदा और अल्लाह को भी मानते हैं। पर मुल्ला-मौलवी ऐसा नहीं मानते। मुग़ल हुक्मरान और मुल्ला-मौलवी

इस धरती के किसी शब्द, किसी कथा और किसी परम्परा को नहीं मानते। इन्हें कुफ्र समझते हैं। ...कुछ सूफ़ी फ़क़ीर तो दोनों को एक मानते हैं। सरमद साहब तो अद्‌भुत थे। वे सिद्ध फ़क़ीर थे। ...मज़हब के नाम पर ईमानदार और क़ाफ़िर का फ़र्क़ बढ़ रहा है। पहले से जाति के नाम पर फ़र्क़ तो है ही। इसलिए अपना देश दो पाटों में पिस रहा है।

सदानन्दी और नारायना गाँव में स्नेह सम्बन्ध कमज़ोर हैं। नारायना के उच्च वर्ण के हिन्दू साकारोपासक हैं। वे सदानन्दी के सतनामियों को निम्न वर्ण का मानते हैं! .यह उचित नहीं है। वे निर्गुणोपासक को छोटा समझें!

फ़क़ीरचन्द और उसकी पत्नी वसन्ती–दोनों सुख़ासन में ध्यानस्थ थे। दोनों ने ध्यान के बाद जमुनादास की ओर देखा। वह भी मन-ही-मन जप में तल्लीन था। फ़क़ीरचन्द ने वसन्ती से मन्द स्वर में कहा– 'यह वैष्णव साधु सबके साथ मिल रहा है। अपने गाँव में इतने प्रेम से रह रहा है कि सभी इससे प्रसन्न हैं।'

'यही मानवता है। यही धर्म है।' वसन्ती बोल उठी।

फ़क़ीरचन्द का सर हिला और उसने मुस्काराकर कहा–'साधु को वनप्रान्तर, नगर-ग्राम घूमते रहना है। स्थान, जाति और व्यक्ति के मोह से मुक्त हो जाना है। पर कभी-कभी लगता है कि जमुनादास मुग़लों से बचना चाहता है। भय क्यों? फ़क़ीर सरमद, उधोगोस्वामी, सतनामी गुरु और नानकपन्थी गुरु भयभीत नहीं हुए हैं। ...सरमद ने तो बलि भी दे दी।'

उसी समय गुरुसरन ने पुकारा। फ़क़ीरचन्द ने बाहर आकर गुरुसरन को ओसारे में सस्नेह बैठाया।

गुरुसरन ने बताया– 'जमुनादास यहाँ से जाने वाले हैं। ...और नारायना गाँव से पहली बार गुरु जीवनदास की बुलाहट हुई है! उस गाँव से दो जन बुलाने आये हैं।'

द्वार पर खड़ी वसन्ती ने कहा– 'यह तो शुभ समाचार है।'

'बात यह है कि पं.मनसाराम की विधवा बहू की समस्या है। गुरु जी ने कुछ सोचकर जाने का निर्णय ले लिया है।' गुरुसरन ने बताया।

'गुरु जी ने तुझे जमुनादास के साथ चलने को कहा है। जमुनादास नारायना से होकर पंजाब की ओर जायेंगे।'

'बहुत अच्छा! गुरु जी की आज्ञा सर आँखों पर।'

फ़क़ीरचन्द ने शीश झुकाकर आज्ञा को मान्य किया और वसन्ती ने अल्पाहार की व्यवस्था की। दोनों ने बतकही के साथ अल्पाहार किया।

फ़क़ीरचन्द जमुनादास के साथ गुरु जी के पास पहुँचा। अन्य भी आ गये। सबने झुककर गुरु जी को नमन किया।

'जमुनादास! पहले हम दोनों नारायना गाँव चलेंगे। साथ में फ़क़ीरचन्द रहेगा। ...ये दोनों बन्धु हमें बुलाने आये हैं। वहाँ हम सबके साथ बैठेंगे। आपका उनसे भी

मिलना हो जायेगा। वे लोग साकारोपासक हैं। अपने देश में अनेक सम्प्रदाय एवं पन्थ के साधक हैं। सबको उपासना की आज़ादी है।'

'जी हाँ! हम सभी मिलकर रहते हैं। वर्ण-जाति की व्यवस्था में ऐसी विकृति आयी है कि एक साथ रहने पर भी मन-बुद्धि में दूरी बन जाती है। सीढ़ी के समान ऊपर-नीचे की यह व्यवस्था कभी सही लगती है और कभी बिल्कुल ग़लत। परन्तु तुर्क़-मुग़ल अपने नये मज़हब को ही सही और श्रेष्ठ मानते हैं और हमें ग़लत...क़ाफ़िर।' जमुनादास ने स्थिति को स्पष्ट किया।

'जमुनादास! सन्त कबीरदास ने 'क़ाफ़िर' शब्द का अर्थ बदल दिया है। उन्होंने निष्ठुर-निर्दयी-बेरहम को क़ाफ़िर कहा है। परपीड़ा को महसूस करने वाले को ही पीर-फ़क़ीर माना है। ...दुख और चिन्ता का विषय है कि कबीरदास की वाणी सुनी नहीं गयी और नफ़रत की खाई बढ़ती गयी है।'

'यह सबसे बड़ी समस्या है और जाति-पाँति का भेदभाव इससे कम नहीं है। सभी गुरुओं, आचार्यों तथा सन्तों को विचार करना है।' जमुनादास ने अपना विचार रखा।

'एकदम सही कह रहे हो, जमुनादास! ...अभी तो नारायना में एक पारिवारिक समस्या का समाधान करना है।...हमें साथ चलना है।'

'आपका जैसा आदेश!' जमुनादास ने कहा।

गुरु जीवनदास, जमुनादास और फ़क़ीरचन्द के साथ चल पड़े। आगे-आगे नारायना के दोनों जन थे ऐसा लग रहा था कि वे दोनों स्वागत में आगे-आगे चल रहे हैं। ...खेतों के मध्य से पतली सड़क शिकदार की बस्ती की ओर मुड़ गयी है। सीधे सामने बढ़ते जाने पर नारायना गाँव आध-पौन घण्टे में आ जाता है।

जमुनादास ने पीछे मुड़कर देखा। सदानन्दी गाँव का श्वेतवर्णी ध्वज लहराता दिख गया। ...दाहिनी तरफ़ की बस्ती में मुग़ल शिकदार की हवेली पर सब्ज़ परचम फहर रहा था—सामने नारायना गाँव में महावीरी झण्डा लहरा रहा था। तीनों उधर बढ़े जा रहे थे। शिकदार के दो सिपाही अपनी सड़क पर आकर खड़े हो गये थे। इन्हें देखकर पूछ लिया—'क्या बात है? आज आप लोग नारायना की ओर...?'

फ़क़ीरचन्द ने बता दिया—'आज उधर ही गुरु जी का प्रवचन है। इसलिए हम उधर जा रहे हैं।'

'यह नया साधु कहाँ का है? यहीं रहेगा?'

जमुनादास घबराया।

फ़क़ीरचन्द ने उत्तर दिया— 'साधु तो घुमक्कड़ होता है। इनको हम आज विदा कर रहे हैं।'

'ठीक है! मुग़ल सिपाही ने कहा।

जमुनादास का मन स्थिर हो गया।

पाँचों जन नारायना गाँव में प्रविष्ट हुए। अनेक लोग गुरु जीवनदास के प्रथम आगमन पर स्वागत के लिए खड़े थे और वे नमन कर रहे थे।

गुरु जीवनदास ने उस आदरयुक्त स्वागत को स्वीकार करते हुए कहा– 'आपने सतनामी को अपने गाँव में स्थान दिया है। मैं आभारी हूँ।'

शामलाल ने कहा–हम जब-तब सदानन्दी की हाट में जाते रहते हैं। आप सबके व्यवहार और वाणी को हमने समझा है। आशा है कि आपके आ जाने से पं. मनसाराम की विधवा पुत्रवधू की समस्या का समाधान हो जायेगा! ...आपके साथ जमुनादास जी भी हैं। यह और अच्छी बात है।'

'परन्तु पं. मनसाराम चाहेंगे? मेरी बात मानेंगे? ...उनके सहयोग पर समाधान हो सकता है।' गुरु जीवनदास ने कहा।

'जी हाँ! ...थोड़ी आशा तो है।' पूरनचन्द ने आश्वासन दिया।

सभी पं. मनसाराम के द्वार पर आये। पं. मनसाराम ने इन्हें देखा। दो क्षण के लिए ठिठक गये। फिर सबको बैठाया।

पं. मनसाराम के बड़े भाई पं. हरगौरीशरण, उनके चाचा पं. भोलाशंकर तथा ज्योतिषाचार्य पं. सूर्यकुमार शर्मा के साथ गुरु जीवनदास और जमुनादास पंच घोषित हुए।

सभी एक साथ बैठे। पं. मनसाराम आधे मन से सबके साथ बैठ गये।

घर के भीतर से विधवा बहू फूलवन्ती को बुलाया गया। उसने घूँघट में सर झुका कर बताया–'मेरे पति बहुत अच्छे थे। मुझे बहुत मानते थे। विवाह के एक वर्ष के बाद ही वे रोगग्रस्त हो गये। मैंने सेवा की! वे अच्छे हो गये। परन्तु वे पथ्य और संयम नहीं रख सके। छह माह के बाद पुनः रोगशैया पर गिर पड़े। वैद्य-हक़ीम ने इलाज किया। पिताजी-ससुरजी ने ध्यान दिया। पर उनका रोग बढ़ता गया। मेरे गहने बिक गये। औषधि चलती रही! पर वे हम सबको छोड़कर चले गये। ...गोद में एक बच्चा नहीं आ सका...फिर मैं कुलक्षणी बना दी गयी। डायन भी घोषित हो गयी। ...मैं सर नीचा कर घर के सारे कामकाज करती हूँ। मुँहअँधेरे से रात तक मुझको काम करना है! ...अब मैं दासी हूँ। इससे अधिक नहीं। ...इनके भतीजे श्याम ने दो बार सहानुभूति दिखाने की कोशिश की। पड़ोस में हैं। पर मैं कुछ बोल नहीं सकी। ...किन्तु मैं चरित्रहीन भी हो गयी।...यही मेरा भाग्य है!...यही प्रतिष्ठित परिवार की बहू की दशा है। ...असहनीय हो जाने पर मैं कुछ कहना चाह रही थी। पर दबाव बढ़ रहा था।...मैं चाह रही थी कि मुग़ल हाकिम से कहा जाये या सदानन्दी गाँव के गुरु जी से...मैं निर्णय नहीं कर सकी।...मैं घर से निकलकर गयी थी। फिर लौट आयी। ...आप सभी मिलकर कुछ निर्णय करें।' यह कहकर फूलवन्ती चुप हो गयी। सिसकने लगी।

पं. मनसाराम ने तेज़ स्वर में उसकी बातों को काटते हुए बताया कि यह

कुलक्षणी श्याम के साथ भागना चाह रही थी। श्याम ही नहीं गया। इसलिए यह लौट आयी। मैंने घर में स्थान दे दिया है। उसके बाद भी ये आरोप...!

पं. सूर्यशर्मा ने श्याम को बुलवाना चाहा। गुरु जीवनदास और साधु जमुनादास ने समर्थन किया। पं. मनसाराम मौन रहे, श्याम के पिता पं. हरगौरीशरण क्षुब्ध दिखाई पड़े। चाचा वयोवृद्ध पं. भोलाशंकर ने सर हिला दिया।

श्याम पास के सटे हुए घर से आ गया। उसने विनम्र स्वर में कहा—'भैया मुझसे दो वर्ष बड़े थे। परिवार के बँट जाने पर हम पड़ोसी हो गये। भैया की मृत्यु के बाद भाभी की स्थिति दयनीय हो गयी। दीवाल के पार रहना है। इसलिए जानकारी मिलती रही है। हर शब्द सुनाई पड़ता है। ...मैंने दो-तीन बार सहानुभूति से इन्हें देखा। ढाँढस बँधाया। पर कभी इधर घर के भीतर या बाहर मैंने कोई बात नहीं की। ...दुख के मारे ये घर से निकली। और लौट आयी। ...मुझे भी अच्छा लगा। इस दुख-दर्द में सबको साथ देना चाहिए।'

पं. मनसाराम ने कुछ और कहना चाहा। अनुमति मिलने पर उन्होंने कहा—'इस स्त्री के कारण मेरा बेटा दो-दो बार रोगशैया पर गिरा। इसने संयम नहीं रखा, और वह परिवार को छोड़कर चला गया। आप सभी माता-पिता के दुख का अनुमान करें। इसी गहरे दुख के कारण हमारा स्नेह इसके प्रति कम हो गया। जब-तब इसकी सास इसी दुख के कारण बोल देती है, और यह भाग खड़ी हुई। ...आप सबके दबाव में इस घर में स्थान मिल गया। पर इसके कारण पंचायत बैठ गयी है।'

पं. भोलाशंकर ने कहा— 'हमने सभी पक्षों को सुन लिया। अब हम विचार करेंगे। आप सबको मान्य होगा?' सबने 'हाँ' कहा।

आधे घण्टे तक विचार-विमर्श के बाद निर्णय हुआ—'यदि विधवा फूलवन्ती मैके जाना चाहे तो उसे वहाँ प्रतिष्ठा के साथ पहुँचा दिया जाये। ...यदि वह काशीवास करना चाहे तो पं. मनसाराम व्यवस्था करें। ...यदि वह दूसरा विवाह करना चाहती है तो वह जान ले कि ब्राह्मण वर्ण में यह मना है!'

फूलवन्ती दो क्षण के बाद बोल उठी—'मैके में सौतेली माँ हैं। उन्होंने तो इस दुख-दर्द में भी स्नेह नहीं दिखाया है। वहाँ जाना नहीं चाहती। काशीवास में देखभाल कौन करेगा? अकेली स्त्री...!

सन्नाटा छा गया।

गुरु जीवनदास ने सन्नाटे को भंग करते हुए पूछा— 'क्या पं. भोलाशंकर जी और पं. हरगौरीशरण तीसरी स्थिति पुनर्विवाह पर विचार कर सकेंगे? कुलकन्या के दीर्घजीवन की गम्भीर समस्या है।'

दोनों मौन हो गये।

फूलवन्ती ने श्यामसुन्दर की ओर देखा! श्याम ने समझा, पर सामने उसके पिताजी थे।

गुरु जीवनदास ने इस स्थिति को देख-समझ लिया। वे बोल उठे– 'श्याम! कुछ कहना चाहोगे?'

'मैं क्या कह सकता हूँ!'

'साहस हो तो बोलो। मैं समर्थन करूँगा।' गुरु जीवनदास ने संबल दिया।

फूलवन्ती ने पुनः श्याम की ओर देखा।

'मुझे आप सबका जैसा आदेश होगा, वैसा मैं करूँगा।' श्याम ने मन्द स्वर में उत्तर दिया।

सबकी दृष्टि श्याम की ओर चली गयी। पिता पं. भोलाशंकर क्रुद्ध हुए।

गुरु जीवनदास ने तीसरे विकल्प को रख दिया। जमुनादास ने समर्थन किया। पं. सूर्यशर्मा ने भी अनुमोदन कर दिया। पं. भोलाशंकर मौन रहे। परन्तु पं. हरगौरीशरण ने असहमति व्यक्त की। पं. मनसाराम क्रुद्ध नेत्रों से फूलवन्ती को देखते रहे।

श्याम वहाँ से हट गया। उसे लग रहा था कि पुनर्विवाह की मान्यता मिल रही है, पर पिताजी और चाचाजी आँखों से आग बरसा रहे हैं। ...वह क्या करे? यह कैसे सम्भव है? वह द्वन्द्व में था।

तीन दिनों के बाद सतनामी गाँव ने देखा कि फूलवन्ती श्याम के साथ आ रही है।

गुरु जी ने किशनराम और फ़क़ीरचन्द को उनके पास भेजा। वे दोनों फूलवन्ती और श्याम को लेकर आये जिससे कोई बोल नहीं सके।

श्याम ने आकर बताया कि परिवार ने उन दोनों को बहिष्कृत कर दिया है। गाँव ने भी सहारा नहीं दिया–दबाव में। उन्हें सदानन्दी गाँव में शरण के लिए आना पड़ा है।

गुरु जीवनदास ने कहा–'यहाँ दोनों को नया जीवन आरम्भ करना है। इसके लिए विवाह के बन्धन में बँधना है। फिर परिश्रम से अन्न-वस्त्र पाओ। स्वाभिमान के साथ जीओ।'

'हमें स्वीकार है।' श्याम ने उत्तर दिया।

फूलवन्ती ने हाथ जोड़कर शीश हिलाया।

गुरु जीवनदास ने शुभकामना की।

तेइस

गुरु तेगबहादुर प्रातःकाल स्वरचित पद का भक्तिभाव से गायन कर रहे थे। ऊपर नीला आकाश था। पूरब में लालिमा झलकने लगी थी। शीतल वायु बह रही थी। सरोवर में छोटी-छोटी लहरें तट से टकराकर संगीत पैदा कर रही थीं। सामने के पेड़ पर बैठे पंछी नवप्रभात का गीत गा रहे थे। ...गुरु जी का पद गूँजने लगा–

पावन नाम जगति में हरि को। सिमरि-सिमरि कसमल सभ हरू रे।।

मानस देह बहुरि नह पावे। कछु उपाउ मुकति का करू रे।।
नानक कहत गाइ करुनामय! भवसागर कै पारि उतरू रे।।
नर अचेत पाप ते डरू रे।।

पंछी उड़ान भरने के लिए तैयार थे। लगा कि उनकी उड़ान रुक गयी है। वे गुरु जी के पद को सुनकर झूम रहे हैं। इसलिए वे कुछ देर के बाद उड़ चले। सरोवर में जल लहरा रहा था।

धीरे-धीरे हरिमन्दिर परिसर में अनेक लोग आ गये। एक-दूसरे के पीछे बैठते गये। सबने अनुभव किया कि गुरु जी का प्रत्येक शब्द अन्तर में उतर रहा है। अर्थ स्पष्ट हो रहा है। भाव उभर रहा है। ...सभी उस स्वर-लय में बँधकर झूमने लगे।

बालक गोविन्दराय निकट आये। चुपचाप बैठ गये। प्रत्येक शब्द को गुनने लगे। फिर उन्होंने सोचा कि यह गुरु नानकदेव जी के शब्द हैं या पिताजी के? भावपूर्ण भक्ति गीत है। ...उन्होंने इसे स्वयं गाने का प्रयत्न किया। लगा कि पिताजी का स्वर उन्हें घेर रहा है। मन झूमने लगा। द्वार से दादी नानकी और माता गुजरी ने एक-दूसरे की ओर निहारा। दोनों के अधरों पर मुस्कान खिल उठी। दोनों ने महसूस किया कि इस वयस् में गोविन्द की मग्नता अद्भुत है। ...यह तो खेलने और पढ़ने के दिन हैं। इसी अवस्था में सन्तान की शिक्षा की शुरुआत होती है। कुल-परिवार के संस्कार दिये जाते है। तभी तो बालक तरुण होकर सद्गुरु के पथ को पहचान पाता है। सबद को हृदय में स्थान दे पाता है। यह केवल खेलने-कूदने का समय नहीं है और न केवल हरिमन्दिर में ध्यान लगाने का।

बाहर का माहौल अच्छा नहीं रह गया है। मुग़ल हुकूमत का बहुत ज़्यादा दबाव है। अरबोतुर्क़ तहज़ीब का बोलबाला है। सभी सम्प्रदायों और पन्थों के हिन्दू जन-प्रजा गुलाम है। यह गुलामी बर्दाश्त के बाहर हो गयी है। गुलामी, ख़ौफ़ और लोभ में पश्चिम पंजाब के किसान-कारीगर उनके धर्म-मज़हब को अपनाकर जान बचा रहे हैं। वे अपनी पहचान खो रहे हैं। लेकिन गुरु नानकदेव जी की गुरु परम्परा ने जीने की नयी आशा जगा दी है।

दादी नानकी ने धीरे से कहा—'बहू! गोविन्द सद्गुरु की राह पर चलेगा! अपने पिताजी से दूर रहकर भी यह अपने अच्छे संस्कारों से विश्वास दिला रहा है।'

'जी, हाँ! माँ जी! आपके आशीष से लक्षण अच्छे दिख रहे हैं। मुग़ल हुकूमत का आफ़ताब सर के ऊपर दहक रहा है। धरती से आसमान तक उसका ताप फैल रहा है। सभी उसमें झुलस रहे हैं। पर सद्गुरु ने सँभाल लिया है। बाल गोविन्द सबकी आशा का केन्द्र बन रहा है।' माँ गुजरी ने अपना विचार रखा।

'सब सद्गुरु की किरपा है। उस सतनाम की दया है। हरि की बड़ी मेहरबानी है।' दादी नानकी का निष्ठापूर्ण स्वर उभर आया।

दोनों पुनः गोविन्द को देखने लगीं। लगा कि पिता और पुत्र—दोनों भक्तिभाव

में तन्मय हो रहे हैं। पीछे बैठे सारे शिष्य उसी लय में हैं। यह तो भक्ति का दिव्य संगीत है। ऊपर से नीचे तक फैले आकाश में एक ओंकार स्वर का संगीत है।

सरोवर के तट पर सूर्योदय की अरुण किरणों के प्रसार के साथ गुरु जी का भक्ति संगीत पूरा हुआ। वे मुड़े। सबको देखा। ओठों पर मन्द मुस्कान आयी। सभी के शीश उनके समक्ष झुके। उन्होंने सबको 'करतापुरुख अकालमूरति' श्री हरि और सद्गुरु नानकदेव की ओर से आशीष दिया। ...और बारी-बारी से सबका कुशल-मंगल पूछा। शिष्य सहर्ष निष्ठापूर्ण स्वर में उत्तर दे रहे थे। ...उसी समय गुरु जी ने देखा कि गोविन्द उठकर हाथ जोड़ रहा है। वे मुस्कराये। धीरे-धीरे सभी शिष्य आशीष पाकर विदा हुए। बाहर सबको प्रसाद मिलने लगा। ...बाल गोविन्द अपने पिताजी के पास आये। दोनों साथ-साथ उठे। गोविन्द ने पूछा– 'इस पद को आपने रचा है? पद के अन्त में तो सद्गुरु नानकदेव जी का नाम आया है! ऐसा क्यों?'

'सवाल सही है, गोविन्द!'

'तो इसका जवाब क्या होगा?'

गुरु तेगबहादुर जी मुस्कराकर बोल उठे– 'गोविन्द! हमारी हर रचना...हर सबद सद्गुरु को समर्पित है। ...यह पद श्रीहरि की असीम कृपा से जन-जन के लिए रचा गया है। ...हम सद्गुरु नानकदेव की प्रेरणा से—उनकी ओर से रचते हैं। रचयिता का अहंकार न जगे—यह साधना के लिए आवश्यक है।'

'ऐसा!' बाल गोविन्द ने आश्चर्य से कहा।

'मेरा यह जवाब सही है? मेरा गोविन्द निर्णय करे।'

'मुझे ज़रा सोचने दीजिए, पिताजी! ...मैं दादी और माँ से भी राय लेना चाहूँगा। आप नाराज़ तो नहीं होंगे!'

'ज़रूर विचार करो। मैं आधे घण्टे का समय देता हूँ।'

'जी, हाँ! मैं आधे घण्टे में जवाब दे दूँगा।'

'ऐसा न हो कि गोविन्द अपनी खेलकूद में जवाब देना भूल जाये! गोकुल का गोविन्द भी बड़ा खिलन्दड़ था।'

'खेलना बुरा तो नहीं है। आप खेल को बुरा मानते हैं?'

'खेलना बुरा नहीं है। मेरे गोविन्द के समान अच्छे बच्चे खेल-खेल में कसरत कर लेते हैं। अपने तन के साथ मन को भी बलवान बना लेते हैं। अच्छे साथियों को ढूँढ़ लेते हैं।'

'मैं तो पटना में खेल-खेल में बहुत कुछ सीखकर आया हूँ।'

'मुझे मालूम है, गोविन्द!' यह कहकर गुरु जी मुस्करा उठे।

गोविन्द दौड़कर दादी नानकी की गोद में बैठ गये। और पूछने लगे–'दादी! एक सवाल है। पिताजी को जवाब देना है। सवाल टेढ़ा है। मेरे पास समय कम है।'

'कैसा सवाल है, गोविन्द!...कितना टेढ़ा है?'

'पिताजी जब-तब एकान्त में बैठकर ध्यान लगाकर सबद-पद की रचना करते हैं। सन्त कवि हैं। ...यह सच है न?'

'सच है। पर यह तो सवाल नहीं हुआ।'

'सवाल है कि अपने रचे हुए पद में सद्गुरु नानकदेव जी का नाम देते हैं। वे अपना नाम नहीं देते। लगता है कि वह पद सद्गुरु द्वारा रचा गया है। ...ऐसा क्यों?'

'हाँ, गोविन्द! इस गुरु परम्परा में सभी सन्त...सभी गुरु सद्गुरु के नाम से ही पदों की रचना करते आये हैं। ...वे उन्हीं को समर्पित कर देते हैं। इससे 'हम-अहं' से छुटकारा मिल जाता है। इस धरती के ऋषि-मुनि और सन्त-गुरु सभी अहंकार के विसर्जन द्वारा अपनी आत्मा का उन्नयन करते हैं। यह साधना का पथ है।' दादी ने स्पष्ट किया।

'तब तो वे बिल्कुल सही बता रहे हैं।'

'हाँ, गोविन्द।' यह कहकर दादी ने गोविन्द को स्नेह से चूम लिया।

पास में बैठी माता गुजरी जी यह सब देख-सुनकर अपने गोविन्द पर खुश हो रही थीं। ...गोविन्द ने माँ की गोद में आकर पूछा– 'माँ! अब मैं पिताजी को सही जवाब दे आऊँगा?'

'हाँ, पुत्तर!' वे प्रतीक्षा कर रहे होंगे।

गोविन्द दौड़कर अपने पिताजी के पास पहुँच गये।

'आओ, गोविन्द! मेरा उत्तर सही लगा या नहीं?'

'आपका उत्तर एकदम सही है। ...एक सवाल और है!'

'पूछो।'

'एक ओर अहं के विसर्जन का उत्तम भाव है। इसका प्रयोग भी है। दूसरी ओर आपके पास तीखीधार वाला कृपाण है। ...यह अहंकार से छुटकारा पाने में सहायक तो नहीं होगा!'

अपने गोविन्द के धारदार सवाल सुनकर गुरु जी क्षणभर के लिए चकित रह गये। ...अहं का विसर्जन और कृपाण धारण से अहं का उभरना–सवाल तो ठीक है!

उन्होंने अपने गोविन्द को हृदय से लगाकर कहा–'गोविन्द! कृपाण तो आत्मरक्षा के लिए है। पीड़ितों की रक्षा के लिए है। यह कृपाण अहं...दर्प दिखाने के लिए नहीं है। किसी को सताने के लिए नहीं है।'

'आपका यह उत्तर भी सही है। ...इसीलिए तो मैंने पटना में तीर चलाना सीखा है! खेलकूद में ही सीख लिया है।'

'ठीक है, गोविन्द! ...हरि की भक्ति के लिए अस्त्र-शस्त्र की ज़रूरत नहीं पड़ती। पर आत्मरक्षा और पीड़ित की रक्षा के लिए ज़रूरी है।'

'इसीलिए भक्ति के साथ शक्ति भी...!'

'हाँ, गोविन्द! पीरी और मीरी– दोनों आवश्यक हैं।'

'मैं प्रतिज्ञा करता हूँ; पिताजी! मैं भक्ति के साथ शक्ति–दोनों की साधना करूँगा। आपका आशीष चाहिए।'

'सम्पूर्ण गुरु-परम्परा का आशीष है, गोविन्द! ...अब हम जलपान करेंगे। संस्कृत के पण्डित देवशर्मा आने ही वाले हैं।' यह कहकर गुरु जी बाल गोविन्द के साथ आवास में आ गये। सबका अल्पाहार हुआ। संस्कृत के शिक्षक पं. देवशर्मा आ गये। उन्होंने गुरुपुत्र गोविन्द को संस्कृत पढ़ाना आरम्भ कर दिया। उन्हें लगा कि गुरुपुत्र की रुचि पढ़ने में बढ़ रही है। उन्होंने पंचतन्त्र की एक कहानी सुनाकर गोविन्द को मुग्ध कर दिया।

गुरु तेगबहादुर मन्दिर के शिखर के निर्माण को देखने लगे। वास्तुशिल्पी ने शिखर में नयापन की ओर संकेत किया। ...गुरु जी मन्द मुस्कान के साथ सोचने लगे कि नीचे से शब्द शिखर तक पहुँचकर चारों ओर गूँजने लगते हैं। धरती और आकाश का मिलन है–शब्द! पर मालवा क्षेत्र के गाँवों के लोग दुखी हैं। जन की आह पर ध्यान तो जाना ही चाहिए।

उसी समय एक शिष्य (सिक्ख) आ गया। उसने आकर नमन किया। गुरु जी उसे देखकर बोल उठे–'थके हुए हो। तुम्हें तो चोट लगी है। जाओ विश्राम करो।'

'जी, हाँ! रास्ते में एक मुग़ल सिपाही उलझ गया। मुझे चोट लग गयी। वह तो बेहोश हो गया!' सिक्ख ने बताया।

'मैंने तो मुग़लों से टकराने से अपने को बचाया है। मैंने आसाम में उन्हें मदद की है। यहाँ मालवा में मेरे सेवाकार्य से क्यों नाराज़ हैं?'

'उन्हें लग रहा है कि मालवा आपके प्रति श्रद्धालु हो रहा है। अब ग़रीब किसान कारिन्दों-अमलों से डरकर नहीं रह रहे हैं। ...वे तो ख़िराज का एक हिस्सा अपने गाँव की सेवा में दे रहे हैं।'

'जब मुग़ल हुक्मरान रिआया की फ़िक्र नहीं करते हैं, पर मुझे तो अपने किसान-कारीगर-मज़दूर भाइयों की फ़िक्र करनी ही है। ...उन्हें तो परेशान नहीं होना चाहिए।'

'वे बहुत बेचैन दिख रहे हैं! इसलिए हमें तंग कर रहे हैं।'

'अभी तुम भोजन और विश्राम करो।' गुरु जी ने सिक्ख को सस्नेह आदेश दिया।

चौबीस

पं. देवशर्मा अपने छात्र नौ वर्षीय गोविन्दराय को संस्कृत पढ़ा रहे थे। हितोपदेश की एक कथा का वर्णन रुचि और मेधा–दोनों को जगा रहा था और फिर वे अकारान्त पुल्लिंग शब्द 'राम' का कारकीय रूप समझाने लगे। गोविन्द ने सुना और उस कारकीय रूप का स्मरण करते हुए तृतीया-करण तक के रूप को सुनाया।

पं. देवशर्मा प्रसन्न हुए। सोचा कि इस वयस् का बालक एक साथ संस्कृत, पंजाबी और फ़ारसी—तीनों को पढ़ रहा है। बड़ी बात है। गुरुपुत्र जो है। गोविन्दराय में तेजस्विता और मेधाविता दोनों की झलक है।

पंचनद-पंजाब में गुरुनानक देव की गुरु परम्परा ने पूरे समाज में नया आत्मविश्वास जगा दिया है। बढ़ती हुई अनास्था में आस्था जाग्रत कर दी है। एक ओर ये निर्गुण राम की भक्ति करते हैं तो दूसरी ओर अपनी वाणी में देवकथाओं के उदाहरण देकर भक्तिमय जीवन को बल प्रदान करते हैं। ...पवित्र पाँच नदियों का यह प्रदेश विदेशी मुग़ल शासन के अन्याय और अत्याचार के प्रतिरोध के लिए तत्पर हो रहा है। परन्तु कश्मीर की सुषमामयी घाटी तीन सौ वर्षों के कठोर-क्रूर शासन से कराह रही है। कहीं कोई आशा की किरण की झलक नहीं मिल रही है। ...क्या होगा?

'पण्डित जी! 'राम' के बाद 'गुरु' रूप को सिखायेंगे न?' गोविन्दराय ने पूछा।

पं. देवशर्मा का चिन्तन रुका। वे बोल उठे—'अवश्य! 'गुरु' उकारान्त पुल्लिंग शब्द है। अकारान्त शब्द के बाद उकारान्त शब्द रूप को समझने की इच्छा है तो यही होगा। वैसे अकारान्त के बाद आकारान्त एवं इकारान्त शब्द होता है।'

'सब तो सीखना ही है। 'राम' के बाद 'गुरु' शब्द का रूप समझना उचित लगता है।' गोविन्द के स्वर में उत्साह व्यक्त हुआ।

पं. देवशर्मा ने अनुभव कर लिया कि बालक के मन में गुरु के प्रति अथाह श्रद्धा है। ...श्रद्धा से ही ज्ञान प्राप्त होता है।

'पण्डित जी! देवनागरी और गुरुमुखी में फ़र्क़ दिखता है। ऐसा क्यों है?' गोविन्दराय ने प्रश्न कर दिया।

'गोविन्दराय! भारत देश की लिपियाँ ब्राह्मी लिपि से विकसित हुई हैं। हर प्रदेश में इसका अलग-अलग रूप विकसित हो गया है। पर संस्कृत और उत्तर भारत के मध्य भाग की लिपि देवनागरी ही है। पंजाब पर तो पिछले चार सौ वर्षों से तुरुकों और मुग़लों का शासन रहा है। ये विदेशी शासक अपने देश की लिपि, भाषा, पहनावा आदि को इस देश पर आरोपित कर चुके हैं। उनके मज़हब की भाषा अरबी है और हुकूमत की फ़ारसी। इस विषम स्थिति में गुरु अंगददेव ने पंजाब की पहचान को बचाने के लिए सम्भवतः शारदा लिपि को थोड़ा संशोधित करके गुरुमुखी को सबके सामने ला दिया। यह गुरुमुखी लिपि अपनी है।'

यह सुनकर क्षणभर के बाद गुरुपुत्र ने मन्द मुस्कान के साथ कहा– 'जी, हाँ'।

पं. देवशर्मा ने 'गुरु' शब्द के कारकीय रूप को समझाया और पट्टी पर लिख दिया। चतुर्थी तक ही लिखा।

गोविन्दराय को थोड़ा कठिन लगा। पर दुहराना-स्मरण आरम्भ हो गया।

अचानक गोविन्दराय को एक बात की याद आ गयी। इसलिए प्रश्न सामने आया– 'पण्डित जी! पिताजी तो पद की रचना भाखा यानी ब्रजभाखा में करते हैं, पर इसे गुरुमुखी लिपि में लिखा जाता है। ऐसा क्यों?'

'हाँ, गोविन्दराय! पिछले दो-अढ़ाई सौ वर्षों से उत्तर भारत में ब्रजभाषा में ही रचना हो रही है। ब्रजभाषा ही काव्य भाषा है। फ़ारसी तो केवल शासन की भाषा है। प्रजा तो अपनी भाषा को मानती है। उसके हृदय का भाव अपनी भाषा में प्रकट होता है। ...गुरु जी अपने पद की रचना को गुरुमुखी में लिख सकते हैं या सिक्ख अंकित कर लेते हैं क्योंकि यह लिपि गुरु की देन है!'

'ऐसा!'

'हाँ, गोविन्दराय!'

पं. देवशर्मा शिक्षण को पूरा कर बाहर निकले। पास के दूसरे कक्ष में गुरु तेगबहादुर जी विराजमान थे। सिक्ख आकर पास में बैठ रहे थे। वे सबका कुशल-मंगल पूछ रहे थे। पं. देवशर्मा ने गुरुदेव को नमस्कार कर कुछ कहना चाहा। वे समझ गये। उन्होंने कहा–'पण्डित जी! आप कुछ कहना चाहते हैं?'

'जी, हाँ! गोविन्दराय मेधावी हैं। पढ़ने में रुचि है। वे मन लगाकर पढ़ रहे हैं।'

'आपको सँभालना है। हरजसराय और शौक़त अली भी अच्छे ढंग से पढ़ा रहे हैं। मुझे आप तीनों पर पूरा विश्वास है।

'जी! पूरा ध्यान है। ...इधर समाचार मिला है कि कश्मीर के हिन्दुओं की स्थिति बिगड़ रही है। शासन कठोर होता जा रहा है। ...कृपया कश्मीर पर भी आपकी दृष्टि रहे।

'ज़रूर!'

आश्वस्त होकर पं. देवशर्मा नमस्कार कर चले गये। इधर गुरु तेगबहादुर का मन कश्मीर की ओर दौड़ने लगा। ...उन्होंने सोचा कि मुग़ल आक्रमणकारी बाबर की विजय और उसके अत्याचार को देखकर सद्‌गुरु नानकदेव का क्षोभ जाग गया था। उन्होंने तो परमेश्वर को उलाहना दिया था–

खुरासान खसमाना कीआ हिन्दुस्तान डराइआ।
आपै दोसु न देई करता जमु करि मुग़ल चढ़ाइया।।

'हे प्रभु! बाबर के राज्य खुरासान को तुमने अपना समझा और उसके द्वारा हिन्दुस्तान को डरा दिया। तुमने अपने ऊपर दोष न लेने के लिए मुग़ल को यम के रूप में चढ़ाई करने के लिए भेज दिया।

बाबर के आक्रमण के आतंक और उस समय की स्थिति को भी स्पष्ट किया है।

पाप की जंज लै काबुलहुँ धाइया जोरी मंगै दानु वे लालो।।
सरम धरम् दूर छपि खलोए कूड, फिरै परधानु वे लालो।

हे लालो, बाबर पाप की बारात लेकर काबुल से चढ़ आया है और चारों तरफ़ झूठ का बोलबाला है।

सद्गुरु ने तो हिन्दू और मुसलमान—दोनों को एक माना। मीरासी मरदाना नामक मुसलमान उनके साथ जीवन भर रहा। खाब बजाता रहा। वे अपनी पदशैली में गाते रहे। मरदाना के संगीत की लय पर उनकी वाणी गूँजती रही। मरदाना की मौत के बाद उसका पुत्र साथ रहने लगा था। ...सूफ़ी फ़क़ीर शेख़ फरीद के साथ उनका मिलना होता था। दोनों में आत्मतत्त्व पर बातचीत होती रहती थी। ...शहंशाह अकबर से भी निकट सम्बन्ध रहा। परन्तु एक हिन्दू माँ की औलाद होकर भी बादशाह जहाँगीर ने गुरु अर्जुनदेव को दबाना चाहा था। शाहज़ादा अपने अब्बा हुज़ूर के दुर्व्यवहार से दुखी होकर गुरु अर्जुनदेव की शरण में आ गया। इसलिए जहाँगीर ने उन्हें क़ैद कर लिया और एक बागी को पनाह देने के जुर्म में जुर्माना कर दिया। गुरु अर्जुनदेव जी ने जवाब दिया था कि जो भी धन है, वह संगत का धन है। वे उसे नहीं दे सकते।

जहाँगीर ने उन्हें मृत्युदण्ड दे दिया! उन्हें तपते हुए तवे पर बैठाकर उनके जीवन का अन्त कर दिया गया।...एक ओर उन्होंने अमृतसर में श्री हरिमन्दिर जी की नींव सन्त मियाँ मीर के हाथों दिलवायी थी। दूसरी ओर उन्होंने गुरुग्रन्थ में शेख़ फ़रीद की वाणी को स्थान दिया था। पर जहाँगीर से लेकर आज तक इन मुग़ल शासकों का अन्याय बढ़ता गया। इसीलिए गुरु हरिगोविन्द जी ने अपने सिक्खों को तलवार धारण करने को कह दिया। इसलिए सारे सिक्ख उन्हें सच्चा पातशाह कहने लगे थे। कारण था मुग़लों से टकराव की स्थिति आ गयी थी। इसलिए बादशाह ने उन्हें ग्वालियर के क़िले में बन्द कर दिया। पर उन्हें दो वर्ष के बाद ही रिहा करना पड़ा। वे उस क़िले में बन्द अपने सभी राजाओं के साथ मुक्त हुए।

अब उन पर नज़र रखी जा रही है। उनके ख़ुफ़ियानवीस आसपास चक्कर लगा रहे हैं। सिपह-ए-दीन मालवा के किसानों को दबा रहे हैं। कश्मीर के हिन्दुओं का दमन हो रहा है। ...यही शहंशाह औरंगज़ेब का दीनोईमान है! सचमुच यही तो मज़हबी सियासत की बादशाहत है!! ...वे शहंशाह से टकराव नहीं चाहते। पर सारे देश में असन्तोष की आग सुलग रही है। आगे क्या होगा? कहा नहीं जा सकता।

गुरु तेगबहादुर जी का ध्यान कभी आनन्दपुर की सुरक्षा पर जाता और कभी बाल गोविन्द के व्यक्तित्व के विकास पर चला जाता। ...आनन्दपुर को हर तरह से मज़बूत बना देना है और सिक्खों को निर्भीक और साहसी होना है। जो सारे समाज को जीने का बल प्रदान कर सकें। अपने सम्पूर्ण समाज-हिन्दू को पीड़ित नहीं होना है। भयभीत नहीं होना है। इसके लिए भक्ति के साथ शक्ति की साधना आनन्दपुर का सन्देश है।...बाल गोविन्दराय को भक्ति और शक्ति का केन्द्र बन जाना है। ...लक्षण अच्छे हैं।

उनकी दृष्टि गोविन्द पर गयी। वह तो मैदान में अपने साथियों के साथ तलवार का अभ्यास...! वे प्रसन्न हो उठे। पत्नी गुजरी आयीं। वे बोल उठीं–'आप बहुत प्रसन्न हैं। कोई ख़ास बात है?'

'देखिए! गोविन्द के हाथ में कृपाण है। कितनी कुशलता से संचालन कर रहा है!'

'इस उम्र में तलवार का अभ्यास...उचित नहीं लगता। घाव लग जायेगा।'

'नहीं! आप चिन्ता न करें।'

दोनों उस शस्त्राभ्यास को देखने में मगन होने लगे।

पच्चीस

मुग़ल खुफ़ियानवीस ख़ुर्शीद आलम आनन्दपुर में चक्कर लगा रहा था। उसे लाहौर के सूबेदार से हुक्म मिला था कि वह आनन्दपुर में बन रहे क़िले की मुकम्मल जानकारी हासिल करे। वहाँ हरिमन्दिर बन रहा है या क़िला या दोनों? क्या वहाँ हथियार भी इकट्ठे किये जा रहे हैं? मशरिकी सूबों से लौटकर हिन्दुओं का पीर-मुर्शिद क्या कर रहा है? हर हरकत पर नज़र रखो।

इसके पहले भी एक खुफ़ियानवीस आया था। परन्तु वह बाहर-बाहर ही चक्कर काटता रह गया। वह सिर्फ़ हरिमन्दिर की तामीर और उस पर उठ रही मीनार की ऊँचाई को ही समझ सका। पकड़ में आने पर वह घबरा गया। वह क़िले की पूरी जानकारी हासिल नहीं कर सका था। किसी तरह वह पकड़ से छुटकारा पा गया। लेकिन वह हाथ मलता हुआ लाहौर चला गया। सूबेदार ने मालवा के इलाक़े में भेज दिया। अब ख़ुर्शीद इधर आ गया। इसने होशियारी से सब कुछ पता लगाने की कोशिश की। वह आनन्दपुर से सटे इलाक़े में एक सराय में रहकर जानकारी पाने में लग गया। उसने मन्दिर में काम करने वाले पाँच मज़दूरों को खोज निकाला। उसने उनसे मिलकर इनाम-बख़्शीश का लालच देकर पूछताछ की।

एक मज़दूर कह रहा था कि उनका काम तो ईंट-गारा ढोने का है। वे कारीगरों-मिस्त्रियों के इशारे पर ईंट-गारा उनके पास पहुँचाते हैं। दीवालें उठती जाती हैं। कमरे बनते जाते हैं। वे तो इतना ही देख पाते हैं।

ख़ुर्शीद ने बड़ी मुलामियत से पूछा– 'हरबा-हथियार रखने के लिए कोई तहख़ाना या कमरा तो बन रहा होगा? सबसे छिपाकर बनता होगा। ...ख़याल करो।'

दूसरे मज़दूर ने बताया– 'ऐसा तो नहीं लगा। लेकिन गुरु जी के चेले हथियार के साथ दिखाई पड़ते हैं। पर वे डराते नहीं हैं।'

तीसरा बोल उठा– 'गुरु जी के सिक्खों के चेहरे पर कब भक्तिभाव झलकता है और कब सैनिक का तेज–यह समझ में नहीं आता।'

ख़ुफ़ियानवीस ख़ुर्शीद ने झुँझलाकर पूछा– 'क़ाफ़िरों के मुर्शिद तो तेगबहादुर कहलाते हैं। सिपहसालार की मानिन्द लगते हैं। हरबा-हथियार तो रखते ही होंगे। सबको सिखाते होंगे! ...याद करो।'

पहले ने हाथ जोड़कर कहा–'गुरु जी तो हमेशा कृपाण धारण नहीं करते। वे तो भक्तिभाव में लीन रहते हैं।'

ख़ुर्शीद ने ऊँची आवाज़ में कहा–'तुम लोग मुग़ल सल्तनत की रियाआ हो। उनसे ख़ौफ़ मत खाओ। लाहौर के मुग़ल सूबेदार का हुक्म है। साफ़-साफ़ बताओ।'

चौथे ने हाथ जोड़कर निवेदन किया–'हुज़ूर! हमें मालूम है कि हिन्दुस्तान में मुग़ल शहंशाह की हुकूमत है। हम ग़रीब मज़दूर आपसे झूठ बोलने की जुर्रत नहीं कर सकते। आप से झूठ बोलने की हिमाक़त नहीं हो सकती। हम तो मेहनत-मज़दूरी करते हैं तब दोनों समय सूखी रोटी मिल पाती है। ...गुरु जी साधु हैं। फ़क़ीर हैं। वे सबको प्यार करते हैं।'

ख़ुर्शीद आलम गुस्से में बोल उठा– 'झूठ बोलते हो। तुम सब क़ाफ़िर हो।'

पाँचवे ने बताया– 'हुज़ूर! हम पाँच में तीन हिन्दू हैं। दो मुसलमान भी हैं।'

'मगर तुम सबमें कोई फ़र्क़ नज़र नहीं आता। ...ये कैसे मुसलमान हैं?'

चौथे ने सर झुकाकर बताया–'हम तो एक ही गाँव के हैं। हम दोनों दो पीढ़ियों से मुसलमान हैं। मुस्लिम ज़मींदार की हवेली में खाने की वजह से मुसलमान बन गये। लेकिन हम एक ही गाँव के मज़दूर हैं। हम एक साथ मज़दूरी करते हैं। एक जैसी रोटी-प्याज खा लेते हैं। गाँव-घर के रीति-रिवाज एक ही हैं! हमारी भाषा भी एक ही है। फ़र्क़ कैसे आयेगा? ...हम बाहर के देशों से नहीं आये हैं। हम तो अपनी इसी मिट्‌टी के हैं। हम अपनी धरती से पैदा अनाज को खाकर मेहनत-मज़दूरी कर रहे हैं।

मुग़ल ख़ुर्शीद आलम एक हिन्दी मुसलमान का बयान सुनकर चकरा गया। वह उन्हें देखता रहा।

पाँचवाँ जो मुस्लिम मज़दूर था बोल पड़ा–'हुज़ूर। हममें एक फ़र्क़ है। हिन्दू भाई पूरब की ओर मुँह करके पूजा-प्रार्थना करते हैं और हम पश्चिम की ओर मुड़कर नमाज़ पढ़ते है।'

ख़ुर्शीद ने रूखी आवाज़ में कहा– 'तुम दोनों हिन्दी मुसलमान हो। तुर्क़, अफ़ग़ान या मुग़ल नहीं हो। इससे ज़्यादा तुम सबसे उम्मीद नहीं की जा सकती।'

दोनों उस मुग़ल की ओर देखते रह गये।

'ठीक है। कल तुम दोनों को मेरे पास आकर कुछ जानकारी देनी ही होगी। बहाना नहीं चलेगा। हुकूमत का हुक्म है।' ख़ुर्शीद ने कहा।

पाँचों मज़दूर एक साथ अपनी झोंपड़ी में लौट गये। पर उनमें ख़ौफ़ बना रहा। ...इस मुग़ल सरदार को क्या बताया जाये? गुरु जी के ख़िलाफ़ क्या कहा जाये?

उधर ख़ुर्शीद आलम ख़ाँ की फ़िक्र बढ़ गयी। इन मज़दूरों ने कुछ नहीं बताया बात क्या है? क़ाफ़िरों के इस मुर्शिद का इतना असर है! यक़ीन नहीं होता। कुछ तो क़िले के अन्दर होगा ही। पता लगाना ही है।

उधर गुरु तेगबहादुर हरिमन्दिर के ओसारे में बैठकर मन-ही-मन गुनगुना रहे थे। मैदान में गोविन्द अपने एक साथी के साथ खेल रहे थे। दादी नानकी और माँ गुजरी गोविन्द के खेल को देखकर हर्षित हो रही थीं। साथ ही दोनों ध्यान दे रही थीं कि कहीं खेल-खेल में चोट नहीं लग जाये।

उसी समय दयालदास का आगमन हुआ। थके-थके और चिन्तामग्न दयालदास ने मन्दिर के ओसारे में बैठे गुरुदेव को झुककर प्रणाम किया। गुरुदेव का ध्यान टूटा। उन्होंने कहा—'दयालदास! गुरुदित्ता उधर ही है न! तुम उधर से अकेले आये हो? बहुत थके हुए लग रहे हो।'

'जी, हाँ! मैं अकेले आया हूँ। कुछ निवेदन करने आया हूँ।' दयालदास ने हाथ जोड़कर उत्तर दिया।

'पहले स्नान—प्रार्थना करके प्रसाद ले लो। थोड़ा आराम कर लो। फिर बातें होंगी।'

'पहले मेरी बात सुन लें।'

'नहीं, दयालदास! मैं तुम्हारी हालत देख रहा हूँ। चलो, मेरे साथ चलो।'

गुरु जी ने दयालदास को साथ ले लिया। अब उसे नहाने जाना पड़ा। फिर उसने हरिमन्दिर में जाकर गुरुवाणी का पाठ किया और अरदास की तथा गुरु जी के साथ प्रसाद को ग्रहण किया।

बालक गोविन्द भी आ गये। दोनों ने एक-दूसरे को नमन किया। गोविन्द साथ बैठ गये। दयालदास गुरुपुत्र को अपने पास पाकर प्रफुल्लित हुआ।

दयालदास को विश्राम का आदेश मिला।

दयालदास कुछ कहने के लिए बेचैन था। पर गुरु जी ने विश्राम का आदेश दे दिया। उसे विश्राम के लिए जाना पड़ा।

एक मज़दूर गुरु जी के पास आया। उसने सुबह की घटना बयान कर दी कि लाहौर के सूबेदार का खुफ़ियानवीस मन्दिर और क़िले के बारे में पूछताछ कर रहा था।

'मैं सावधान हूँ। वे बेचैन हैं तो वे बेचैन रहें। किसी राजमिस्त्री और मज़दूर को डरना नहीं है। सबको निडर होकर काम करना है। यह आनन्दपुर है—लाहौर या दिल्ली नहीं।' गुरु जी ने सहज भाव से कहा।

उस मज़दूर ने हाथ जोड़कर गुरु जी के निर्देश को क़बूल किया!

'जानते हो शहंशाह औरंगज़ेब अपने सालारों और सरदारों पर एतबार नहीं कर पाते। वे अपने शाहज़ादों पर भी यक़ीन नहीं करते। ...उनके एक सिपहसालार के पीछे दूसरा सिपहसालार लगा रहता है—उनके हुक्म पर। वे दोनों सिपहसालार एक-दूसरे

की मदद दिल से नहीं कर पाते। कभी-कभी वे एक-दूसरे की टाँग खींचते हैं। यह शहंशाह की सियासत है। वे ख़ुद अपने से परेशान हैं। ...पर हमें तो हर क़दम पर होशियार रहना है। अपने सिक्खों पर पूरा विश्वास है। अपने किसानों-मज़दूरों पर विश्वास है। बेख़ौफ़ रहना है।'

वह मज़दूर प्रणाम कर चला गया।

घण्टेभर विश्राम करने के बाद दयाल दास आ गया।

'आओ, बैठो, दयालदास! ...मैं समझ रहा हूँ कि उधर के दुखी किसानों की सेवा से मुग़ल हाकिम परेशान हो रहे हैं। पर हमने तो परेशानी पैदा नहीं की है।' गुरु तेगबहादुर ने कहा।

दयालदास शीश हिलाकर दो क्षण मौन रहा। और फिर उसने बताया–'मुग़ल शिकदारों और कारिन्दों के अलावा 'सिपह-ए-दीन' नाम की जुनूनी टुकड़ी घूम-घूम कर किसानों को तंग कर रही है।'

'हाँ, दयालदास! सिपह-ए-दीन की हरकतों की जानकारी मिली है। यह चिन्ता का विषय है।'

'सूखे से तंगहाल किसानों को सूखे से बचाने के लिए कुछ तो कोशिश हो रही है–'अपने लोगों द्वारा। पर ये सताते क्यों हैं?'

'वे चाहते हैं कि पीड़ित किसान, कारीगर और मज़दूर दुख और दबाव में आह भरें और राहत के लिए उनके मज़हब को क़बूल कर लें। गुरु तेगबहादुर ने उनके मन्तव्य को स्पष्ट कर दिया।

'गुरुदेव! उम्मीद की किरण झलमला उठी है। वे किसान मालगुज़ारी की तीस फ़ीसदी कुएँ-पोखर के लिए दे रहे हैं। हिम्मत से खड़े हो रहे हैं। पर शिकदार और सिपह-ए-दीन–दोनों ने मिलकर परेशानी बढ़ा दी है।'

'अब मुझे उधर जाना होगा।' गुरु तेगबहादुर ने चिन्ता की मुद्रा में कहा।

'मैं यही कहना चाह रहा हूँ।' दयालदास ने निवेदन किया।

'ठीक है। मैं तुम्हारे साथ चलूँगा।'

सन्ध्या हुई। निर्माणरत हरिमन्दिर के शिखर पर सूर्य किरण ठहर-सी गयी थी। धीरे-धीरे पश्चिम की ओर जाने लगी। पर आकाश में अभी लालिमा थी। शिखर चमक रहा था। पंछियों के दल अपने-अपने घोंसलों में जाने के लिए उड़ान भर रहे थे। जमुनादास सरोवर के पास आ पहुँचा। उसने सरोवर...और प्राचीर के भीतर हरिमन्दिर को देखा। उसे भीतर जाने की अनुमति मिली। उसने गुरु तेगबहादुर के निकट आकर प्रणाम किया। अपना पूरा परिचय दिया। अपने आने का उद्देश्य भी स्पष्ट किया।

गुरु तेगबहादुर जी के ओठों पर मन्द-मन्द मुस्कान खिल उठी। ...वे बोल उठे– 'जमुनादास! आप यहाँ रूकें। विश्राम करें। सन्ध्या की अरदास के बाद हम दोनों की वार्ता होगी।'

जमुनादास ने विनम्र भाव से इस निर्देश को शिरोधार्य किया। वह चारों ओर देखने लगा। उसने महसूस किया कि मुग़ल राज्य के अन्दर एक नया नगर—स्वतन्त्र धर्मकेन्द्र के रूप में बस रहा है। प्राचीर से सुरक्षित रहेगा।...हरिमन्दिर की शोभा अनुपम है!

उसने हरिमन्दिर में जाकर शीश झुकाया—निर्गुण एक ओंकार रूप हरि को एवं गुरु की वाणी को। और बाहर आकर सोचने लगा कि सतनामी सम्प्रदाय ने भी नयी-नयी बस्तियाँ बसा ली हैं। इन सबमें निकट का सम्बन्ध होना चाहिए। ...उत्तर से दक्षिण और पूर्व से पश्चिम—सबको एक-दूसरे से जुड़ जाना चाहिए। तभी विदेशी मुग़ल हुकूमत से लोहा लेना सम्भव हो सकेगा। ...दक्षिण में शिवाजी ने नयी शक्ति जगा दी है। मध्य में छत्रसाल खड़े हो गये हैं। हरियाणा, पंजाब और मेवाड़ आदि को भी जाग्रत हो जाना है। ...यही तो महामति प्राणनाथ का सपना है। इस सपने को साकार होना है।

छब्बीस

गोविन्दराय दादी नानकी की गोद में बैठकर माँ से कह रहे थे—'माँ! आप पटना में रहेंगी या अमृतसर में या आनन्दपुर में?'

'मेरे गोविन्द की क्या इच्छा है?' माँ गुजरी ने पूछा।

'जहाँ पिताजी रहेंगे, वहाँ मुझे रहना है। उनकी राह पर चलना है।' गोविन्द ने दादी की ओर देखते हुए जवाब दिया।

दादी ने गोविन्द को अपने कन्धे से लगाकर और पीठ थपथपाकर अपनी प्रसन्नता प्रकट कर दी। हर्षित होकर गोविन्द ने माँ की ओर देखा और उनके उत्तर की प्रतीक्षा करने लगे।

'मैं तो माँ हूँ। मैं नटखट गोविन्द की देवकी और यशोदा—दोनों हूँ। इसलिए मुझे तो अपने बच्चे के नटखट रूप का निहारने और निहाल होने के लिए साथ ही रहना है। अब बाल गोविन्द पटना रहे या करतारपुर या अमृतसर या आनन्दपुर।'

दादी बोल उठीं—'कहो, गोविन्द! माँ का जवाब बिल्कुल ठीक रहा न!'

'हाँ, दादी! माँ का उत्तर बिल्कुल सही है। मुझे आप दोनों की गोद बड़ी प्यारी है। लेकिन मुझे तीर और तलवार से खेलना है, सीखना है। इसलिए मुझे दिनभर गोद में बैठे नहीं रहना है।'

'मैंने कभी रोका नहीं है। तीर सन्धान और खड्ग संचालन दोनों को ज़रूर सीखना है। मन से पढ़ना-लिखना है। सबसे जुड़कर आगे बढ़ना है।'

'जी, हाँ! माता-पिता, गुरु और गाँव-नगर के सभी जनों से जुड़कर आगे बढ़ना ही सच्चा जीवन है। सबके ऊपर ओंकार रूप परमात्मा है।' गोविन्द ने गम्भीर स्वर

में उत्तर दिया। दादी ने पुलकित होकर गोविन्द को गले से लगा लिया।...माँ तो इस उत्तर से निहाल हो गयी।

गोविन्द की दृष्टि दूर खड़े जमुनादास पर पड़ी। यह तो एक नया साधु लगता है। कहाँ से आ गया?...यह सोचकर गोविन्द दादी की गोद से उठकर साधु की तरफ़ जाने लगे। माँ ने रोका। परन्तु गोविन्द ने एक क्षण रुककर कहा– 'माँ! इस नये साधु से जान-पहचान कर लूँ। इधर का तो नहीं लगता।...पिताजी से मिलने आया होगा।'

गोविन्दराय के पग जमुनादास की ओर बढ़ रहे थे। मन में उत्सुकता थी।... निकट पहुँचते ही गोविन्द का प्रश्न गूँज उठा–'साधुजी! आप कहाँ से आये हैं?'

जमुनादास निर्माणरत हरिमन्दिर...पास के आवास...उधर मैदान...बाहर द्वार के सामने सरोवर–सबको देख रहा था। उसे बड़ा अच्छा लग रहा था। ...वह सोचने लगा कि क्या यह नयी बस्ती मुग़ल हुकूमत के प्रभाव से मुक्त रह सकेगी? नानकपन्थी शिष्य तो मुक्त मन के हैं। ...ज़रूर ही यह बस्ती मुक्त रहेगी!

अचानक प्रश्न की गूँज से वह चौंक उठा। उसकी दृष्टि मुड़ी वह गुरुपुत्र को पहचान-सा गया। उसने मुस्कराते हुए कहा–'आप तो गुरु जी के पुत्र गोविन्दराय जी हैं। ...मैं जमुनादास हूँ। सन्त प्राणनाथ का शिष्य हूँ।'

'आपके गुरुदेव ने भक्ति के साथ शक्ति को भी ज़रूरी माना है?...आपके पास कोई अस्त्र-शस्त्र नहीं है! आप निहत्थे कैसे इधर आ गये?'

इन प्रश्नों को सुनकर जमुनादास चकरा गया। दो क्षण गुरुपुत्र को देखता रहा। फिर उसने उत्तर दिया–'गुरुदेव महामति प्राणनाथ भारत के सारे सन्तों को एक-दूसरे से जोड़ना चाहते हैं। राजाओं से भी उन्होंने अनुरोध किया है। सबके जुड़ने से एक बड़ी शक्ति अवतरित होगी। ...नारंगी-सन्तरा के समान जीवन जीना–टुकड़ों में जीना अपने को विनाश की ओर...।'

'पर नारंगी-सन्तरा का रस तो बड़ा गुणकारी होता है, जमुनादास जी!'

'यह तो सही है। पर नारंगी के अलग-अलग टुकड़ों को ऊपर का छिलका जोड़ता है। छिलका हटने पर सभी टुकड़े बिखर जाते हैं। यही स्थिति भारत के मूल जनसमाज की है। ...सबका जुड़ाव, अपनी धरती के प्रति सबकी एक आदर दृष्टि बहुत ज़रूरी है।'

गोविन्दराय ने इस उत्तर को सुनकर दो क्षण सोचा और कहा–'आप तो जागरूक साधु हैं। आप तो वैष्णव साधु लग रहे हैं। आपकी बात सही लग रही है। ...सद्‌गुरु नानकदेव के सिक्खों ने भी अब तो भक्ति के साथ शक्ति की साधना की ओर पग बढ़ाया है। सुमिरनी के साथ कृपाण को सँभाल लिया है। पंजाब का मूल जनसमाज नया विश्वास पा रहा है।'

'इसीलिए तो मैं गुरु तेगबहादुर जी से मिलने आया हूँ।'

'आप ज़रूर मिलें और बातचीत करें।'

'उनके दर्शन हो गये। अब हम बातचीत करेंगे। ...आपकी बातों से जागरूकता की झलक मिल गयी।'

'मैं तो बालक हूँ। बड़ा होने पर मैं बातचीत कर सकूँगा।' गोविन्द ने बड़े भोलेपन से उत्तर दिया।

जमुनादास मुस्कराते हुए सर हिला रहा था। दो क्षण के बाद उसने कहा– 'मैं तो आनन्दपुर को देखकर आनन्दित हूँ। यह तो नयी दृष्टि की नयी सुन्दर नगरी बन रही है।'

'मैं भी बहुत ख़ुश हूँ। आप दूर से इधर आ गये हैं। मैं भी पटना से आ गया हूँ।'

'जी, हाँ! मुझे मालूम है।'

'मेरे शिक्षक आ रहे हैं। अब मैं पढ़ने चला।'

'मन लगाकर पढ़ें। आप जैसे मेधावी बालक पर अपने धर्म और अपने देश का भविष्य टिका है।'

गोविन्दराय ने कहा– 'साधु बाबा! मुझे अपनी प्रशंसा नहीं सुननी चाहिए।' और गोविन्द वहाँ से चल पड़े–कानों को बन्द कर।

जमुनादास को गोविन्द का उत्तर बहुत अच्छा लगा। ...और फिर सूफ़ी फ़क़ीर सरमद, सन्त प्राणनाथ, सन्त जीवनदास और गुरु तेगबहादुर की झलकियाँ बारी-बारी से उभरने लगी थीं। शाहज़ादा दारा का शान्त चेहरा भी सामने आ रहा था...ये सन्त-फ़क़ीर जनजीवन में भक्ति भावना के आधार पर मनुष्यता को जगा रहे हैं। दूसरी ओर मुग़ल सल्तनत अपनी मज़हबी सियासत, शहंशाह के दर्प और रिआया के प्रति दमन नीति के बल पर कहकहे लगा रही है। इससे चारों तरफ़ असन्तोष और टकराव की स्थिति है। सारा देश अशान्त है। ...शान्ति तो केवल इन सन्तों-भक्तों-फ़क़ीरों के पास दुबकी हुई दिखाई पड़ती है।

गुरु तेगबहादुर जी निकट आ गये। उन्हें लगा कि जमुनादास अपने में खोया हुआ है। शायद यह वैष्णव साधु कुछ सोच रहा है। ...सभी पन्थों के साधुओं-सन्तों-भक्तों से मिल रहा है। इसलिए आनन्दपुर आ गया है। ...यह तो अच्छी बात है! 'जमुनादास! क्या सोच रहे हो?'

'जी, हाँ! सोच रहा हूँ कि मुग़ल बादशाहत और प्रजा के जीवन में कितनी दूरी है! उनकी मज़हबी कट्टरता और इस देश की शान्तिपूर्ण आध्यात्मिकता में कितना अन्तर है!!'

'जमुनादास! मगर अपने समाज में जाति-पाँति और ऊँच-नीच का भेदभाव तो बहुत है। ...यह भी सही है कि विदेशी नस्ल के मुसलमानों और इस देश के नये मुसलमानों में भी बहुत फ़र्क़ है। कुछ सूफ़ी फ़क़ीर सच्चे साधु हैं। पर सूफ़ियों

के कामिल मुर्शिद तो इस सल्तनत के ही ख़ैरख़्वाह रहे हैं। ये मुस्लिम हुकूमत के मददगार रहे हैं।' गुरु तेगबहादुर जी ने अपना विचार स्पष्ट किया।

'आप सही कह रहे हैं कि इस विशाल देश का मूल समाज ही हज़ारों जातियों और सैकड़ों सम्प्रदायों-पन्थों में जी रहा है। वह सबके साथ जुड़ नहीं पाता। वर्ण-जाति का फ़र्क़ है। सम्प्रदाय-पन्थ का फ़र्क़ है। प्रदेशों का फ़र्क़ है। व्यक्ति की इच्छाएँ अनन्त हैं। इन इच्छाओं में अपना देश नहीं आता, गुरु जी!

'जमुनादास! यही इस देश की कमज़ोरी है। गुरुनानक देव की गुरु परम्परा इस कमज़ोरी को दूर करने की कोशिश कर रही है। संगत और पंगत के द्वारा समाज आपस में जुड़ता जा रहा है। अब भक्ति के साथ शक्ति की साधना भी शुरू है।'

'जी, हाँ! इसीलिए सन्त प्राणनाथ ने आपके पास मुझे भेजा है। निवेदन किया है कि सभी सन्त-भक्त धर्म के साथ धर्म की भूमि भारत का भी चिन्तन करें। धर्म है तो देश है। देश है तो धर्म है।' जमुनादास ने विनम्र स्वर में प्रयोजन को स्पष्ट कर दिया।

'मैं इस सन्देश का स्वागत करता हूँ। भारत के कुछ क्षेत्रों में जागृति आ रही है। इसी से दिल्ली का तख़्ते ताऊस घबरा रहा है, जमुनादास!'

'जी, हाँ!'

'आप मेरा सन्देश उन्हें दे दें। मैं उनके विचारों के साथ हूँ। ...हम सभी उसी एक ओंकार रूप श्री हरि की भक्ति में समर्पित हैं। पड़ोस का सतनामी सम्प्रदाय स्वाभिमान के साथ सतनाम के भजन एवं ध्यान में मस्त है पर उच्च वर्ण सतनामियों को छोटा मानते हैं। यह उचित नहीं है। यदि सबको जुड़ना है तो बड़े-छोटे का भेदभाव नहीं हो। तभी पूरा देश भयमुक्त होगा और दिल्ली का तख़्त इस देश के जनसमाज से भयभीत होगा।'

'सही है—हमें बड़े-छोटे के भाव से मुक्त होना है तभी तो हम एक-दूसरे से जुड़ सकेंगे। तख़्ते ताऊस के साये में भी हम मुस्करा सकेंगे।' जमुनादास ने गुरु जी का समर्थन किया।

'जमुनादास! मुग़ल शासन-तख़्त की टेढ़ी नज़र हम पर गड़ गयी है। पर मैं अपने ग़रीब किसानों की सेवा में तत्पर हो गया हूँ। कल उधर ही जाना है। धर्म दीन-हीन और दुखी की सेवा है। सिर्फ़ उपदेश नहीं, सबद-कीर्तन नहीं है।'

'यही तो धर्म का मर्म है। मुझे आपका आशीर्वाद मिल गया। अब आगे बढ़ूँगा।' जमुनादास ने निवेदन किया।

'मुग़ल जासूसों और सिपह-ए-दीन से सावधान रहना है, जमुनादास!'

'जी, हाँ! प्रत्येक क्षण सावधान रहना है। निर्भीकता के साथ क़दम बढ़ाना है।'

'मेरी मंगलकामना है। सद्गुरु आपका मार्ग प्रशस्त करें।'

सत्ताईस

मुबारकपुर के बाग़ के पास कीरत सड़क पर आ गया। उसने देखा कि बाग़ में जुही गुलाब के साथ दो आम के पेड़ों के चारों ओर चक्कर लगा रही है। जुही आगे-आगे भाग रही है। गुलाब पीछा कर रही है। कुछ देर के बाद दोनों हाँफने लगीं। गुलाब निकट पहुँच गयी। जुही घबराकर तेज़ी से दौड़ पड़ी। पैर लटपटा गये। गिरते-गिरते बच गयी। गुलाब ने उसे सँभाल लिया।

गुलाब बोल उठी–'अब बताओ, कैसे भाग सकोगी?'

'गुलाब में काँटे होते हैं। दामन उलझ ही जायेंगे।' जुही ने मुस्कराते हुए जवाब दिया।

'जुही में ऐसी ख़ुशबू होती है कि गुलाब झुककर ही उसके पास पहुँच पाता है।'

'गुलाब के फूल में रंग और ख़ुशबू–दोनों ही बेमिसाल होते हैं। फिर काँटों की फ़िक्र कहाँ रहती है!'

'जुही का फूल तो सितारों से मुक़ाबला करता है। इसीलिए कोई दीदार के लिए बेचैन हो जाता है।'

'मेरी सहेली तो शायरा बन गयी। यह तो ग़ज़ब हो गया!!'

'हाँ जी! अब तो मैं शायरी करूँगी ही। ...रक़ीब देहली चला गया है। माशूक़ और माशूक़ा की मुलाक़ात में काँटे नहीं बिछाऊँगी। मैं तो गुलदस्ता पेश करूँगी और उसने सड़क की ओर मुड़कर हाथ जोड़ दिये।

कीरतराम ने देखा कि उसे नमस्कार किया जा रहा है। उसने भी हाथ जोड़ दिये। इधर जुही ने झुकी हुई पलकों के साथ हाथ जोड़कर सलाम किया। ...सड़क पर खड़ा कीरत अपने अन्तर की पुलक को प्रकट करने में असमर्थ हो रहा था। उसने चाहा कि भेंट में एक फूल समर्पित कर दे। पर वह तो फूल लेकर नहीं आया था। वह अपने ऊपर खीझने लगा। उसी समय बाग़ से दीवार के पार से एक फूल उसके पास आ गया। उसने हथेली में सँभाल लिया। ...वह उस फूल के रूप-रंग-गन्ध में खोने लगा।

उधर बाग़ में जुही और गुलाब–दोनों मुस्करा रही थीं। दो क्षणों के बाद जुही गुलाब के गले लग गयी। ...अचानक दोनों ने देखा कि गुलाब द्वारा फेंका फूल फिर से उन दोनों के बीच में आ गया।

जुही ने फूल को ज़मीन पर गिरने नहीं दिया।

'बहुत ख़ूब, जुही!' गुलाब ने कहा! और उसने एक बार कीरत की ओर देखा। ...बाग़ में पैरों की आवाज़ आयी। इस ख़ुशनुमा माहौल में अकरम भाई के आने की झलक मिली। दोनों घबरा गयीं। पर गुलाब ने कीरत को इशारा कर दिया। वह लौटने लगा।

अकरम बाग़ का चक्कर लगाते हुए दोनों के नज़दीक आ गया। सड़क के पार कीरत लौटता हुआ दिख गया। वह बेचैन हो उठा और फिर उसने मुलायमियत के साथ कहा—'अगर कीरत इस्लाम क़बूल कर ले तो हम कुछ सोच सकते हैं। ...वैसे मुग़ल सरदार का फ़रजन्द इब्राहिम दिल्ली से जल्द ही लौटने वाला है। उसे कोई न कोई ओहदा हासिल हो सकता है।...कीरत तो छोटी जात का हिन्दू है। क़ाफ़िर है। ...अब्बाजान उस पर नाराज़ नहीं होते हैं। अजीब-सा लगता है। ...जब-तब उनमें हिन्दू ख़ून कुछ कहने लगता है। लेकिन अब तो हम तीन-चार पीढ़ियों से मुसलमान हैं। अब हमें उनसे क्या मतलब है?...मुल्क़ में मुग़ल हुकूमत है। मुग़ल ख़ानदान का नौजवान हमसे जुड़ रहा है। यह एक अच्छी बात है। ...वह सतनामी हमारी ज़िन्दगी में दख़ल दे रहा है। यह बर्दाश्त के बाहर है।'

जुही और गुलाब बाग़ से निकलकर अपनी हवेली में जाने लगीं।...यह देखकर अकरम परेशान हो उठा। ...अन्दर गुस्सा भी उभरने लगा। मगर वह हाथ मलता रह गया।

ईद आ गयी। मुबारकपुर ईद की नमाज़ में अल्लाह के हुज़ूर में सिजदा कर रहा है। सभी अपने नये लिबास में हैं। ऐसा लगा कि सामूहिक नमाज़ का गैबी मंज़र देखकर ऊपर आसमान मुस्करा रहा है। अल्लाह के प्रति श्रद्धा के जज़्बे की एक अनुशासन में अभिव्यक्ति अद्‌भुत लगी। ...फिर सबका सबसे गले से लगकर मिलना भाईचारे की अनोखी मिसाल लगने लगी।

ख़ुदाबख़्श की हवेली सज गयी थी। तीन-तीन क़िस्मों की सेवइयाँ बन रही थीं। नये-नये लिबास में सजे-धजे सभी इत्र से गमगम कर रहे थे। त्यौहार की ख़ुशी में सभी चहक रहे थे।

अकरम बोल उठा—'अब्बाजान! आज आप महसूस कर रहे हैं कि न आप मुसलमान हैं। आपको सबकी दुआएँ मिल रही हैं। ऐसा ख़ुशनज़ारा तो उधर नहीं मिलेगा। गुलामों से क्या उम्मीद करते हैं! ...इब्राहिम ने उसे भी बुलाया है— नौकरी हासिल करने के लिए।'

ख़ुदाबख़्श अपने बेटे अकरम के बोल सुनकर चुप रहे। वे ईद की तुलना होली और कभी दिवाली से कर रहे थे। ...वे दूर से देखते रहे हैं। मुल्ला जी आकर समझा देते हैं। पर दिल में कुछ उभरता रहा है। मजबूरी में कुछ कर नहीं पाते।...औरंगज़ेब की हुकूमत में तो बिल्कुल नहीं। ओह!...इब्राहिम मुग़ल है। इसलिए मग़रूर है। ऐयाश भी लग रहा है। ...कीरत साधारण सतनामी है। ...और...।

'आप कुछ बोल नहीं रहे हैं। मेरी बहन किसी क़ाफ़िर से शादी नहीं करेगी। ...सभी याद रखें।'

ख़ुदाबख़्श ने जवाब दिया—'अकरम! तुम देहली जाओ। इब्राहिम मुग़ल की मदद से कुछ हासिल तो करो। तब मैं समझ जाऊँगा कि मुग़ल और हिन्दी-देशी मुसलमान में कोई फ़र्क़ नहीं है।'

यह जवाब सुनकर अकरम चौंक उठा। फिर उसने सँभलकर कहा—'ज़रूर जाऊँगा, और लौटकर बताऊँगा। मगर आप मेरी बात पर ख़याल रखेंगे।'

शाम में अकरम देहली के लिए चल पड़ा। ...फ़ानूसों में मोमबत्तियाँ जलने लगीं।

कीरत हिम्मत करके आ गया। उसने 'ईद मुबारक' कहकर खुदाबख़्श के पैरों को छूकर प्रणाम किया।

खुदाबख़्श को बहुत अच्छा लगा क्योंकि आज किसी ने पैर छूकर प्रणाम किया है। उन्होंने उसके सर पर हाथ धरकर आशीर्वाद दे दिया। कीरत ने हाथ जोड़ दिये। उन्होंने उसे बैठने को कहा। कीरत ने अकरम की सम्भावना की। पर वह नहीं दिखा। तब वह थोड़ी दूर पर बैठ गया।

गुलाब, जूही के साथ अपने घर से आ गयी। दोनों ने कीरतराम को बैठे देखा। दोनों को दो लम्हों के लिए ताज्जुब हुआ। पर दिल मुस्करा उठा।

खुदाबख़्श ने प्यार भरी आवाज़ में कहा—'गुलाब बेटी! सेवइयाँ लेकर आओ। मेरे दरवाज़े पर पड़ोसी गाँव का कीरत आ गया है।'

गुलाब और जुही— दोनों अन्दर गयीं। तश्तरी में सेवइयों से भरी कटोरियाँ सज गयीं। गुलाब लेकर आयी। जुही पीछे-पीछे थी।

'कीरत! मेरे यहाँ सेवई खाओगे न! मैं मुसलमान हूँ। वैसे रगों में ख़ून तो हिन्दू का है। पर अब मैं तुर्क़-मुग़लों की जमात का हूँ। ...तुम क़ाफ़िर हो। रिआया हो। यह हुकूमत तुम्हें छोटा मानती है। ...और तुम हिन्दू तुर्क़-मुग़लों को छोटा मानते हो, क्योंकि तुर्क़-मुग़लों ने बाहर से आकर तुम्हारे देश को जीत लिया। वे हुकूमत कर रहे हैं। जुल्मों-सितम ढ़ा रहे हैं। ...इसलिए तुम उनसे नफ़रत करते हो। तुर्क़-मुग़लों का खानपान तुम्हारी नज़र में पाक-साफ़ नहीं है। ...यह तुम्हारी ताक़त है।...कीरत! जब तुम ईद की शाम में मेरे दरवाज़े पर आ गये हो तो मेरी ख़ातिर सेवई खाओ।'

कीरत ने खुदाबख़्श ख़ाँ और सेवइयों की तश्तरी—दोनों को नमन किया और वह खाने लगा। खुदाबख़्श का हृदय जुड़ा गया। जुही की अम्मी और भाभी दरवाज़े पर आकर देखने लगीं। ...एक क़ाफ़िर नौजवान सेवई खा रहा है। हवेली के मालिक मुस्कराते हुए इसरार कर रहे हैं।

जुही तो मानो आसमान में उड़ान भरने लगी। गुलाब सोचने लगी कि...क्या चाचाजान ने कीरत को क़बूल कर लिया है?

कीरत ने हाथ-मुँह धोकर जुही की अम्मा और भाभी को दूर से प्रणाम किया। वे दोनों दरवाज़े के अन्दर से 'खुश रहो' कहकर चली गयीं।

खुदाबख़्श ने धीरे से संजीदगी के साथ कहा—'गुलाब बेटी! इन दोनों को मदद करो। तुम दोनों को लेकर जाओ। कुछ दूर तक जाओ। ...जुड़ने दो।'

'आपकी इजाज़त है?'

'हाँ, बेटी! इससे ज़्यादा मत पूछो।' और अब्बा हुज़ूर खुदाबख़्श ने जुही को

प्यार से थपथपा दिया। कीरत के शीश पर हाथ रख दिया! ...फिर वे मौन हो गये। आँखें बन्द हो गयीं। कुछ क्षणों के बाद नमी झलकने लगी।

कीरत ने उनके चरणों को छूकर प्रणाम किया। गुलाब के इशारे पर जुही ने भी वैसे ही सलाम किया। ख़ुदाबख़्श नम आँखों से दुआएँ दे रहे थे। ...वे अपने पुरखों को याद करने लगे। ...उन पुरखों ने तुरुकों से लोहा लिया था। ...हार के बाद असह्य दबाव में सब कुछ बदल गया था!

गुलाब ने जुही और कीरत को खाना खिलाया और फिर तीनों बाग़ में आ गये। जुही ने पीछे मुड़कर देखा। रोशनी में उसकी हवेली उसे दुआएँ दे रही थी। ...कीरत ने हवेली को नमन करते हुए अँधेरे में बाग़ के पत्ते-पत्ते से अपनापन महसूस किया। ...तीनों ने हवेली की ओर देखा। लगा कि अब्बा और अम्मी की आँखों की नमी उन पर आशीष बरसा रही है। ...कीरत को एहसास हुआ कि इस बाग़ ने उसे जुही से मिलाया है और आज दोनों बाग़ की दुआओं के साथ मुबारकपुर से विदा हो रहे हैं।

गुलाब ने कहा–'अब दोनों को इस अँधेरे को पारकर शिवपुर के रौशन गाँव में जाना है। दोनों ख़ुश रहो। गुलाब को कभी-कभी याद कर लेना!' उसकी आँखें डबडबा गयीं।

जुही का स्वर थरथरा उठा–'हाँ, गुलाब! तुमने हमें जोड़ दिया। अब तुम विदा कर रही हो। पर आगे क्या होगा?'

'बहन जुही! चचाजान ने इशारा कर दिया था–आगे बढ़ो। ज़माने से टकराओ। पुरखे ख़ुश होंगे।...कीरत जी! मेरी बहन, मेरी सहेली जुही के समान नाज़ुक है। हवेली की बेटी है। ...प्यार-मुहब्बत के साथ जीओ। इसे कोई तकलीफ़ नहीं हो–इसका ख़याल रखना। ...नहीं तो दिल टूट जायेगा! ज़िन्दगी से बेजार हो जायेगी! ...उधर हंगामा तो होगा। फ़िक्र नहीं करना।'

कीरत ने हाथ जोड़कर कहा–'मैं वचन देता हूँ। इन्हें कोई तकलीफ़ नहीं होगी। आप लोग जब ख़बर करेंगे, मैं प्राण हथेली पर रख कर आऊँगा। ...जुही! मेरा घर तो है, पर वह हवेली नहीं है। धन-वैभव भी नहीं है। पर हृदय में प्रेम-प्यार का अपार धन है। ...कट्टर मज़हबी लाल-पीले होंगे। पर मेरा संकल्प और जुही–मेरी शक्ति हैं।'

जुही ने धीमी आवाज़ में कहा–'मैं हर वक़्त...हर हालत में आपके प्यार के साथ हूँ। हमारा प्यार काँटों से भरी राह पर चलने को तैयार है।

गुलाब ने भरी आँखों से दोनों को जाने का इशारा किया। '...ऐसा न हो कि उधर से कुछ लोग धमकाने-पकड़ने आ जायें। इब्राहिम और अकरम भाई का ख़तरा तो बना रहेगा।'

'गुलाब जी! आपका सहारा चाहिए! ...सतनामी तो हिम्मत से जीते हैं।' कीरत बोल उठा।

'अब आप लोग जाइए। अँधेरा बढ़ रहा है। शिवपुर में रोशनी झलमला रही है!'

दोनों एक साथ गाँव की डगर पर चल पड़े। जुही का हृदय धड़क रहा था। ...गुलाब बार-बार पीछे देख रही थी।

अट्ठाईस

किशनराम के घर में फूलवन्ती को रहने को कहा गया। किशन की पत्नी वसन्ती फूल को अपने घर ले गयी। उधर फ़क़ीरचन्द ने श्यामसुन्दर को अपने घर में स्थान दिया।

फूलवन्ती सोचने लगी कि नारायना गाँव में हलचल हो रही होगी। बड़े और छोटे ससुर—दोनों क्रोध में उबल रहे होंगे। क्या ससुर पं. मनसाराम उसे पकड़कर ले जायेंगे?...उन्होंने तो उसे अपने घर से निकाल दिया था। बड़े ससुर पं. भोलाशंकर के घर में शरण नहीं मिली। उन्होंने अपने पुत्र को भी डाँट-डपटकर निकाल दिया। तभी तो दोनों को इस सदानन्दी गाँव में आना पड़ा है। ...अब क्या होगा?

श्यामसुन्दर सोच रहा था कि वह तो अपने घर से तिरस्कृत होकर यहाँ आ गया है। पिताजी क्रुद्ध हैं! अब क्या होगा?...गुरु जीवनदास ने अपनाया है। शरण दी है। वे विधवा फूल भाभी से विवाह तो सम्पन्न करा देंगे। परन्तु ब्राह्मण समाज तो स्वीकार नहीं करेगा। नारायणा गाँव से छिपकर-बचकर रहना होगा। उनकी आँखों की आग और ओठों से उभरते शाप को कैसे सहा जायेगा? इस सदानन्दी गाँव को छोड़कर दूसरे गाँव में छिपना कठिन है। ...शिकदार से शिकायत करने पर अपना मज़हब ला देगा। उनका समाज तो अपना लेगा। तब नारायणा गाँव अपनी क्रुद्ध आँखों को बन्द कर लेगा। वे शापित करने का भी साहस नहीं कर सकेंगे। ...पर अपने धर्म को नहीं छोड़ना है। अपनी धरती माता से सम्बन्ध नहीं तोड़ना है। वह थोड़ा सहकर भी अपने धर्म से जुड़ा रहेगा। ...सदानन्दी के साथ अमृतसर भी शरण स्थल है। अतः चिन्ता नहीं करनी है।

फ़क़ीरचन्द ने निकट आकर कहा—'पं. श्यामसुन्दर! सतनामी आपके साथ हैं। आप चिन्ता नहीं करें।'

'यही सोचकर तो आया हूँ।'

'आप दोनों ने सही निर्णय लिया है।'

श्याम का शीश हिला, पर मुख पर गम्भीरता छायी हुई थी।

वसन्ती ने फूलवन्ती को अपने घर की खिड़की के पास ले जाकर कहा—'फूलवन्ती जी! उधर देखिए, आप दोनों के लिए झोंपड़ी बन रही है। अब इस गाँव में नया जीवन आरम्भ करना है।

फूलवन्ती ने खिड़की से झाँका। उसने देखा कि एक झोंपड़ी बन रही है। गाँव के तीन-चार लोग लगे हुए हैं। वह कुछ क्षण देखती रह गयी, और फिर बोल उठी—

'बहन जी! आप लोगों ने इतना अपनापन दिया है कि मैं नये जीवन का अनुभव करने लगी हूँ। पर मन तो बेचैन है।'

'आप मन को बेचैनी से मुक्त करें। तभी नया जीवन जिया जा सकता है। ...यदि नारायणा के सगे-सम्बन्धी चाहेंगे तो आप दोनों नारायणा लौट सकते हैं।' वसन्ती ने समझाया।

'बहन जी! नये जीवन के लिए ही कन्याओं को मैके से विदा होना पड़ता है। पर यहाँ ससुराल ने ही बसने नहीं दिया। मेरे भाग्य का दोष है। वैधव्य दोष ही है न! ...पंचों ने तीसरे घर की बात की। उन्होंने ठुकरा दिया। इसलिए हम दोनों को आपके गाँव में आना पड़ा।'

'केवल भाग्य का दोष नहीं है। समाज के विचार और व्यवहार का भी दोष है। ...आप इन दोषों से मुक्त होकर ही यहाँ मुस्करा सकेंगी।'

'मैं मुस्करा सकूँगी? मुझ पर किसी की उँगली नहीं उठेगी?'

'फूलवन्ती बहन! यहाँ तो सबकी हथेलियाँ मंगल-अक्षत बरसाने के लिए उठ रही हैं।'

'पर मेरा नारायना तो क्रुद्ध है।'

'यदि नारायना के साथ शिकदार बस्ती भी क्रोध में हो तो भी सदानन्दी गाँव आपके साथ खड़ा रहेगा।' वसन्ती ने ढाँढस दिलाया।

'बहन जी! जीवनचक्र समझ में नहीं आता। हम चकरा जाते हैं। अपने भाग्य को कोसने लगते हैं।'

'सद्विचार, सत्कर्म और सतनाम में निष्ठा से कल्याण ही होगा, फूलवन्ती जी! घबराना और चकराना दूर हो जायेंगे।'

'आप तो बहुत बड़ी बात कह रही हैं।'

'फूल बहन! हम हमेशा सद्विचार और सत्कर्म के लिए गुरु जी से शिक्षा पाते रहते हैं। गुरु भटकने से बचाते हैं। ...आप को निर्णय करना है कि आप पं. श्यामसुन्दर से विवाह कर नया जीवन आरम्भ करना चाहती हैं या नहीं!'

फूलवन्ती कुछ क्षणों तक आँखें बन्द कर सोचती रही। मैके में सौतेली माँ है। वहाँ जाकर कब तक यह जीवन चल सकेगा? काशीवास में अकेली स्त्री के लिए संकट खड़ा हो सकता है। नारायना ने गाँव और समाज से निकाल दिया है। ...श्याम-देवर जी से दूसरा विवाह संस्कारों के विरुद्ध है। परम्परा के विरुद्ध है। तब क्या तुरुक बन जाना है?...तुरुक बन जाना तो धर्म-समाज-धरती के अनुकूल नहीं होगा। ...यह तो अपने विरुद्ध है। ...फिर...!

वसन्ती फूल के मन के द्वन्द्व को समझ रही थी। दो क्षण रुककर उसने पुनः समझाया—'फूल बहन। यह नया जीवन ग़लत नहीं है। पाप नहीं है। स्त्री का जीवन अकेला नहीं चल सकता। ...नवयुवती-अकेली को किसी ने किसी नरपशु का शिकार

होना पड़ेगा। ...रामजी के रहते हुए भी रावण ने सीता जी का अपहरण किया था।

वह नरपशु, अपहरण, शिकार–शब्दों से काँप उठी। उसने वसन्ती की ओर देखा। वसन्ती ने उसे गले से लगा लिया।

फ़क़ीरचन्द के साथ बैठा हुआ श्यामसुन्दर सोचने लगा था–विधवा भाभी के साथ विवाह उचित माना जायेगा?...वह बोल उठा–'फ़क़ीरचन्द जी! ऐसा विवाह क्या उचित है? वहाँ तो अनुचित माना जाता है।'

'आज की स्थिति में अनुचित नहीं है। फूलवन्ती जी के लम्बे जीवन के विचार से अनुचित नहीं है।...आप स्मरण करें...विधवा फूलजी के प्रति आपके मन में करुणा जगी होगी। ...उस परिवार के दुर्व्यवहार से आप में संवेदना जगी होगी। फिर रागभाव उभरा होगा। ...यह रागभाव जीवनभर का प्रेमपूर्ण पारिवारिक सम्बन्ध बने तो पाप नहीं माना जायेगा।' फ़क़ीरचन्द ने अपना विचार रखा।

'पर पिताजी ने अनुचित मानकर ही घर से निकाल दिया है। ...उधर तो हम लोगों के लिए चिनगारियाँ बरसती दिखाई पड़ती है।

'पं. श्यामसुन्दर! आप तो पुरुष हैं! फूलवन्ती नवयुवती हैं। विधवा हैं। इस दृष्टि से वह अबला है। निरवलम्ब है। ...ऐसी अबला के लिए नरपशु चक्कर काटते रहते हैं। ...आप क्या चाहते हैं कि वह किसी ऐयाश के हरम में गुम हो जाय! ...इसलिए एक ही रास्ता बचता है कि आप फूल का हाथ थामें क्योंकि आपके मन ने चाहा है। ...इस गाँव में गुरु जी के द्वारा नये विवाह के बन्धन में बँधकर जीवनभर साथ-साथ चलें।

'मैंने नहीं सोचा था कि इतना बड़ा काण्ड हो जायेगा!'

'पं. श्याम जी! गाँव की पंचायत में तो विचार हुआ था। आपने अपने रागभाव को स्वीकार किया था और तभी इस गाँव ने आप दोनों का स्वागत किया है।' फ़क़ीरचन्द ने श्याम के भीतर की गाँठ को खोलने का प्रयत्न किया।

श्याम प्रत्येक शब्द पर विचार कर रहा था। ...वह ब्राह्मण है। उसे सदानन्दी में–मुँडियों के गाँव में रहना होगा। नारायना से पूर्णतः कट जाना होगा। ...पर वह कहाँ जाये?...उसकी आँखें बन्द हो गयीं। ...कभी नारायना गाँव झलक उठता था और कभी सदानन्दी का सद्व्यवहार! ...वह फूल भाभी को दयनीय विधवा रूप में देख नहीं सका। उसकी प्रताड़ना और पीड़ा की अनुभूति कर उसमें सहानुभूति जगी थी। ...फिर रागभाव अंकुरित हुआ। वह उसकी ओर देख लेता। झाँक लेता। उसका रूप मलिन हो रहा था। वह तो सिर झुकाये रहती थी। ...अन्त में यह स्थिति आ गयी।

फ़क़ीरचन्द बोल उठा–पं. श्यामसुन्दर! हमारे स्नेहमय सहयोग पर विचार करो। ...हमें मुँडिया ही मत समझो! कब तक अपने ही समाज के एक भाग को छोटा मानते रहोगे?...हम छोटे लग रहे हैं?...नारायना में प्यार नहीं, दुत्कार है, यहाँ सदानन्दी में दुत्कार नहीं, केवल प्यार है।'

श्याम का शीश हिला।

फ़क़ीरचन्द को लगा कि श्याम द्वन्द्व से मुक्त हो रहा है। ...उसने देखा कि उसकी पत्नी दया कुँवरी वसन्ती के घर जा रही है। वह समझ गया कि वह फूलवन्ती से मिलने के लिए पग बढ़ा चुकी है।

गुरु जीवनदास के स्नेहपूर्ण निर्देश पर श्यामसुन्दर और फूलवन्ती ने फलाहार करके अलग-अलग जप और ध्यान में मन लगाया। दोनों तन और मन से शुद्ध हुए! तब दोनों के विवाह का आयोजन हुआ। लोकभाषा की प्रतिज्ञाओं और गीतों के साथ संस्कृत के मन्त्रों द्वारा दोनों विवाह-बन्धन में बँध गये। वसन्ती, दया, रामी आदि ने अपने लोकगीतों से वातावरण को मंगलमय बना दिया। दोनों पर फूल बरस पड़े। अन्त में फूलवन्ती और श्याम के हाथों इस विवाह के होने पर सबको मधुर प्रसाद रूप में दोने में हलवा दिया गया।

उधर झोंपड़ी तैयार हो गयी। वसन्ती, दया और रामी ने अन्य महिलाओं के साथ नवदम्पति को उनकी नयी झोंपड़ी में पहुँचा दिया।

दूसरे दिन यह समाचार नारायना गाँव में पहुँच गया। वहाँ चर्चा शुरू हो गयी। अधिकांश ने इस विवाह के प्रति असहमति प्रकट की। पं. मनसाराम और पं. भोलाशंकर के भीतर क्रोध उफनने लगा। वे वहीं से बरस रहे थे। सदानन्दी गाँव को शापित करने लगे। साथ ही नवदम्पति को भला-बुरा कहने लगे। ...उसी समय ज्योतिषाचार्य पं. सूर्यशर्मा दिख गये। पं. मनसाराम बोल पड़े—'ज्योतिषाचार्य! आपने अपने समर्थन से एक विधवा का पुनर्विवाह करा दिया। यह धर्म हुआ या अधर्म?'

पं. भोलाशंकर ने कहा—'हमारे परिवार पर इस अधर्म-कलंक का टीका लग गया। अब आप प्रसन्न हैं!' पं. सूर्यशर्मा ने उत्तर दिया—'पण्डितद्वय! फूलवन्ती की अवस्था और उसके लम्बे जीवन को इस ज़माने के ऐयाश वातावरण में छोड़ देना अधर्म होता। अब वे दोनों धर्म के अनुसार दाम्पत्य जीवन बितायेंगे। ...आज की स्थिति में यही धर्म है—मेरे विचार से।'

'क्या आपके ज्योतिष शास्त्र ने ऐसा बताया है?' पं. भोलाशंकर ने व्यंग्य की भाषा में पूछा।

'जी, हाँ! ज्योतिष ने भी फूल के पुनर्विवाह का संकेत दिया है।'

'पर मेरे परिवार पर तो कलंक...।' पं. मनसाराम ने कहा।

'मेरी दृष्टि में निरीह विधवा नवयुवती के तिरस्कार और प्रताड़ना का कलंक लग रहा था। ...कुछ अशुभ हो सकता है।' पं. सूर्यशर्मा ने उत्तर दिया।

'आप कलंक और पाप की नयी व्याख्या कर रहे हैं, यह अनुचित है।' दोनों भाई एक साथ बोल उठे।

पं. सूर्यशर्मा ने महसूस किया कि वे अकेले कब तक इन्हें उत्तर देते रहेंगे? पर उन्होंने देखा कि उनके पीछे कुछ नौजवान आ गये थे।

पं. मनसाराम और पं. भोलाशंकर स्थिति को समझकर अपने-अपने घर चले गये। दरवाज़े को बन्द कर लिया। ...दोनों को लगा कि बाहर से हँसी आकर दरवाज़े को ठोकर लगा रही है।

उनतीस

भूषण शिवाजी के साथ पूना आ गये। माता जीजाबाई ने पुत्र की विजय पर सहर्ष आशीष दिया। सोयराबाई और पुतलाबाई–पत्नियों ने आरती उतारी। आरती की ज्योति में शिवाजी का मुख दमक रहा था। उधर पत्नियों के मुख विजय के उल्लास से दीप्तिमान हो उठे थे। सबकी मुस्कानें उस ज्योति में मधुरतर हो उठीं।

शिवाजी ने आसन ग्रहण किया। लगा कि वे विश्राम करेंगे। उन्हें कभी अपनी जीत और कभी हार की याद आ रही थी। अधिक बार तो वे जीतते ही रहे हैं। तुलजा भवानी, धरती माँ और घर में प्रतिक्षण मंगलकामना करती हुई मातुश्री के आशीष से विजयश्री निकट आ रही है। तभी तो कविवर भूषण का छन्द गूँजने लगता है। ...पुत्र शम्भाजी की जननी–प्रथम पत्नी सईबाई की मृत्यु हो चुकी है। पुत्र राजाराम की जननी सोयराबाई और तीसरी पुतलाबाई की शुभकामना की मन्द मुस्कानों के साथ मैं आगे बढ़ता रहा हूँ। ...काशीबाई तो अस्वस्थ हैं। आशा है कि रोगमुक्त हो जायेगी। मातुश्री पूरा ध्यान रखती हैं।

सोयराबाई बोल रही थी– 'माताजी! नासिक में मुग़ल पराजित हुए, इधर भूषण कवि आ गये।'

'हाँ, बहूरानी! दो-दो लाभ हो गये। हिन्दवी स्वराज्य का लक्ष्य पूरा होगा ही।. ..अभी तो शिवा केवल पूना का जागीरदार है। कुछ मराठे सरदार ऐसा बोलते हैं तो मन दुखी हो जाता है।'

'मुझे ज्ञात है, माँ! बीजापुर और देहली दरबार से जुड़े कुछ मराठे सरदार मुझे पूना का जागीरदार कहकर व्यंग्य ही करते हैं। मुझे छोटा समझने की कोशिश करते हैं।'

'पुत्र! स्मरण रखो, समर्थ स्वामी श्री रामदास जी ने क्या कहा था?...पूना का जागीरदार नहीं, स्वराज का एक सैनिक अपने को मानो। ...तभी तो पराधीनता के सैकड़ों वर्षों के बाद एक सैनिक राजछत्र धारण कर सकेगा। ...गुरु कोंडदेव ने स्वराज के संघर्ष के लिए ही शिक्षा दी है। ...सन्त एकनाथ ने तुझे आशीर्वाद दिया है कि श्रीराम के समान जनसाधारण को लेकर स्वेद और रक्त का तर्पण करो, तभी धरती माँ प्रसन्न हो सकेंगी।'

'हाँ, माँ! गुरुदेव और सन्तों का आशीर्वाद साथ में रहा है। सहयाद्रि क्षेत्र के दीन-हीन किसानों और श्रमिकों ने पूरा सहयोग दिया है। अपनी धरती माँ और दीन-हीन जन के लिए ही तो यह संघर्ष चल रहा है।'

'तभी तो गंगा-यमुना के पावन क्षेत्र से कविवर भूषण इतनी दूर आ गये हैं। स्वराज-साधना के अभिनन्दन के लिए आये हैं—यह हमेशा याद रहे।'

'हाँ, माँ!'

'यह याद रहे, शिवा! बीजापुर, गोलकुण्डा, अहमदनगर और दिल्ली के मुग़ल शासन में अपनी धरती माता और गो माता दोनों की करुण स्थिति है। जन का शीश तो झुका हुआ है। सभी आहें भर रहे हैं। तुम्हें सबकी रक्षा करनी है!'

'माँ! इसीलिए तो स्वराज के लिए नयी रणनीति के साथ लम्बी लड़ाई चल रही है। मुग़ल मान रहे हैं। बीजापुर और गोलकुण्डा मान चुके हैं। ...आप कविवर भूषण से मिलना चाहेंगी?'

'अवश्य, पुत्र! विश्राम और अल्पाहार के बाद उन्हें बुलाओ।'

'जी, हाँ!'

'बहुरानियों! थके हुए शिवा के विश्राम की व्यवस्था करो!'

शिवा विश्राम कक्ष की ओर चल पड़े। पत्नियाँ विश्राम की व्यवस्था के लिए पहले चली गयीं। ...उधर कवि भूषण के विश्राम की व्यवस्था हो गयी थी। वे बिछावन पर लेटकर सोच रहे थे कि वे कहाँ से कहाँ आ गये हैं! गंगा-यमुना के समतल क्षेत्र से आगे बढ़कर विन्ध्याद्रि को उन्होंने पार किया। अब वे सह्याद्रि के क्षेत्र में आ गये हैं। पहाड़ियाँ, पठार और वनप्रान्तर...राम से सम्बद्ध गोदावरी नदी और कुछ दूरी पर समुद्र की लहरें कष्टकर और मनभावन हैं। कहीं-कहीं पहाड़ियाँ आकाश की ओर मुँह करके बात करती जान पड़ती हैं। लगता है कि सुबहोशाम आकाश झुक आता है। इसलिए इधर का जनसमाज कर्मठता की जीवन्त मूर्ति है। पुरुष और स्त्री—दोनों गठीले शरीर के हैं! इनके पैरों की छाप वनप्रान्तर में और पहाड़ियों पर झलकती हैं।

एक घड़ी के बाद शिवा ने कवि भूषण को बुलाया। माता जीजाबाई बैठी हुई थीं। वस्त्रावरण में बहूरानियाँ थीं। शिवा माँ के साथ थे। भूषण ने आकर माता जीजाबाई को नमन किया।

माँ ने हाथ जोड़कर कवि ने नमन को स्वीकार किया, और गम्भीर स्वर में कहा— 'कवि भूषण! आप गंगा, यमुना, वेत्रवती और नर्मदा को पारकर इतनी दूर आ गये हैं। हम आभारी हैं।'

'माताजी! जब हमारे शिवाजी मुग़ल शासन के विरुद्ध हिन्दवी स्वराज के लिए अथक युद्ध कर रहे हैं तो मुझे स्वराज साधक के पास आना ही था। ...इन्होंने आगरा में शहंशाह औरंगज़ेब के षड्यन्त्र को विफल कर दिया। यह साधारण बात नहीं है! ...भारत की धरती अपने वीरपुत्र को देख प्रसन्न है। ...मैं माँ की इसी प्रसन्नता को व्यक्त करने आया हूँ।'

'आप सत्य कह रहे हैं, कवि! शिवा का संघर्ष केवल महाराष्ट्र के लिए नहीं है। यह तो भारतवर्ष में विदेशी शासन के अन्याय-अत्याचार के विरुद्ध है।'

शिवाजी बोल उठे—'माँ स्वराज-साधना के शौर्य के ये ओजस्वी कवि हैं। इनके छन्द वीर रस को प्रवाहित कर देते हैं। 'कविवर भूषण! आप कुछ सुनाइये— यह माँ का अनुरोध है।...आपने यहाँ आकर उत्तर-दक्षिण को जोड़ दिया है।'

बहूरानियाँ भी कवि भूषण के वीर रस के छन्द सुनने के लिए लालायित हो उठीं।

कवि ने अपनी पोथी निकाली। सबका ध्यान एकाग्र हुआ। भूषण ने सवैया छन्द सुनाना आरम्भ किया—

छाय रही जितही तितही अति ही छवि छीरधि रंग करारी।
'भूषण' सुद्ध सुधान के सौधनि सोधति-सी धरि चोप उजियारी।
यों तमतोमहि चाबि के चन्द चहूँ दिसि चाँदनी चारू पसारि।
'ज्यों अफजल्लहि मारि मही पर कीरति श्री सिवराज बगारी।।

हर्षविभोर माता जीजाबाई ने मन में माँ भवानी को प्रणाम कर कवि को बधाई दी। सोयराबाई और पुतलीबाई गद्गद हो रही थीं। एक-दूसरे को देखकर शीश हिला रही थीं।

भूषण ने कहा—अब शत्रुओं की पराजय और उनके भय का चित्र देखें— इस कवित्त छन्द में—

अफ़जलखान जू को मारे मयदाने जानै,
बीजापुर गोलकुण्डा डरायो दराज है।
भूषण भनत फराँसीस अँगरेज मारि,
हबसी फ़िरंगी मारे उलटि जहाज है।
देखत मैं रुस्तम को छिन मैं ख़राब कियो,
सलहेर संगर की भवति अवाज़ है।
चौकि-चौकि चकत्ता कहत चहुधाँ ते यारो,
लेते रहौ खबरि कहाँ लौं सिवराज है।

इस बार सबके मुख से 'धन्य-धन्य' के स्वर गूँज उठे। दो क्षण के बाद माता जीजाबाई ने कविवर भूषण को स्वर्ण-मुद्राओं से पुरस्कृत किया। ...और फिर पूछा—'भूषण तो कवि का उपनाम लग रहा है। घर का नाम क्या है?'

'घर में घनश्याम त्रिपाठी हूँ।'

'यदि ब्राह्मण की जिह्वा पर सरस्वती विराजमान हैं तो वह पूज्य है।'

'माताजी! मैं कवि रूप में स्वराजसाधक का साथ देने के लिए आ गया हूँ। अपने ब्राह्मण वर्ण के नाम पर आदर-सत्कार और दान-दक्षिणा पाने के लिए नहीं आया हूँ।' भूषण ने विनम्र भाव से कहा।

कवि भूषण का यह कथन सुनकर सभी एक-दूसरे को देखने लगे! सबको आश्चर्य हुआ। ...कवि भूषण का यह विचार उत्तमोत्तम लगा।

माता जीजाबाई ने सोचा कि कहाँ तो सभी आदर-सत्कार और दान-दक्षिणा ही चाहते हैं! इसके लिए आपस में ईर्ष्या-द्वेषयुक्त व्यवहार करते हैं!! ...सारा समाज तो उन सबका आदर करता ही है। यह मान्यता है। परम्परा है। अतः संस्कार में रचा-बसा है। परन्तु घनश्याम त्रिपाठी तो सबसे विशिष्ट हैं क्योंकि ये श्रेष्ठता की ग्रन्थि से मुक्त हैं। ...कवि तो परम आदरणीय हैं!

माताजी ने भूषण के परिवार के सम्बन्ध में पूछा। भूषण ने परिवार के बारे में बता दिया। यह सुनकर माँ जीजाबाई सोचने लगीं कि भूषण तो कवियों के परिवार के हैं। ये तो अपने देश की पराधीनता की पीड़ा की गहरी अनुभूति कर इतनी दूर आ गये हैं!

वे बोल उठीं—'शिवा! तुम्हारी दृष्टि में सम्पूर्ण भारतवर्ष है न?'

'हाँ, माँ! तभी तो मैंने महाराज जयसिंह को पत्र लिखा था। उनके पुत्र रामसिंह का आदरभाव मेरे प्रति रहा है। इसीलिए तो मैं आगरा के कारागार से बचकर निकल आया।' माता जीजाबाई का शीश हिला और उन्होंने कवि भूषण की ओर देखा। भूषण भी समर्थन में शीश हिला रहे थे।

माताजी के संकेत पर भोजन की व्यवस्था हुई। शिवाजी और भूषण—दोनों एक साथ भोजन के लिए बैठे। भूषण ने सोचा कि शिवा सचमुच जननायक हैं।

शिवाजी ने भोजन के बाद अपने गुप्तचर से बात की। बीजापुर के सुलतान की मृत्यु के बाद उसका नाबालिग शाहज़ादा तख़्त पर बैठ गया था। इसलिए शिवा ने अपने सेनानी से परामर्श किया। ...इस समय पन्हाला पर धावा मारना उचित होगा।

भूषण विश्राम के समय सोच रहे थे—रमा को छोड़कर इतनी दूर आ गया। वह तो आठों याम याद करती होगी! ...उसने मुग़ल दरबार में जाने के लिए दबाव नहीं डाला। इधर आने से नहीं रोका। वह स्वयं वहाँ उपेक्षा सह रही होगी। ...ओह, क्या करूँ?

कवि ने बन्द आँखों से रमा को देखने का प्रयत्न किया। आँखों में उदासी लिए रमा की झलक आयी! ...उसने क्षणभर बाद मुस्कराने का प्रयत्न किया। ...कवि को धीरे-धीरे नींद आ गयी।

प्रातः शिवाजी पन्हाला अभियान के लिए सैनिकों का निरीक्षण कर रहे थे। नगाड़ा बजने लगा। उसी समय सूचना मिली कि पत्नी काशीबाई की मृत्यु हो गयी है। सैन्य अभियान के समय यह दुखद समाचार आ गया।

माँ ने अभियान को रोकने को कहा।

शिवा ने समझाया— 'माँ! यह जीवनचक्र है! इससे हमारी गति रुक नहीं जाती।'

'शिवा! इतने निष्ठुर मत बनो। ...सेना कल प्रस्थान करेगी, और तुमको तीन दिनों तक रुकना होगा।'

शिवा को माँ का यह आदेश मानना पड़ा।

तीस

शिवाजी की सेना कोंड जी फ़रजंद और प्रताप राव गूजर के सेनापतित्व में दुर्गम मार्ग पर बढ़ गयी थी। शिवाजी अपनी पत्नी काशीबाई की मृत्यु के समाचार से दुखी थे। सेना के अभियान को देख उन्हें सान्त्वना मिली। ...वे सोचने लगे कि गोलकुण्डा जर्जर हो चुका। अब बीजापुर की बारी आ गयी है। वज़ीर ख़्वास ख़ाँ और सिपहसालार बहलोल ख़ाँ अपने को होशियार और बहादुर समझते हैं इसीलिए विजय के लिए चतुराई से रणनीति बनायी जा चुकी है। अभी तक यह देश चतुर रणनीति नहीं बनाता रहा है। ...तीन सौ वर्ष पहले आचार्य माधव के निर्देश पर हरिहर राय–बुक्का राय ने सफलता पायी थी। दक्षिण का विजयनगर दो सौ वर्षों से अधिक टिक गया था।

शिवा तीन दिनों में पत्नी की अन्त्येष्टि को सम्पन्न करके कवि भूषण को लेकर पन्हाला की ओर चल पड़े। सेना तो आगे बढ़ती ही गयी थी। मार्ग में कवि भूषण ने शिवा के मन की सांत्वना के लिए चर्चा आरम्भ करते हुए कहा–अपना भारतवर्ष ...इतना बड़ा देश–हिमालय से दक्षिण महासागर तक...पर विदेशी अरब-तुर्क़ और मुग़ल पाँच सौ वर्षों से इस देश पर अधिकार करके बैठे हैं। यह घोर चिन्ता और दुख का विषय है, वीर शिवाजी! ...हरिहर-बुक्का, हेमू, प्रताप और गोकुल अब आप तथा आपसे प्रेरित छत्रसाल–स्वाधीनता और स्वराज के लिए संघर्षरत हैं, शेष तो दरबारों में सलामी दे रहे हैं। अतः आपको व्यक्तिगत दुख से परे...।'

'हाँ, कवि! यह तो है। ...मुझे व्यक्तिगत पीड़ा को भूल जाना है। मैं प्रयत्न कर रहा हूँ। ...आप एक छन्द सुना दें तो हम पन्हाला पहुँच जायें और अविराम संघर्ष...।' शिवाजी ने अनुरोध किया।

भूषण ने गम्भीर स्वर में अपना प्रेरक छन्द सुनाना आरम्भ कर दिया–

राना भो चमेली और बेला सब राज भए
        ठौर-ठौर रस लेत नित यह काज है।
सिगरे अमीर आनि कुन्द होत घर-घर
        भृंग सो भ्रमत लखि फूल की समाज है।।
भूषण भनत सिवराज वीर तैंही देस
        देसन में राखी अब दच्छिन की लाज है।

त्यागे सदा षट्पद-पद अनुमानि यह
अलि नवरंगजेब चम्पा सिवराज है।।

कवि भूषण इस छन्द को सुनाकर मुस्कराने लगे।

शिवाजी बोल उठे—'कविवर! आप मेरी प्रशंसा कम करें, संघर्ष और विजय की भावना की अभिव्यक्ति अधिक हो।'

'इस संघर्ष के नायक आप हैं। मेरी वाणी संघर्ष और विजय के नायक का अभिनन्दन कर रही है। ...श्रीराम, श्रीकृष्ण, प्रलयकंर शिव और देवी दुर्गा—ये तो पहले शौर्य दिखा चुके हैं। आज तो आप अपने शौर्य से देश में नया विश्वास जगा रहे हैं।' भूषण ने कहा।

'आपकी वाणी आपके नायक को मर्यादा में रखे—यह आवश्यक है। नायक का अहंकार-अभिमान नहीं जगे। ...मैं सबको साथ लेकर आगे बढ़ रहा हूँ।'

'हाँ, यह सच है।'

उधर सेनापति कोंड जी फ़रजन्द रात के अँधेरे में पन्हाला क़िले पर चढ़ रहे थे। धीरे-धीरे साठ सैनिक क़िले के ऊपर चढ़ गये। क़िले के भीतर किसी को जानकारी नहीं हो सकी। जब थोड़ी हलचल हुई तो भी बीजापुरी सिपाही समझ नहीं सके कि शिवाजी के सैनिक उनके पास पहुँच गये हैं। जब वे थोड़ा निकट आ गये तो वे घबरा कर भागने लगे। क़िलेदार युद्ध के लिए तत्पर हुआ। वह अपने सिपाहियों को सँभाल कर कोंडदेव से लड़ने लगा। पर वह कोंडदेव के हाथों मारा गया। क़िले पर अधिकार हो गया।

प्रभात का उजाला फैलते ही शिवा सैनिकों के जयनाद से क़िला गूँज उठा। सारे सैनिक क़िले में प्रवेश कर चुके थे। एक घड़ी के बाद शिवाजी भी पहुँच गये।

बीजापुर रियासत के सिपाही भागकर बीजापुर चले गये। नाबालिग सिकन्दर सुल्तान था। वज़ीर ख्वास ख़ाँ और सिपहसालार बहलोल ख़ाँ के हाथों में असली हुकूमत थी। वज़ीर ही प्रधान बना हुआ था। पन्हाला क़िले पर शिवाजी की विजय के कारण सभी वज़ीर की शिकायत करने लगे। शाही महल, लश्करगाह और बाज़ार में इस हार की ही बातें हो रही थीं। वज़ीर अपनी शिकायत से सर पीट रहा था। शिवाजी के गुप्तचर बीजापुर में घूम रहे थे। उन्हें शीघ्र ही पता चल गया कि सिपह सालार बहलोल ख़ाँ पन्हाला पर क़ब्ज़ा करने के लिए पास-पड़ोस की मदद से बड़ी फ़ौज के साथ कूच करने वाला है। यह सूचना शिवाजी को मिल गयी।

शिवाजी अपने सेनापति के साथ इस समस्या पर विचार करने लगे। भूषण भी साथ में बैठे थे। रणनीति बन गयी। इस रणनीति के अनुसार उन्होंने प्रतापराव गूजर के साथ अभियान की योजना बनायी। उन्हें प्रतापराव के साथ रहना है। उन्होंने सोच लिया कि बहलोल ख़ाँ को बाहर से मदद नहीं मिलनी चाहिए। उसे मार्ग में ही रोक देना चाहिए। उसे क़ैद करना ज़रूरी है। तभी बीजापुर कमज़ोर

होगा। और तभी हिन्दवी स्वराज मुस्करा सकेगा। बीजापुर पास में है। मुग़ल तो दूर हैं। इसलिए इसे कमज़ोर करके झुका देना है जिससे बीजापुर स्वराज के मार्ग में काँटे न बिछाये।

शिवा ने उमराणी पहुँचकर बहलोल के बढ़ते क़दमों को रोक दिया। बहलोल ने ऐसा कयास नहीं किया था। अभी उसके पास बड़ी फ़ौज नहीं थी। इसलिए वह मराठों के घेरे से बचने के लिए सोचने लगा। ...शिवा अपनी सियासी चाल छापामार लड़ाई और जवाँमर्दी से परेशान कर रहा है। इस भोंसले जागीरदार के अब्बाजान–शाहजी बीजापुर दरबार में सलामी देते हैं और उनका फ़रजन्द आज़ाद होने का ख़्वाब देख रहा है। इसे सबक सिखाना है। एक जागीरदार बीजापुर रियासत से टकराने की जुर्रत कर रहा है। ...यह आगरा से बचकर आ गया है। यहाँ नहीं बच सकेगा। ...उसने चारों ओर देखा। शिवा ने तो उसे चारों ओर से घेर लिया है। ...तेज़ धूप में लड़ाई होने लगी। बहलोल ख़ाँ हिम्मत करके लड़ रहा था। पर लगा कि बहुत देर तक टिक नहीं सकेगा।

शिवा ने सेनापति प्रतापराव को अपने घेरे को कसकर बहलोल ख़ाँ को गिरफ़्तार करने का आदेश दे दिया। वे भूषण के साथ खेमे में विश्राम करने लगे। थके हुए थे। पर ध्यान प्रतापराव-बहलोल की ओर लगा हुआ था! ...उधर बीजापुरी फ़ौज प्रतापराव के घेरे में बन्द-सी हो गयी। भागने का रास्ता नहीं बचा। बहलोल को जानकारी मिल गयी कि पीने का पानी ख़त्म है। रास्ते पर मराठों का क़ब्ज़ा है। अब उसे चारों ओर अँधेरा दिखने लगा। ...अचानक उसे एक चाल सूझ गयी। उसने अपने एक आदमी को सेनापति प्रतापराव गूजर के पास भेजकर गुज़ारिश की उसे पानी पीने के लिए रास्ता दिया जाय! वह इस जंग के लिए माफ़ी माँग कर रहा है। वह बीजापुर लौट जायेगा।

सेनापति प्रतापराव गूजर द्वन्द्व में पड़ गया। एक ओर शिवाजी का आदेश है कि इसे क़ैद कर लेना है जिससे बीजापुर की पराजय हो सके। दूसरी ओर प्यासा बहलोल पानी के लिए तड़प रहा है। प्यासे को पानी पीने का अवसर मिलना चाहिए। यह धर्म है।

बहलोल ने दूसरी बार अपने आदमी को भेजकर अर्ज़ किया कि प्यास से मरते सिपाहियों को पानी पीने की सहूलियत दी जाये। प्यासे को पानी देना पुण्य है। हिन्दू का धरम है।

प्रतापराव का हृदय इस निवेदन पर पसीज गया। प्यासे को पानी नहीं देना तो पाप है। इसलिए पानी पीने की सुविधा दे देनी चाहिए। ...यह सोचकर प्रतापराव ने सुविधा दे दी।

बहलोल पानी पीने के नाम पर आहिस्ता-आहिस्ता निकल गया। भाग गया। उसकी फ़ौज भी पानी पीकर खिसकने लगी।

प्रतापराव को शक़ हुआ। जानकारी मिली कि बहलोल निकल भागा। उसने धोखा दिया। कृतघ्न निकला।

शिवाजी विश्वास के साथ पन्हाला से चल पड़े थे। उन्हें ख़बर मिल गयी कि बहलोल चालाकी से निकल भागा है। ...इसका दूरगामी परिणाम सोचकर क्रुद्ध हो उठे। उन्होंने अपने सेनापति प्रतापराव को पत्र लिखा—'यह तुमने क्या किया? शत्रु पर कृपा करके कौन-सा पुण्य प्राप्त कर लिया? किसने उस पर कृपा करने की अनुमति दी थी?...यह रणनीति है या आत्मघात! अब बहलोल ख़ाँ बार-बार हमले करेगा।'

प्रतापराव गूजर को काटो तो ख़ून नहीं। उससे तो बहुत बड़ी ग़लती हो गयी। पत्र का हर शब्द उसे अपराधी घोषित कर रहा था। ...वह बेचैन हो उठा और उसने निश्चय कर लिया।

शिवाजी सोच रहे थे कि इस स्वराज के अविराम संघर्ष में कोई सैनिक शिथिल न पड़ जाये। सेनापति सर्वदा सतर्क रहे। अनुशासित रहे। नयी रणनीति के युद्ध में उत्साहित रहे। उसी के अनुसार युद्ध हो। तभी तो शत्रु पराजित हो सकेगा।

उन्होंने अपने सेनापति की कठोर शब्दों में भर्त्सना की है। इतना कठोर नहीं होना चाहिए था। पर उन्हें विश्वास है कि प्रतापराव बहलोल को परास्त कर ही लौटेगा।

कवि भूषण ने सारी स्थिति समझ ली। ...शिवाजी का उद्देश्य बड़ा है। अटल संकल्प है। नयी रणनीति के अनुसार शौर्यपूर्ण युद्ध होता रहे तो विजय मिलेगी ही। ...शत्रु के साथ शिथिलता या उदारता की पुरानी नीति को भूल जाना है। शिवाजी सावधान हैं। इन्होंने उत्तर भारत में मुग़ल शहंशाह को अपनी रणनीति का परिचय दे दिया है। दक्षिण में इन सुल्तानों को भी पस्त हो जाना है। तभी तो हिन्दवी स्वराज का झण्डा आकाश में लहर सकेगा।

शिवाजी प्रतापराव को लेकर चिन्तित हो जाते। उन्होंने ऐसा पत्र क्यों लिखा? प्रतापराव तो पराक्रमी और परम विश्वासी सेनापति हैं! ...भूल तो हो सकती है। उदारता तो भारत के रक्त में है। पर शत्रु तो भारतीय नहीं है।

भूषण ने शिवाजी की बेचैनी का अनुमान कर लिया। उसे सांत्वना देने का प्रयत्न किया।

इकतीस

बहलोल ख़ाँ शिवा की फ़ौज के सरलश्कर प्रतापराव को धोखा देकर निकल आया था। उसने बीजापुर पहुँचकर शिवा के घेरे से निकल आने की खुशी में अपनी फ़ौज को कहकहे लगाने का मौक़ा दे दिया। ...लेकिन वह जब-तब उस जंगे मैदान के हालात को याद कर अन्दर से थर्रा जाता। अगर प्रतापराव उस वक़्त हमला कर देता तो मुश्किल हो जाता। फ़ौज भी क़ैद हो जाती। प्रतापराव उसे क़ैद करके उस

जागीरदार के रू-ब-रू खड़ा कर देता। उसकी जान नहीं बचती—क़ैदखाने में सड़ता रहता। बीजापुर हाथ से निकल जाता। गोलकुण्डा के ज़्यादातर हिस्से पर शिवा का क़ब्ज़ा हो चुका है। अब बीजापुर मटियामेट हो जाता। इससे देहली का मुग़ल तख़्त ख़ुश होता। यह भी हो सकता था कि मुग़ल बादशाह शिवाजी से सुलह कर लेते। और यह जागीदार राजा बन जाता! ...नहीं, ऐसा नहीं होगा।

बीजापुरी फ़ौज आराम करना चाह रही थी। एक सालार ने अपने सिपहसालार बहलोल ख़ाँ से गुज़ारिश की कि अभी तो खाने-पीने का बढ़िया इन्तज़ाम हो। रक्कासा का नाच-गाना हो जाये तो इस जंग की थकान मिट जाये। ख़ुशनसीबी ने ऐसा मौक़ा दिया है। अपने सुल्तान सिकन्दर नाबालिग हैं। वे नाराज़ नहीं हो सकते।

बहलोल तल्ख़ आवाज़ में बोल उठा—'शिवा के सरलश्कर को घेरना है। उसे ज़मीन में दफ़ना देना है। उसे दोजख भेज देना है; तभी शिवाजी की हिम्मत टूट सकेगी। इस पहाड़ी सरदार ने शेरदिल जंगबाज़ अफ़जल ख़ाँ को मार डाला है। मैं उसके सरलश्कर को मार डालूँगा।'

'हुज़ूर! उसने तो हम सबको पानी पीने की सहूलियत दे दी थी। तभी तो हम सबकी जान बच सकी है। हम अपने लश्करगाह में लौट सके हैं।' सालार ने धीमी आवाज़ में जवाब दिया।

'जंग का दस्तूर है कि दुश्मन को धोखा देकर मारो। फ़तह ही तो मक़सद है। अपनी मज़हबी सियासत का तरीक़ा है कि हम क़ाफ़िरों से सहूलियत हासिल करते रहें, और फिर बेरहम और बेमुरौव्वत होकर उन्हें पस्त करें। ...अगर क़ाफ़िरों के मुल्क़ में निज़ामे-मुस्तफ़ा क़ायम करना है तो अपनी सियासी चाल से इन्हें नेस्तनाबूद कर देना है। ...समझे!'

'जी, हाँ! पर एकाध रोज़ तो तफ़रीह कर लें।'

बहलोल दो लम्हे तक चुप रहा। फिर वह बोल उठा— 'फ़ौज को तैयार हो जाना है। दुश्मन को मौक़ा नहीं देना है।'

उधर शिवाजी की भर्त्सना से प्रतापराव को ऐसी आत्मग्लानि हुई कि उसका शीश दो-चार क्षणों तक झुका रहा। उसने सोचा—'वह सरलश्कर है। वह बहलोल को क़ैद कर सकता था। मौक़ा तो मिल गया था। यदि वह क़ैद हो जाता तो बीजापुर सदा के लिए परास्त हो जाता। पर उससे यह त्रुटि हो गयी।'

अचानक ख़बर आ गयी कि बहलोल ख़ाँ अपनी फ़ौज के साथ शिवाजी के क्षेत्र में घुसकर प्रजा को पीड़ित कर रहा है। लूटपाट कर रहा है। ...वह तो कृतघ्न निकला। उसके प्यासे प्राण को नया जीवन दिया, और वह प्रजा को कष्ट दे रहा है! अब उसे नहीं छोड़ना है। विदेशी कट्टरपन्थी शत्रु इतना अमानुष होता है! ...शिवाजी ने तो सचेत कर दिया था। वह दया-धर्म के चक्कर में रणनीति को भूल गया। धर्मनीति प्रबल हो उठी अब उसे छोड़ना नहीं है।

शिवाजी का पत्र बेचैन कर रहा था। अब बहलोल का अत्याचार उत्प्रेरित करने लगा। प्रतापराव घोड़े पर सवार होकर निकल पड़ा। उसे कुछ भी ध्यान में नहीं रहा कि बिना किसी योजना और सैनिकों के अकेले क्यों जा रहा है? उसकी बेचैनी ने कुछ सोचने नहीं दिया। उसके कुछ साथियों ने देख लिया। इसलिए वे भी घोड़े पर आरूढ़ होकर पीछे-पीछे चल पड़े। घोड़ों को दौड़ाते हुए वे किसी प्रकार प्रतापराव के निकट पहुँच गये। प्रतापराव ने अपने कुछ सैनिकों को देखा। उन्हें पहचाना! वह मुस्करा उठा। ...ओह तो वह अकेले चल पड़ा है! ठीक है, एक से अनेक भले! अब वह सात हैं। इस बार बहलोल बचकर भाग नहीं सकता।

जब शिवा के शिविर में सैनिकों को पता चला तो वे भी कूच करने को तैयार हो गये। शिवा की सेना चल पड़ी। परन्तु वह तो अपने सेनापति प्रतापराव गूजर से बहुत दूर थी।

प्रतापराव अपने छह-सात साथियों के साथ बढ़ा जा रहा था। रास्ते में अंग्रेज़ों का गोदाम दिखाई पड़ा। ये फ़िरंगी सौदागर हमारे देश में ख़ूब मुनाफ़ा कमा रहे हैं। ...हमें जब-तब बेवकूफ़ भी बना देते हैं। अपने देश का व्यापार कमज़ोर पड़ने लगा है और ये अपनी शक्ति बढ़ा रहे हैं। इन्हें भी सबक सिखा देना है।

प्रतापराव के साथियों ने फ़िरंगियों के गोदाम को खाली कर दिया।

बहलोल को जानकारी मिल गयी कि प्रतापराव उससे टकराने को तैयार है। ...वह भी उससे टकराने और पस्त करने की बात सोचने लगा। उसके पास बड़ी फ़ौज है। अपना इलाक़ा है। प्रतापराव को घेर लेना है। उसके द्वारा जीते हुए इलाक़ों पर क़ब्ज़ा कर ही लेना है। इन इलाक़ों को लूटकर और प्रतापराव को क़ैद करके बीजापुर ले जायेगा! और तब अपने नाबालिग सुल्तान सिकन्दर पर पूरा दबदबा क़ायम हो जायेगा! हुकूमत उसके हाथों में होगी। ...शिवा के परचम ख़ाक में लोट जायेंगे। देहली के मुग़ल बादशाह को भी बीजापुर की ताक़त का एहसास हो जायेगा। वैसे भी औरंगज़ेब बीजापुर को दबा नहीं सके हैं। ...ये मराठे क्या कर लेंगे?

यह सोचकर बहलोल ने बंकापुर की छावनी पर हमला बोल दिया। उसे कामयाबी मिल गयी। चन्दनगढ़, मिरज और कोल्हापुर– शिवाजी के इलाक़ों में घुसकर लूटपाट करने लगा।

शिवाजी को बहलोल की लूटपाट की जानकारी मिल गयी। उन्होंने अपने सरलश्कर प्रतापराव गूजर को दूसरा पत्र लिखा–बहलोल पर दया करने का कुफल मिल रहा है। ...अपनी फ़ौज के साथ आगे बढ़ो। बहलोल को पकड़कर विजय प्राप्त करो।' पर यह पत्र प्रतापराव तक नहीं पहुँच सका।

प्रतापराव अपने साथियों के साथ बहलोल की फ़ौज के सामने आ गया। बीजापुरी सिपाही समझ नहीं सके कि ये सात ही क्यों इधर आ रहे हैं? क्या ये सुलह करने आ रहे हैं?...क्या ये अपनी फ़ौज से भागकर उनके पास आ रहे हैं?

उन्होंने अपने सिपहसालार बहलोल ख़ाँ को ख़बर दी कि सात मराठे इधर आ रहे हैं। पता नहीं, किस नीयत से आ रहे हैं? उन सातों में प्रतापराव भी दिखाई पड़ रहा है।

बहलोल ख़ाँ पहले तो चकराया। बाद में उसने सोचा कि यहाँ वह अपनी फ़ौज के साथ है। पूरी हिफ़ाज़त में है। अगर प्रतापराव आ रहा है तो बदला लेने का सुनहला मौक़ा आ गया है। यहाँ प्रतापराव कुछ नहीं कर सकेगा। लगता है कि ख़ुदा मददगार हैं। वे परवरदिगार आलम हैं।

उसी समय प्रतापराव अपने छह साथियों के साथ बहलोल की फ़ौज पर टूट पड़ा। और बहलोल की ओर बढ़ने लगा। ...बहलोल समझ गया कि प्रताप की फ़ौज तो नहीं आ रही है। ये सिर्फ़ सात हैं। ये तो शोलों से खेलने आ गये हैं! ये सात परिन्दे...परवाने शोलों पर जलने आ गये हैं। ...वह जहरीली मुस्कान के साथ उन सातों पर टूट पड़ा। प्रतापराव तो आवेश की प्रायः संज्ञाहीनता में लड़ रहा था। उसे यह भी ध्यान नहीं रहा कि वह अभिमन्यु की तरह भयानक व्यूह में घिर गया है। वे सातों हथेली पर प्राण लेकर तुरुकों पर प्रहार करते रहे। सैकड़ों तुरुकों को भू-शायी कर स्वयं भी भू-शायी हो गये। ...यह मानो आग के धधकते कुण्ड में आत्माहुति के समान प्राणोत्सर्ग सिद्ध हुआ।

बहलोल ख़ाँ प्रतापराव की लाश पर खड़े होकर कहकहे लगाने लगा। उसकी फ़ौज के नारों से आसमान गूँज रहा था। शिवाजी को प्रतापराव गूजर और उसके छह साथियों के बलिदान का दुखद समाचार मिला। वे सन्न रह गये। शोकाकुल हो उठे ...यह क्या हो गया? उनके पत्र ने प्रतापराव गूजर जैसे निष्ठावान वीर सेनापति को बलिदान के लिए बाध्य कर दिया? प्रतापराव आगे-पीछे सोच नहीं सका!! ...अपने दुष्ट शत्रु के प्रति उदार हो जाने की त्रुटि की! और उनसे अनुचित हुआ कि उन्होंने क्षोभ में ऐसा पत्र लिख दिया। यह उनके पत्रों का कुपरिणाम है। ओह! ऐसा सेनापति कहाँ से आयेगा? ...क्षोभ और क्रोध के आवेश में ऐसा ही अनुचित हो जाता है। परिणाम बहुत दुखद होता है।

कवि भूषण ने समझाने की कोशिश की!

शिवा ने आह भरते हुए कहा—'कवि! पत्नी रोगशैया पर थी। छोड़कर चली गयी। आपने उस दुख को सहलाया। पर अपने वीर सेनापति का चला जाना तो प्राणों पर आघात लगा है। मैं इस चोट को भूल नहीं सकता। ...तानाजी ने क़िले पर क़ब्ज़ा करके अन्तिम साँस ली थी। परन्तु प्रतापराव ने मेरे पत्र के कारण शत्रु की माँद में पहुँचकर भीषण युद्ध करते हुए मृत्यु को अपना लिया।'

शिवाजी के शब्द सिसक रहे थे। आँखें भरी हुई थीं।

भूषण ने महसूस किया कि शिवाजी के मर्म पर आघात लगा है। यह दुख असाधारण है। ...इनके ऐसे ही वीरों के कारण स्वराज का संघर्ष आगे बढ़ रहा है।

यह संघर्ष अवश्य ही सफल होगा। ...पर प्रश्न है कि शिवाजी के समान सारा भारत क्यों नहीं सोच पाता? स्वराज के लिए संकल्प क्यों नहीं कर पाता? टुकड़ों में क्यों सोचता है? खण्ड में क्यों जीता है?

बत्तीस

रायगढ़ में माँ जीजाबाई बहू सोयराबाई, पुतलीबाई और सगुनाबाई के साथ बातचीत कर रही थीं। वह कह रही थीं—'अब शिवा को संघर्ष से प्राप्त स्वराज में छत्रधारण करना है। वीर सैनिकों और शूर सेनानियों की आहुतियों के बाद भी वह पूना का जागीरदार ही कहलायेगा?' सोयराबाई ने विनम्र स्वर में कहा—'हाँ, माँ! अब उन्हें सिंहासन पर आसीन होकर राजछत्र धारण करना ही चाहिए।'

'माँ! युद्ध तो निरन्तर चलता रहेगा। चलना ही चाहिए। छत्रधारण करने के बाद वे स्वराज के अधिष्ठाता के रूप में युद्ध करेंगे। लाखों जन के हृदय का यही भाव है। ...हम छत्रपति के रूप में उनका अभिनन्दन करेंगी।' पुतलीबाई ने अपना विचार रखा।

'माँ! आप पुरोहित जी और विद्वान ब्राह्मणों से विचार-विमर्श कर प्रबन्ध आरम्भ कर दें।' सगुनाबाई ने परामर्श दिया।

माँ जीजाबाई ने अपने कुल पुरोहित वल्लभ भट्ट और कवि भूषण को पूना के विद्वान् ब्राह्मणों से विचार करने के लिए भेजा। अतः बहुओं के मुखड़ों पर उल्लास छा गया। रायगढ़ क़िले के बाहर भी चर्चा फैल गयी। जनों में उत्साह छा गया। पर सैन्य छावनी में तो उदासी छायी हुई थी। सेनानी आनन्दराव विकल था।

इसी स्थिति में पुरोहित वल्लभ भट्ट और कवि भूषण पूना से लौटकर आ गये। दोनों की गति में मन का उत्साह प्रकट नहीं हो रहा था। उनके मुखड़ों पर प्रसन्नता की रेखाएँ उभर नहीं सकी थीं।

माँ जीजाबाई दोनों की गम्भीर और उदास भावमुद्रा को देखकर घबरा गयीं। सोयराबाई, पुतलीबाई और सगुनाबाई—तीनों उन दोनों की भाव मुद्राओं को पढ़ने और समझने का प्रयास कर रही थीं।

पुरोहित वल्लभ भट्ट ने बताया— 'माताजी! उन्होंने आपस में विचार-विमर्श कर कहा है कि यदि काशी के विद्वान् पण्डित गागा भट्ट राज्याभिषेक की मान्यता दे देंगे तो वे अवश्य ही इस अनुष्ठान को सम्पन्न कर सकेंगे। ...राज्याभिषेक के विषय में शास्त्रीय वर्ण विचार-क्षत्रिय वर्ण विचार की दृष्टि से काशी की मान्यता आवश्यक है।'

'हम समझ गयीं।' माँ जीजाबाई टूटते स्वर में बोल गयीं। बहुओं के शीश झुक गये। क़िले के उस कक्ष में सन्नाटा छा गया। ...क़िला उदास लगने लगा।

कुछ क्षणों के बाद कवि भूषण का स्वर सुनाई पड़ा—'माँ! मैं काशी जाकर पण्डित विश्वेश्वर भट्ट उपाख्य गागा भट्ट जी से मिलूँगा। वे मेरे परिवार से सुपरिचित हैं। मैं उन्हें ले आऊँगा। इस राज्याभिषेक और छत्रधारण को कोई रोक नहीं सकेगा! ...शिवाजी छत्रपति के रूप में स्वराज के शासक कहलायेंगे। मुग़ल दरबार के दरबारी कवियों की लेखनी थम जायेगी। भूषण की लेखनी चलती रहेगी।'

माँ ने पूछा—'कविवर! आप काशी जायेंगे।'

'अवश्य, माँ!'

'आपको अनुमति है। आप मेरा आवेदन लेकर प्रस्थान करें। माँ जीजाबाई ने नयी आशा के साथ घोषणा कर दी। सोयराबाई ने सोचा—जो वीर हिन्दवी स्वराज के लिए रक्त दे रहा है, उसके छत्रधारण के सम्बन्ध में पूना में वर्ण विचार हो रहा है! क्या स्वराज का संकल्पित शूर चरित्र और गुण-कर्म से क्षत्रिय नहीं है? आश्चर्य है! यह जड़-बुद्धि का परिचायक है!!

अपने प्रिय सेनापति-सरलश्कर प्रतापराव गूजर की आत्माहुति से शिवाजी बहुत दुखी थे। उन्हें इस चर्चा की जानकारी मिली। वे तो सैन्य छावनी में पड़े हुए थे। उन्हें कुछ भी अच्छा नहीं लग रहा था।

वे क़िले में आये। भूषण से भेंट हो गयी। शिवाजी की आँखों में प्रश्न उभर आया। वे बोल उठे—'कवि मित्र! यह क्या हो रहा है? प्रतापराव की मृत्यु की पीड़ा के क्षणों में यह दूसरी पीड़ा क्यों?'

'माताजी को प्रतापराव की आहुति की जानकारी नहीं थी।' भूषण ने बताया।

'मुझे बहलोल ख़ाँ से प्रतिशोध लेना है। और कुछ नहीं!'

'अवश्य प्रतिशोध लें। पर मुझे तो काशी जाना है। आप मुझे रोकेंगे नहीं—यह अनुरोध है।' भूषण ने कहा।

'मेरे प्रतिशोध के बाद आप...।'

'काशी तो दूर है। समय लगेगा। मेरे काशी-प्रस्थान से सैनिकों का उत्साह ही बढ़ेगा।'

'तो आप मुग़ल दरबार का समाचार लायें। अपने परिवार को भी साथ लायें।'

'मैं कोशिश करूँगा।'

दूसरे दिन कवि भूषण माता जीजाबाई को नमन कर छद्म वेश में तीन सुरक्षा सैनिकों के साथ काशी के लिए चल पड़े। कवि ने सोच लिया कि काशी में दिल्ली के समाचार मिल सकते हैं। ...विन्ध्याचल पार करने के बाद एक सुरक्षा सैनिक गाँव भेज देना है जिससे पत्नी रमा काशी आ जाय।

इधर माता जीजाबाई ने शिवा को शोकाकुल देखा। प्रतापराव के बलिदान की जानकारी मिली। ...और यहाँ छत्रधारण में शास्त्रीय बाधा...! ओह!! ...दुखी हृदय

तो दुर्बल हो जाता है। उन्होंने समझाया—'शिवा! गुरु कोंडदेव और समर्थ स्वामी के शब्द स्मरण हैं न!'

'हाँ, माँ! स्मरण तो हैं।'

'मैंने भवानी माँ के मन्दिर में जो संकल्प कराया है...।'

'वह भी याद है।'

'फिर तेज क्यों धूमिल हो रहा है?'

'माँ! पहले ताना जी का बलिदान हो गया। इस बार तो प्रतापराव ने मेरे पत्र के कारण आहुति दे दी। मुझे अपराध-बोध...।'

'तब तो तुम प्रायश्चित्त करने के लिए संकल्प करके प्रतिशोध ले लो।'

'हाँ, माँ!'

'तो उठो! पर्वत शिखर को देखो। सूर्य के तेज को देखा। पराधीन और पीड़ित जन की पीड़ा का अनुभव करो।'

शिवा ने माँ के चरणों को स्पर्श किया। माँ शिवा के शीश पर वरदहस्त रखा।

सन्ध्या में सैन्य छावनी से चर आया। उसने बताया कि सेनानी आनन्दराव ने बहलोल से प्रतिशोध लेने के लिए सेना को कटिबद्ध कर लिया है। ...अनुमति चाहिए। ...एक और महत्त्वपूर्ण सूचना है कि मुग़ल सेनापति दिलेर ख़ाँ बहलोल ख़ाँ से आ मिला है। दोनों सेनाएँ मिलकर स्वराज के क्षेत्र की ओर आ रही हैं।

'तो परीक्षा की घड़ी आ गयी है!'

'आनन्दराव को रणनीति से युद्ध करना है।'

'जी, हाँ! वे रणनीति से युद्ध करेंगे। विजयी होंगे।'

'मुझे अपने सैनिकों और सेनानियों पर पूरा विश्वास है, चर! अपने गुरुदेव और सन्तों की प्रेरणा पर विश्वास है। माँ के आशीष पर विश्वास है। ...हमें तो विजयी होना ही है। ...मैं सैन्य छावनी में आ रहा हूँ। ...यहाँ तो सभी उदास हैं। उदासी को दूर होना है। उदासी मनोबल को तोड़ती है।'

'हमारे सैनिकों के मनोबल को सेनानी आनन्दराव ने जगा दिया है। ...आपका तो आना आवश्यक है, श्रीमन्त।' चर ने उत्तर दिया, और वह शिवा को नमन कर लौट गया।

शिवा छावनी की ओर देखने लगे, और फिर उन्होंने दुर्ग के ऊपर आकाश को देखा! ...फिर छावनी की ओर देखकर सोचा कि ऐसा न हो कि आनन्दराव भी आवेश में प्रतापराव के समान शत्रुओं पर टूट पड़े। अब तो बहलोल और दिलेर की संयुक्त सेना से मुक़ाबला है। ...वे बेचैन हो उठे। वे सुरक्षा सैनिकों के साथ सैनिक छावनी की ओर चल पड़े। वे निकट पहुँच गये।

आनन्दराव ने पहले घोड़ों की टापों को सुना, और फिर अपने स्वराजनायक की झलक देखी। वह उमंग में आ गया। शिवाजी आ गये! उसने झुककर प्रणाम किया।

शिवा ने आनन्दराव के साथ रणनीति पर चर्चा की, और उसे सहर्ष विदा किया।

अचानक उन्हें ध्यान आया कि पूना उन पर प्रसन्न नहीं है। पूना तो उनकी जागीर है! लगता है कि वहाँ के विद्वान विप्र अपने धर्मशास्त्र के प्रति एकनिष्ठ हैं। और शास्त्र वर्ण-व्यवस्था के प्रति कठोर हैं। पर देश-काल-पात्र पर भी विचार आवश्यक होता है। शास्त्र का निर्देश भी है। शास्त्र तो देश-काल-पात्र तीनों को ध्यान में रखकर निर्णय देता है। ये असमर्थ हैं। काशी के पण्डित इनसे श्रेष्ठ हैं। वे सर्वमान्य हैं। ...अब वे जो व्यवस्था दें। भूषण कवि पर विश्वास है। कवि मित्र की प्रतीक्षा रहेगी। मन को घबराना नहीं है। संकल्प तो पूरा होगा ही। हिन्दवी स्वराज क़ायम होगा।

वे क़िले में आ गये। देखा कि पत्नी—सोयराबाई, पुतलीबाई और सगुनाबाई—तीनों प्रतीक्षा कर रही हैं। तीनों की आँखों में प्रश्न भी है। ...उन्होंने तीनों को बैठने के लिए कहा। वे विनम्र भाव से बैठ गयीं।

शिवा ने पूछा—'आप सभी चिन्तित हैं, ऐसा क्यों?'

'चारों ओर उदासी छायी हुई है।' सोयराबाई ने उत्तर दिया।

'देवियों! हमारे जीवन में एक संकल्प है। इसलिए संघर्ष है। सहयाद्रि की चट्टानों के मध्य हम रहते हैं। इसलिए पग-पग पर अवरोध हैं। वे अवरोध झुककर रास्ता दे देते हैं। हिन्दवी स्वराज का पथ प्रशस्त हो रहा है।' शिवा ने समझाया।

'हम भी उस पथ पर रंगोली रचना चाहती हैं।'

'यह तो अपनी परम्परा है। कभी प्रकृति माँ ऋतु-परिवर्तन पर रँगोली सजा देती हैं और कभी घर की देवियाँ...! इससे सबका मन उल्लास से भर जाता है। ...रंगोली रचने का अवसर आयेगा।'

'यह हमारी आत्मा की पुकार है।' पुतलीबाई ने कहा।

'अपने देश की भी यही पुकार है। हमारे सैनिक इस पुकार को सुन रहे हैं। ऊपर का आकाश सुन रहा है। ...यह पुकार अनसुनी नहीं रहेगी।'

तीनों देवियाँ मुस्करा उठीं। लगा कि क़िले के ऊपर इन्द्रधनुष की छवि खिल उठी।

तैंतीस

सेनानी आनन्दराव अपने प्रिय सेनापति प्रतापराव के बलिदान से दुखी था। परन्तु उसने सोचा कि इससे स्वराज का संघर्ष नहीं रुक सकेगा। ...पुराने मराठे जागीरदार साथ नहीं देते। बीजापुर का सुल्तान शिवाजी को बाग़ी जागीरदार मानता है। ...यदि बीजापुर पर विजय हो गयी तो इधर से निष्कंटक होकर मुग़लों को दूर हटाया जा सकता है और शिवाजी राजछत्र धारण कर छत्रपति कहलायेंगे। विजयनगर के बाद

सहयाद्रि स्वराज का संघोष करेगी। ...ग़ैर-मुल्क़ी आक्रमणकारी शासकों से निरन्तर संघर्ष करना ही है।

आनन्दराव को जानकारी मिल गयी कि बहलोल ख़ाँ मुग़ल सेनापति दिलेर ख़ाँ के साथ आगे बढ़ रहा है। तब तो यह युद्ध निर्णायक होगा। ...शायद ये दोनों मिलकर शिवा की बढ़ती ताक़त पर हमला करना चाहते हैं। यह भी हो सकता है कि वे स्वराज की स्थापना और राजछत्र के धारण को रोकना चाह रहे हैं। वे तो ज़रूर चाहेंगे।

उसने शिवा की रणनीति का स्मरण कर अपनी सेना को कूच करने का निर्देश दिया। सेना जयघोष कर बढ़ चली। उसकी आँखों में एक ही सपना उभर रहा था कि बहलोल से बदला लेना है। दिलेर को भी पराजित करना है।

उसने अपने अश्वारोही सैनिकों को बहलोल की छावनी की ओर भेजा। उन्हें कुछ संकेत भी दिये। घुड़सवार आँधी की गति से टापों के संगीत पर बढ़ते गये। उधर बहलोल और दिलेर ने तय कर लिया कि मराठों की फ़ौज को छिन्न-भिन्न कर सीधे रायगढ़ पर हमला कर देना है। शिवा के ख़्वाब को चूर-चूर कर देना है, और वे मराठे घुड़सवारों से मुक़ाबले के लिए तैयार हो गये। ...उनकी बड़ी फ़ौज से ये क्या मुक़ाबला करेंगे! इन्हें पीस डालेंगे!!

बहलोल और दिलेर—दोनों यही सोच रहे थे।

उधर शिवा के अश्वारोही छावनी की बगल से निकलकर चले गये। कहाँ गये, पता नहीं चला। आसमान में सिर्फ़ धूल उड़ती हुई दिखाई पड़ रही थी। बहलोल और दिलेर—दोनों चकरा गये। वे उस तरफ़ देखते रह गये। उधर तो सिर्फ़ गर्द-गुबार...।

'ये तो ख़ौफ़ के मारे भाग निकले।' दिलेर ने कहा।

'हम पीछा कर सकते थे!' बहलोल ने अपना ख़याल रखा।

'वे तो टकराने के लिए तूफ़ानी चाल से इधर आ रहे थे। हम तो तैयार खड़े थे। ...मैंने सोच लिया था कि इन्हें दो पाटों के बीच कुचल देना है। लेकिन ये तो भाग गये।' दिलेर ने अपनी बात रखी।

'ये भाग कर कहाँ जायेंगे? हम इन्हें नहीं छोड़ेंगे। हम चारों ओर दहशत फैलाते रहेंगे। इन्हें सामने आना ही है।'

'बहलोल ख़ाँ! मैं तो हमेशा आपके साथ इधर नहीं रह सकूँगा। मैं मुग़ल सल्तनत का सिपहसालार हूँ। दक्कन को सँभालना है।'

'कम-से-कम हम पन्द्रह रोज़ साथ रहें। ये कब तक छिपे रहेंगे?'

'पहाड़ी चूहे छिपकर ही रहते हैं।' दिलेर ने यह कहते हुए कहकहे लगाये।

बहलोल ख़ाँ भी हँस पड़ा।

दोनों सिपहसालार हँसते-बोलते और मस्ती मनाते पन्द्रह रोज़ साथ रहे! मराठों का इन्तज़ार करते रहे। अब दिलेर ख़ाँ ऊब गया। वह बहलोल ख़ाँ से विदा लेकर अपने सूबे में लौट गया।

बहलोल ख़ाँ कुछ सोचकर कोल्हापुर की ओर चल पड़ा।

इस तरह दोनों की फ़ौजें एक-दूसरे से अलग हो गयीं।

आनन्दराव की रणनीति सफल हुई। बहलोल ख़ाँ अकेला पड़ गया। इसलिए आनन्दराव ने फ़ौज के साथ बीजापुर के इलाक़े में घुसकर ख़ज़ाने को हस्तगत कर लिया। अकेले समगाँव से डेढ़ लाख रुपये वसूल किये। बहलोल के गाँव की दुर्गति हो गयी। उस धनराशि के साथ आनन्दराव अपने क्षेत्र की ओर लौटा।

बहलोल को मालूम हो गया कि शिवा के सालार ने उसकी जागीर को लूट लिया। वह अपने इलाक़े में शिकस्त खा गया। यह नाक़ाबिले बर्दाश्त है! वह गुस्से में पागल हो उठा। वह खिज्र ख़ाँ को लेकर फ़ौज के साथ चल पड़ा। बेकापुर में दोनों की भिड़न्त हुई। युद्ध भीषण से भीषणतर हो उठा। दोनों सेनापति तो क्रोध में ही थे। ...खिज्र ख़ाँ का भाई मारा गया। इससे खिज्र ख़ाँ की हिम्मत टूट गयी। आक्रमण और प्रत्याक्रमण चलता रहा। आनन्दराव ने बहलोल और खिज्र—दोनों को ज़ख़्मी कर दिया। वे हार कर भाग चले। आनन्दराव ने उसकी फ़ौजी छावनी पर क़ब्ज़ा कर लिया। इस विजय के अथाह उपहार के साथ आनन्दराव चिपलूण छावनी आ गया।

शिवाजी वहाँ पहुँच गये थे। उन्होंने इस विजय के लिए आनन्दराव को बधाई दी। पुरस्कृत किया, और अपनी सेना को हृदय से बार-बार बधाई दी। 'हर-हर महादेव' और 'जय शिवाजी' के घोष से चिपलूण गूँज उठा। शिवा ने अपनी सेना के साथ भोजन किया। सबकी मंगलकामना की।

अपनी सेना के मध्य सरसेनापति के रिक्त स्थान को भरने के लिए शिवाजी ने हम्बीरराव मोहिते का नाम लिया। सबने सहर्ष स्वीकार किया। आनन्दराव सहसरसेनापति बनाये गये। सबने जयध्वनि के साथ बधाई दी।

हम्बीरराव मोहिते ने शिवाजी का सैनिक अभिवादन किया। शिवाजी ने अपनी तलवार को अपने हाथों से नये सरसेनापति की कटि पर बाँध दिया। इसके उपरान्त आनन्दराव सामने आये। सैनिक अभिवादन किया। शिवाजी ने उन्हें भी तलवार प्रदान की। ...सेना ने अपने नये सहसरसेनापति तथा सरसेनापति को सादर सैनिक प्रणाम प्रदान किया। जयघोष आकाश तक जा पहुँचा। सैनिक छावनी में उत्सव मुस्करा उठा।

उसी समय जमुनादास थका-माँदा आ पहुँचा। उसे कुछ देर के बाद मिलने की अनुमति मिली। छावनी के बाहर ही शिवाजी आये। जमुनादास ने अपना परिचय देते हुए अभिवादन किया। शिवाजी उत्तर भारत के सन्त के शिष्य को अपने निकट पाकर पुलकित हो उठे। उन्हें अनुभूति हुई कि स्वराज के संघर्ष में सन्तों की आशीष मिल रही है।

जमुनादास ने उत्तर भारत के नवजाग्रत संघर्षों की चर्चा की। मथुरा के किसान गोकुल पराजित हो गये। सतनामी संघर्षरत हैं वे पराजित हो शनैः शनैः वनों की ओर आ रहे हैं। पंजाब में गुरु तेगबहादुर टकराव से बचते हुए समाज को जगा रहे हैं। भक्ति और शक्ति का संस्कार दे रहे हैं। दीन-दुखी किसानों की सेवा कर रहे हैं और बुन्देलखण्ड में छत्रसाल संघर्षरत हैं।'

'पराजय की चर्चा न करें, जमुनादास! केवल संघर्ष की...।'

'जी, हाँ! ...यह तो सच है कि शहंशाह औरंगज़ेब स्वराज-संघर्ष की व्यापकता बढ़ने से बेचैन हो गये हैं।'

'ऐसा!'

'जी, हाँ!' यह कहकर जमुनादास ने महामति प्राणनाथ की ओर से विजय की कामना की।

शिवा ने विनम्रता से शिरोधार्य किया।

जमुनादास ने प्रस्थान किया।

शिवाजी ने रात में श्रीराम के मन्दिर में जाकर पूजा की। संघर्ष की सफलता के लिए प्रार्थना की। बन्द आँखों में राम की शालीन शौर्यपूर्ण छवि झलकने लगी। ...राम की सेना में तो ऋष्य शृंग पर्वत क्षेत्र का कपिजन समुदाय था। ...उन्होंने भी सहयाद्रि क्षेत्र के किसानों और श्रमिकों को सेना के रूप में खड़ा कर दिया है। यह जन-सेना है। उत्तर भारत के कविवर भूषण इस संघर्ष को वाणी दे रहे हैं। ...क्या उनके साथ काशी के पण्डितप्रवर आयेंगे? स्वराज की विधिवत घोषणा हो सकेगी? उनका आशीष मिल सकेगा?

वे रायगढ़ लौट आये। उसी समय ख़बर मिली कि दिलेर ख़ाँ कोंकण की ओर आ रहा है। शिवाजी मुस्कराये। दो क्षण विचार किया, और रणनीति बन गयी जिससे दिलेर ख़ाँ का आगे बढ़ना कठिन हो जाये।

दिलेर ख़ाँ ने कोंकण क्षेत्र में प्रवेश किया। उसने देखा कि दूर-दूर तक रास्ता टूटा-फूटा है। दस क़दम भी चलने लायक नहीं है। खेतों में कुछ नहीं है। चारों तरफ़ उजाड़ है। सन्नाटा है। इलाक़ा ख़ौफ़नाक लगा। वह घबरा गया। उसी वक़्त उसने महसूस किया कि वह मराठों से घिर गया है। उसके दिल की धड़कनें तेज़ हो गयीं। ...वह लौट चला। पर शिवा की सेना ने आक्रमण कर दिया। इस आक्रमण को दिलेर ख़ाँ झेल नहीं सका। उसे वहाँ से भागना पड़ा। ...बहादुर ख़ाँ को मालूम हो गया कि शिवाजी ने उसे भागने को मज़बूर कर दिया है। वह ख़ुश हुआ। ...अब तो सिपहसालार दिलेर की 'दिलेरी' के बारे में शहंशाह को ख़बर मिलेगी ही। ...कहकहे लगाने लगा। ...उसे तरक्की मिल सकेगी।

चौंतीस

शिकदार आदम ख़ाँ अपनी हवेली में अपने कारिन्दों—रमज़ान और तौक़ीर के साथ बैठकर गुफ़्तगू कर रहा था। हुक्का पीते हुए बातें कर रहा था। कभी हुक्के का गुड़गुड़ स्वर गूँज जाता था और कभी उसकी कड़क ज़ुबान गुड़गुड़ को दबा देती थी। रमज़ान और तौक़ीर जी हुज़ूरी कर रहे थे। हाँ में हाँ मिला रहे थे। आदम ख़ाँ पर इस परगने की मालगुज़ारी वसूलने की ज़िम्मेदारी थी। वह सख़्ती से वसूल कर लेता था! इससे पूरे इलाक़े में दबदबा था। लेकिन सदानन्दी गाँव के सतनामियों यानी साधो समूह के स्वाभिमान पूर्ण व्यवहार से कुढ़ता रहता था। वे वक़्त पर मालगुज़ारी तो दे देते थे। मगर उनको दबाने में कामयाबी नहीं मिल रही थी। नारायना गाँव का एक मसला उनके पास आ रहा था। पर सतनामियों ने उसे अपने हाथ में ले लिया। शिकदार आदम ख़ाँ हाथ मलता रह गया। वह सोच रहा था कि इन सतनामियों को कैसे क़ाबू में लिया जाये!

तौक़ीर ने कहा—'नारायना के बाशिन्दे सतनामियों को छोटा मानते हैं। लेकिन वे भी इनको दबा नहीं पाते!'

'सतनामियों ने नारायना के एक मसले को अपने हाथ में लेकर अपनी ताक़त दिखा दी है।' रमज़ान ने बताया।

'नारायना के बरहमन इन पर नाराज़ होंगे ही। अगर इनसे झगड़ा हो तो हमें मौक़ा मिल सकता है।' शिकदार ने इशारा किया।

'जी हाँ, हुज़ूर! यह तो अपनी सियासत का फन्दा हो सकता है।' रमज़ान ने ख़ुश होकर कहा।

'यह एक सही सियासी चाल हो सकती है।' तौक़ीर ने ताईद की।

'हम नारायना को भड़का सकते हैं!' रमज़ान बोल उठा।

'नारनौल के फ़ौज़दार करतलब ख़ाँ ने इन सतनामियों पर नज़र रखने का हुक्म दे दिया है!' आदम ख़ाँ ने याद करते हुए बताया! ...और फिर हुक्के से गुड़गुड़ की आवाज़ गूँज उठी।

दूसरे दिन सन्ध्या में किशन और सन्तराम ने अपने-अपने खेत से लौटते समय गैयों को इकट्ठा कर लिया। एक गाय पास के खेत में चली गयी थी। उसे भी हाँक लाया! उसी वक़्त रमज़ान अपनी लाठी सँभाले आ गया। वह तीखी आवाज़ में बोल उठा—'इस सरकारी ज़मीन में तुम्हारा जानवर कैसे आ गया?'

'जैसे आपका बकरा मेरे खेत में आ गया है। मैं तो अपनी गैया को हाँक लाया। अब आप अपने बकरे को बुला लें।' किशनराम ने जवाब दिया।

रमज़ान ने अपने बकरे को देखा और वह चुप रहा! किशनराम ने बकरे को

अपने खेत से हटा दिया। बकरा बार-बार रास्ता बदलकर उस खेत में आ जाता था। इसलिए सन्तराम ने मिट्टी के ढेले से उसे भगा दिया।

रमज़ान गुस्से में उबल पड़ा—'इस हरकत का अंजाम जानते हो?'

'आप अपने बकरे को सँभाले और मैं अपनी गैया को—इसमें गुस्से की वजह तो नहीं है।' किशनराम ने उत्तर दिया।

मगर रमज़ान ने उसके हाथ से गैया को छीन लिया और कहा—तुम्हारी गैया सरकारी ज़मीन को नुकसान पहुँचावे और तुम्हारा साथी शिकदार साहब के बकरे को मारकर भगाये! यह तो जुर्म है।'

किशनराम और सन्तराम ने मिलकर अपनी गैया को छीन लिया।

रमज़ान ने गुस्से में किशन पर अपनी लाठी चला दी। अचानक प्रहार से किशन गिर पड़ा। सर से ख़ून बहने लगा।

सन्तराम रोष में बोल उठा—'मुग़लों को ज़ुल्म करने का अधिकार मिल गया है! सदानन्दी गाँव पर यह ज़ुल्म नहीं हो सकेगा।'

और उसने खेतों में मौजूद सतनामियों को पुकारा। इस पुकार को सुनकर आठ सतनामी अपने-अपने डण्डे के साथ आ गये। सबने घायल किशनराम को देखा। इसलिए दो सतनामी किशन को उठाकर ले गये। शेष ने रमज़ान को घेर लिया। रमज़ान पूरी ताक़त से लाठी चलाने लगा। लोहे की कील जड़ी हुई लाठी से उन्हें डरा रहा था। लेकिन सतनामियों के सामने रमज़ान की एक न चली। उसकी लाठी सतनामियों के डण्डों से छिटक जाती। अन्ततः उनके डण्डे रमज़ान पर बरस पड़े। वह ज़मीन पर गिर पड़ा।

सतनामी रमज़ान से बदला लेकर अपने गाँव की ओर मुड़ गये। शोर हो गया था। शिकदार की बस्ती से दो सिपाही आ गये। देखा कि रमज़ान बेहोश पड़ा हुआ है। सतनामी जा चुके थे। दोनों सिपाही रमज़ान को उठाकर ले गये।

जर्राह ने आकर मलहम-पट्टी की।

शिकदार आदम ख़ाँ गुस्से में चीख़ रहा था—सतनामियों की ऐसी जुर्रत कि वे मुग़ल कारिन्दे पर वार कर दें! ज़ख़्मी कर दें!! यह तो बग़ावत है। यह नाक़ाबिले-बर्दाश्त है। ...इस चिनगारी को फैलने और धधकने से पहले बुझा देना है। ...ये क़ाफ़िर इतने सरकश होते जा रहे हैं! अगर इन्हें कुचला नहीं जायेगा। तो मुग़ल हुकूमत कैसे चल सकेगी?

शिकदार बेचैन था। ...जब-तब वह ज़ख़्मी और बेहोश रमज़ान को देख लेता, और फिर गुस्से में उबल उठता। ...वह अपने कमरे में गया। उसने शराब पी। लगा कि वह अन्दर-ही-अन्दर उफन रहा है। ...उसने सतनामियों को सबक सिखाने की ठान ली।

इधर सदानन्दी गाँव में घायल और संज्ञाहीन किशनराम की चिकित्सा आरम्भ हुई। किशन की सेवा में गाँव ही तत्पर हो गया। गुरु जीवनदास की आँखों के

सामने वैद्य ने चिकित्सा आरम्भ कर दी थी। सबकी आँखों में चिन्ता झलक रही थी। श्यामसुन्दर फूलवन्ती के साथ वैद्य को सहयोग दे रहा था। वसन्ती की आँखों में आँसू थे। वह सतनाम का सुमिरन कर रही थी। रामी, दया और फूलवन्ती—तीनों वसन्ती को सान्त्वना दे रही थीं।

गुरु जीवनदास चिन्तित हो उठे थे। ...यह टकराव कैसे हो गया? सतनामी तो टकराव नहीं चाहते। सतनामी तो छोटे किसान, दुकानदार और कारीगर हैं। ये क्यों टकराव चाहेंगे? परन्तु स्वाभिमान के साथ जीना तो है। स्वाभिमान के साथ जीना दम्भ नहीं है। खेतों में पशु चरते ही हैं। वहाँ टकराव की बात कैसे हो सकती है? ...फूलवन्ती की समस्या नारायना गाँव की है। शिकदार को इससे क्या मतलब है? नारायना से टकराव तो नहीं हुआ। पं. मनसाराम और पं. भोलाशंकर ने शिकदार से शिकायत नहीं की होगी।

गाय और बकरे को लेकर टकराव क्यों होगा? पशुओं के चरने में सर फोड़ना क्यों? खाली खेत में चरना अपराध तो नहीं है। मुग़ल ने पहले किशन पर प्रहार कर दिया और फिर सन्तराम पर प्रहार होने वाला था। उसकी पुकार सुनकर सतनामी आ गये और मुग़ल कारिन्दा घायल हो गया। ...अब क्या होगा? क्या यह मुग़ल शासन से टकराव माना जायेगा? नहीं, वे प्रयत्न करेंगे कि टकराव नहीं बढ़े। आदम ख़ाँ के पास शान्ति-समझौता का सन्देश भेजना है। ...और सावधान भी रहना है।

गुरु जीवनदास ने सन्तराम, फ़क़ीरचन्द और गुरुसरन को समझाया कि गाँव की रक्षा के लिए पहरा देना होगा। रात का अँधेरा बढ़ रहा है। किशन घायल है। उधर रमज़ान घायल है। इसलिए सावधान रहना है। ...प्रातःकाल शान्ति एवं समझौते का सन्देश आदम ख़ाँ के पास भेजना है। ...सुख-शान्ति के लिए टकराव नहीं हो। उपासना के लिए शान्ति चाहिए। खेती और व्यापार के लिए शान्ति चाहिए। पारिवारिक जीवन के लिए शान्ति चाहिए। फ़क़ीरचन्द ने विनम्र भाव से पूछा—इसीलिए 'ओम् शान्तिः ओम् शान्तिः ओम् शान्तिः'—तीन बार उच्चारण किया जाता है? गुरु जीवनदास ने उत्तर दिया—'तीन बार शान्ति कहने का अर्थ है—ऊपर सूर्य लोक, मध्य के अन्तरिक्ष लोक और नीचे मर्त्यलोक—तीनों लोकों में शान्ति चाहिए। किसी तरह की अशान्ति या तनाव नहीं हो, तभी हम सभी सुखपूर्वक रह सकते हैं। हम इस धरती—मर्त्यलोक में रहते हैं, पर ऊपर से नीचे तक शान्ति चाहिए। ऐसा प्रयत्न मनुष्य को करना है।'

सबने इस जीवन सत्य को समझने का प्रयत्न किया। पुनः गुरु जी बोल उठे—'प्रातःकाल मेरा सन्देश...मेरा अनुरोध शिकदार के पास ले जाना है। यह आवश्यक है।'

फ़क़ीरचन्द और गुरुसरन ने इस दायित्व को स्वीकार किया।

पच्चीस नवयुवक चार-चार घण्टे के लिए गाँव की सीमा पर पहरा देने के लिए तैयार हो गये।

घायल किशनराम के पास श्याम और फूलवन्ती--दोनों उपस्थित थे। दृष्टि किशन की स्थिति पर लगी थी।

फूल ने श्याम को संकेत से विश्राम करने के लिए अनुरोध किया। श्याम ने फूल को अपनी झोंपड़ी में जाकर विश्राम के लिए आग्रह किया। पर दोनों किशन को छोड़कर नहीं गये। ...दोनों ने एक-दूसरे को देखा। कुछ क्षण देखते रहे। दोनों की आँखों में एक-दूसरे के लिए प्यार उमड़ रहा था। ...फिर दोनों की दृष्टि किशन पर आ गयी।

दो क्षण के बाद फूलवन्ती ने सोचा कि नारायना में इतना अपनापन क्यों नहीं मिल सका?...जब तक वे जीवित रहे, वे प्यार करते रहे। उनके खाट पर गिर जाने और छीजते जाने पर उसकी उपेक्षा होने लगी। ...उनकी मृत्यु के बाद उसका अन्तर हाहाकार कर रहा था। पर सास-ससुर अपने ज़हर घुले बोल से रोम-रोम पर चोट करने लगे। ...ऐसा क्यों?...मृत्यु पर किसका वश है! ...यहाँ सदानन्दी में सतनामियों की वाणी और व्यवहार से नहीं लगता कि ये छोटे हैं। ...ये तो साधो कहलाते हैं। सचमुच साधु हैं। ...परन्तु अब वे दोनों विवाह कर नारायना की नज़र में छोटे गये हैं। ...क्या हृदय से स्नेह-प्रेम पाकर जीवनभर का सम्बन्ध जोड़ लेना जीने के लिए उचित नहीं है?

श्याम सोच रहा था—'यहाँ सारा गाँव किशनराम के लिए चिन्तित है। सभी सुख-दुख में एक साथ हैं। उधर नारायना में उन दोनों के लिए कोई चिन्ता नहीं है। ये सतनामी हृदय से कितने अच्छे हैं! पर नारायना के लोग कितने संकुचित! ...अचरज है—हिन्दू-हिन्दू को छोटा मानता है, और अपने को बड़ा मानकर अकड़ता है। क्या यह उचित है? उच्च विचार और निम्न व्यवहार देखना हो तो देख ले—महान हिन्दुओं के बीच!

वैद्यजी आ गये। उन्होंने नब्ज़ को देखी। आँखों को देखा। किशन का शरीर हिला। वैद्यजी ने कहा—'संकट टल गया है। किशन होश में आ रहा है।'

किशन की आँखें खुलीं। कण्ठ से पीड़ा की ध्वनि आयी। ...वसन्ती की आँखों में हर्ष उभर आया। पर उसे लगा कि अभी शरीर में कष्ट है! ...उसने चाहा कि वह हृदय से लगाकर उनकी पीड़ा को हर ले। वह झुकी। उधर वैद्यजी झुककर औषधि दे रहे थे। ...वसन्ती ने अपने को सँभाला। सतनाम का सुमिरन किया।

उधर गाँव की सीमा पर प्रहरी बने सतनामी नौजवान कन्धों पर शूल उठाये चक्कर लगा रहे थे। ...अँधेरा ही अँधेरा था। पर दोनों गाँवों में एकाध दीप झलमला रहे थे। शिकदार बस्ती में भी मशाल जल रही थी।

पैंतीस

शिकदार की बस्ती में ज़ख़्मी और बेहोश रमज़ान का इलाज चल रहा था। चिराग की रोशनी में एक ओर जर्राह बैठा था और दूसरी ओर हक़ीम। हक़ीम दवा देकर अन्दाज़ कर रहा था कि रमज़ान की हालत सुधर रही है। जर्राह चोट खाये अंगों—सर और पीठ से बहते ख़ून को रोकने की कोशिश कर रहा था। ख़ून बहना लगभग रुक गया था। लेकिन बेहोशी दूर नहीं हो रही थी। आधी रात के बाद हालत बिगड़ती गयी! जर्राह और हक़ीम—दोनों बेचैन थे। शिकदार आदम ख़ाँ घण्टे-घण्टे ख़बर ले रहा था। ...जर्राह ने देखा कि ख़ून का बहना बिल्कुल रुक नहीं सका है। हक़ीम घबरा गया था। सुबह की सफ़ेदी के पहले अँधेरे में रमज़ान का सर लटक गया। बस्ती में मातम छा गया। मशाल बुझा दी गयी। आदम ख़ाँ का गुस्सा उबल उठा। सहर (सुबह) की अजान और नमाज़ के बाद दफ़नाने का इन्तज़ाम होने लगा। ...सुबह होते ही जनाज़ा क़ब्र की ओर बढ़ चला। ...जनाज़े को सुपुर्द-ए-ख़ाक करने के बाद सभी लौट आये। ...उसी वक़्त फ़क़ीरचन्द और गुरुसरन ने आकर आदम ख़ाँ के आगे झुककर गुरु जी के सन्देश को सौंपा। ...हवेली और बस्ती में मातम और गुस्से के माहौल को देखकर दोनों सलाम करके लौटने लगे। आदम ख़ाँ ने उसे पढ़कर समझा, और फिर फाड़कर फेंक दिया। उन दोनों को सुनाकर बोल उठा—'रमज़ान की मौत का बदला सतनामी गाँव से लिया जायेगा। उस क़ातिल के साथ उसकी बस्ती को सख़्त सज़ा देनी है।'

फ़क़ीरचन्द और गुरुसरन किसी प्रकार लौट आये। उधर मुग़ल सिपाही सतनामी गाँव को सख़्त सज़ा देने के लिए तैयार होने लगे। सतनामियों के पीर-मुर्शिद के सुलहनामे को चिन्दी-चिन्दी रूप में देखकर वे अन्दर-ही-अन्दर ख़ुश हो रहे थे। तौक़ीर शान्ति सन्देश के टुकड़ों को पैरों से मसलने लगा।

दो लम्हों के बाद आदम ख़ाँ ने ऐलान किया—'पच्चीस सिपाही हरबे-हथियारों से लैस होकर जायें। और क़ातिलों को पकड़कर लायें। ...उन्हें यहाँ सज़ा-ए-मौत दी जायेगी। उन्हें माफ़ी नहीं मिलेगी। एक घण्टे में तैयार होकर सदानन्दी पर चढ़ जाओ।'

शिकदार-बस्ती में काश्त-काश्तकारी से सम्बन्धित दफ़्तर था। इसलिए शिकदार की ख़िदमत में कारिन्दे और पचास सिपाहियों के रहने का इन्तज़ाम था। उनमें से पच्चीस सिपाही खंजर, शमशीर और नेजों से लैस होकर सदानन्दी की ओर चल पड़े।

नारायना गाँव के शामलाल और पूरनचन्द प्रातः भ्रमण के समय पं. श्यामसुन्दर से मिलने आ रहे थे। दोनों ने देखा कि मुग़ल सिपाही सदानन्दी की ओर जा रहे हैं। यह देखकर वे घबरा गये। वे समझ नहीं सके कि ये किसलिए हथियारबन्द होकर जा रहे हैं?...सन्ध्या में गाय-बकरे को लेकर झगड़ा हुआ था। लाठियाँ चल गयी थीं। ...शायद इसीलिए ये सिपाही उधर जा रहे हैं। ...क्या होगा?

दोनों ठिठक गये। मुग़ल सिपाहियों के रंग ढंग देखकर वे लौटने लगे। पर वे लौट नहीं सके। वे अपने गाँव के बाहर बरगद के पेड़ के नीचे बैठ गये। वहीं तो दिन-दोपहर में चरवाहे बैठते हैं। ...शामलाल और पूरनचन्द–दोनों का हृदय धड़क रहा था। वे उधर ही टकटकी लगाकर देखने लगे।

मुग़ल सिपाही सदानन्दी के नज़दीक पहुँच रहे थे। सदानन्दी के नौजवान प्रहरियों से मिलकर फ़क़ीरचन्द और गुरुसरन गाँव के भीतर चले गये, और गुरु जी के पास पहुँचकर उन्होंने स्थिति की सूचना दी। शिकदार के ऐलान को बता दिया। थोड़ी देर के बाद एक नौजवान प्रहरी आ गया। गुरु जीवनदास इन सूचनाओं से क्षण भर के लिए घबराये। वैसे वे किशन की बेहोशी दूर हो जाने के कारण प्रसन्न थे। अब वह प्रसन्नता चिन्ता में बदल गयी। ...रमज़ान की मौत का दुखद समाचार मिल चुका था। तब से वे द्वन्द्व में थे। अब तो संकट आ चुका।

फ़क़ीरचन्द ने कहा–'हम उन्हें गाँव में घुसने नहीं देंगे!'

सन्तराम बोल उठा–'हम तैयार हैं, गुरुदेव!'

नौजवान प्रहरी ने बताया–'गुरुदेव! पहले रमज़ान ने किशनराम को प्रहार कर घायल कर दिया था। पहला अपराध तो उसी का रहा।'

उधर श्यामसुन्दर आरम्भ में समझ रहा था कि उसके कारण सदानन्दी पर संकट आ रहा है। पर उसे जानकारी मिल गयी कि गाय और बकरे के चरने के नाम पर झगड़ा हो गया था। ...तो भी वह बेचैन हो उठा। फूलवन्ती ने ढाँढस बँधाया।

'हम क्या करें?' श्याम ने फूल से पूछा।

'हम सदानन्दी के साथ हैं। हम गुरु जी के आदेश का पालन करेंगे। आप घबराये नहीं।' फूल ने समझाया।

श्याम का द्वन्द्व दूर हुआ।

उधर गुरु जीवनदास ने पूछा–'आप लोग मुग़ल सिपाहियों को गाँव से बाहर रोकना चाहते हैं?'

सबका एक स्वर उठा–'जी, हाँ! आप आदेश दें।'

'आप लोग सोच लें। इससे टकराव बढ़ जायेगा! उसके साथ हुकूमत की ताक़त है।'

'यह सच है, गुरुदेव! पर वे तो आ रहे हैं! हम आत्मसमर्पण करना नहीं चाहते।' सन्तराम और फ़क़ीरचन्द ने एक साथ कहा।

'तो आप सशस्त्र होकर गाँव से बाहर खड़े हो जायें! ...दो लोग पहले उनसे निवेदन करें।' गुरु जी ने आदेश दिया।

साठ (60) नौजवान सशस्त्र होकर गाँव की सीमा पर आ गये, मुग़ल सिपाही भी नज़दीक आ गये। गाँव में घुसने का रास्ता रुक गया। ...एक सतनामी ने ऊँचे स्वर में कहा–'हमने अफ़सोस प्रकट किया है। हम सुलह के लिए तैयार हैं। हम

आपस में बैठकर बातचीत कर लें। ...हम एक-दूसरे को माफ़ कर दें। मुग़ल का जवाब आया—'हम रमज़ान के क़ातिलों को सख़्त सज़ा देंगे। माफ़ी नहीं। रिआया को सर झुकाकर रहना होगा। ...चार क़ातिलों को सौंप दो।'

इधर से कहा गया—'हम क़ातिल नहीं हैं। सबसे पहले रमज़ान ने किशन को मारा था। हम तो बचाव के लिए आ गये थे। हमें अफ़सोस है कि कारिन्दे की मौत हो गयी।'

'हम तो क़ातिलों को सज़ा-ए-मौत देंगे।' तौक़ीर ने ऐलान करते हुए गाँव पर चढ़ जाने का इशारा कर दिया।

उनके क़दम बढ़े। सतनामियों के शस्त्र चमकने लगे। वहीं टकराव की स्थिति आ गयी। तौक़ीर ने देखा कि सतनामी ज़्यादा तादाद में हैं। मगर ये क्या मुक़ाबला करेंगे! मुग़ल सल्तनत के बहादुर सिपाहियों से ये टकरायेंगे!! और फिर मुग़ल सिपाहियों का जोश बढ़ा। वे बादशाह ग़ाज़ी का नाम लेकर टूट पड़े!

उस मैदान में लड़ाई ठन गयी। भालों और तलवारों से प्रहार होने लगा। मुग़ल सिपाही तो कुल पच्चीस ही थे। पर वे अपने को मुग़ल—फ़तहयाब ग़ाज़ी समझ रहे थे। तौक़ीर ने सोचा कि छोटी-मोटी काश्तकारी और दुकानदारी करने वाले ये हथियारबन्द सिपाही बन गये हैं! ये क्या लड़ेंगे?

दोनों ओर के सिपाही घायल होने लगे। युद्ध भीषण हो उठा! मुग़ल सिपाही पूरे जोश के साथ लड़ रहे थे। लेकिन वे ज़ख़्मी होकर गिर रहे थे। उनकी संख्या घट रही थी। तो भी वे जंग में डटे हुए थे। पौन घण्टे में मुग़ल या तो मारे गये या ज़ख़्मी हो गये।

सिर्फ़ तौक़ीर एक ज़ख़्मी सिपाही की मदद से सरक गया। बचकर निकल गया।

ज़ख़्मी सिपाही आदम ख़ाँ के हुज़ूर में सर झुकाये आया। ख़ून से लथपथ था। उसे देखकर आदम ख़ाँ कुछ बोल नहीं सका। सिपाही ने जंग का नतीजा बता दिया। ...सर झुका रहा। आदम ख़ाँ चीख़ रहा था—ऐसा कैसे हो सकता है? इन मुँडियों ने फ़तहयाब मुग़ल सिपाहियों को शिकस्त दे दी! ...ये तो खेती करते हैं। छोटे-मोटे सौदागर हैं! ये सर मुँडवाकर पूजा-पाठ करते हैं। ये लड़ाकू कब से हो गये?'

सिपाही सर नीचा किये पीछे हट रहा था। आदम ख़ाँ की चीख़ बढ़ गयी। वह बोल उठा—'मेरी आँखों के सामने से भाग जाओ। मुँडियों की बस्ती मुग़लों पर हँस रही होगी। ...उस मैदान में मुग़ल सिपाहियों की लाशें अल्लाह से पनाह माँग रही होंगी।'

और दूसरे कारिन्दे और सिपाही आदम ख़ाँ के रू-ब-रू आने से सहम गये।

शिकदार का दबा स्वर सुनाई पड़ा—'उन्हें बाइज़्ज़त सुपुर्द-ए-ख़ाक करना है! सदानन्दी के नज़दीक सर नीचा कर जाना होगा! ...ओह! या अल्लाह!! यह कैसा क़हर!!! ...नारनौल के फ़ौज़दार को ख़बर करनी होगी। फ़ौज़दार करतलब ख़ाँ से फ़ौज भेजने की गुज़ारिश करनी है। ...अब इन सतनामियों को नेस्तनाबूद कर देना है।'

शिकदार की बस्ती में मौत और हार का गमगीन सन्नाटा छा गया। लगा कि उधर मैदान में गीध मँडराने लगे हैं। ...अब आदम ख़ाँ के इशारे पर मुग़ल दौड़ पड़े जिससे लाशें गीध का शिकार न हों।

उधर बरगद के पेड़ के नीचे बैठे शामलाल और पूरनचन्द युद्ध को देखकर काँपते-घबराते लौटने लगे। ...सतनामी जीत गये थे। यह समाचार नारायना तक आ पहुँचा! ...यह जानकर अधिकांश लोग हर्षित हुए। कुछ को आश्चर्य हुआ। कुछ मौन रह गये। पं. मनसाराम ने सोचा कि उन दोनों को दण्ड नहीं मिल सका। ...ईश्वर की जो इच्छा!

छत्तीस

ख़ुदाबख़्श अपने दीवानखाने में उदास बैठे थे। उन्होंने जुही की सहेली गुलाब को आते देखा। उदासी थोड़ी कम हुई। वे बोल उठे—'आओ, गुलाब बिटिया! ...जुही की याद आ रही है। उसके साथ तुम्हारी भी याद आ गयी, और तुम आ ही गयीं। यह मेरी ख़ुशनसीबी है न!'

'मैं तो हमेशा आपके पास में हूँ, चाचाजान! मुझे अपनी सहेली। बहन की याद आ रही है। इसलिए दौड़ी हुई आ गयी।' गुलाब ने सलाम करते हुए कहा।

'गुलाब बिटिया! तुम्हें शिवपुर जाना है। मैंने कुछ सामान तैयार कर रखा है। नौकर हलीम के साथ जाओ। मेरी ओर से सौग़ात दे देना और मेरी दुआएँ— आशीष!'

'अकरम भाई कब आ रहे हैं? इब्राहिम के साथ ही आयेंगे? दोनों से डर लग रहा है।'

'मैं भी फ़िक्रमन्द हूँ बिटिया! अपने अकरम को तो समझा लूँगा, मगर इब्राहिम का मुग़ल ख़ून तो समझता है कि हिन्दुस्तान पर उसकी हुकूमत है। वह जो चाहेगा, वही करेगा।'

'जी, हाँ! मुग़लों को अपनी सल्तनत का ग़रूर है। उन्होंने तेग-तलवार से इस सल्तनत को हासिल किया है। ...और मुग़ल शहंशाह तो दीन इस्लाम के ख़िदमतगार माने जाते हैं। मुल्ला-मौलवी उन्हें ज़िन्दापीर कहने लगे हैं। चुनाँचे तख़्त और दीन दोनों का जोशोजनून उफन रहा है।' गुलाब! बहुत बोल गयी।

तुम्हें डर नहीं लगता?...उसी जोशोजनून के सबब से शाहज़ादा दारा, सूफ़ी फ़क़ीर सरमद और मथुरा के किसान सरदार गोकुल—सबको इस दुनिया से जाना पड़ा। शहंशाह शाहजहाँ भी अपने फ़रजन्द के क़ैदखाने में आह भरते हुए चले गये।'

'उनके ख़याल में ख़ौफ़ से हुकूमत चलती है। ...और हम तो हिन्दी मुसलमान हैं— ग़ैर-मुल्क़ी नस्ल के नहीं हैं। ...हमें डरकर सहम कर रहना चाहिए, चाचाजान!'

गुलाब अन्दर गयी। जुही की अम्मी ने बताया कि इन सन्दूक़ों में नये लिबास

(कपड़े) हैं। और शिरनी भी। ...हलीम के साथ जाओ और जुही बिटिया का हाल-समाचार लाओ। मैं बेचैन हूँ, बेटी!

'हम सभी बेचैन हैं, चाची! हवेली की बिटिया गाँव में चली गयी। मैं हाल समाचार लेने जाऊँगी! आपने मुझे अपनी सहेली से मुलाक़ात का मौक़ा दे दिया है। मैं बहुत ख़ुश हूँ।'

'तो जाओ। पहले इस सन्दूक़ची को अपने हाथों में ले लो। इसमें कुछ जेवर हैं। ...लौटकर बताना, वह वहाँ ख़ुश है न?' अम्मी ने नम आँखों से कहा।

गुलाब सन्दूक़ची को हाथ में लेकर हलीम के साथ चल पड़ी। अम्मी ने दुआएँ दीं। गुलाब को जाते देखती रहीं। हवेली से बाहर जाते हुए गुलाब और हलीम को ख़ुदाबख़्श देखते रहे।

गुलाब बाग़ को पारकर सड़क पर आ गयी। फिर शिवपुर की ओर मुड़ गयी। दोनों धीरे-धीरे नाले के पास आ गये। बाँस से बनी पुलिया को दोनों पार करने लगे। पुलिया के नीचे पानी बह रहा था। वह सँभलकर चल रही थी। ...दिल धड़कने लगा था।

पुलिया के उस पार कीरत और जुही नाले में बहते जल के कलकल संगीत को सुन रहे थे! जुही ने अपनी आँखों को ऊपर उठाकर बाग़ को देखना चाहा। बाग़ तो थोड़ी दूर पर है। पर बहन गुलाब दिखाई पड़ गयी। पीछे हलीम था। जुही को बेइन्तहा ख़ुशी हुई। उसका अन्तर उछलने-सा लगा। वह अपनी बहन-अपनी सहेली से मिलने के लिए बेताब हो गयी।

गुलाब ने भी देख लिया कि उस पार जुही और कीरत हैं। ...दोनों ख़ुशआमदीद की अदा के साथ मुस्करा रहे हैं। वह पुलिया को पार कर गयी।

जुही बोल उठी—'ख़ुशआमदीद, गुलाब!'

गुलाब ने रूठने का बहाना करते हुए कहा—'अपनों को भूल जाने वालों को याद दिलाने के लिए सौग़ात लेकर आना पड़ता है।'

'हम तो आपका इस्तकबाल करने के लिए घर-द्वार से बाहर आकर यहाँ खड़े हो गये हैं। ...और हम दोनों बहन-साली का स्वागत कर रहे हैं।' जुही ने मुस्कराते हुए कहा।

गुलाब भी मुस्करा उठी।

दोनों ने गेंदे के फूलों के गुच्छे को गुलाब की ओर बढ़ाया।

गुलाब ने कहा—'तो आप चार हाथ वाली हो गयी हैं! ...सुना है कि हिन्दू देवता चार हाथ वाले होते हैं। मैं ख़ुशक़िस्मत हूँ कि शिवपुर के देवी-देवता के दीदार हो गये।'

'साली जी! मुझे थोड़ा अफ़सोस है कि गुलाब का गेंदे से स्वागत कर रहा हूँ।'

'जीजा जी! मैं इसीलिए तो ख़्वाब में भटकती रही हूँ।' गुलाब ने जवाब दिया।

'मैं तो ख़्वाब में बाग़ के पास पहुँच गयी थी। पर सुबह हो जाने से ख़्वाब उड़न-छू हो गये।' जुही ने बताया।

'झूठ मत बोलो, जुही! जीजा जी के पास रहकर ख़्वाब में भटकने का सवाल ही नहीं उठता।'

'लेकिन मैं गवाह हूँ, गुलाब जी! ये रात में जब-तब गुलाब-गुलाब बोलती रहती हैं।' कीरत ने बताया।

'आपने भी एक झूठ गढ़ लिया है। ...वैसे शादी के बाद की नयी ज़िन्दगी तो चाँदनी रात में गुलों की मुस्कान है, फ़स्ले बहार है। रुपहली रात और सुनहले दिन में ऐसा झूठ भी प्यारा लगता है।' गुलाब ने बयाँ कर दिया।

'जब जुही जी रात में गुलाब-गुलाब कहती हैं तो मैं गुलाब के फूल पेश कर देता हूँ तो ये बोल उठती हैं कि इसमें तो काँटे हैं। ...अब मैं क्या करूँ? आप ही समझाइए।'

तीनों मुस्करा उठे।

हलीम बोल उठा–'दीदी साहिबा! सलाम!! मेरे सर पर बैठा सन्दूक़ आपके क़दमों में आ जाने के लिए बेचैन है।'

'ओह! हम हलीम को भूल गये थे।' गुलाब ने कहा।

चारों चल पड़े! सभी गाँव से होते कीरत के दरवाज़े पर आ पहुँचे। गाँव के लोगों ने हाथ जोड़कर इनका स्वागत किया। गाँव का पहरेदार कुत्ता दो बार भौंककर चुप हो गया। वह इन सबके पीछे चलने लगा। पहले तो गुलाब डर गयी। कुछ ही लम्हों के बाद डर मिट गया था।

खुदाबख़्श की हवेली की तुलना में कीरत का घर छोटा था। पर सुन्दर ढंग से सजा था। दरवाज़े के बाहर पौधे अपने खिले हुए फूलों से स्वागत कर रहे थे। घर के भीतर की सफ़ाई मन को मोह रही थी। गुलाब जुही के साथ घर के भीतर गयी। कीरत की भाभी ने जुही की बहन और सहेली गुलाब का बड़े स्नेह से स्वागत किया। सफ़ेद चादर से सजी खाट पर बैठाया। हलीम सन्दूक़ रखकर बाहर आ गया। कीरत ने उसे दालान में बैठा दिया।

जुही ने अपनी माँ, अब्बा और भाभी के बारे में पूछा। गुलाब ने बताया कि सभी हाल-समाचार जानने के लिए बेचैन रहे हैं। इब्राहिम और अकरम के दिल्ली से आने की ख़बर से घबरा रहे हैं। ...वे दोनों इधर आ सकते हैं।

'मैं तो यहाँ बेख़ौफ़ हूँ, गुलाब!' जुही ने कहा।

'तुम तो जीजा जी के इश्क़ के सुरूर में डूब गयी हो।'

'तुम्हीं ने तो इश्क़ का मायने समझाया था।'

'अरे माशूक़ा! मेरे कहने से तुमने इश्क़ के गाँव में क़दम बढ़ाया था? परीजमाल तो परीलोक में पहुँच गयी है और मुझे कोस रही है! ...बाहर की हलचल पर नज़र रखो। ...जीजा जी! आप कहाँ छिप गये?'

कीरत ने बाहर से आकर हाथ जोड़ते हुए पूछा—'साली जी! मुझे क्या हुक्म है?'

'आपने मेरी भोली-भाली बहना को कौन-सा नशा खिला दिया है?...आप दोनों इस दुनिया से बेख़बर हैं। अकरम भाई और इब्राहिम—दोनों इधर आ सकते हैं। ख़बरदार रहें।'

'वे दोनों शिवपुर गाँव को समझ गये हैं। एक बार वे दोनों नाले तक आकर धमकी दे चुके हैं। उन्हें जवाब भी मिल चुका है।' कीरत ने आत्मविश्वास के साथ बताया।

'ऐसा!' गुलाब ने पूछा।

'जी, हाँ!'

भाभी नाश्ता लेकर आ गयी। जुही ने उठकर सँभाल लिया और तश्तरियों को छोटी चौकी पर सजा दिया। गुलाब ने भाभी से कहा—'दीदी! चाची और चाचा ने आप सबको सौग़ात भेजा है। इन्हें क़बूल करें।' भाभी ने अनुरोध किया—'गुलाब बहन! पहले हमारे सत्कार को स्वीकार करें। हम तो किसान हैं।'

'पहले आप इस सौग़ात को क़बूल करें। इन सन्दूक़ों में कुछ कपड़े हैं और हैं मिठाइयाँ और इस सन्दूक़ची में जुही के लिए जेवर हैं। आपके लिए भी दो हैं।' यह कहकर गुलाब ने सन्दूक़ची उनके हाथों में दे दी।

'गुलाब बहन! हम बहुत ख़ुश हैं कि जुही ने एक किसान के घर में आकर अपने अन्दर की ख़ुशी उड़ेल दी है। लगता है कि यह इस धरती की बेटी है और कभी लगता है कि यह मेरी दुलारी देवरानी है। ...कभी मेरे देवर की उर्वशी लगती है और कभी राधारानी!'

'दीदी! आप तो शायरी कर गयीं। आप मेरी बहन और सहेली को इतना प्यार कर रही हैं कि मैं तो निहाल हो गयी।' भाभी लजा गयीं। ...मुस्कराती रही।

अचानक गुलाब की नज़र कमरे के कोने में गयी। वहाँ भाले दिखाई पड़े। तलवारें भी दिख गयीं।

कीरत बाहर हलीम को नाश्ता करा रहा था। गुलाब ने कहा—'दीदी! आप अपने को किसान कहती हैं। घर में तलवार-भाले भी हैं! ...बाहर फूल के पौधे झूम रहे हैं। ...आप तो ख़ुद प्यार की मूरत हैं। ...सच क्या है?'

'हाँ, गुलाब बहन! मेरे देवर जी नौजवानों के सरदार हैं। शस्त्रों का अभ्यास कराते हैं। प्यार भी करते हैं। जुही रानी उसी प्यार की धड़कन है।'

'वाह दीदी! ...आप सतनामी किसान हैं। सिपाही हैं। प्यार-मुहब्बत की सदाबहार मुस्कान है।' यह कहकर गुलाब मुस्कराती रही।

जुही तो चेहरा छिपाकर मुस्करा रही थी।

'ये अस्त्र-शस्त्र आत्मरक्षा के लिए ज़रूरी है।' भाभी ने गम्भीर स्वर में बतलाया।

'तब तो इब्राहिम से ख़ौफ़ खाने का सवाल ही नहीं उठता।'

'हम तो अपने गाँव में बेख़ौफ़ रहते हैं।'

'एक सवाल है। ...दूसरे हिन्दू सतनामियों को अपने बराबर नहीं समझते हैं। ऐसा क्यों?'

'हिन्दू जाति-पाँति के क़ायदे में बँधा हुआ है। कोई बड़ा है, कोई बीच का है, कोई छोटा है और कोई बहुत छोटा है। ...हम निर्गुणवादी जात-पात को नहीं मानते।' भाभी ने बताया।

'मुसलमानों में भी भेदभाव है। ग़ैर-मुल्क़ी मुसलमान शरीफ़ हैं, बड़े हैं। इस देश के नये मुसलमान छोटे हैं।'

'इन सब बातों को छोड़ो, गुलाब! मैं बहुत खुश हूँ। मगर तुमको जब-तब आना होगा। ...सबको मेरा सलाम-पैरों को छूकर प्रणाम कह देना।' जुही ने गुलाब से अनुरोध किया।

नाश्ते के साथ जुही और गुलाब गपशप करती रहीं। हलीम को भाभी ने कपड़े दिये। गुलाब को तो बड़े प्यार से कपड़े क़बूल करने का अनुरोध किया।

गुलाब हलीम के साथ विदा हुई। जुही और कीरत—दोनों नाले तक विदा करने आये। विदा के वक़्त दोनों की आँखों में आँसू आ गये थे। नाले के पार जाकर गुलाब ने मुड़कर जुही को देखा। उसकी आँखों में जुदाई का दर्द उभर रहा था।

सैंतीस

पंछियों के कलकूजन के साथ सदानन्दी गाँव की नींद टूट गयी। घर-घर में सतनाम का मन्द-मधुर स्वर प्रातःकालीन शीतल मन्द पवन के संचार के साथ गूँजने लगा। फूल और श्याम की नींद भी दूर चली गयी। कहाँ गयी, पता नहीं चला। श्याम ने अपनी पलकों को बन्द कर अपने आराध्य का स्मरण किया। फूलवन्ती ने भी ईश को स्मरण कर अपनी हथेलियों को देखा। उसमें देवी-देवताओं की भावना की। खाट के नीचे पैर रखते हुए धरती माँ को नमन किया, और फिर श्याम के चरणों को छू लिया।

श्याम ने कहा—'फूल! हम अपनी धरती माँ को एक साथ प्रणाम करें। पर मेरे चरणों को स्पर्श मत करो।'

'आप नारायना गाँव के जीवन की याद नहीं करायें। आपने परिवार और गाँव का विरोध सहकर मुझे अपनाया है। आप देवतुल्य हैं।'

गौरी-शंकर और राधा-कृष्ण का उपासक अपने को छोटा नहीं मानेगा, देवि! आपने बहुत सहा है। सबने आपको कष्ट दिया है। परिवार पीड़ा देने के लिए नहीं है। इसीलिए तो मैंने आरम्भ में आपकी पीड़ा की अनुभूति की। इसी अनुभूति के कारण बार-बार मिलने की कोशिश की, और मेरे मन में रागभाव जगने लगा। ...आँखों से

कुछ कहता रहा। मन विकल होता रहा। छोटे चाचा बोलते रहे। चाचा-चाची दोनों आपको कोसते रहे।'

'मुझे आपका वह देखना...कुछ कहना बुरा लगता रहा। मैं बरजती रही। वे लोग क्रुद्ध होते रहे। अपशब्द बोलने लगे। इस स्थिति में मुझे लगा कि कोई तो सहानुभूति दे रहा है। ...धीरे-धीरे अच्छा लगने लगा। द्वन्द्व भी उभर आया।'

'और चाचा जी ने हंगामा करके पंचायत बुला ली। मन डरने लगा। ...क्या होगा?'

'पंचायत ने डर को भगा दिया। ...आज हम सदानन्दी ग्राम में एक साथ नया जीवन जी रहे हैं। ...मैं पिछले जीवन को भूल चुकी हूँ। आप याद मत दिलाइयेगा। ...गुरु जी ने तो हमें आशीर्वाद दिया है। आपने मुझे अपना लिया।'

'फूल! गुरु जीवनदास जी ने हमें राधा-कृष्ण की पूजा से मना नहीं किया है। हम उनके प्रवचन और ध्यान योग में सम्मिलित भी होते हैं। ...हम यह भी भूल रहे हैं कि सतनामी छोटे कुल के हैं।'

'हमें ये भूलना ही है। ...गुरु जी ने नारायना के विरोध को भी अनसुना कर दिया। यह साधारण बात नहीं है। ...वैसे यह भी सच है कि गाँव के कुछ लोग मन-ही-मन हमारा साथ देना चाह रहे थे।'

'हाँ, फूलवन्ती!'

'अब ऊपर आकाश में सूरज और चाँद–दोनों अच्छे लगने लगे हैं। पौधों में खिलते फूल और उन पर मँडराती हुई तितलियाँ सब मधुर लगने लगे हैं। ...आगे क्या होगा, श्यामदेव!'

'तो मैं श्यामदेव बन गया! आप सुन्दर फूलवन्ती बन गयीं!! यह परिवर्तन मंगलमय है।'

यह सुनकर फूल लजा गयी। गौरवर्ण का मुखड़ा लज्जा से लाल हो उठा। ...श्याम उस सौन्दर्य की कान्ति को देखता रह गया। ...फूल ने आँखों की कोर से श्याम की आँखों की भाषा को पढ़ा वह पुनः लजा गयी।

'इस फूल की यह कान्ति कहाँ छिपी हुई थी। मैं बड़ा भाग्यशाली हूँ। गुरु जी को पुनः नमन है।' श्याम बोल उठा।

'यह प्रातःस्मरण बहुत हो गया। उधर सभी नौजवान मैदान में एकत्र हो रहे हैं। आप भी हाथों में डण्डा सँभालकर जाइए। केवल पोथियों से काम नहीं चलेगा। शस्त्रों से सुरक्षित जीवन में ही पोथी की प्रतिष्ठा रह सकेगी।'

'सच है; देवि! मैं अभी डण्डे लेकर मैदान में डट जाऊँगा। मैं समझ गया हूँ कि शस्त्र और शास्त्र–दोनों आवश्यक हैं। ...शिकदार आदम ख़ाँ सदानन्दी पर क्रुद्ध है। संकट मँडरा रहा है। चोट खाया मुग़ल चुप नहीं बैठेगा।'

'अब हमारा सारा सुख-दुख सदानन्दी गाँव के सुख-दुख से जुड़ गया है। हम घबराकर यहाँ से नहीं हटेंगे।'

'हाँ, फूल!'

दोनों नित्य कर्मों से निवृत्ति के लिए उठ खड़े हुए। कुछ ही देर के बाद श्याम ने डण्डे लेकर अपनी झोंपड़ी से बाहर निकलने के लिए पग बढ़ाये। फूलवन्ती अपने श्यामदेव के नये रूप को देखकर मुस्करायी।

अचानक दूर से डंके की आवाज़ आयी। ...फूल ने सोचा कि अवश्य ही नारनौल से मुग़ल फ़ौज आ रही है। ...अब क्या होगा? उसने झोंपड़ी की छोटी खिड़की से मैदान की ओर झाँका। उसके श्याम मैदान में पहुँच गये थे। सतनामी नौजवानों का उत्साह झलक रहा था। ये तो डंके की आवाज़ से घबरा नहीं रहे हैं। इनके भाले और डण्डे सूर्य की किरणों में चमक रहे हैं। वही चमक इनके मुखड़े पर है। अद्‌भुत है! ...पर इस बार का टकराव साधारण नहीं होगा। भीषण होगा। उधर नारायना गाँव चिन्तामुक्त रहेगा? क्या वह सोचेगा कि उस पर ऐसा संकट नहीं है! यह संकट केवल सदानन्दी ग्राम का है। किन्तु यह संकट केवल सदानन्दी का तो नहीं है! केवल सतनामियों का नहीं है। पर वे ऐसा सोच नहीं सकेंगे। शायद पूरे समाज की यही मानसिकता है। ...जो भी हो, सतनामियों को उनकी फ़ौज से जूझना होगा। इस टकराव में विजय पानी है। क्या यह सम्भव है?...उसकी दृष्टि चारों ओर घूम आयी। कोई बेचैन नहीं लगता। वसन्ती बहन और रामी बहन—दोनों को अपने काम में मग्न देखा। वह भी चिन्तामुक्त हुई।

घण्टेभर के बाद स्पष्ट हो गया कि नारनौल के मुग़ल फ़ौज़दार ने फ़ौज भेज दी है।

गुरु जीवनदास सोच रहे थे—टकराव नहीं चाहने पर भी हो गया। शिकदार आदम ख़ाँ के कारिन्दे जानबूझकर उलझ गये थे। वे सतनामियों को झुकाना चाहते रहे हैं। ...गाय और बकरे का कटे हुए खेतों में चरना अस्वाभाविक नहीं है। ...रमज़ान द्वारा किशन पर प्रहार और फिर रमज़ान पर सतनामियों का प्रतिशोध के लिए प्रहार— इस टकराव का कारण बन गया। मुग़ल केवल दमन चाहते हैं क्योंकि हम क़ाफ़िर हैं। ...ये सन्त कबीरदास की 'क़ाफ़िर' की नयी व्याख्या को क़बूल नहीं कर सके। यदि वे नयी व्याख्या को अपना लेते तो प्रजा और राजा की दूरी मिट जाती। उनकी नज़र में रिआया क़ाफ़िर हैं और शहंशाह ज़िन्दापीर कुफ्र को मिटाना चाहते हैं। इधर सारा समाज मिलकर शाह के दमन को रोक नहीं पाता। सतनामियों पर मुग़लों की नज़र गड़ गयी है। ...क्या होगा?

गुरु जीवनदास इसी चिन्ता में किशन के पास आये और उन्होंने पूछा—'कैसे हो?'

'मैं स्वस्थ हूँ, गुरुदेव! परन्तु ये मुग़ल अस्वस्थ हैं।' किशन ने कहा।

फ़क़ीरचन्द ने निवेदन किया—'गुरुदेव! यदि शिकदार मुग़ल फ़ौज को लेकर हमला करेगा तो हम उन्हें जवाब देंगे!'

'उनके आक्रमण को तो विफल करना है जिससे सदानन्दी गाँव उजड़ नहीं

सके। पर किशन को अभी विश्राम करना है। ...मैं पुनः शान्ति-सन्धि का सन्देश भेजना चाहता हूँ।'

दोनों ने एक साथ कहा—'आप अवश्य ही कोशिश करें।'

अपराह्न में दो किशोर गुरु जी का शान्ति-सन्देश लेकर शिकदार के पास गये।

बस्ती में प्रवेश करते ही दोनों किशोर पकड़ लिये गये। दोनों को शिकदार के सामने पेश किया गया। किशोरों ने झुककर गुरु जी का सन्देश दिया।

आदम ख़ाँ शान्ति-सन्देश को पाकर सोचने लगा। ...मगर तौक़ीर बोल उठा—'हुज़ूर! सतनामी डर गये हैं। अब इन्हें मुकम्मल तौर पर पस्त करना ज़रूरी है। ...वजह है कि सतनामी दिल और दिमाग़ से शहज़ोर हैं।'

'तौक़ीर! ये सतनामी-साधो बुरे नहीं हैं। लेकिन ये शहज़ोर हैं। ...मुझे ताज्जुब है कि ये जीतकर भी सुलह चाहते हैं।'

'जब हम फ़तहयाब होंगे तब सुलह की बात की जा सकती है।'

'हाँ, तौक़ीर! तुम ठीक कह रहे हो। ...जाओ, बच्चे! कह देना कि हम जंग के मैदान में ही सुलह के सवाल पर ख़याल करेंगे।' आदम ख़ाँ ने जवाब दे दिया।

किशोरों ने झुककर सलाम करते हुए कहा—'एक बार आप ज़रूर अमन-चैन के लिए विचार करें। हम बच्चों की प्रार्थना है। जीने के लिए ख़ून और आह ज़रूरी नहीं है।'

आदम ख़ाँ और तौक़ीर—दोनों किशोरों के शब्दों को सुनते रहे। उन्हें देखते रहे।

कुछ लम्हों के बाद तौक़ीर तल्ख़ आवाज़ में बोल उठा—'भागो, यहाँ से।'

किशोर निराश होकर लौट आये।

उन्होंने गुरु जीवनदास के समक्ष वहाँ का विवरण रख दिया। गुरु जी का मुख चिन्तामग्न हो उठा। ...पर आक्रमण को विफल करने की तैयारी चलने लगी।

उधर दो रोज़ तक मुग़ल सिपाही आराम करते रहे। ...तीसरे दिन एक हज़ार मुग़लों की फ़ौज सदानन्दी की ओर चल पड़ी।

सदानन्दी के सशस्त्र नौजवान जयध्वनि के साथ मैदान में आ गये। अपनी व्यूह-रचना कर ली।

नारायना गाँव के कुछ घरों में बेचैनी छा गयी। पं. भोलाशंकर की पत्नी अपने पुत्र श्यामसुन्दर की सुरक्षा के लिए उसे पकड़कर लाने के लिए कहने लगी। ज़ोर देने लगी।

पं. भोलाशंकर, शामलाल और पूरनचन्द के साथ गाँव से बाहर निकले। कुछ देर चले। मुग़ल फ़ौज बढ़ी आ रही थी। उन्होंने सोचा—'श्याम का क्या होगा?'

अब आगे बढ़ना मुश्किल लगा। तीनों को लौटना पड़ा। उनके हृदय की धड़कनें बढ़ गयीं। ...घर में पत्नी पुत्र के लिए हाय-हाय कर रही थी। ...भोलाशंकर माथे पर हाथ धरकर बैठ गये।

मैदान में मुग़ल फ़ौज ने देखा कि सतनामी भी एक हज़ार से कम नहीं लगते। ये लड़ने के लिए कमर कसकर आ गये हैं। ...अब सुलह क्यों?

नगाड़े, तुरही और डंके बज रहे थे। जोश उमड़ रहा था। धूप में तेग और भाले चमक रहे थे। ...दोनों ओर से प्रहार होने लगे। युद्ध भीषण हो चला। दो घण्टे बीत गये। आसमान शोर से भर उठा। गीध मँडराने लगे। पड़ोस के गाँव सहम गये। वे अपने में बन्द हो गये।

सतनामी पूरी शक्ति से लड़ रहे थे। लगा कि मुग़ल फ़ौज का दबाव बढ़ रहा है। सतनामी पीछे हट रहे हैं। दस क़दम पीछे हटना पड़ा। मुग़लों का दबाव और बढ़ा। सतनामी डट गये। अब सतनामियों का दबाव बढ़ने लगा। वे आगे बढ़ने लगे। मुग़ल घायल होकर लुढ़कने लगे। पर उन्होंने सतनामियों को रोक दिया। भीषण युद्ध के बाद सतनामी जयध्वनि के साथ मुग़लों पर टूट पड़े। मुग़लों को पीछे हटना पड़ा।

श्याम चार सतनामी साथियों के साथ घायलों की चिकित्सा की व्यवस्था कर रहा था।

हवेली में आदम ख़ाँ सदानन्दी पर क़ब्ज़ा करने और बहुत कुछ हासिल करने का ख़्वाब देख रहा था।

इधर जंगे-मैदान में सालार तौक़ीर बुरी तरह ज़ख़्मी होकर गिर पड़ा। नारनौल से आया सिपहसालार भी ज़ख़्मी हो चुका था। मुग़ल पीछे हटने लगे। तौक़ीर घोड़े से कुचलकर मौत की गोद में सो गया। मुग़ल भागने लगे। सतनामी उनका पीछा करते शिकदार की बस्ती तक पहुँच गये। शिकदार आदम ख़ाँ को भागना पड़ा। सतनामियों ने उस बस्ती पर क़ब्ज़ा कर लिया। हवेली के ऊपर अपना झण्डा लहरा दिया। और कुछ मुग़ल खातूनों को बाअदब हिफ़ाज़त के साथ नारनौल भेज दिया।

विजयी सतनामी अपने गाँव लौट आये! गुरु जीवनदास पं. श्यामसुन्दर के साथ घायलों की सेवा में लगे हुए थे। पास के गाँवों से वैद्य भी आ गये। वसन्ती, रामी और फूलवन्ती घायलों की सेवा में पथ्य का प्रबन्ध कर रही थीं।

विजय ध्वनि ने गुरु जीवनदास का अभिनन्दन किया। गुरु जीवनदास ने कहा– 'अपनी विजय पाकर बेहोश नहीं हो जाना है। यह तो मुग़ल सल्तनत से सीधा टकराव है। ज़ख़्मी शेर पूरी शक्ति के साथ आक्रमण करेगा। ...कुछ सोचने का समय आ गया है।'

जयध्वनि बन्द हो गयी। सभी गुरु जी के शब्दों पर विचार करने लगे। ...गाँव घायलों की आहों से भर उठा। उधर नारनौल के फ़ौजदार करतलब खाँ ने देखा कि जीत खबर से आदम ख़ाँ ज़ख़्मी होकर आ गया है। जंग में हार कर आया है। ...सतनामियों की जीत की ख़बर से वह घबरा गया। नारनौल तो सतनामी बस्तियों से घिरा हुआ है। मगर बाग़ी सतनामियों को कुचल देना है...वह तैयारी में लग गया।

अड़तीस

गुरु जीवनदास के साथ किशन, फ़क़ीरचन्द और श्यामसुन्दर तीनों थे। वे वैद्य के अनुसार घायलों को औषधि दे रहे थे। सबके घावों की पट्‌टी हो चुकी थी। गुरु जी थोड़ा आश्वस्त हुए। उन्होंने श्याम से पूछा–'यहाँ तुम्हें कैसा लग रहा है?'

'बहुत अच्छा लग रहा है, गुरु जी! सबका इतना स्नेह मिल रहा है कि मैं नारायना को भूल रहा हूँ।' श्याम ने उत्तर दिया।

'अपने गाँव और परिवार को नहीं भूलना चाहिए, श्याम! यदि वे स्वीकार कर बुलावें तो अवश्य जाना चाहिए। ...सदानन्दी ग्राम मुग़ल शासन के दमनचक्र को सहने को तैयार नहीं है। ...युद्ध हो चुका है। ...वे शान्ति नहीं चाहते। पता नहीं, कब क्या हो जाये?'

'यह स्थिति विषम हो रही है, गुरु जी। वैसे भारत का कोई क्षेत्र शान्त नहीं है। इसलिए अपने गाँव और अपने घर में शान्ति से कैसे रहा जा सकता है?'

'श्याम! मैं टकराव नहीं चाहता हूँ। मैंने दो-दो बार अनुरोध किया। पर उन्होंने युद्ध लाद दिया। यह तो सतनाम प्रभु की कृपा है कि सतनामी विजयी हो गये। पर इससे क्या होगा? सर्वशक्तिमान शहंशाह का दर्प अपनी हार को कैसे क़बूल करेगा? घोर चिन्ता की बात है।'

'जी!'

'इसीलिए कह रहा हूँ कि यदि बुलावा आवे तो तुम दोनों को जाना चाहिए। नये विश्वास के साथ जाना चाहिए। मुग़लों के दर्प, दमन और आतंक की चर्चा होनी चाहिए। ...हम सभी इस सच को समझें!'

श्याम सोच रहा था। उसके मुख पर चिन्ता की रेखाएँ उभर रही थीं। ...उसे सदानन्दी में रहना चाहिए या नारायना में जाकर इस संकट पर विचार-विमर्श होना चाहिए।

उधर शिकदार की बस्ती में सतनामी नौजवान अपने झण्डे-लहरते देखकर हर्षविभोर हो रहे थे। ...अचानक एक वृद्धा अपने हाथ में एक झण्डा लिये आ गयी। गले में कण्ठी माला थी। झण्डे के डण्डे में भी फूलों की माला लिपटी हुई थी। ...सशस्त्र सतनामी नौजवानों ने उसे प्रणाम किया, और उससे कुछ पूछना चाहा।

वह बोल उठी– 'मैं अपने सतनामी वीरों को बधाई देने आ गयी हूँ। मैंने साधना की है। इस ध्वजा को अपनी साधना से अजेय शक्ति दे दी है। ...आप इस ध्वजा को अपने हाथों में सँभाल लें। ...आप इस ध्वजा के साथ विजय-पथ पर बढ़ते जाये। आप सदा विजयी होंगे। ...एक ही बन्ध है कि इस ध्वजा को अपने साथ रखें! कन्धों से ऊपर रखें। माला सदा डण्डे में लिपटी रहे। प्रातः सायं इसके समक्ष सभी शीश झुकायें। ...आप सदा अपनी जयध्वनि सुनते रहेंगे।'

'ऐसा! क्या ऐसा हो सकता है?' एक ने पूछा।

दूसरे ने कहा—'बिना गुरु जी से पूछे हम इसे...?'

'मैं ख़ुद गुरु जीवनदास जी से बात करूँगी। मैं उनके पास जाऊँगी। ...आप एक बार प्रयोग करके देख लें। आप इसे नमन कर हाथों में सँभाल लें। ...आप इस रहस्य को प्रकट न होने दें। यह ध्यान रखना है।' वृद्धा ने समझाया।

तीसरे ने निवेदन किया—'हमें विजय चाहिए। पर गुरुदेव की अनुमति तो चाहिए।'

'मैं अनुमति दिला दूँगी। मैं उनके पास ही जा रही हूँ। ...पहले आप सँभाल तो लें।'

कुछ क्षण सोचकर नागेश ने उस ध्वजा को अपने हाथ में ले लिया। इसलिए सबने ध्वजा को नमन किया। वृद्धा सतनामियों की विजय कामना कर चल पड़ी। वह मुस्कराती हुई आशीर्वाद देती रही। उन्हें लगा कि वृद्धा माता गुरुदेव के पास जा रही हैं। अतः उनमें नया विश्वास जग गया। नागेश के हाथ में ध्वजा लहर रही थी। अन्य सोच रहे थे कि यह विजय ध्वजा है! क्या यह सम्भव है? यह रहस्य है। ...गुरुदेव क्या सोचेंगे?

अपराह्न में गुरु जीवनदास फ़क़ीरचन्द, गुरुसरन और किशनराम के साथ आ गये। शिकदार बस्ती के सतनामी प्रहरियों ने सहर्ष नमन किया।

गुरु जी ने सबके प्रसन्न मुखड़े को देखा। आशीर्वाद दिया। नागेश के हाथ में एक ध्वज को देखा। सतनामी झण्डे से थोड़ा भिन्न था। विशेष था।

नागेश ने वृद्धा माता की चर्चा की और पूछा—'क्या वे आपके पास गयी थीं? इस ध्वज के लिए आपकी अनुमति चाहिए। यह विजय ध्वज है। हम सदा विजयी... ।'

'आपके साथी घायल पड़े हैं। सभी थके हुए हैं। भीषण आक्रमण की सम्भावना है। ...और आप में विजय-सदा विजय की इच्छा प्रबल हो उठी है!'

'संकट तो मँडरा रहा है, गुरुदेव! अतः विजय तो चाहिए।' नागेश ने उत्तर दिया।

'वह वृद्धा माता तो आयी थीं। उन्होंने नमन किया। विजय के लिए बधाई दी। और आगे की मंगलकामना की। ...यह अवश्य कहा था कि आप सतनामी नौजवानों को विजय के लिए आशीर्वाद दें।'

'गुरुदेव! आपने आशीर्वाद दे दिया। वृद्धा माता ने भी आशीष दिया है, और यह ध्वजा भी प्रदान की है। ...हम आक्रमण की सम्भावना को मिटा देना चाहते हैं।'

'आपको नारनौल पर दृष्टि रखनी है, पर उधर बढ़ना नहीं है।'

'उनके आक्रमण के केन्द्र को दुर्बल हो जाना है, गुरुदेव! तभी तो हम अपने क्षेत्र में सुरक्षित रह सकेंगे। ...इस समस्या पर विचार किया जाये।' दूसरे ने अनुरोध किया।

'दिल्ली की मुग़ल शक्ति आपको छोड़ देगी?'

'अब तो दिल्ली शिवाजी को रोकने में असमर्थ हो रही है, गुरुदेव!'

'मेरे नौजवानो! थोड़ा सोचो। विचार कर लो। नारनौल के मुग़ल फ़ौज़दार से टकराने के लिए क़दम नहीं बढ़ाना।' गुरु जीवनदास ने समझाया।

गुरुसरन ने कहा—'हम सबको गम्भीरता से विचार करना चाहिए।'

रात में सभी बैठकर विचार करने लगे। ...उन्हें समाचार मिला कि शिवपुर के सतनामी नायक कीरतराम ने एक मुस्लिम लड़की के साथ विवाह कर सबसे मंगलकामना पा ली है। ...वहाँ शस्त्राभ्यास चल रहा है। वहाँ से पूरा सहयोग मिलेगा। ...परन्तु नारनौल की ओर बढ़ने का निर्णय नहीं हो सका।

दूसरे दिन प्रातः नागेश के साथ कुछ नौजवानों ने गुरु जीवनदास से मुग़लों से संघर्ष की अनुमति माँगी। गुरु जी ने कहा—'यदि विजय अभियान आवश्यक है तो गुरु तेगबहादुर से सहयोग लेना चाहिए। साधु जमुनादास के ज़रिये उनके पास पहुँचना चाहिए। संगठित शक्ति के साथ विजय के लिए संघर्ष उचित है।'

यह उत्तर सुनकर सभी मौन रह गये। कुछ क्षणों के बाद नागेश बोल उठा—'गुरुदेव! इस क्षेत्र के सतनामी नौजवान तत्पर हैं। वृद्धा माता की ध्वजा साथ में है।'

इस तर्क पर गुरु जीवनदास मौन रहे। उन्होंने सोचा कि सतनामियों में ऐसा भाव इतना प्रबल हो गया है! यह क्या काल का प्रभाव है?

सभी चुपचाप थे। वे गुरुदेव के मुख पर आते भावों को समझ रहे थे।

'मैं तो स्मरण, ध्यान और सेवा में समर्पित हूँ। युद्ध और रक्तपात की लालसा से दूर हूँ। ...आत्मरक्षा आवश्यक है। आत्मरक्षा के लिए अनुमति रही है। इससे आगे...।' यह कहकर गुरु जीवनदास किशन, फ़क़ीरचन्द और गुरुसरन के साथ सदानन्दी की ओर चल पड़े।

ख़बर मिली कि नारनौल का मुग़ल फ़ौज़दार गुस्से में है। आक्रमण की तैयारी में है। इसलिए सतनामी नौजवानों ने विजय अभियान के लिए निर्णय ले लिया। नागेश सारा नेतृत्व कर रहा था।

शिवपुर में जुही और कीरत—दोनों अपने घर के पिछवाड़े खिले हुए फूलों पर मँडराती तितलियों को देख रहे थे। रंग-बिरंगी तितलियाँ मन को मोह रही थीं।

'जुही! उस महान कलाकार ने तितलियों को कितना सुन्दर बनाया है।' कीरत ने मुस्कराते हुए कहा।

'हाँ, जी! इस धरती का फनकार इसी की नक़ल करता है। मगर खुद फनकार-कलाकार होने का दावा करता है।' जुही ने जवाब दिया।

'पर यह तो सबसे बड़ा सच है कि सौन्दर्य प्रेमी महान कलाकार ने रमणी-सुन्दरी की रचना में अपनी सारी कला लगा दी है। प्रकृति का सारा सौन्दर्य नारी देह में...।'

'मगर बादशाह, सरदार, राजे और महराजे खुदा के द्वारा रची गयी नारी की इज़्ज़त नहीं करते। वे उसे ऐशगाह में बन्द कर देते हैं। ये बेरहम ऐयाश हैं।'

'बात तो सच है, जुही! पर मैं तो उपासक हूँ।'

'तभी तो मैं अपने बाग़ और अपनी हवेली को छोड़कर इस गाँव में आ गयी हूँ।'

'और मैं निहाल हो गया हूँ, जुही!'

'मेरे ताज-कीरत जी! स्त्री हो या पुरुष—सबको अपने ज़मीर के साथ जीना चाहिए। दोनों के बीच प्यार बहुत ज़रूरी है।'

'मैं आपसे सहमत हूँ।'

'आपने मुझे प्यार किया। आपने मुझे इज़्ज़त बख़्शी। मैंने आपको क़बूल किया। ...अब्बा हुज़ूर तो अभी भी दिल से हिन्दू हैं। इसीलिए हमें मिला दिया।'

'मैं सौभाग्यशाली हूँ, जुही!'

दोनों मुस्करा उठे। पास की एक डाली हिल गयी। तितलियाँ उड़ गयीं। ...दोनों उड़ती हुई तितलियों को देखने लगे। ...उसी समय द्वार पर कोई कीरत को पुकार रहा था। कीरत बाहर के द्वार पर गया। पड़ोसी हरनाम था।

'नायक कीरतराम! सदानन्दी के सतनामियों ने पड़ोस की शिकदार बस्ती के मुग़लों को हरा दिया है। नारनौल की फ़ौज को हराया है अब सतनामी नौजवान नारनौल की ओर बढ़ रहे हैं। ...नागेश नायक मिलना चाह रहा है।' हरनाम ने बताया।

कीरत ने नागेश को बुलाया। साथ बैठे। नागेश ने स्थिति के बारे में बताया कि गाय और बकरे के चरने के नाम पर शिकदार के कारिन्दे ने किशनराम को मारा। उस कारिन्दे पर भी प्रहार हुआ। वह मर गया! उन्होंने दो-दो बार सदानन्दी पर हमले किये! हमने उन्हें हरा दिया। एक वृद्धा माता ने विजय का आशीष दे दिया है। नारनौल पुनः तैयार हो रहा है। इसलिए हम नारनौल के मुग़ल फ़ौजदार से टकरायेंगे। उसे हरायेंगे। ...आपका सहयोग चाहिए।

'नायक नागेश! सम्भवतः गुरुदेव ने इसके लिए अनुमति नहीं दी होगी। पर आप लोग आवेश में हैं।' कीरत ने अपना विचार रखा।

नागेश ने कहा—'नायक कीरत! हमने उनसे विनती की थी। उन्होंने आत्मरक्षा के लिए संघर्ष को उचित माना है। उन्होंने रोका नहीं है।'

'ठीक है। शिवपुर के जो नौजवान आपके साथ जाना चाहेंगे, वे जा सकते हैं। मेरी शुभकामना है।' कीरत ने अपने को स्पष्ट कर दिया।

शिवपुर के दो सौ नौजवान नागेश के साथ हो गये। वह सतनामी सेना नारनौल की ओर बढ़ गयी। ...कीरत सोचने लगा कि सतनामी नौजवान मुग़ल सल्तनत से लोहा लेने के लिए क्यों उतावले हैं?...शायद वृद्धा माता की ध्वजा ने इनमें अपार विश्वास जगा दिया है। पर अपने को तौलकर पग बढ़ाना चाहिए।

जुही ने पूछा—'आप क्या सोचने लगे? अचानक फ़िक्रमन्द हो गये हैं, बात क्या है?'

'जुही! काल महाकाल बन चुका है। मेरे बन्धुओं को परम विश्वास है कि वे मुग़लों पर विजय होंगे। स्वतन्त्र होंगे।'

'मेरे अब्बा कभी-कभी बताते रहे हैं कि उनके पुरखे यादव भट्टी तुरुकों से छापामार लड़ाई लड़ते रहे हैं। बड़ा जोश था। तुर्क़ सुल्तान परेशान था। मगर उनकी ताक़त कम होती गयी। आख़िर में तुरुकों ने उन्हें हराकर तलवार की नोक पर धरम बदल दिया।'

'अब मेरे सतनामी जोश में आ गये हैं। इसलिए चिन्ता हो रही है।' कीरत ने बताया।

दोनों अतीत और वर्तमान में भटकने लगे।

जंग के एक माह के बाद नारनौल के फ़ौज़दार को ख़बर मिल गयी कि सतनामी फ़ौज आ रही है। वह बोल उठा–'नारनौल में दारुल सल्तनत की फ़ौजी छावनी है! लश्करगाह है! सतनामी तो मर मिटने के लिए आ रहे हैं। यह तो बग़ावत है। कुचल देना है।'

सतनामी सेना नारनौल के निकट आ गयी। ...दूसरे दिन सतनामियों की ललकार सुनाई पड़ गयी। मालूम हुआ कि आसपास के हिन्दू लड़ाके भी सतनामियों की मदद के लिए आ गये हैं।

युद्ध के नगाड़े बजने लगे। नारनौल के बाहर के मैदान में मुग़ल फ़ौज आ गयी। करतलब ख़ाँ और आदम ख़ाँ ने सतनामियों के जोश का एहसास किया। नारनौल के आसपास इन्हीं की बस्तियाँ हैं। ओह! ...सतनामी सेना का नौजवान सिपहसालार अपनी फ़ौज को सजा रहा है। ...अपनी पूरी ताक़त से इन बागियों पर हमला करके पस्त कर देना है। शायद इन्हें मथुरा के गोकुल की बग़ावत के नतीजे की जानकारी नहीं है।

फ़ौज़दार करतलब ख़ाँ ने अपना मोर्चा सँभाल लिया। सतनामियों को घेरते हुए हमला बोल दिया। नागेश और शिवपुर के इन्दर राम ने समझ लिया कि मुग़ल फ़ौज़दार से मुक़ाबला है। उन्होंने मुग़ल घेरे को तोड़ने की चेष्टा की। सतनामियों का रक्त बह उठा। पर उनका विश्वास और आवेश–दोनों भाव साथ दे रहे थे। वे घबराये नहीं! उन्होंने दो घण्टे में मुग़लों के घेरे को तोड़ दिया। अब सतनामियों ने मुग़लों को घेरना शुरू किया।

करतलब ख़ाँ समझ गया कि सतनामी कमज़ोर नहीं हैं। युद्ध भयानक हो उठा। सतनामी समझने लगे कि नारनौल का सारा क्षेत्र उनके साथ है। लाशों पर से होकर आगे बढ़ना और पीछे हटना–यह क्रम तीसरे पहर तक चलता रहा। लगा कि सतनामी कमज़ोर हो रहे हैं। वे पीछे हट रहे हैं। पर आध घण्टे में मुग़ल पीछे हटने लगे। सतनामियों का आवेश बढ़ गया।

मुग़ल फ़ौज पीछे हटती गयी! आदम ख़ाँ मारा गया। करतलब ख़ाँ घायल होकर

गिर पड़ा। मुग़ल फ़ौज भाग चली। सतनामी सेना ने नारनौल पर अधिकार कर लिया। फ़ौज़दार के महल पर नया झण्डा लहराने लगा। पूरे क्षेत्र में विजय की ध्वनि गूँज उठी। चारों दिशाओं के हिन्दू सतनामियों का अभिनन्दन करने लगे। ...नागेश ने सोचा—वर्ण-जाति और ऊँच-नीच की परम्परा को मानने वाला हिन्दू समाज शक्ति का आदर करता है। ...यह शुभ है। ...और फिर उसने वृद्धा माता की ध्वजा को नमन किया। वह अपने हाथ में विजय ध्वजा को देख मुस्करा उठा।

उनतालीस

नारनौल पर सतनामियों की जीत का समाचार चारों तरफ़ जंगल की आग की तरह फैल गया। उसी समय इब्राहिम और अकरम देहली से लौटकर मुबारकपुर आ गये। रास्ते में ही यह हैरतअंगेज़ ख़बर मिल गयी। उन्हें यक़ीन नहीं हुआ। लेकिन मुबारकपुर आते-आते हक़ीक़त सामने आ गयी। ...यह भी मालूम हो गया कि जुही की शादी कीरत से हो गयी है। ...दोनों गुस्से में काँपने लगे। दोनों ने ख़ुदाबख़्श ख़ाँ से पूछताछ की। वे चुप रहे। इब्राहिम धमकी देकर चला गया। ख़ुदाबख़्श ने अपने बेटे अकरम को समझाया। वह अपने अब्बाजान को जवाब देकर इब्राहिम के पास आया। दोनों कुछ साथियों के साथ शिवुपर की ओर चल पड़े। उधर शिवपुर में विजय का उत्सव मनाया जा रहा था। सतनामी...साध नौजवान अस्त्र-शस्त्रों से सज धजकर जय ध्वनि कर रहे थे। झण्डे लहरा रहे थे। उनकी जयध्वनि बाग़ के पास की बड़ी सड़क तक पहुँच रही थी। इब्राहिम और अकरम सड़क को पार करने लगे तो जयध्वनि तीव्र हो चली। अकरम ने लौटने की सलाह दी। इब्राहिम ने हरबे-हथियारों से लैस साथियों को देखा। वे तो कुल दस थे। इस वक़्त उनसे कैसे टकराया जा सकता है? यह सोचकर इब्राहिम लौट पड़ा। लेकिन आँखों में गुस्सा...मजबूरी का गुस्सा उफन रहा था। ...उसने देहली की ओर देखा। ...लाल क़िला, शाही महल और जामा मस्जिद की झलक मिली। मुग़ल फ़ौज की क़वायद का नज़ारा भी झलकने लगा। ...तख़्ते ताऊस पर बैठे शहंशाह औरंगज़ेब आलमगीर ग़ाज़ी की शानदार शख़्सियत आँखों में छा गयी। ...उसका सर ऊँचा उठा। सीना तनने लगा। वह मुस्कराने लगा।

अकरम को वह मुस्कान ख़तरनाक दिख पड़ी। उसे याद आ गया कि इब्राहिम को मुग़ल फ़ौज में ओहदा मिल गया है। उसे भी उम्मीद है। दुबारा जाना है। वह हिन्दी मुसलमान जो है। वह मुग़ल नहीं है।

इब्राहिम और अकरम—दोनों मन मारकर लौट गये।

शिवपुर की जयध्वनि उनके दिलोदिमाग़ पर चोट कर रही थी।

शिवपुर में जुही की जेठानी माला गूँथ रही थी। जुही ताज़े फूल दे रही थी।

माला गुँथ जाने पर जेठानी ने कहा—देवरानी! इसे मेरे देवर के गले में डाल दो, और उन्हें नारनौल विजय पर बधाई दो। नायक कीरत को नारनौल जाना है।'

जुही ने माला को निहारते हुए सिर हिलाया, और अपनी कोमल उँगलियों में माला ले ली। कीरत की भाभी मुस्करा उठी। वह भी मुस्कराने लगी। ...दो क्षण के बाद जुही ने सोचा कि मुग़लों की हार हुई है। सतनामी जीत गये हैं। किसानों ने फ़तह पायी है। मुग़ल ताक़त पर फ़तह पा ली है। सचमुच हैरतनाक है...ताज्जुब की बात है। ...हमारे लिए ख़ुशी की बात है। ...देहली से आकर अकरम भाईजान क्या सोचेंगे? वे तो गुस्से में उबल उठेंगे। ...क्या वे इब्राहिम के साथ मुग़ल फ़ौज में ओहदा पा गये हैं?...फिर जंग का ख़तरनाक नज़ारा...एक तरफ़ उसके सतनामी नायक और दूसरी तरफ़ मुक़ाबले में मुग़ल इब्राहिम और भाईजान...ओह! ...ऐसा होगा! ...ख़ून...। नहीं-नहीं!! ...उसने नज़र उठायी तो देखा कि जेठानी जी म्यान से तलवार निकालकर उसकी धार देख रही हैं। ...उसकी आँखें बन्द हो गयीं। ...वह धीरे-धीरे उँगलियों में माला लिए हुए कीरत के पास आ गयी। पीछे से जेठानी जी भी आयीं। उनके इशारे पर उसने कीरत के गले में माला डाल दी, और भाभी ने कीरत के हाथों में तलवार को म्यान में रखकर दे दिया।

'यह क्या? एक माला पहना रही है, भाभी जी तलवार थमा रही हैं।' कीरत ने स्वर में आश्चर्य का भाव लाकर कहा।

'समझिए, नायक कीरत!' भाभी मुस्कराकर बोल उठी।

'जुही ने गले में माला डाल दी है। पर मेरा तो विवाह हो चुका है। अब दूसरा विवाह नहीं करना है।' कीरत ने विनोद किया।

'बात तो सही है कि आपका बार-बार विवाह नहीं होगा। ...सतनामियों की जीत बड़ी बात है। इसलिए जुही ने माला पहनायी है। ...और मैंने आपके हाथों में तलवार दे दी है।'

'तो विजय के उपलक्ष्य में माला और तलवार—दोनों! दोनों ने मुझे बाँध लिया। इनसे बचना नहीं है।' कीरत ने पुनः विनोद कर दिया।

'जी, हाँ! यह जश्ने आज़ादी है। इसमें आप शामिल हों। देहली का तख़्त देख ले कि छोटे किसान और भजन गुनगुनाने वाले सतनामी सल्तनत से टकराते हैं। और फ़तहयाब भी होते हैं।' जुही ने बताया।

'इसलिए नायक कीरत को अपने नौजवान सैनिकों के साथ नारनौल जाकर विजय का अभिनन्दन करना है।' भाभी ने स्पष्ट कह दिया।

कीरत अपनी प्रिया जुही और भाभी के शब्दों को सुनकर हर्षविभोर हो उठा। दोनों को अपनी ओर से बधाई दी। मंगलकामना की। और भाभी के चरणों को छूकर प्रणाम किया।

'मेरी देवरानी को केवल बधाई...! यह तो अन्याय है, कीरत!'

'भाभी! वे तो माला के रूप में मेरे हृदय पर विराजमान हैं। आपके आशीष से सर्वदा...।'

जुही सर झुकाकर मुस्करा रही थी। ...लजा रही थी।

कीरत अपनी भाभी और अपनी पत्नी से बधाई पाकर शिवपुर के विजयोत्सव में जाने की तैयारी करने लगा। दूसरे दिन वह शिवपुर के नौजवानों के साथ जाने के लिए द्वार पर आया। देखा कि जुही हथेली में फूल लेकर विदा करने के लिए खड़ी है। ...पर इसकी आँखों में थोड़ी बेचैनी है।

उसने स्नेहसिक्त स्वर में कहा—'जुही! मुझे अपने हृदय के हर्ष के साथ विदा करो, नहीं तो मेरे पैर रुक-रुककर चल पायेंगे!'

'आप प्रेमी हैं, आप शौहर हैं और आप लड़ाका है। ...आप क्या-क्या हैं? जुही ने आँखों में आँखें डालकर पूछा।

'मैं तीनों हूँ, जुही!'

'मुझे तीनों को प्यार करना पड़ेगा?'

'हाँ, प्रिये!'

'लेकिन इतनी जल्दी जुदाई! ...शिवपुर से नारनौल!!'

'जुही! सतनामी नायक को पूरे मन से अपना कर्तव्य-फ़र्ज़ पूरा करना है।'

'जी, हाँ! ...मैं रोज़ सुबहोशाम याद करूँगी। ...आप तलवार सँभालने के बाद भूल तो नहीं जायेंगे?'

'सुनो! पैरों के नीचे धरती माँ है...ऊपर वह सतनाम प्रभु है...मध्य में मेरी प्रिया... रसवती जुही है।'

यह सुनकर जुही मुस्करा उठी। उसका शीश कीरत के कन्धे पर आ गया। कीरत की उँगलियाँ उन कोमल केशों को स्पर्श कर रोमांचित होने लगीं।

सबसे विदा लेकर कीरत अपने सशस्त्र सतनामियों के साथ चल पड़ा।

नारनौल के मार्ग में सतनामी, नानकपन्थी, वैष्णव, दादूपन्थी—सभी उत्साह-उमंग में दिखाई पड़े। सबको लग रहा था कि सतनामियों की जीत सबके लिए गौरव और गर्व की बात है। वह सबकी विजय ध्वनि को स्वीकार करता हुआ आगे बढ़ रहा था। गाँवों के नौजवान साथ होते गये। ...नारनौल तक का क्षेत्र प्रसन्न दिखाई पड़ा। नगर में प्रवेश करने पर राजभवन पर नया झण्डा लहर रहा था। सैनिकों की छावनी पर वृद्धा माता का झण्डा फहर रहा था। नागेश और इन्दर के साथ सबने कीरतराम का स्वागत किया। कीरत ने हाथ जोड़कर इस स्वागत को स्वीकार किया।

उसी समय मथुरा की ओर से उद्धवदास वैरागी आ गये। उन्होंने देखा कि कबीरपन्थी, नानकपन्थी, दादूपन्थी एवं वैष्णव—सभी का सहयोग मिल रहा है। आपस में कोई अन्तर नहीं रह गया है। उन्हें हर्ष हुआ। उन्होंने शुभाशीष देते हुए

कहा– 'भेदभाव से मुक्त रहकर अटूट संगठन से विजयिनी शक्ति पा जाओ। ...पर अहंकार नहीं जगे–यह प्रत्येक क्षण स्मरण रहे।'

सबने इस सन्देश को शीश झुकाकर धारण किया। जमुनादास उदयपुर के महाराणा के सन्देश को लेकर आ गया। सबने अनुभव किया कि सतनामी पूरे समाज से मंगलकामना पा रहे हैं। अब सतनामी रैदासपन्थ से जुड़े हुए छोटे लोग नहीं हैं। पूरा समाज इन्हें स्नेह देने लगा है। सचमुच ये तो स्वाधीनता के लिए संघर्ष कर रहे हैं। ...यदि ऐसा परिवर्तन आ जाय तो संघर्ष अवश्य ही विजयी होगा।

उसी समय गुरु जीवनदास आ गये। सबने शीश झुकाकर नमन किया। और जयध्वनि भी की। ...गुरु जी ने गम्भीर स्वर में कहा–'मैं इस विजय का अभिनन्दन कर रहा हूँ। ...मेरा एक ही परामर्श है कि नारनौल को केन्द्र बनाकर शक्ति संचय हो। इस स्वाधीनता को क़ायम रखा जाये। पूरे समाज का सहयोग पाया जाये। अपनी इस साधना से सतनामी छोटे-हीन समुदाय के दोष से मुक्त होगा। समाज की मान्यता में बदलाव लाना होगा। ...कबीरदास, रैदास, गुरुनानक–सबने तो प्रयत्न किया है। इस बिन्दु पर ध्यान रहे। तभी अन्दर और बाहर से शक्तिशाली हो सकेंगे। ...दूसरा बिन्दु है कि जोश में होश रहे। आवेश और आवेग न हो। ...स्वराज और सुराज समता और समरसता के आधार पर खड़ा हो।

सबने गुरु जी के इस चिन्तन को सुना। सबके शीश हिले। ...कीरत ने विनम्र भाव से कहा–'गुरुदेव! आपके इन निर्देशों पर ही चलेंगे। ...आप हमें रास्ता बतायें।

गुरु जीवनदास ने दो क्षण सोचकर कहा–'कोई राजा नहीं, सारी व्यवस्था सभा और समिति करे। पूरे क्षेत्र के विचारशील वृद्धों और बुद्धिमान प्रौढ़-तरुणों की सभा गठित हो। सर्वसम्मति से फिर ग्यारह जनों की समिति बने। ...कीरत को सुरक्षा एवं सेना का प्रबन्ध करना है। ...दिल्ली की मुग़ल सल्तनत से संघर्ष है; बच्चों का खेल नहीं है। अब बचपना नहीं हो। प्रत्येक क्षण स्मरण रहे कि शहंशाह आलमगीर औरंगज़ेब से टकराव है।'

नागेश, इन्दरराम और कीरत–सबने गुरु जी के आदेश को स्वीकार किया।

गुरु जी गम्भीर स्वर में बोल उठे–यही हो। तभी कल्याण होगा। ...कीरत! तुम्हारी पत्नी कहाँ है? मैं उसे आशीर्वाद नहीं दे सका हूँ।'

'वह तो शिवपुर में है।'

'सेनानी की वीरांगना पत्नी साथ में रहेगी! ...उसे बुला लो।'

'जी, हाँ! मैं शीघ्र बुलवा रहा हूँ।'

गुरु जी ने नागेश, इन्दर, किशन, कीरत और श्यामसुन्दर–पाँचों को सभा गठित करने का दायित्व सौंपा।

गठित समिति ने पहली घोषणा की–'इस क्षेत्र की मालगुज़ारी और अन्य ख़िराज को मुग़ल हुकूमत को नहीं, अपने स्वतन्त्र शासन को प्राप्त करना है।

...मालगुज़ारी-ख़िराज में पच्चीस प्रतिशत की कटौती होगी। ...यह क्षेत्र जजिया कर से मुक्त रहेगा।

यह शासन किसानों, कारीगरों, छोटे व्यापारियों और मज़दूरों को पूरा संरक्षण प्रदान करेगा। ...यहाँ सभी पन्थ-सम्प्रदायों-धर्मों के साधु-सन्त और मन्दिर-मठ सुरक्षा पायेंगे।

इस क्षेत्र में जाति-पाँति का भेदभाव अनुचित माना जायेगा।

स्त्रियों के साथ अन्याय-अत्याचार अपराध समझा जायेगा। अन्त में सभी जनों से अनुरोध है कि इस स्वराज का पूरा सहयोग दें।

गुरु जीवनदास के संकेत पर घोषणा हुई कि कीरत की देख-रेख में भी नौजवानों को सैनिक शिक्षण मिलेगा।

चालीस

जुही शिवपुर से आ गयी। उसने नारनौल जाने के पहले अपने अब्बा ख़ुदाबख़्श ख़ाँ से दुआएँ लीं। मगर बड़े भाई अकरम ने बहन को देखकर चुप्पी साध ली। आँखों में नफ़रत का भाव उभर आया। लेकिन जुही ने बड़े भाई के पैर छूकर सलाम किया। अकरम को अजीब लगा। ...अम्मीजान ने तो हृदय से लगाकर दुआएँ दीं। भाभी ने भी गले से लगा लिया। सबकी आँखें भर आयीं।

जुही नारनौल आ गयी। उसने सबसे पहले गुरु जीवनदास के पास आकर झुक कर नमन किया। इस तरीक़े को उसने सीख लिया था।

गुरु जी ने सहर्ष आशीष देते हुए कहा—'जुही! तुमने जड़ समाज में एक नयी लहर पैदा कर दी है। तुम वीरांगना हो! सतनामी कीरत को अपनाना नये विश्वास और हिम्मत की बात है। मेरी हार्दिक मंगलकामना है। ...सतनाम प्रभु और ख़ुदा एक हैं। ...अब कीरत और जुही मिलकर नये इतिहास की रचना करेंगे। ...मेरी दुआएँ हैं।'

'आपकी दुआओं से ही हम मिल सके हैं, गुरु जी! मेरे अब्बा तो आप सन्तों के दीदार के लिए बेचैन रहते रहे हैं, वे आज बहुत ख़ुश हैं। पर भैया नाराज़ हैं।' जुही ने अपनी बात रखी।

'वह ग़लत संगति में है। ...धीरे-धीरे समझेगा, जुही! तुमने अपने पुरखों के धर्म के नौजवान को जीवनसाथी बनाया है। दो अलग होती धाराएँ मिल गयी हैं। बधाई है।'

'पर भैया तो एक मुग़ल का दोस्त बन गया है। यह तो फ़िक्र की बात है, गुरु जी!' जुही ने कहा।

'यह चिन्ता की बात तो है। ...सदानन्दी गाँव के छोटे-से झगड़े ने युद्ध का रूप ले लिया। यह बहुत बड़ी चिन्ता हो गयी। ...मेरे सतनामी युद्ध में जीतकर राज-स्वराज की ओर मुड़ गये हैं। मैंने तो रोका था! ...आगे क्या होगा। चिन्ता बढ़ती जा रही है!'

जुही ने कीरत की ओर देखा! कीरत के मुख पर आश्वासन का भाव उभर आया।

'जुही! मैंने नारायना गाँव की एक विधवा ब्राह्मणी को सदानन्दी में नया जीवन दिया है। उसी के परिवार के देवर से पुनर्विवाह करके वह सुखी जीवन बिता रही है। यह समाज की जड़ मान्यता पर प्रहार-सा है। गंगा का जल बहता रहे। रुककर दुर्गन्ध न दे।'

'जी! हम दोनों की भेंट श्याम से हो चुकी है।' कीरत ने बताया।

'फूलवन्ती भी इधर आ जायेगी। ...मैं तो यहाँ से चलूँगा। अब आप लोगों को इस राज-स्वराज को सँभालना है।' यह कहकर गुरु जीवनदास ने दोनों को शुभाशीष दी।

मुबारकपुर में इब्राहिम आया। वह जुही की शादी की जानकारी पाकर आग बबूला हो गया। ...अकरम को लेकर देहली लौट गया। नारनौल का फ़ौज़दार करतलब ख़ाँ भागकर देहली चला गया था। उसने नारनौल की जंग और हार के बारे में सिपहसालार को बताया। सतनामियों की गैबी ताक़त की बात बता दी। सिपहसालार को ताज्जुब हुआ। वज़ीर फ़ाज़िल ख़ाँ ने इब्राहिम को बुलाया। उससे भी उधर की जानकारी मिली और तब सिपहसालार ने वज़ीर से सलाह-मशविरा करके इब्राहिम के साथ मुग़ल फ़ौज को भेजने का फ़ैसला किया। इब्राहिम तो बहुत ख़ुश हुआ। उसे सतनामियों से बदला लेने का मौक़ा मिल गया। अकरम को भी उसकी पैरवी से फ़ौज में ही नौकरी हो गयी थी। उसने उसे भी साथ ले लिया। अकरम के अन्दर द्वन्द्व उभर उठा।

इब्राहिम ने कहा, 'अकरम भाई! यह मौक़ा हासिल हो गया है। हम नारनौल को जीतकर सतनामियों को बर्बाद कर देंगे और तब जुही को क़ाफ़िर की क़ैद से आज़ाद हो जायेगी।'

अकरम का सिर हिला।

इब्राहिम और अकरम तीन हज़ार मुग़ल सिपाहियों के साथ नारनौल की ओर चल पड़े। मुग़ल हुकूमत के परचम को लहराती हुई मुग़ल फ़ौज बढ़ती गयी। ज़मीन की धूल आसमान तक फैलती रही। इलाक़ा सहम गया।

नारनौल में यह ख़बर पहुँच गयी। कीरत ने सोच लिया कि यह मुग़ल फ़ौज पहले शिवपुर पर चोट कर सकती है। इसलिए इस फ़ौज से मुक़ाबला उधर ही करना चाहिए। उसे आगे नहीं बढ़ने देना है। उसने समिति के सामने अपना तर्कपूर्ण विचार रखा। किशनराम, फ़क़ीरचन्द और श्याम ने समर्थन किया। विचार-विमर्श के बाद सबके समर्थन से सर्वसम्मत निर्णय हो गया।

कीरत के सेनापतित्व में सतनामी सेना मुबारकपुर की ओर चल पड़ी। वृद्धा माता के झण्डे की छाया में सतनामी सेना आ पहुँची। आगे-आगे नारनौल की नयी ध्वजा ही फहर रही थी।

हवेली में ख़ुदाबख़्श ख़ाँ की बेचैनी बढ़ गयी। वे क्या करे। ...क्या नहीं! वे अपनी हवेली में चक्कर काटते रहे। ...अकरम इब्राहिम के साथ है। इब्राहिम तो

मज़हबी जुनून और सियासी जोश—दोनों से लैस है। अकरम उसके हुक्म पर चलेगा। उधर सतनामियों को सालार कीरत है। ...या ख़ुदा! हे राम!! यह क्या हो रहा है? मुझ पर मेहरबानी करें! मेरे बच्चों को बचायें। अकरम कीरत से लड़ेगा!! नहीं!! ...बेचैनी बढ़ती गयी।

कीरत शिवपुर और मुबारकपुर—दोनों को नमन करके आगे बढ़ा। उसने अपनी सेना को ठहरने का आदेश दे दिया। उसके खेमे लग गये। ...पास के मैदान में ही मुक़ाबला हो सकता है। ...वह सबके साथ विश्राम करने लगा। व्यूह-रचना की योजना भी बनने लगी।

मुग़ल फ़ौज की आहट मिली। सतनामी सतर्क हो गये। सभी अस्त्र-शस्त्रों से सज गये। कीरत ने अपने शब्दों से उत्साहित कर दिया। वृद्धा माता का झण्डा फहर रहा था—उसने व्यूह-रचना कर ली।

उधर शिवपुर और मुबारकपुर—दोनों गाँवों में बेचैनी छा गयी। दोनों गाँवों के लोग ईश्वर और ख़ुदा से गुज़ारिश करने लगे।

मुग़ल फ़ौज ललकारती हुई आ गयी। वह जंगे-मैदान में डट गयी। नगाड़ों और डंकों की धमक के माहौल में वसन्त की बयार और कोयल की कूक का कोई अर्थ नहीं रह गया था। वातावरण में मादकता नहीं, युद्ध का आवेश उमड़ रहा था।

मुग़ल फ़ौज अल्लाह और शहंशाह आलमगीर ग़ाज़ी का नाम लेकर आगे बढ़ी। इब्राहिम और अकरम ने देखा कि कीरत ही सतनामियों का सिपहसालार है। वह बेचैन हो गया। इब्राहिम ने तो जोशोजुनून में कीरत को ललकारा। कीरत ने समझ लिया कि यह युद्ध सिर्फ़ मुग़ल सत्ता से ही नहीं हैं, यह प्रेम के प्रतिद्वन्दी से भी है। ...इब्राहिम का उन्माद भयावह लग रहा है।

कीरत ने अपने अन्तर में एक नये आवेश का अनुभव किया। उसके सामने नारनौल में फहरता सतनामी झण्डा ही नहीं, जुही का मुस्कराता मुखड़ा भी झलकने लगा। उसने अपनी सेना का आवाहन किया और अटल संकल्प के साथ प्रहार आरम्भ किया। युद्ध आरम्भ हो गया। तलवारों और भालों की चोटें घायल सिपाहियों की चीख़ें, घोड़ों की हिनहिनाहटें और जंगी नारों के कर्कश कोलाहल से आकाश बेचैन हो उठा। पेड़-पौधे सहम गये। पंछी दूर चले गये। कोयल की कूक बन्द हो गयी। गीध मँडराने लगे। युद्ध क्षेत्र का सारा वातावरण भयानक बन गया।

सबको स्पष्ट लगने लगा कि यह युद्ध इब्राहिम और कीरत का है। कारण साफ़ था कि इब्राहिम हमेशा कीरत को निशाने पर रखकर तेग और नेजे चला रहा था। ...अकरम थोड़ा दूर-दूर रहा। वह सतनामियों सैनिकों से उलझ रहा था। कीरत इस युद्ध के रंग-ढंग को समझ गया था। इसलिए उसने अपनी सेना के व्यूह को ठीक करते हुए मुग़ल फ़ौज के कमज़ोर हिस्से पर प्रहार करने का सोच लिया। ...वह

कुछ देर तक इब्राहिम को जवाब देता रहा। उसके हर प्रहार को विफल करता रहा। ...और अपनी सेना को घूम-घूमकर उत्साहित करता रहा। इब्राहिम उससे ही लड़ने को बेताब रहा। उसकी आँखों में नफ़रत का भाव उमड़ रहा था।

कीरत ने अपने साथियों के साथ इब्राहिम को घेर लिया। अकरम सतनामी फ़ौज से लड़ रहा था। इधर इब्राहिम पर तीन तरफ़ से प्रहार शुरू हुआ। इब्राहिम घबरा गया। अब उसने हटना चाहा। अकरम का साथ लेना चाहा। पर कीरत ने उसे नहीं छोड़ा। वह घिरता चला गया। वह पूरी ताक़त से कीरत पर चोट कर रहा था। पर वह खुद तीनों ओर के प्रहारों से ज़ख़्मी होने लगा। लेकिन उसने हिम्मत नहीं हारी। उसने कीरत को थोड़ा ज़ख़्मी कर आगे बढ़ने की कोशिश की। पर सतनामियों ने उसे गिरा दिया। उसकी मौत नज़दीक आ गयी। सतनामी सेना ने जयध्वनि के साथ पूरे वेग से मुग़ल फ़ौज पर हमला बोल दिया।

कीरत अकरम के सामने आ गया। उसने कहा—'अकरम भाई साहब! आपको बहकाने वाला इब्राहिम खुदा का प्यारा हो गया। ...हवेली में अब्बा हुज़ूर बेचैन हैं। मुग़ल फ़ौज पीछे हटने लगी है।'

अकरम दो लम्हा सन्न रहा और फिर बोल उठा– 'कीरत अब मुझसे मुक़ाबला करो।'

कीरत ने उत्तर दिया– 'हम अपनों का ख़ून नहीं लेते। आप मेरे लिए बड़े भाई साहब हैं। ...मैं घायल तो हूँ पर मैं चाहकर भी नहीं लड़ूँगा। ...हम साथ-साथ हवेली चलेंगे।'

अकरम ने भाले को चलाया। कीरत ने रोक लिया! अकरम ने देखा कि मुग़ल फ़ौज पीछे हटती जा रही है। उसने अपनी फ़ौज को रोकना चाहा। पर उन्हें रोक नहीं सका। ...और वह कीरत के घेरे में आ चुका।

'कीरत! तुम चाहते क्या हो?'

'मैं आपको आपकी हवेली में अब्बा हुज़ूर के सामने ले जाना चाहता हूँ।'

'तुम मुझे क़ैदी नहीं बना सकते, कीरत!'

'आप क़ैदी नहीं हैं।' हवेली के दरवाज़े पर पहुँचकर उसने खुदाबख़्श के सामने अकरम को ला दिया।

'पिताजी! आप अपने पुत्तर को सँभालें। ...मुझे माफ़ कर दें।' यह कहकर कीरत ने उनके पैरों को छू लिया।

खुदाबख़्श ख़ाँ अपनी बीवी और भतीजी गुलाब के साथ खड़े थे। सतनामियों की जीत की ख़बर मिल चुकी थी। ...और अब विजयी कीरत उनके क़दमों में झुका हुआ दिखा।

खुदाबख़्श ने कीरत और अकरम—दोनों को हृदय से लगा लिया।

गुलाब ने फूल बरसाकर स्वागत किया। बाहर सतनामियों की जयध्वनि गूँज रही थी।

इकतालीस

नारनौल से सदानन्दी गाँव तक सतनामियों का हिन्दू स्वराज क़ायम हो जाने के कारण जनजीवन में नयी तरंगों का संगीत गूँज रहा था। नारनौल के एक चौराहे पर कोई बोल रहा था—'रेवाड़ी के हेमू ने लगभग एक सौ बीस वर्ष पहले मुग़ल बादशाह हुमायूँ को हराकर स्वराज स्थापित कर दिया था। शेरशाह के ख़ानदान के वज़ीर और सेनापति भी हेमू के साथ थे। परन्तु सभी हिन्दू राजा साथ नहीं आ सके थे। इसीलिए मुग़ल सेनापति बैरम ख़ाँ ने पानीपत के मैदान में हेमू को हरा दिया। जीत होते-होते हार हो गयी। पराजित हेमू के शव पर मुग़ल सल्तनत खड़ी हो गयी थी।'

दूसरे ने कहा—'आज उसी मुग़ल सल्तनत के ख़िलाफ़ सतनामी साध सम्प्रदाय का संघर्ष विजयी हुआ है। ...समाज का उच्च वर्ग इन्हें छोटी जाति का छोटा किसान और दुकानदार मानता है। पर इन्होंने बलशाली मुग़ल शहंशाह को चुनौती दे दी है। इन्हें सबका सहयोग चाहिए।'

तीसरे ने बताया—'सुना है कि किसी वृद्धा तपस्विनी ने अपने योग या तन्त्र के बल से सम्पन्न विजयध्वज दिया है। इसलिए ये विजय पर विजय पा रहे हैं।'

चौथा बोलने लगा—'तब तो इन्हें हराना मुश्किल है। ...मुग़ल शिवाजी को ही कहाँ रोक सके हैं?

पहले ने सोत्साह समर्थन किया।

सबने नारनौल के आकाश की ओर देखा। उन्हें लगा कि सूरज की लाल किरणों ने नये विजयध्वज का अभिनन्दन किया है।

दो क्षण के बाद दूसरे ने कहा— 'रैदास सम्प्रदाय से जुड़े होने के कारण उच्च वर्ण सतनामियों को छोटा मानता रहा है। ...परन्तु इन्होंने मुग़लों को हरा दिया है। ये शासक बन गये हैं तो सभी इन्हें बधाई देने जा रहे हैं।

तीसरे ने गम्भीर स्वर में कहा—'शक्ति और सत्ता को सभी सलाम देते हैं, बन्धु!'

सबके शीश हिल गये।

चौथे ने कहा—'निर्गुणपन्थी सतनामी जाति-पाँति को मानते ही नहीं हैं। ...सभी निर्गुणपन्थी नहीं मानते क्योंकि परमात्मा तो सब में हैं। परमात्मा की सन्तान जन्म से छोटी-बड़ी क्यों होगी?'

सबका समवेत स्वर उभर उठा—'सच तो यही है!'

उसी समय नारायना ग्राम के ज्योतिषाचार्य पं. सूर्यशर्मा के साथ पं. भोलाशंकर नारनौल के चौराहे से होकर जा रहे थे। पं. भोलाशंकर अपने पुत्र श्यामसुन्दर से मिलने आ गये थे। उन्होंने इन शब्दों को सुन लिया। वे सर नीचा कर राजभवन की ओर पं. सूर्यशर्मा के साथ चलते गये। ...द्वार पर पहुँच गये।

किशनराम और फ़क़ीरचन्द ने नारायना ग्राम के दोनों को पहचान लिया। दोनों को आदर से बैठाया। उनसे कुशल-मंगल पूछा।

पं. भोलाशंकर ने बताया—'मैं श्यामसुन्दर से मिलना चाहता हूँ। ...आप लोगों को बधाई है। ...पुत्र को क्षमा कर चुका हूँ। ज्योतिषाचार्य पं. सूर्य शर्मा ने कहा—इन्हें खेद है कि इन्होंने अपने पुत्र श्याम को घर से निष्कासित कर दिया। गाँव के दबाव में ऐसा करना पड़ा। ...ये श्याम के विवाह को स्वीकार रहे हैं।'

'यह बहुत ही अच्छी बात है, पण्डित जी! ...मैं श्याम और फूल—दोनों को बुलाता हूँ।' किशन ने सहर्ष उत्तर दिया।

कुछ क्षणों के बाद श्याम फूलवन्ती के साथ आया। दोनों ने झुककर चरण स्पर्श किये। पं. भोलाशंकर और पं. सूर्यशर्मा ने दोनों को आशीर्वाद दिया।

वातावरण प्रफुल्ल हो उठा।

पं. भोलाशंकर ने कहा—'श्याम! मैंने तुम्हें क्षमा कर दी है। मेरे परिवार ने इस विवाह को मान लिया। अब दोनों को गाँव चलना है। फूल ने शीश झुकाकर विनम्र स्वर में पूछा—'क्या जड़-रूढ़ियों से गाँव मुक्त हो गया है, पिताजी! ब्राह्मण समुदाय इस विवाह को स्वीकार करेगा?'

'अनेक लोग मान्यता दे रहे हैं। ...पं. भोलाशंकर ने साहस भी कर लिया है।' पं. सूर्यशर्मा ने बताया।

'हम दोनों अपने गाँव अवश्य आयेंगे। पर अभी तो हम नारनौल के नये स्वराज को सहयोग दे रहे हैं। दिल्ली का संकट बना हुआ है। इसलिए अभी हमें यहीं रहने दें।' श्याम ने हाथ जोड़कर विनती की।

'अवश्य सहयोग दो। पर एक बार घर से हो आओ।' पं. भोलाशंकर ने आग्रह किया। ...साथ ही उन्होंने दोनों के लिए नये परिधान दीये। और सतनामी स्वराज के लिए भी उपहार प्रदान किया।

यह देखकर सभी प्रसन्न हुए।

पं. सूर्यशर्मा ने गम्भीर स्वर में कहा—'आप सभी इस हिन्दू स्वराज के कर्णधार हैं। आपने किसी एक को राजा नहीं बनाया है। यह बहुत बड़ी बात है। ...आप विजय पा रहे हैं। पर आपको सावधान रहना है। मुग़ल सल्तनत की ताक़त का बड़ा ख़तरा मँडरा रहा है। ...आप अपनी ओर से अधिक उत्साह और अधिक विश्वास में पग न उठायें। संयम से रहें। शक्ति संचय करें। प्रजा के कल्याण में लगें। ...आपके गुरुदेव ने भी यही कहा होगा।'

नागेश और कीरत भी आ गये थे!

नागेश बोल उठा—'ज्योतिषीजी! वृद्धा माता ने अपनी अलौकिक शक्ति से सम्पन्न विजयध्वज हमें दिया है। इसकी छाया में हम विजयी हो रहे हैं। मुग़ल घबरा गये हैं! ...हमें नहीं घबराना है!'

'नागेश! अधिक उत्साह में इस विजय को निश्चित नहीं मान लेना चाहिए। यह मेरी चेतावनी है। ...अधिक शक्तिशाली बनो। टकराव को टालना बुद्धिमानी है। ...अवसर पर लोहा बजे। अभी नहीं।' पं. सूर्यशर्मा ने समझाया। सभी मौन रह गये।

कुछ क्षणों के बाद श्याम ने कहा–'ज्योतिषी चाचा! हम आपकी चेतावनी पर ध्यान रखेंगे। असावधानी में पग नहीं उठेंगे।'

'हाँ, बेटे! मैं बधाई देने और सावधान करने दोनों के लिए आया हूँ। ...और मुझे तो पिता और पुत्र को मिलाना भी था। स्वराज की छाया में यह मिलन सुखद रहा।'

श्याम और फूल ने शीश झुकाकर आशीष पा लिया।

भोलाशंकर ने अनुरोध-सा किया–'कब तक तुम दोनों अपने गाँव आओगे? घर के द्वार और गाँव के बाग़–तुम दोनों की प्रतीक्षा कर रहे हैं।'

'हम छह माह के अन्दर आयेंगे। हम सबसे आशीर्वाद पायेंगे। ...पुनर्विवाह विरोध करने वालों के सामने आयेंगे।' श्याम ने उत्तर दिया।

दोनों श्याम के आवास में आये। पुत्रवधू फूलवन्ती के बनाये भोजन को खाकर दोनों तृप्त हुए।

घण्टे भर विश्राम कर दोनों नारायना की ओर जाने लगे। दोनों भरे नयनों से लौट रहे थे। श्याम और फूल कुछ दूर तक साथ गये। झुककर विदाई दी। आशीष मिला। श्याम और फूल के रोम-रोम जुड़ा गये थे।

वसन्ती और जुही फूलवन्ती के पास आयीं। फूलवन्ती ने प्रसन्न भाव से दोनों का स्वागत किया। आदर के साथ बैठाया। वसन्ती ने कहा–'फूलवन्ती बहन! अब तो आपकी चिन्ता दूर हो गयी। आपके ससुरजी ने आकर आप दोनों को अपना लिया।'

'हाँ, दीदी! वैसे तो आप लोगों के प्यार के कारण चिन्ता कम ही थी। परन्तु कभी-कभी मन घबराता रहा है। हम दोनों जाति और गाँव से बहिष्कृत कर दिये गये थे।'

'अब तो बहिष्कार नहीं, स्वीकार की घोषणा हो गयी। नारनौल के स्वराज को भी समर्थन मिल गया। अब आप फूल के समान मुस्कराती रहें।' वसन्ती ने विनोद किया।

'ये तो फूल–सुन्दर फूल हैं ही।' जुही बोल उठी।

'पर जुही का फूल तो अपने रूप, रंग और सुगन्ध से राही को मुग्ध कर लेता है।' फूल ने मुस्कराकर कहा।

'और राही जुही के बिना अपनी राह पर चलने को तैयार नहीं हो सका।' वसन्ती ने भी अपनी वासन्ती मुस्कान बिखेर दी।

'हाँ, जी! जुही ने राही को अपना लिया। किसी से नहीं डरी। मुग़ल सरदार के तेवर से भी नहीं! प्यार हो तो ऐसा हो!' फूलवन्ती ने कहा।

'फूलवन्ती बहन की हिम्मत कम नहीं रही। ...हम दोनों का वसन्ती बहन द्वारा स्वागत-सत्कार होना चाहिए।' जुही ने वसन्ती को बाँध लिया।

वसन्ती ने उत्तर दिया—'मैं स्वागत कर रही हूँ। सत्कार के लिए भी तैयार हूँ।'

'तो वसन्ती की मधुर छाया में हम दोनों का सत्कार पक्का रहा।'

'जी, हाँ!'

एक माह बीतते ही दिल्ली से ख़बर आयी कि मुग़ल फ़ौज, मुग़ल सिपहसालार और वज़ीर—सभी सतनामी सेना और उनके विजयध्वज की गैबी ताक़त से परेशान है। ...मुग़ल फ़ौज की हार और इब्राहिम की मौत ने उन्हें बेचैन कर दिया है। शहंशाह और औरंगज़ेब मुल्लाओं से सलाह ले रहे हैं।

इस ख़बर से नारनौल के सतनामी हिन्दू स्वराज की सभा और समिति के सदस्य उत्साह में आ गये। रात में नागेश और इन्दर ने सपने में देखा कि वृद्धा माता उन्हें उत्प्रेरित कर रही हैं। प्रातः नींद टूटने पर दोनों ने अन्तर में एक नया ज्वार उमड़ते पाया। इसलिए दोनों ने समिति की बैठक में सपने की बात रखी। साथ ही विचार करने के लिए आग्रह किया। पर सभी चुप रहे। नागेश बोल उठा—'हम मुग़लों को पराजित करके रहेंगे। नया इतिहास लिखा जायेगा। हम उन्हें दिल्ली में ही हरा सकते हैं।'

इन्दर ने कहा— 'अब हम नहीं रुकेंगे। ...सेनापति कीरत का क्या विचार है?'

कीरत ने गम्भीर मुद्रा में उत्तर दिया—'गुरुदेव के सन्देश को स्मरण करें कि नारनौल को बड़ी शक्ति के रूप में खड़ा करना है। इसके लिए समय चाहिए।'

'आप गुरुदेव के नाम पर ज्योतिषाचार्य के शब्दों पर विश्वास कर रहे हैं। वृद्धा माता की मन्त्र-शक्ति पर आपका विश्वास नहीं है।' इन्दर ने प्रश्न खड़ा कर दिया।

'ज्योतिष और मन्त्र पर विश्वास करना अपने सनातनी हिन्दुओं का स्वभाव है। हम तो सतनामी साध हैं। ...हम परिस्थितियों के कारण युद्ध और राजसत्ता के पास पहुँच गये हैं। ...राजकाज का निर्देश है कि बड़ी शक्ति से टकराने के लिए हमें बड़ी शक्ति चाहिए। ...देश की चारों दिशाओं से जुड़कर दिल्ली को घेरना है।' कीरत ने समझाया।

'आप ज्योतिष की चेतावनी से डर गये हैं या दिल्ली के लालक़िले से?' इन्दर ने तीखा प्रश्न किया।

'हम केवल सतनाम परमेश्वर से डरते हैं। हम पापों और अपराधों से डरते हैं। हमें आज की राजनीति और युद्ध की रणनीति पर विचार करना चाहिए, सपने पर नहीं।' कीरत ने समझाया।

नागेश बोल उठा—'हम सदा विजयी रहेंगे। ...डरना नहीं है।'

'हम फिर से विचार करेंगे।' श्याम ने अपनी बात रखी। समिति की बैठक समाप्त हो गयी।

कीरत ने किशन से कहा—'हमारे साथी अपनी शक्ति को क्यों नहीं आँकते!'

किशन ने गम्भीर स्वर में उत्तर दिया—'वृद्धा माता के ध्वज ने एक अन्धविश्वास जगा दिया है। इसलिए इतना उतावलापन।'

'यही लग रहा है।' कीरत ने कहा।

उधर नागेश और इन्दर ने अपने विश्वास और उतावलेपन के कारण सभा और समिति के सदस्यों को ऐसा समझाया कि दिल्ली पर आक्रमण का निर्णय हो गया। कीरत, किशन, फ़क़ीरचन्द और श्याम ने समझाने का प्रयत्न किया। पर बहुमत उनके साथ रहा।

कीरत को अपने गुप्तचर से सूचना मिली कि दिल्ली में वज़ीर और सिपहसालार चारों ओर फैल रही बग़ावत से फ़िक्रमन्द हैं। इसलिए उनका जासूस इधर आ रहा है। सावधान रहना है।

कीरत ने दिल्ली के जासूस को पकड़ लिया। दण्डित होने पर उसने बताया कि मुग़ल सिपहसालार नारनौल की सतनामी फ़ौज की जानकारी चाह रहे हैं।

इस समाचार से उत्साहित होकर नागेश और इन्दर ने दिल्ली पर आक्रमण का निश्चय कर लिया। तुरही और नगाड़े बजने लगे। पर दिल्ली पर आक्रमण करने के लिए पास-पड़ोस से राजा और उनके सैनिक नहीं आ सके। वे न मुग़लों से सीधा टकराना चाहते थे और न सतनामियों के लिए रक्त देना।

नागेश और इन्दर को थोड़ी चिन्ता हुई। अतः कीरत ने पुनः समझाया। पर वृद्धा माता का ध्वज उन्हें ललकार रहा था। समिति ने कीरत, किशन, फ़क़ीरचन्द और श्यामसुन्दर पर नारनौल का पूरा दायित्व सौंप दिया।

नागेश और इन्दर ने सतनामी सेना पर दिल्ली की ओर प्रयाण का दबाव डाला। नारनौल का सारा वातावरण शंख, तुरही और नगाड़ों से गूँज उठा।

बयालीस

लालक़िले के दरबारेख़ास में मुहीउद्दीन मुहम्मद औरंगज़ेब आलमगीर पातशाह ग़ाज़ी तशरीफ़ ला रहे थे। सारे दरबारी उठकर खड़े हो गये। उनके सर झुके हुए थे। हाथ पीछे बँधे हुए थे। शहंशाह आलमगीर ज़िन्दापीर का इस्तक़बाल दरबारख़ास की सजी धजी अंजुमन ने किया। बाहर नगाड़े बज रहे थे। शहनाई को संगीत का हिस्सा मान कर बन्द कर दिया गया था। आलमगीरी दारुल सल्तनत में संगीत के रियाज़ और उसकी महफ़िल पर मुकम्मल तौर से रोक लग गयी थी।

शहंशाह तख़्ते ताऊस पर बैठ गये। उनकी चौकन्नी नज़र पूरे दरबार पर दौड़ गयी। लगा कि सभी के सर अदब में झुके हुए हैं! शेख़ निज़ाम और शेख़ इस्लाम के इशारे पर सभी बैठने लगे। दोनों ने कुरान शरीफ़ की पाक आयतों का पाठ किया। और आलमगीर ग़ाज़ी ज़िन्दापीर के लिए दुआएँ कीं। बाहर नगाड़ों का बजना बन्द हो गया था।

शहंशाह को ख़बर मिली थी कि दरबार के मनसबदार सरदार और वज़ीरों के

फ़रजन्द शराब और ऐयाशी के लिए शहर की चहारदीवारी के बाहर रात के अँधेरे में निकल जाते हैं। आँखों में गुस्सा झलक जाता था। ...लेकिन वे सोच रहे थे कि शाही हरम में बेगम उदयपुरी भी छिपकर ग़ैर-मुल्क़ी उम्दा आबे अंगूर ले लेती हैं। दारा की चहेती को अपने बाजुओं में रखने के लिए अपनी आँखों को मूँदना पड़ता है। ...नाराज़ बेगम नवाबबाई को तन्हाई की क़ैद से निकालकर अपने आगोश में लाने के लिए वे कोशिश कर रहे हैं। ...दुख्तर ज़ेबुन्निसा उनके ख़िलाफ़ चलती रही है। एक क़ाफ़िर से इश्क़ करने की जुर्रत की है। अब वह शायरा बन गयी है। ...ना...क्या किया जाये?

उसी वक़्त वज़ीर फ़ाज़िल ख़ाँ ने ज़रूरी ख़बरों को रखने की इजाज़त चाही।

शहंशाह ने इजाज़त दी, तब वज़ीर ने नारनौल पर क़ाबिज़ सतनामियों की फ़ौज के देहली की तरफ़ आने की बात रख दी।

सिपहसालार ने धीमी आवाज़ में कहा—'फ़ौज में घबराहट है। सतनामी किसी गैबी ताक़त की मदद से हर जंग में फ़तहयाब हो रहे हैं!'

'उनकी फ़ौज देहली की तरफ़ आ रही है? ऐसी हिम्मत ताज्जुब है!! मुग़ल बादशाहत से टकराने का इरादा!!!' शहंशाह बोल उठे।

'हमारी फ़ौज में अफ़वाह फैल गयी है कि उन्हें किसी गैबी ताक़त की दुआएँ हासिल हैं। चुनाँचे हमारी फ़ौज की हिम्मत...।' सिपहसालार फ़ौलाद ख़ाँ ने बतलाया।

यह सुनकर शहंशाह गुस्से में काँप उठे। '...उन मुट्ठी भर मुडियों में इतनी ताक़त कहाँ से आ गयी है? अल्लाह की मेहरबानी तो हम पर है। ...सारे हिन्दुस्तान पर मुग़ल शहंशाह की हुकूमत है। मैं ग़ाज़ी हूँ। मेरी फ़ौज कभी पस्तहिम्मत नहीं हो सकतीं। ...मैं कलामेपाक की आयतों को अपनी कलम से लिखकर परचमों में टाँकूँगा। हमारी फ़ौज जीतकर लौटेगी। उनका परचम ज़मीन पर लोटेगा। उनका नामोनिशान ख़त्म होगा—यह मेरा इरादा है। यह मेरा हुक्म है।'

'जो इरशाद!' फ़ौलाद ख़ाँ ने जवाब दिया।

'फ़ौज को तैयार करो। कल शाम को फ़ौज कूच करेगी और सतनामियों को देहली की सरहद से दूर शिकस्त देनी है। ...याद रखो, सतनामी हिन्दू की गैबी ताक़त और इस ज़िन्दापीर की गैबी ताक़त का टकराव होगा। इसमें मुझे कामयाब होना है।' शहंशाह ने ऐलान किया।

'हमें पूरा यक़ीन है, आलमपनाह! ये मुंडिये शिकस्त खायेंगे। पहले थोड़ा अन्देशा था, अब वह भी नहीं रहा।' सिपहसालार ने झुककर कहा।

'थोड़ा जो अन्देशा है, उसे मिटा देने के लिए तोपों को काम में लाना है। इस बार तोपों को शोला बरसाना है। सतनामी क़ाफ़िरों को बचकर नहीं लौटना है! जंगेमैदान की ख़ाक उन्हें अपनी ख़ुराक बना लेगी।' शहंशाह आलमगीर ग़ाज़ी की आवाज़ ऊँची हो गयी। साथ ही उनकी आँखों में चमक कौंध गयी। फ़ौलाद ख़ाँ इसे देखकर सिर हिलाने लगा।

दूसरे रोज़ शाम को शहंशाह ने अपने हाथों से सब्ज़ झण्डों को कलामेपाक की आयतों से सजा दिया। तोपों को तोपखानों से निकालकर कूच की तैयारी करा दी। सिपहसालार फ़ौलाद ख़ाँ ने शहंशाह और वज़ीर से राय-मशविरा कर फ़ौज की ज़िम्मेवारी करन्दाज़ ख़ाँ और हमीद ख़ाँ को सौंप दी। इन सालारों ने शहंशाह को सलामी देकर फ़ौज को कूच करने का हुक्म दे दिया। शहंशाह आलमगीर ग़ाज़ी 'ज़िन्दापीर' ने आँख मूँदकर कहा– 'ख़ुदा हाफ़िज़'! और वे लाल क़िले के अन्दर की मस्जिद में इबादत के लिए चले गये।

उधर पाँच हज़ार सतनामी असीम उत्साह और विश्वासपूर्ण जयकार के साथ आगे बढ़ रहे थे। दिल्ली की दूरी केवल सोलह कोस रह गयी थी। उन्हें लगा कि वृद्धा माता के द्वारा अभिमन्त्रित ध्वज के दैवी प्रभाव से मुग़ल सेना मुक़ाबला करने का साहस नहीं कर पा रही है। ...वे अवश्य जीतेंगे। मुग़लों के शासन की नींव हिल जायेगी।

इधर दस हज़ार मुग़ल सिपाहियों की फ़ौज तोपों के साथ आगे बढ़ रही थी। तोपची सोच रहा था कि सालों बाद उसे शोलों की बारिश करने और दुश्मन की फ़ौज को दहलाने का मौक़ा मिला है। सतनामियों के पास तो तोपखाना नहीं ही होगा! लेकिन दोनों ओर जो गैबी ताक़तों का सहारा है। इनका टकराव होगा। असली काम तो तोपें करेंगी। तोपों के सामने कौन टिकेगा? जंगेमैदान का फ़ैसला तो तोपों के शोले करेंगे।

मुग़ल फ़ौज का एक हिस्सा अपने सब्ज़ परचम की गैबी ताक़त पर एतबार कर रहा था। दूसरा हिस्सा अपनी तोपों को देखकर ख़ुश हो रहा था। लेकिन सबके अन्दर सतनामियों का ख़ौफ़ मौजूद था। इस द्वन्द्व के साथ मुग़ल फ़ौज बढ़ रही थी।

सतनामी सेना गगनभेदी जयध्वनि के साथ धमक गयी। मुग़ल सालार सतनामियों की हिम्मत और जोश को देखकर दंग रह गये। आसपास के गाँव गैबी ताक़तों के टकराव को धड़कते हृदय से देखना चाह रहे थे। साथ ही भय का वातावरण उन्हें घरों में छिपने के लिए भी बाध्य कर रहा था।

कोई कह रहा था–'असली लड़ाई तो तोपों की चिनगारियों और लपटों से होगी।

दूसरा बोल उठा–'हे भगवान! हमारे सतनामी भाइयों को विजय दिला दो। गंगा-यमुना में नयी लहरों का गीत गुँजा दो।'

तीसरे ने कहा–'हमारे गाँव के सामने युद्धक्षेत्र...कितना भयानक दृश्य होगा!'

सभी अपने-अपने घरों में दुबक रहे थे। झाँक भी रहे थे। एक ओर किसान समुदाय के पाँच हज़ार नौजवान सामान्य अस्त्र-शस्त्रों से सजे हुए थे! उन्हें अपने ऊपर अथाह विश्वास था! उस विश्वास में वृद्धा माता की तान्त्रिक शक्ति जुड़ गयी थी। दूसरी ओर दस हज़ार प्रशिक्षित मुग़ल सिपाही थे। फ़ौज के दायें-बायें तोपें थीं। उन्हें देखकर सतनामी नहीं डरे। उन्होंने जयध्वनि के साथ अपने विजयध्वज

को लहराते हुए मुग़लों पर आक्रमण कर दिया। शुरू में तो मुग़ल तोपों को आग उगलने का मौक़ा ही नहीं मिला। मुग़ल सिपाहियों के सामने सतनामी नौजवान ललकारते दिख रहे थे। सतनामियों ने दस हज़ार की मुग़ल फ़ौज को घण्टेभर के लिए रोक दिया। एक क़दम नहीं बढ़ने दिया। मुग़ल ज़ख़्मी हो रहे थे। सिपहसालार रदन्दाज़ ख़ाँ और हमीद ख़ाँ घबरा गये। उन्होंने तोपची को इशारा किया! तोपें आग बरसाने लगीं! उन्होंने अपने शोलों से सतनामी सेना को पीछे हटने के लिए विवश कर दिया। अचानक 'सतनाम' का घोष करके वे मुग़लों पर टूट पड़े। पर तोपों ने दोनों तरफ़ से आसमानी कहर-सा शोलों को बरसाना तेज़ कर दिया। मैदान शवों से पट गया। तोपों के शोलों से दो हज़ार सतनामी झुलसकर गिर पड़े। इसलिए उन्हें पलायन करना पड़ा। हमीद ख़ाँ ने उनका पीछा करने और उन पर वार करने का हुक्म दे दिया। मुग़लों ने भागते हुए सतनामियों को बेरहमी से क़त्ल करना शुरू कर दिया। ...फ़तहयाब मुग़ल फ़ौज नारनौल की ओर चल पड़ी।

कीरत ने किशन, फ़क़ीरचन्द और श्याम से विचार करके नारनौल की रक्षा के लिए कमर कस ली।

मुबारकपुर में खुदाबख़्श बेचैन हो उठे। उन्होंने चाहा कि अकरम की मदद से जुही और कीरत को अपने पास ले आया जाये। जंग के शोलों से बचाया जाये। अकरम तैयार नहीं हुआ। गुलाब ने भी समझाया। वैसे मुग़ल सिपहसालार ने उसे हटा दिया था क्योंकि उसकी शिकायत हो गयी थी। खुदाबख़्श...गुलाब के साथ चल पड़े। नारनौल की झलक मिली। उसी समय पं. भोलाशंकर, पं. सूर्यशर्मा के साथ आ गये! खुदाबख़्श गुलाब के साथ जुही से मिले। पर जुही ने इस संकट के समय कीरत को छोड़कर मुबारकपुर जाने से इनकार कर दिया। कीरत तो नारनौल की रक्षा के लिए व्यूह रचना कर रहा था। उसने दोनों को नमन कर क्षमा माँग ली। खुदाबख़्श ने भरे दिल से दुआएँ दीं और वे गुलाब के साथ लौट गये।

पं. भोलाशंकर और सूर्यशर्मा ने श्याम और फूलवन्ती से गाँव चलने के लिए आग्रह किया। दोनों ने अस्वीकार कर दिया। वे समझाते रहे किन्तु ये उन्हें ही समझाने लगे कि स्वराज के लिए संघर्ष पुण्य का अवसर है। जिन्होंने उन दोनों को सम्मान के साथ नया जीवन दिया। उनके इस संघर्ष में साथ देना-रक्त देना धर्म है।

ऐसा उत्तर सुनकर दोनों वृद्ध मंगलकामना करते हुए भरी हुई आँखों से लौट गये। पर हृदय धड़क रहा था। ...पं. भोलाशंकर के हृदय में पुत्र और पुत्रवधू के लिए वात्सल्य उमड़ रहा था।

मुग़ल फ़ौज आ पहुँची। कीरत के नेतृत्व में सतनामी सेना ने दो घण्टों तक मुग़ल फ़ौज से भीषण युद्ध किया। लगा कि मुग़लों के पैर उखड़ रहे हैं। उन्होंने तोपों से शोलों की बारिश शुरू कर दी। सतनामियों को पीछे हटना पड़ा। मुग़लों ने नगर को घेर लिया। पर युद्ध नहीं रुका। क़दम-क़दम पर युद्ध होता रहा। कीरत और जुही,

किशन और वसन्ती फ़क़ीरचन्द और दया तथा श्यामसुन्दर और फूलवन्ती–सभी जोड़े अपने इष्टदेव का नाम लेकर मुग़लों से भिड़ गये। मुग़लों ने पूरी ताक़त से इन पर चोटें कीं! घण्टे भर के युद्ध के बाद सभी घायल हो ज़मीन पर दिखाई पड़े! कीरत और जुही, किशन और वसन्ती, फ़क़ीर और दया तथा श्याम और फूल–ये सभी डूबते हुए सूरज के सामने अन्तिम साँस ले रहे थे। ...ऐसा लगा कि सूरज भी इस मार्मिक दृश्य को देख नहीं सका। उसने अस्त होकर आँसू बहा दिये। रात ने आकर इन भूमिशायी वीर-वीरांगनाओं पर अँधेरे के क़फ़न डाल दिये।

मुग़ल फ़ौज नारनौल पर क़ब्ज़ा कर सतनामियों का क़त्ल करके सदानन्दी की ओर मुड़ गयी।

सदानन्दी ग्राम में गुरु जीवनदास गहरी चिन्ता में विकल थे। उन्हें लगा कि स्वराज या सत्ता के संघर्ष में तन्त्र-मन्त्र ने यह स्थिति ला दी। वे अपने लोगों को समझाने में असमर्थ हो गये। अब उन्हें समाधि में ही इस जीवन का अन्त कर देना है। उन्होंने सतनामियों को संकेत दे दिया कि वे यहाँ से दूर घने वन में चले जायें। मुग़लों की क्रूरता से बचकर नया जीवन जियें।

वे स्वयं ध्यानस्थ हो गये। कुछ सतनामी उनके साथ ठहर गये। शेष ने पलायन की तैयारी कर ली। तब तक मुग़ल फ़ौज हुँकारती हुई आ गयी। ख़ून की प्यासी मुग़ल तलवारें चलीं। सारा गाँव ख़ून से रँग गया।

गुरु जीवनदास ने ध्यान-धारणा से समाधि में आकर अन्तिम साँस ले ली। मुग़ल तलवार उन पर बेकार हो गयी। मुग़ल सिपाही लाशों पर कहकहा लगा रहे थे। शेष सतनामी दूर के जंगल की ओर भागे जा रहे थे।

जमुनादास और उधोदास आ गये। सदानन्दी का हृदय-बेधक दृश्य देखकर उनके रोम-रोम काँप उठे। उन्होंने नारायना गाँव से सहयोग माँगा। भय के मध्य थोड़ा सहयोग मिला। गुरु जीवनदास को समाधि दे दी गयी। शेष शवों की चिताएँ जल उठीं। सबकी आँखों से आँसू बह रहे थे। पर चिताओं की लपटें शान्त-शीतल नहीं हो रही थीं।

तैंतालीस

शहंशाह आलमगीर औरंगज़ेब अपनी बेगम नवाबबाई से मिलने जा रहे थे। बाँदियाँ सर झुकाकर रास्ता दे रही थीं। शाही हरम की इमारत की बनावट पर उनकी नज़र जा रही थी। वे मुस्करा उठे। उन्हें लगा कि मुग़ल बादशाहत की यह शानोशौक़त खुदाई कायनात में बेमिसाल है। यह अल्लाह की बेजोड़ कारसाज़ी है। सचमुच यह क़ाबिले ग़ौर और क़ाबिलेज़िक्र हैं। ...वे अल्लाह के नुमाइन्दे के रूप में इस मुल्क़ पर हुकूमत कर रहे हैं। इसलिए ख़याल रहा है कि बुतपरस्त क़ाफ़िरों के इस मुल्क़

पर हुकूमत हदीस की हिदायतों के मुताबिक़ हो। मुक़म्मल तौर पर हुकूमते इलाहिया क़ायम हो जाये। उनकी कोशिश तो जारी है। ख़ुद उनकी रोज़मर्रा की ज़िन्दगी एक पीर की मानिन्द है। तभी तो वे ज़िन्दापीर कहलाते हैं।

दरवाज़े को खोलती और कोर्निश करती कनीज़ को लगा कि शहंशाह आलम आज ख़ुश हैं, तभी तो उनके लबों पर तबस्सुम की झलक है। वैसे तो उनकी आँखों में हमेशा संजीदगी और बेरुखी झलकती रहती है। आज ये बेगम नवाबबाई से मुलाक़ात करने आये हैं। सचमुच यह ख़ुशी की बात है।

शहंशाह बेगम नवाबबाई के नज़दीक पहुँचे। बेगम चिहुँक उठी। उसने अपने को तुरन्त सँभाला और अपने शहंशाह-शौहर का इस्तक़बाल किया। वे पास में बैठे दो लम्हों तक बेगम को देखते रहे। बेगम के चेहरे पर संजीदगी छायी रही।

'बेगम! आप कब तक तन्हाई में रहकर मुझे सज़ा देती रहेंगी?'

'आला हुज़ूर! आप तो हिन्दुस्तान के शहंशाह हैं। आलमगीर हैं। अब आप मुल्लाओं की नज़र में ज़िन्दापीर हैं। ...आप उदयपुरी बेगम को आगोश में लाकर सोचते हैं कि भाई दाराशुकोह पर मुक़म्मल फ़तह पा ली! एक ग़ैर-मुल्क़ी हुस्न को अपने क़ब्ज़े में कर लिया!! फिर अपनी बेगम की क्या ज़रूरत है?' नवाबबाई ने उलाहना दिया।

औरंगज़ेब ने सोचा कि शाही हरम की तन्हाई में पड़ी हुई बेगम ने शिकवा-शिकायत शुरू कर दी है। ...इन्हें यह हक़ तो है। ...थोड़ी हक़ीक़त भी है। ...और फिर वे बोल उठे– 'नवाब! आप मेरी प्यारी बेगम हैं। मगर आप तो बहुत नाराज़ हैं। ...आप अब तो नाराज़गी को अपने दिल से हटा दें। मैं आपके पास आ गया हूँ।'

'अगर मेरी बातों से आपको तकलीफ़ पहुँची है तो मैं इन्हें वापस ले लेती हूँ। ...मगर यह शिकवा ग़लत तो नहीं है।'

'शौहर-बेगम की ज़िन्दगी में शिकवा-शिकायत भी ज़रूरी है, बेगम! ...आपको मेरे साथ शाही बाग़ में चलना है।'

'आपकी पाक मज़हबी ज़िन्दगी में खलल डालना नहीं चाहती, शाहे हिन्द।'

अपनी बेगम के तईं वफ़ादारी भी मज़हबी ज़िन्दगी के लिए बहुत ज़रूरी है।'

'अगर आप महसूस कर रहे हैं तो बहुत अच्छी बात है।'

'मैं महसूस कर रहा हूँ, बेगम! आपको शाही बाग़ में चलना है।'

बेगम नवाबबाई ने बादशाह की आँखों की ज़ुबान को समझने की कोशिश की। और वे शाही बाग़ के लिए तैयार हो गयीं। ...दोनों शाही बाग़ की ओर चल पड़े।

उसी वक़्त मुग़ल जासूस के आने की इत्तिला मिली। औरंगज़ेब के क़दम थम गये।

बेगम ने कहा–'आप अपने जासूस से मिल लें। ज़रूरी ख़बरें हो सकती हैं। पहले हुकूमत की ज़िम्मेदारी...फिर बेगम के साथ शाही बाग़ में सैर...!'

औरंगज़ेब नवाबबाई को देखते रह गये। लगा कि इन्होंने मेरी ज़िम्मेदारी पर ख़याल रखा। शायद यही शरीकेहयात की पहचान है। ...इतने दिनों के बाद बेगम तन्हाई से बाहर आ सकी हैं। मेरे साथ शाही बाग़ जाने को तैयार हो गयी हैं। अभी इन्हें छोड़कर चले जाने पर इनके दिल पर क्या गुज़रेगी?...सचमुच शहंशाह की ज़िन्दगी अपनी नहीं होती! शायद ज़ाति ज़िन्दगी का वजूद कमज़ोर है!! ...आज तो इनके साथ सैर के लिए जाना ही है। वे बेगम के साथ बाग़ में आ गये। बाग़ में खिले हुए फूलों ने दोनों को मुस्कराने का इशारा कर दिया। उधर जासूस के क़दमों की आहट आ रही थी। वे बेचैन हो गये। ...उन्होंने बेगम नवाबबाई से माफ़ी माँगी! वे शाही हरम में लौट गयीं और शहंशाह दीवानखाने में आ गये।

जासूस की बुलाहट हुई। जासूस सर झुकाये आया। उसने कोर्निश की और वह पीछे हाथ बाँधे खड़ा हो गया।

शहंशाह ने पूछा—'मग़रिबी इलाक़ों की क्या ख़बर है?'

'शहंशाह! खैबरघाटी के इलाक़े में अफ़रीदियों ने बग़ावत कर दी है। उनके साथ पठान और खट्टक भी मिल गये हैं। अपने सिपहसालार रदन्दाज़ ख़ाँ मारे जा चुके हैं। ...मुलतान और लाहौर में बेचैनी बढ़ गयी है।' जासूस ने बताया। ...और सर नीचा कर खड़ा रहा।

'उनकी इतनी हिम्मत हो गयी है! ये कभी बग़ावत से बाज नहीं आते! मुग़ल तख़्त की तईं ये कभी वफ़ादार नहीं हो पाते। अब तो दिलेर ख़ाँ को बुलाना है और वे खुद बड़ी फ़ौज के साथ रावलपिण्डी के आगे हसन अब्दाल पहुँचेंगे। इस बार इस बग़ावत को कुचल देना है। मैंने सारी बग़ावतों को कुचला है। इसे भी कुचल डालूँगा।' शहंशाह तल्ख़ आवाज़ में बोल उठे।

'जी, हुज़ूर! इन्हें पूरी तरह कुचले बिना काम नहीं चलेगा! ये बड़े सरकश और बेलगाम हैं। ये खुद मुख़्तार होना चाहते हैं।'

'इसीलिए इस बार मैं खुद फ़ौज के साथ चलूँगा। रदन्दाज़ तो क़ाबिल सालार था। उसने सतनामियों को तो नेस्तनाबूद कर दिया। मैं बहुत खुश था! ...अफ़रीदियों ने उसे मार डाला। ओह! ...दक्कन में दिलेर ख़ाँ मराठों को रोकता रहा है। मगर कभी कामयाब होता है और कभी नाकामयाब। ...उसे उधर से बुला लेना है। उसे साथ चलना है। इन दिनों शिवाजी बीजापुर से उलझा हुआ है। उलझने दो। ...बहादुर ख़ाँ जवाँमर्द फ़ौजी है। वह सँभाल लेगा। ...ठीक है, तुम जा सकते हो। तुमने सही वक़्त पर ख़बर दी है। मैं तुमसे खुश हूँ।' यह कहकर जासूस को जाने का इशारा कर दिया।

जासूस कोर्निश कर पीछे हटता हुआ चला गया। शहंशाह औरंगज़ेब की नज़र सरहदी सूबे की ओर लग गयी।

उदयपुरी बेगम शाही हरम के अपने महल से बाहर देख रही थी। ...सामने आसमान में उड़ते हुए परिन्दे ही परिन्दे दिखाई पड़े। उसने सोचा कि उड़ान भरते

परिन्दे भागते हुए वक़्त के टुकड़े हैं। ...वक़्त कहाँ से आता है और कहाँ चला जाता है—पता नहीं चलता! आफ़ताब का आसमान में आना और शाम में चला जाना ही वक़्त की पहचान है क्या? शायद उस मालिक ने वक़्त को नापने के लिए आफ़ताब—सूरज को बना दिया है। सुना है कि इस मुल्क़ के हिन्दुओं ने वक़्त को बड़ी गहराई से समझाया है। वे हर लम्हे को पहचानते हैं। उसके असर को बता देते हैं। नजूमी इसी के ज़रिये आगे-पीछे की ज़िन्दगी की पोशीदा बातों को ज़ाहिर कर देते हैं। मगर सभी तो कामिल नहीं होते, सभी सही-सही नहीं बता पाते। ...उसकी अपनी ज़िन्दगी तो अजीब रही है। वह दूर देश से यहाँ आ गयी। शाहज़ादा दारा ने देखा। वह ख़ादिमा के रूप में हरम में आ गयी और फिर वह उनकी चहेती बन गयी। बेगम भी बनी। शाहज़ादा ने इस्लाम को क़बूल करने के लिए दबाव नहीं डाला। उसने माहौल के असर में इस्लाम को अपना लिया। ...मगर शाहज़ादा ख़ुद सूफ़ी और हिन्दू फ़लसफ़ा को समझ रहे थे। दोनों को नज़दीक ला रहे थे। कोई किताब लिख रहे थे। ...इस देश की पुरानी किताबों को पढ़कर बहुत ख़ुश हो जाते थे। पण्डितराज जगन्नाथ उन्हें पढ़ाते-समझाते थे। ...उन्होंने चाहा कि हिन्दू और मुसलमान—दोनों साथ-साथ चलें। ...इस मुग़ल सल्तनत में हिन्दू रिआया है। यह हिन्दुस्तान हिन्दुओं की सरजमीं है। इन्हें क़ाफ़िर नहीं समझा जाये। मन्दिरों को तोड़ा नहीं जाये। ...उन्होंने सन्त कबीर के विचार को सही माना है। कबीरदास ने कहा था—

कबीरा सोई पीर है जो जानै पर पीर।
जो परपीर न जानई सो क़ाफ़िर बेपीर।।

सबके अज़ीज़ दाराशुकोह एक नये हिन्दुस्तान को गढ़ना चाह रहे थे। अनेक पण्डित और सूफ़ी उनका साथ दे रहे थे। मगर इस्लाम के उलेमाओं और मुल्लाओं का गुस्सा उबल उठा। उन्होंने औरंगज़ेब का साथ दिया। दोनों हिन्दुओं को क़ाफ़िर मानकर दबाना और इस्लामी हुकूमत को क़ायम करना चाह रहे थे। इसी जुनून में औरंगज़ेब को तख़्ते ताऊस पर पहुँचा दिया है और उसे शाही हरम में डाल दिया गया है। उसे मज़बूरी में औरंगज़ेब के आगोश में दुबकना पड़ा। एक हसीन औरत की मजबूरी को दुनिया समझ नहीं पाती। सभी वक़्त के गुलाम हैं। सभी ताक़त के नीचे दबे हुए हैं और मर्द के लिए सिर्फ़ ऐयाशी की सेज है।

वह क्यों यह सब याद कर रही है? इससे क्या मतलब है? अब वह औरंगज़ेब की बीवी है। एक बेटे की अम्मी है। ...इतने साल गुज़र गये...जब-तब उस शाहज़ादे की याद आ जाती है। इधर बेटा कामबख़्श ग़लत सोहबत में पड़ गया है। ...इसके अब्बा हुज़ूर—शहंशाह सिर्फ़ ख़ौफ़ दिखा सकते हैं। प्यार नहीं कर सकते। आगे क्या होगा? मुग़ल शाहज़ादे तो दौलत, ऐयाशी और ख़ून के प्यासे होते हैं। ओह!

उसे पता चल गया कि नवाबबाई को तन्हाई से बाहर निकाल लिया है। उसने दरीचे से देखा कि दोनों शाही बाग़ की ओर जा रहे हैं। ...दो-चार लम्हों के बाद दोनों

लौटते नज़र आये। बाद में बाँदी ने बताया कि वे जासूस से मिलने दीवानख़ाने की ओर गये हैं। ...वह बुदबुदायी—शहंशाह के ख़िलाफ़ बग़ावत नहीं होनी चाहिए। ये तो उन्हें कुचल देते हैं। ये अपने बेटे को भी क़ैद कर देते हैं। दुख़्तर जेबुन्निसा भी तो एक तरह से क़ैद ही है। ...शायद वह शाहज़ादा दारा की दुख़्तर के साथ ही है।

उधर शहंशाह औरंगज़ेब मग़रिबी सरहद की बग़ावत को दबाने के लिए तैयारी कर रहे थे। दिलेर ख़ाँ के दक्कन से लौटने का इन्तज़ार हो रहा था।

दिलेर ख़ाँ दक्कन से आ गया। उसने बताया कि शिवाजी राजतिलक की तैयारी कर रहा है। यह सुनकर शहंशाह चिहुँक उठे। दो लम्हे तक बेचैन रहे। लेकिन सरहद की बग़ावत से निबटने के लिए हसन अब्दाल जाना बहुत ज़रूरी लगा।

शहंशाह शेरदिल मुग़ल जंगबाजों की फ़ौज के साथ रवाना हुए! फ़ौज आगे बढ़ती गयी। रास्ते में नारनौल के सतनामियों की हार को याद कर वे मुस्करा उठे और फिर क़ाफ़िरों के पीर और मुर्शिद तेगबहादुर की कारगुज़ारी का पता चला। ...क़िला तामीर कराना, सिपाहियों की तरह चेलों को तैयार करना और आन-शान के साथ रहना—यह तो तख़्ते ताऊस को चुनौती है। ...कुछ फ़ैसला करना होगा। ...मुग़ल फ़ौज आगे बढ़ती रही।

चौवालीस

कवि भूषण सादी वेशभूषा में दो सुरक्षा सैनिकों के साथ चलकर काशी के निकट पहुँच गये। रायगढ़ से प्रस्थान के समय ही कवि ने एक पत्र अपने गाँव भेज दिया था। ...पहले भी पत्र भेजा गया था। कहाँ महाराष्ट्र का रायगढ़...कहाँ उत्तर में त्रिविक्रमपुर ...और उससे पूर्व काशी। काशी तो विन्ध्याचल की गोद में है। वैसे गंगा तट पर है। पर अपना गाँव गंगा-यमुना के समतल क्षेत्र में है। ...अपना भारत कितना बड़ा है! कैलास-मानसरोवर से लेकर दक्षिण के समुद्र तट पर स्थित कन्याकुमारी तक फैला हुआ है। लगता है कि शिव और पार्वती ने अपने अनुरागमय तप से पावन बना दिया है। अपने स्नेहपूर्ण बन्धन से बाँध दिया है। श्रीराम तो अयोध्या से चलकर सुदूर दक्षिण में समुद्र तट पर रामेश्वर शिव की प्रतिष्ठा करके ही लंका जा सके थे। श्रीकृष्ण ने मथुरा से चलकर सुदूर पश्चिम के सागर तट पर द्वारिका नामक नगरी बसायी थी। इसलिए ऋषियों और कवियों की भावना और कल्पना में भारत माँ के रूप में प्रतिष्ठित है। सागर के तट माँ के चरणों को पखारते रहते हैं। उत्तर हिमालय के शिखर रजत स्वर्ण किरीट के रूप में शोभित होते हैं।

इसी भारतभूमि की स्वाधीनता के लिए शिवाजी संघर्ष कर रहे हैं और मेरी लेखनी इस संघर्ष को शब्द दे रही है। ...पर जीवनसंगिनी रमा दूर है। ...

गाँव में रमा अपने भटकते हुए पति का स्मरण कर दिन और रात के उजाले

और अँधेरे—दोनों को काट लेती होगी। ...बड़ी भाभी के शब्द जब-तब पीड़ा देते होंगे। और तब सूर्य का ताप बढ़ जाता होगा। चन्द्र की शीतलता कम हो जाती होगी। ...वह इधर आकर स्वाभिमान के साथ श्वास-प्रश्वास ले रहा है। लग रहा है कि जीवन सार्थकता को पा रहा है। सरस्वती जाग गयी है। ...रमा को काशी आ जाना चाहिए। उसे पत्र मिल जायेगा। तुर्क़-मुग़ल राज्य में डाक की व्यवस्था तो है। इसलिए वह अवश्य आ जायेगी। ...वह प्रत्येक क्षण प्रतीक्षा करेगा। ...दोनों एक साथ हिन्दवी स्वराज का अभिनन्दन करेंगे।

कवि भूषण रक्षकों के साथ बढ़े जा रहे थे। वसन्त आ गया है। वनप्रान्तर की शोभा बढ़ गयी है। पंछियों का संगीत मन को लुभाने लगा है। वनों की वासन्तिक सुषमा में तन्मय हो जाना चाहिए। ...प्रकृति माँ है। कवि की दृष्टि में प्रकृति जब-तब प्रकृति सुन्दरी बन जाती है। वह इस वसन्त में अपना शृंगार करती है। इस शृंगार को कवि भूल नहीं पाते। वे तो मानव जीवन के कामभाव को शृंगारित करने लगते हैं। पर उन्हें तो शिवा के शौर्य के शृंगार का वर्णन करना है। ...अपनी धरती माँ और इस धरती के दुखी जनों के दुख के निवारण के लिए संकल्पित शिवा के पास आना हुआ। इसीलिए घर-द्वार को छोड़ना पड़ा है।' भाभी का व्यंग्य तो आधार बन गया। भाभी ने विचारशील मन को सहयाद्रि क्षेत्र में जाने की प्रेरणा दे दी है। अब मन में उनके प्रति वैमनस्य नहीं रह गया है। मन ईर्ष्या-द्वेष से मुक्त हो गया है।

काशी नगरी की झलक मिलने लगी। लगा कि थकान मिट गयी। ...सबसे पहले पण्डित प्रवर विश्वेश्वर भट्ट के घर को ढूँढ़ना होगा। वह तो मिल जायेगा। वे तो इस युग के वेदव्यास के समान हैं। उनसे मिलने का सौभाग्य मिलेगा।

भूषण और उनके रक्षकों-साथियों ने घोड़ों से उतरकर काशी की मिट्टी को प्रणाम किया। गंगा की लहरों को नमन किया और फिर काशी विश्वनाथ के मन्दिर शिखर को अपनी श्रद्धा अर्पित की। ...मन्दिर शिखर तो नहीं झलक सका है। क्यों? स्मरण आया! ...ओह!

कवि ने पूछताछ कर पण्डित प्रवर का घर खोज लिया और अपने परिवार का परिचय देकर प्रवेश भी पा लिया। मुख्यद्वार के पास कुछ जिज्ञासु और छात्र दिखाई पड़े। वे घर के भीतर से आ-जा रहे थे। थोड़ी दूर पर गंगा का घाट भी दिखाई पड़ा। गंगा का प्रवाह मन्द पवन के संचार के कारण संगीतमय हो रहा है। मन्द मधुर कलकल स्वर आ रहा है। कवि को अच्छा लगा। उन्होंने देखा कि पण्डित के भवन के द्वार के ऊपर गणेश की प्रतिमा सुशोभित है। कपाट के पल्लों पर शिव कथा के प्रसंगों का अंकन है।

भूषण कुछ देर बाहर पेड़ की छाया में एक चत्वर पर बैठ गये। कुछ देर के बाद भीतर जाने की अनुमति मिली। कवि अपने साथियों के साथ मुख्यद्वार से होकर अलिन्द में पहुँचे। सामने आसन पर पण्डित प्रवर विश्वेश्वर भट्ट यानी गागा भट्ट

विराजमान थे। कुछ लोग उनके सामने बैठे हुए थे। छात्र और जिज्ञासु वार्ता कर लौट रहे थे। एक शिष्य ने नाम-धाम-काम पूछकर कवि को उनके पास जाने का निर्देश दिया। कवि ने निकट पहुँच झुककर नमन किया। महापण्डित ने मन्द-स्मित के साथ बैठने का संकेत दिया।

भूषण ने विनम्र स्वर में बताया—'त्रिविक्रमपुर निवासी पं. रत्नाकर त्रिपाठी का कनिष्ठ पुत्र...।'

'घनश्याम! पं. रत्नाकर त्रिपाठी से परिचय रहा है। ...तुम किस प्रयोजन से आये हो? बताओ।' पं. भट्ट ने मुस्कराते हुए पूछा।

'मैं हिन्दवी स्वराज के सेनानी शिवाजी के पास भूषण कवि के रूप में पहुँच चुका हूँ। मेरी वाणी उनके तेज़ एवं शौर्य का वर्णन कर धन्य हो उठी है। ...अब सबका संकल्प है कि शिवा को राजछत्र धारण करना चाहिए। विजयनगर के बाद महाराष्ट्र में स्वराज का अरुणोदय हो। ...शिवाजी का राज्याभिषेक हो। सम्पूर्ण भारत अनुप्राणित हो।'

वहाँ बैठे कुछ छात्र उत्सुकता के साथ कवि भूषण की ओर देखने लगे। कवि के कथन से उनका अन्तर आन्दोलित-सा हुआ।

पण्डित प्रवर विश्वेश्वर भट्ट के अधरों पर क्षण-भर के लिए स्मित उभर आयी और फिर वे आँखें बन्द कर ध्यानस्थ हो गये।

पास बैठे छात्र सोचने लगे कि परम बलशाली मुग़ल शासन में हिन्दवी स्वराज तो कल्पना से परे है। आकाश से तारे तोड़ लाने के समान है। यह सम्भव नहीं लगता। पश्चिम भारत में न गोकुल जीत सके और न सतनामी। मेवाड़ भी मौन लग रहा है। प्रताप के वंशज को उठना चाहिए। ...गुरु तेगबहादुर तो समाज को नयी शक्ति दे रहे हैं। ...बुन्देलखण्ड में छत्रसाल लड़ तो रहे हैं। पता नहीं, क्या होगा? ...शिवा का संघर्ष सफलता की ओर बढ़ रहा है। ...क्या वे छत्र धारण कर सकेंगे?

पण्डित प्रवर का ध्यान टूटा। वे बोल उठे—'घनश्याम त्रिपाठी...कवि भूषण! आपकी वाणी सम्पूर्ण भारत में गूँजेगी। आपने विन्ध्याचल को पार कर सहयाद्रि के क्षेत्र में जाकर स्वराज के संघर्ष का अभिनन्दन किया है। यह हर्ष का विषय है। अब शिवाजी के राज्याभिषेक में क्या संकोच है? क्या बाधा है?'

'उधर के पण्डितों को थोड़ा संकोच है। वे शास्त्र के आधार पर वर्ण विचार करते हुए निर्द्वन्द्व नहीं हो या रहे हैं। उनकी दृष्टि में शिवा शुद्ध क्षत्रिय वर्ण के नहीं हैं।'

'आश्चर्य है! जिस वीर ने अपने संकल्प, अपने तेज़ और अपनी बुद्धि से जन साधारण को खड़ा कर दिया है। स्वराज के लिए निरन्तर पसीना और ख़ून बहा रहा है। उधर के क्षेत्र को मुक्त कर दिया है। उस वीर के सम्बन्ध में यह संकोच! ...देश-काल-पात्र के आधार पर निर्णय करना ही विवेक है।'

'मैंने भी ऐसा ही समझा है। आप तो इस युग के व्यास देव है। आपने इतनी

दूर रहकर स्थिति को समझ लिया है। कुछ मराठे सरदार तो सुल्तानों से जुड़कर शिवा को बाग़ी जागीरदार समझते हैं। और पण्डित समुदाय संकोच में है।'

'अब क्या करना है? ...बताओ, कवि भूषण!'

'पण्डित प्रवर! आपकी अनुकम्पा और आशीर्वचन के लिए हम विनती करने आये हैं। आप व्यवस्था करें! और आपके पौरोहित्य में शिवा का राज्याभिषेक हो!' भूषण और उनके दोनों साथियों ने हाथ जोड़कर कहा।

'कविवर! मुझे आज विचार करने दीजिए। व्यवस्था के लिए कुछ देखना-समझना होगा।'

'जी! हम ठहरेंगे। आप विचार करके व्यवस्था करें और रायगढ़ चलने का कष्ट करें– यह हमारा विनम्र निवेदन है। ...इस कष्ट के लिए शिवाजी दान-दक्षिणा देने में पीछे नहीं रहेंगे।'

'कविवर! आपने मुझे युग का व्यास कहा है, फिर दान-दक्षिणा का लोभ कैसे उभरेगा? यदि विद्वान ब्राह्मण का लोभ प्रबल होगा तो उसकी वाणी का प्रभाव खण्डित हो जायेगा। ...आचार्य, पण्डित और पुरोहित अपना महत्त्व नहीं गिरावें–ऐसा मेरा अनुरोध है।'

'आपके इस अनुरोध को सभी समझेंगे। ...हम तीनों तो उतनी दूर से आये हैं जिससे स्वराज-साधक को आपके द्वारा आशीष मिल सके।'

पण्डित गागा भट्ट ने मन्द मुस्कान के साथ स्वीकृति प्रदान कर दी।

भूषण अपने साथियों के साथ पास की धर्मशाला में आ गये। तीनों को विश्राम के लिए कक्ष मिल गये।

सन्ध्या में 'जय जय गंगे विमल तरंगे' और 'हर हर महादव' के स्वर सुनाई पड़ने लगे। भूषण और साथियों की नींद टूट गयी। कवि ने करवट बदली। पलकें खुलीं। ...यह तो काशी का गंगा तट है। यह तो मन-प्राणों को शीतल करने वाला है। ताप-सन्ताप को दूर करने वाला है। ...पर पण्डितराज जगन्नाथ का सन्ताप दूर नहीं हो सका था। उन्होंने यहीं-कहीं गंगा में जल समाधि ले ली थी। एक ओर शहंशाह औरंगज़ेब का दबाव था तो दूसरी ओर पण्डित अप्पय दीक्षित और उनके शिष्यों का उत्कट विरोध। साहित्यशास्त्री, कवि और शाहज़ादा दारा के गुरु पण्डितराज जगन्नाथ इन दोनों विरोधों से अपनी रक्षा नहीं कर सके।

काशी ने उन्हें शरण नहीं दी थी। ...क्या पण्डित प्रवर भट्ट भी शिवाजी को छत्रधारण का शास्त्रीय आधार दे सकेंगे?...उन्होंने वचन तो दिया है।

गंगाजी की आरती होने लगी। आरती का स्वर आने लगा। तीनों गंगा तट पर पहुँच गये। ...गंगा की लहरों का संगीत, आरती की दीपशिखाएँ और आरती गीत–शंखध्वनि के मध्य ये तीनों एक दिव्य लोक की रचना कर रहे थे। कुछ देर

के लिए कवि भूषण मुग़ल शासन, संघर्ष, समाज की विषम अवस्था और पराधीनता की पीड़ा—सबको भूल गये।

रात हुई। तीनों भोजन करके सो गये। ...कविवर सपने में रमा को देखने लगे। ...रमा दुखी है। वह याद कर रही है। ...पत्र पहुँच रहा है। पर रास्ते में अँधेरा है। ...कवि का मन विकल होने लगा। ...नींद टूट गयी। किसी प्रकार रात बीत गयी। पंछी दल का कलरव सुनाई पड़ा। भूषण के साथ दोनों रक्षक साथी भी उठ गये। भूषण के मन में सपने को लेकर द्वन्द्व चल रहा था। तीनों गंगा तट पर आ गये। तीनों ने पहले गंगा की स्तुति की। स्नान-ध्यान से मन शान्त हुआ। तीनों धर्मशाला के पास पहुँचे। कोई उनके बारे में पूछताछ कर रहा था। भूषण ने देखा कि रमा आ गयी है। वह अपने पति के चरणों में झुक रही है। भदई चरवाहा साथ में है। वह छोटे पण्डित को देखकर पुलकित हो गया। उसने प्रणाम किया। भूषण ने कुशल मंगल पूछा और फिर सबके विश्राम की व्यवस्था की। भदई ने पूछा—'छोटे मालिक! आप कब गाँव आयेंगे?'

'एक अनुष्ठान को पूरा करे आऊँगा, भदई!'

'आप अपने गाँव से बहुत दूर चले गये हैं। छोटी बहू जी को भी बुला लिया! आप लौटकर आयेंगे?'

'भदई! अपने घर-द्वार और गाँव को कोई भूल सकता है? स्वराज के संघर्ष का परिणाम आयेगा, फिर मैं अपने घर आऊँगा। अवश्य आऊँगा।'

'हम सभी आपकी राह देखेंगे। आपकी कविता सुने बहुत दिन हो गये।'

'भदई! अभी तो हमें पूज्य पण्डित जी के साथ विन्ध्याचल के पार गोदावरी तट की ओर जाना है।'

'ठीक है। सब शुभ होगा।' भदई ने हाथ जोड़कर शुभकामना की।

पैंतालीस

भूषण ने रात में सोने के समय कहा—'रमा! मैंने एक वियोग व्यथा की कविता रची है—तुम्हारी ओर से। इसे सुनकर बताओ कि तुम्हारा दर्द मेरे छन्द में व्यक्त हो सका है या नहीं।'

'आपने मेरी ओर से वियोग की व्यथा पर रचना की है? वीर रस के बदले शृंगार का वियोग भाव कैसे जग गया?' रमा ने अचरज और उलाहने के साथ उत्तर दिया।

'मैं भी मनुष्य हूँ, विवाहित हूँ। घर से दूर रहकर पत्नी की याद तो आयेगी। याद आने के बाद मन में भाव उमड़ेगा ही।'

'तब तो आप सुना ही दीजिए।' रमा ने मन्द मुस्कान के साथ कहा।

'तो सुनो! ...रमा वियोग में चन्द्रमा से कह रही है...।'

'हाँ! जब-तब मैं आकाश में उगे चन्द्रमा को देखती रहती थी और कुछ सोचती रहती थी।'

'तब तो मैं ग़लत नहीं हूँ। तो यह मेरी कविता है—

जिन किरनन मेरो अंग छुबौ तिनही सों पिय अंग छुवै क्यों न मैन दुख दाहे को।
भूषण भनत तू तो जगत को भूषण है, हौं कहा सराहौं ऐसे जगत सराहे को।।
चन्द ऐसी चाँदनी तू प्यारे पै बरसि, उतै रहिन सकै मलाये होए चित चाहे को।
तू तो ऐसी निसाकर सबही की, निसा करै मेरी जोन निसा करैं तो तू निसाकर काहे को।

विरहिणी कह रही है—हे चन्द्र! अपनी जिन किरणों से मेरे अंगों को स्पर्श कर रहे हो, क्यों नहीं उस कामदग्ध मेरे प्रिय के अंगों को स्पर्श करते? हे चन्द्र! तुम संसार की शोभा हो, सारा संसार तुम्हारी सराहना करता है, मैं क्या प्रशंसा कर सकती हूँ। हे चन्द्र! तुम अपनी ऐसी चाँदनी मेरे प्रिय पर बरसा दो ताकि वे उद्दीप्त होकर वहाँ रह नहीं सकें और प्रिय से भेंट हो जाये।

तुम तो सबको सुखद आश्वासन देते हो। यदि तुम मुझे सुख-तृप्ति नहीं दे सकते तो तुम्हें निशाकर-सुखद एवं शीतल क्यों कहा जाय?

रमा हृदय में अपूर्व तृप्ति की अनुभूति करती हुई बोल उठी—'अरे! आपके पास तो कोमल मधुर हृदय भी है। ...मैं तो आपको कठोर समझती रही हूँ!' यह कहकर रमा अपने पति के हृदय से लग गयी।

भूषण ने महसूस किया कि रमा सिसक रही है, आँखें भर आयी हैं। इसलिए एक क्षण के बाद रमा के आँसुओं को पोंछकर चूम लिया।

रमा को लगा कि चन्द्रमा उस पर शीतल-सुखद चाँदनी बरसा रहा है और भूषण ने एहसास किया कि वह चन्द्र किरणों से नहा गया है।

प्रभात होने पर दोनों उठे। दोनों ने एक-दूसरे को देखा। दोनों मुस्कराये और अपने आराध्य का स्मरण किया।

रमा ने कहा—'वह गंगा स्नान कर काशी विश्वनाथ का दर्शन करना चाहती है। ...आपके साथ मराठे रक्षक हैं। मेरे साथ भदई है। ...सब साथ चलेंगे।'

'हाँ, हम निर्भीक होकर चल सकते हैं। गंगा स्नान तो सम्भव है। पर काशी विश्वनाथ के दर्शन सम्भव नहीं हैं।'

'ओह! मैं समझ गयी। ...शहंशाह आलमगीर ग़ाज़ी का शासन है। दर्शन सम्भव नहीं है।'

'पाँच वर्ष पहले ही मन्दिर ध्वस्त हो चुका है। जहाँ-तहाँ सर्वत्र ध्वंस के बेधक दृश्य...।'

‘तब...?’

‘पहले हम गंगा तट चलें। फिर ध्वस्त मन्दिर की ओर चलेंगे।’

दोनों पं. गागा भट्ट के पास आये। नमन किया। आशीष मिला। स्नान और दर्शन की बात होने पर पण्डित जी ने बताया—‘कवि! ज्ञानवापी में शिवदर्शन कर लेना...मन्दिर का रूप तो बदल चुका है।’

‘ऐसा!’

‘पर सँभलकर जाना होगा।’

कवि भूषण बोल उठे—‘पराधीन सपनेहूँ सुख नाहिं।’

पण्डित प्रवर का उदास मुख झलक उठा।

सभी एक साथ गंगा तट की ओर चल पड़े।

गंगा तट पर पहुँचकर देखा कि गंगा की उज्ज्वल लहरें सूर्य की किरणों के उज्ज्वल प्रकाश में चमक रही हैं। श्रद्धालु गंगा और शिव का नाम लेकर स्नान कर रहे हैं। यह देखकर मन की उदासी दूर हो गयी। सब गंगा और शिव का नाम लेकर स्नान करने लगे। तन-मन शीतल होने लगा।

भूषण को पण्डितराज जगन्नाथ की गंगा लहरी का स्मरण हो आया। पण्डित प्रवर के पास ‘गंगा लहरी’ की प्रतिलिपि थी। उसके कुछ छन्दों का स्मरण कर लिया था। वे हाथ जोड़कर गाने लगे—

समुत्पत्तिः पद्मारमणपद पद्मामलनखान्निवासः कन्दर्प प्रतिभट जटाजूट भवने।

अथायं व्यासङ्गे हतपतितनिस्तारण विधौ न कस्मादुत्कर्षस्तव जननि जागर्ति जगति।

हे गंगा माँ! आपका उद्‌भव लक्ष्मीपति विष्णु के चरणारविन्द के निर्मल नख से हुआ है। कामदेव के प्रतिभट शंकर जी का जटाजूट रूपी भवन आपका आवास रहा है। मृत पापियों का उद्धार करना ही आपका कार्य है। अतः जगत् में सर्वाधिक आपका ही उत्कर्ष जगमगा रहा है।

उसी समय मुग़ल सिपाही आ धमके। वे तल्ख़ ज़ुबान से बोलने लगे। धीरे-धीरे सबको हटना पड़ा। भूषण के रक्षकों ने रमा को अपने घेरे में लिया। भूषण ने उन मुग़ल सिपाहियों को देखा। कुछ कहना चाहा। पर उसे रमा के साथ तट से जाना पड़ा।

पण्डित विश्वेश्वर भट्ट उपाख्य गागा भट्ट एकान्त कक्ष में बैठकर शिवाजी को क्षत्रिय घोषित करने के लिए राजस्थान के सिसोदिया वंश की वंशावली को देख रहे थे। सूत्र मिल रहा था। वे प्रसन्न हो रहे थे। उसी समय गंगा तट से मुग़लों के शब्द आये। स्नानार्थियों का पलायन हो रहा था। वे घबरा उठे। उन्होंने पड़ोस के नौजवानों को घाट की ओर भेजा। भूषण अपनी पत्नी और साथियों के साथ सुरक्षा

के घेरे में आ गये। वे धर्मशाला में पहुंचे। रमा ने धर्मशाला के कक्ष में काँपते स्वर में पूछा– 'काशी की यह स्थिति है? यहाँ के लोग कैसे रहते हैं?'

'रमा! यहाँ के लोग सर्वदा तत्पर रहते हैं। देखा ना कि दस नौजवान लट्ठ लेकर आ धमके थे। हम सुरक्षित धर्मशाला में आ गये हैं। ...प्रत्येक तीर्थ और नगर में नौजवान कटिबद्ध रहते हैं। शैव साधु भी त्रिशूल लिए समूह में रहते हैं। वैष्णव वैरागी भी सशस्त्र होते हैं। ...रमा! भय में जीना और मरना एक समान हैं। इसलिए व्यक्ति और समूह, परिवार और गाँव–सबको भय से मुक्त रहना है। देश और समाज को आतंक में नहीं जीना है। ...सबको भय से मुक्त रखना राजा का काम है।'

'जी, हाँ! प्रजा तो राजा के लिए सन्तान ही है। यह भाव सभी राजाओं में क्यों नहीं आता?' रमा ने प्रश्न कर दिया।

'विदेशी आक्रमणकारी और शासक प्रजा को अपनी सन्तान क्यों समझेगा? अपने देश के ही सभी राजा दम्भ और दर्प से मुक्त नहीं हो पाते। दम्भ, दर्प और विलास में मग्न रहते हैं। प्रजा पीड़ा सहती रहती है।'

'शिवाजी स्वराज के लिए संघर्ष कर रहे हैं। स्वराज में सुराज भी आयेगा न?' रमा ने गम्भीर स्वर में पूछा।

'हाँ, रमा! शिवाजी का संकल्प तो है। उनका चरित्र भी वैसा ही है। वे जनसाधारण के साथ हैं। जनसाधारण उनके साथ है। अतः आशा तो है।'

'तब तो ठीक है। आपका विन्ध्याचल के पार जाना भी उचित माना जायेगा। मैंने वियोग की पीड़ा को यही याद करके सह लिया।' रमा ने अपनी बात रख दी।

अपराह्न में सभी ज्ञानवापी की ओर जाने के लिए निकले। अपने रक्षक साथियों, गाँव के भदई और पण्डित भट्ट आहूत पण्डा जी के साथ भूषण सपत्नीक चल पड़े। सभी सतर्क और सावधान हो गलियों से होकर बढ़ते गये। ज्ञानवापी के निकट पहुँचने के पहले ही मुग़ल सिपाहियों ने रोक दिया। उन्हें रुक जाना पड़ा। ...भूषण ने ऊपर देखा। दिखाई पड़ा कि मस्जिद की मीनार ऊपर उठ रही है। ...पास में ज्ञानवापी होगी! उसी में शिवलिंग विद्यमान होगा। शहंशाह के मज़हबी दर्प के कारण सब बदल गया। पुजारियों ने शिवलिंग को ज्ञानवापी में पहुँचा दिया होगा। ...इस देश के आदिदेव महादेव के प्रति ऐसा भाव! इस देश के जन की श्रद्धा को कुचलने की कोशिश!! ...जब पुरुष असमर्थ हो जाता है तो द्रौपदी ने भगवान कृष्ण को गुहारा था। आज जन का आराध्य देवता ही असुरक्षित है तब देवता को नहीं, जनदेवता को गुहारना होगा। ...शिवा ने गुहारा है। जोड़ा है। खड़ा किया है। और हिन्दवी स्वराज की आकांक्षा जगा दी है।

सबने दूर से ही भगवान शिव को नमन किया। सभी मन को मारकर और शीश झुकाकर लौटने लगे। ...क्या यही काशी है? भारत के जन की आस्था का केन्द्र टूट कर बिखर रहा है। क्यों? मुग़ल सल्तनत की तलवार के सामने पौराणिक

कथाओं के चमत्कारों का क्या मूल्य रह गया है?...इस विषम स्थिति में संकल्पित और संघर्षशील जन का आवाहन हो। सबको जाति-पाति से परे रहकर जोड़ा जाय। सबमें स्वराज और सुराज की प्रबल इच्छा हो। साथ ही नयी रणनीति हो। तभी देश का कल्याण होगा।

रमा सहमी हुई आँखों से कभी ज्ञानवापी की ओर देखती, कभी मस्जिद की ऊपर उठती मीनार को देखती और फिर चिन्तालीन अपने पति को समझने का प्रयत्न करती। इधर मराठे रक्षकों और गाँव के भदई की आँखों में रोष झलक रहा था। पण्डा जी उदास थे।

सभी लौटकर धर्मशाला में आ गये।

पण्डित प्रवर विश्वेश्वर भट्‌ट जी शिवा के कुलवंश को सिसोदिया वंश से जुड़ा हुआ देखने लगे। उन्होंने दो क्षण विचार किया और भोजपत्र पर इसे अंकित कर शिवा को क्षत्रिय घोषित कर दिया।

कवि भूषण का आगमन हुआ। चेहरा उतरा हुआ था। पण्डित जी ने अनुमान कर लिया। वे बोल उठे–'कवि! मुग़ल सल्तनत के आतंक से पाला पड़ गया न!'

'हाँ, पण्डित जी! ...पर हमने अपने रोष को रोक लिया। अब यहाँ से मन उचट गया!' भूषण ने हाथ जोड़कर उत्तर दिया।

'कवि भूषण! मैंने तो शिवा के क्षत्रियत्व का प्रमाण पा लिया है। वैसे भी वे गुण एवं कर्म से क्षत्रिय हैं। अब मेरे लिखित प्रमाण को देखकर कोई आपत्ति नहीं करेगा। मैं साथ चलने को तैयार हूँ।'

'ऐसा!' भूषण ने पीड़ा और उदासी को भूलकर पण्डित जी को प्रणाम किया।

भूषण ने धर्मशाला में आकर सबको प्रस्थान करने के लिए तैयार होने को कहा।

भदई ने विनती की –'छोटे मालिक! आपको छोड़कर जाने की इच्छा नहीं है।'

'भदई! मैं विश्वास दिलाता हूँ कि हम गाँव आयेंगे। अभी तो हमें पण्डित जी के साथ जाना है।'

छियालीस

गुरु तेगबहादुर ने मालवा के क्षेत्र में गाँव-गाँव में कुएँ बनवा दिये। खेतों में हरियाली दिखने लगी थी। गायों और बैलों को चारा मिलने लगा। कुछ गाय और बैल तो पहले चारे के अभाव में मर गये थे। मृत पशुओं और अति निर्धन किसानों-मज़दूरों की दयनीय स्थिति से गाँवों का दृश्य बड़ा भयावना लगने लगा था। अब निर्धन किसानों को भी थोड़ी मदद मिलने लगी। दूसरे किसानों से बीज की मदद मिली। गुरुदेव के निर्देश पर दूसरे इलाक़ों के खाद्यान्न व्यापारियों से खाद्यान्न मँगवाने की

कोशिश हुई। खाद्यान्न आने लगा। सिक्ख व्यापारियों ने पूरा सहयोग दिया। अतः सर्वत्र गुरु तेगबहादुर की जयध्वनि होने लगी।

गुरु तेगबहादुर के आ जाने के कारण उस क्षेत्र में एक नया परिवर्तन दिखने लगा। सबके साथ बैठकर संगत में वे बताते थे कि ओंकार रूप अकाल मूरत परमात्मा का नाम लो। आप सभी राम का नाम लेकर एक-दूसरे को सहयोग दो। भयमुक्त होकर रहो। यही धर्म है। यही धर्म का अर्थ है। इसे समझ जायें तो संकट टल जायेगा।

किसानों, कारीगरों और मज़दूरों ने हाथ जोड़कर राम का नाम लिया और फिर सद्गुरु गुरु नानकदेव के प्रति श्रद्धा प्रकट कर दी।

सिपह-ए-दीन देख रहे थे कि क़ाफ़िरों के मुर्शिद गुरु इधर आ गये हैं। क़ाफ़िरों के पीर की वजह से इन काश्तकारों और कारीगरों को अपनी ओर झुकाने का मौक़ा निकल रहा है। अगर ये नहीं आते तो लोग ग़रीबी, भूख और ख़ौफ़ से इस्लाम को क़बूल कर लेते। अब इन्हें मदद मिल रही है। सिपह-ए-दीन का ख़ौफ़ भाग रहा है। चुनाँचे उन्हें दूसरे इलाक़े में जाना पड़ रहा है। ...इस दूसरे इलाक़े में काश्तकार, कारीगर और मज़दूर ख़ौफ़ में हैं। अपने-अपने घरों में छिपने लगे हैं। ...इन्हें ख़िराज या दीन—दोनों में से एक को चुनना है।

सिपह-ए-दीन ने सबको अपने-अपने घरों से निकाला, सबको एक मैदान में इकट्ठा किया। कंकाल रूप ग़रीब सर झुकाकर बैठे हुए थे। घरों के दरवाज़ों की आड़ में छिपी हुई औरतें हाय-हाय कर रही थीं। बच्चे रोने लगे थे। जहाँ-तहाँ गाय-बैल अधमरे पड़े थे। एकाध अन्तिम साँस ले रहे थे। आसमान में गीध मँडराने लगे थे। इसी हालत में सिपह-ए-दीन के हथियारबन्द गिरोह ने उन ग़रीबों पर ख़िराज भुगतान के लिए दबाव डालना शुरू किया।

ख़ौफ़ से घिरे हुए ग़रीबों ने पीठ में सटे पेट को दिखाकर मेहरबानी की भीख माँगी। ...सामने खेतों में धूल उड़ रही थी। दहशत ने माहौल को अपने क़ब्ज़े में कर लिया था।

गिरोह के सरदार ने कहा—'तुम्हें क़र्ज़ चाहिए तो क़र्ज़ मिलेगा। मुग़ल हुकूमत ने आप सबके बीच अनाज बाँटने का हुक्म दे दिया है। बगल के गाँव के नये मुसलमानों को मुफ़्त में खाने का अनाज मिल गया है। वे ख़िराज देने के लिए मजबूर नहीं हैं। उन पर अल्लाह ने रहम कर दिया है। वे रहमतेआलम का नाम ले रहे हैं।'

एक किसान ने दबी हुई आवाज़ में गुज़ारिश की—'हुज़ूर! आप तो माई-बाप हैं। सूखे और ग़रीबी से तंगहाल रिआया को हुकूमत की ओर से मदद मिलती ही है। इसके लिए धरम-करम बदलने की बात तो नहीं होती। बादशाह की नज़र में सभी बराबर हैं। रिआया—परजा तो राजा की सन्तान मानी जाती है।'

'याद रखो! अभी तख़्ते ताऊस पर आलमगीर पातशाह ग़ाज़ी हैं। इन्होंने इस मुल्क़ में हुकूमते इलाहिया को क़ायम कर दिया है। ये हर सच्चे मुसलमान को

अल्लाह का बन्दा समझकर मदद करते हैं। ...हम उनके ख़ास सिपाही हैं। तभी तो हम आपकी मदद के लिए आ गये हैं।'

'हुज़ूर! हमने तो सुना है कि गुरु तेगबहादुर जी बिना किसी धरम और मज़हब का ख़याल किये हर ग़रीब की मदद कर रहे हैं। वे तो सच्चे साधु हैं। ...उन्होंने तो परमार्थ के लिए इधर आने की तकलीफ़ की है।' दूसरे किसान ने हाथ जोड़कर कहा।

'हमें मालूम है कि वे पोशीदा रूप में कुफ्र को फैला रहे हैं। यह ग़ैर-मुनासिब है! उस मुर्शिद पर हमारी नज़र है।' सरदार ने जवाब दिया।

'वे तो हुकूमत के काम को आसान बना रहे हैं। वे हुकूमत के फ़र्ज़ को पूरा कर रहे हैं। आप क्यों नाराज़ हैं?' तीसरा किसान सर झुकाकर बोल पड़ा।

'तो तुम लोग इन्हें अपना पीर-मुर्शिद मान रहे हो। उनकी मदद की उम्मीद कर रहे हो।' सरदार की आवाज़ में तल्ख़ी थी।

सभी चुप रहे। वे ज़मीन की ओर देख रहे थे। वे सोचने लगे कि इनके पास हरबे-हथियार हैं। वे तो इनसे घिर गये हैं। क्या होगा?

चौथे किसान ने हाथ जोड़कर अर्ज़ किया—'हुज़ूर! हम तो मुग़ल हुकूमत की रिआया हैं। हम वफ़ादार रिआया हैं हम हमेशा ख़िराज का भुगतान करते रहे हैं। इस सूखे ने हमारी ग़रीबी को ज़ख़्मी कर दिया है। हमें माफ़ी दी जाये। हमारी यह दरख़्वास्त है। ...हम मुसलमान भाइयों के साथ मुहर्रम मनाते हैं। रोज़ा में भी साथ देते हैं। हम पर नाराज़ न हों।'

'हमें समझाओ मत! मैं तुम लोगों को आख़िरी मौक़ा देता हूँ। हम कल आयेंगे। फ़ैसला कर लो कि भूखे मरोगे या दीनोईमान की राह पर चलकर सुखी बनोगे।' यह ऐलान कर सिपह-ए-दीन चले गये।

गाँव के सभी लोग हथियारबन्द दस्ते की धमकी को सुनकर घबराने लगे। उन्हें लगा कि अचानक गर्म हवा बहने लगी है। उनकी धमकी और पैरों की धमक ने लू-लपट का रूप धारण कर लिया है। ...कुछ ने सिपह-ए-दीन के हुक्म को मान लेने का सुझाव दिया। कुछ के मन में रोष उभर रहा था। ...सभी अपने-अपने घर को लौट रहे थे। सबकी आँखों में एक बड़ा-सा सवाल झलक रहा था।

सूर्य अस्ताचल पर चला गया। अँधेरा छाने लगा। सबको लगा कि पूरे गाँव में ही नहीं, पूरी ज़िन्दगी में अँधेरा छा गया है। वे इस अँधेरे में गुम हो जायेंगे। उनकी पहचान मिट जायेगी। उन्हें अपने बाप-दादों और पुरखों को भूलना पड़ेगा। अपना सब कुछ भूलकर अरब और तुर्किस्तान से आये रंग-ढंग और रीति-रिवाज को अपनाना होगा। ...तब जीने का हक़ मिलेगा! ओह!

उसी समय गुरु तेगबहादुर के सिक्ख आ गये। गाँव में दीप जले। उन्हें सिपह-ए-दीन की धमकी की जानकारी मिली। उन्होंने महसूस किया कि सारा गाँव भयभीत है। सभी भय में साँस ले रहे हैं।

एक सिक्ख ने कहा—'भाइयों! हमें यह ख़बर मिल गयी कि सिपह-ए-दीन का दस्ता इधर आ गया है। इसलिए गुरु जी के हुक्म पर हम भी आ गये हैं। रास्ते में उनसे भेंट हो गयी थी। वे गुर्रा रहे थे। हमें भी धमका रहे थे। पर हमारे हाथों में कृपाण देखकर कुछ कर नहीं सके।'

'पर हमें तो धमकी मिल चुकी है। आज रात में हमें फ़ैसला करना है कि ख़िराज का भुगतान या नया धरम।' एक किसान ने बताया।

'हम यहाँ एक हफ़्ता रहेंगे। आपके लिए अन्न-पानी का इन्तज़ाम होगा। अब आपको डरना नहीं है।'

'आप लोग यहाँ रहेंगे तो हम उनसे नहीं डरेंगे।' दूसरे ने कहा।

'हम आपके साथ रहेंगे। आप चिन्ता न करें।' सिक्ख ने सबको भरोसा दे दिया। ...इसलिए उस रात में सबने आधी रोटी खाकर पानी पी लिया और सो गये।

दूसरे रोज़ सिपह-ए-दीन के सरदार-सालार को मालूम हो गया कि उस गाँव में हथियारबन्द सिक्ख हैं। उधर जाने पर टकराव होगा। ...लेकिन हुकूमत मुग़ल शहंशाह की है। अपनी हुकूमत में इनसे डरना क्यों? ये मुग़ल तख़्त से मात खाते रहते हैं। जन्नतनशीन बादशाह जहाँगीर ने इनके पीर मुर्शिद को सज़ा-ए-मौत दे दी थी। ये क्या कर सके थे?...आज तो तख़्ते ताऊस पर आलमगीर बादशाह ग़ाज़ी रौनक-अफ़रोज़ हैं। इन सिक्खों से ख़ौफ़ क्यों? इन्हें यहाँ से भगा देना है।

तीसरे रोज़ सिपह-ए-दीन का दस्ता आ पहुँचा। गाँव के किसान भी लट्ठ लेकर इकट्ठे हो गये। उनके साथ हथियारबन्द सिक्ख थे ही। ...सिपह-ए-दीन ने बदलते माहौल को देख लिया। दो दिन पहले गिड़गिड़ाने वाले उठकर खड़े हो गये हैं!

सिपह-ए-दीन का सालार बोल उठा—'मुग़ल हुकूमत की रिआया टकराने की जुर्रत न करे। इसका अंजाम बुरा होगा।

किसान-कारीगर-मज़दूर सिक्ख साथियों के साथ खड़े रहे।

यह देखकर सिपह-ए-दीन को लौट जाना पड़ा। सिक्ख साथियों ने देखा कि गाँव के किसानों-कारीगरों-मज़दूरों के चेहरों पर मुस्कान उभर आयी है।

सिक्ख ने कहा—'इसी तरह हिम्मत के साथ खड़े हो जाओ! कोई दबा नहीं सकता। ...जीना है तो एक साथ बैठो। एक साथ राम का नाम लो। दुख में एक साथ रहो। ...जीने का यही तरीक़ा है।'

सबके शीश हिले। आकाश में सूर्य का उज्ज्वल प्रकाश फैल रहा था। पंछी गीत गा रहे थे। ...कुएँ की उड़ाह का इन्तज़ाम होने लगा। पोखर खुदाई में भी हाथ लग गया। लगा कि गाँव जीने के लिए उठकर खड़ा हो गया है। सबके हाथ चलने लगे। बच्चे उछलने लगे। ...दो दिनों के बाद अनाज भी आ गया। घरों में चूल्हे जलने लगे।

सैंतालीस

गुरु तेगबहादुर जी बड़ी उत्सुकता के साथ देख रहे थे कि नये कुएँ से पहली बार जल निकालने के लिए किसानों में कैसी ख़ुशी छलक रही है। उन्होंने सबसे पहले गुड़ की डली को कुएँ में डालकर प्रणाम किया और फिर नीचे धरती माँ और ऊपर सूरज को नमन किया। गुरु जी ने मन्द मुस्कान के साथ इस पूजा यानी सम्मान को समुचित माना। एक ने रस्सी में बँधे घड़े को कुएँ में धीरे-धीरे गिराया। घड़ा कुएँ के छलकते जल के भीतर छपक के साथ गया। रस्सी के सहारे ही घड़े में भरा जल ऊपर आ गया। सबने जय-जयकार किया। गुरुदेव के सामने घड़े के साथ गुड़ की डली भी रखी गयी। गुरु तेगबहादुर ने सबको गुड़ प्रदान किया। स्वयं उस शीतल जल को ग्रहण कर तृप्त हुए। बच्चे दौड़ते हुए आ गये। सभी गुड़ के टुकड़े को पाकर उछलने लगे। लगा कि गाँव में रावी और झेलम की जलतरंगें इठला रही हैं। सभी बारी-बारी से जल पीकर हर्षित हो रहे हैं। लगा कि उनके रोएँ-रोएँ तृप्त हो उठे हैं।

इस प्रकार गाँव-गाँव में कुएँ खुद गये। फलतः सूखे होंठों पर तरलता उमड़ आयी। अन्तर से अधरों तक सरसता मुस्कराने लगी। गाँव में त्योहार का दृश्य छा गया। जहाँ-तहाँ ग्राम वधुओं और बेटियों के गीत गूँजने लगे।

सन्ध्या में गुरु जी ने गाँव के किसानों-कारीगरों और मज़दूरों के साथ संगत में बैठ कर सबको शाबासी दी। बधाई दी और स्वरचित पद का गायन करने लगे। अधखुली आँखों में उल्लास झलक उठा।

पाँचतत की तन रचिओ। जानहु चतुर सुजान।।
जिह ते उपजिओ नानका। लीन ताहि मैं मानु।।
घट-घट मैं हरि जू बसै। सन्तन कहिओ पुकारि।।
कहु नानक तिह भजु मना। भउनिधि उतरहिं पार।।

हम सबका—यह मानव शरीर पाँच तत्त्वों से रचित है। मिट्टी, जल, अग्नि, हवा और आकाश—ये ही पाँच तत्त्व है। यह जल तत्त्व हमसे दूर हो रहा था। हमने अपनी मेहनत और हरि की कृपा से जल को पा लिया। इसी जल पर जीवन टिका हुआ है। यह परमात्मा की देन है। इसलिए हमारा ध्यान हरि में लगना चाहिए। वह हरि प्रत्येक प्राणी में मौजूद है। इसलिए उसी के सुमिरन से हम भवसागर के पार उतर सकेंगे। इस सच को कभी नहीं भूलना चाहिए। इस सच को अनुभव कर हम हरि की भक्ति करें। भक्ति के साथ दीन-दुखी की सेवा धर्म है। सेवा से ही हरि की कृपा मिलती है। इसके बाद ही हम सचखण्ड की ओर बढ़ सकते हैं। परमात्मा के सत्यलोक पहुँचने के लिए यही एक रास्ता है जिसे सद्‌गुरु नानकदेव जी ने बताया है।

गुरु तेगबहादुर जी का प्रवचन पूरा हुआ। उन्होंने सब पर स्नेहमयी दृष्टि डाली। सबके शीश झुक गये। सबके हाथ जुड़ गये। गुरुदेव ने सबको आशीष दिया।

दो क्षणों के बाद उन्होंने कहा—'संगत और पंगत—दोनों बहुत ज़रूरी हैं। जीवन, जगत और श्रीहरि को जानने के लिए सबको एक साथ बैठना चाहिए। उस समय हमें लगेगा कि हम एक साथ बैठकर श्रीहरि के निकट पहुँच रहे हैं। चूँकि हम सभी उस एक ओंकार रूप हरि की सन्तान हैं; अतः एक ही पंगत में बैठकर प्रसाद ग्रहण करना चाहिए। ...श्री हरि के सच्चे दरबार में सभी एक हैं। अतः आपस में किसी तरह का भेदभाव नहीं होना चाहिए। वर्ण और जाति का भेदभाव ग़लत है। मानवता के ख़िलाफ़ है। इस ग़लत बात को दूर करने के लिए संगत और पंगत ज़रूरी हैं।'

सब एक-दूसरे को देखने लगे। सोचने लगे—बड़े और छोटे का भेदभाव ग़लत है! ऊँच और नीच का भेदभाव ग़लत है!! इससे समाज के बहुतेरे जन दुखी रहते हैं। भाग्य को कोसकर चुप हो जाते हैं। ...कुछ ने तो अपनी हीनता से छुटकारा पाने के लिए नये धरम को अपना लिया है। उस मज़हब में भी वे छोटे ही माने जाते हैं। अब वे अपने पुराने धरम में वापस भी नहीं आ सकते। ...यह भी सही है कि ऊँची जाति के कुछ लोगों ने भय या लोभ से सल्तनत का मज़हब अपना लिया तो वे वहाँ भी ऊँचे माने जा रहे हैं। ...लेकिन शासन में तो बाहर से आये तुर्क़-मंगोल, ईरानी और अरबी ही ऊँचे पदों पर हैं। वे बादशाह, सूबेदार, वज़ीर और आला हाकिम हैं।

यही दुनिया है। दीन और हीन का कोई सहारा नहीं है। छोटों और ग़रीबों को सभी हिक़ारत से देखते हैं। ...पर सद्‌गुरु नानकदेव की परम्परा के गुरु जी तो सबके साथ बैठते हैं। सबका भला चाहते हैं। ये तो हमारे गाँव में—हमारे घर-दुआर पर आ गये हैं। ...सचमुच ऐसा ही जीवन धरम का जीवन है।

गुरुदेव को आगे के गाँव में जाना है। उधर पोखर खोदने का काम हो रहा है। सुना है कि रोकने की कोशिश हुई है। गुरुदेव ने गम्भीर स्वर में कहा—अगर सारा गाँव एकजुट है और सबके लिए जल के प्रबन्ध के लिए काम हो रहा है तो उस काम को कौन रोक सकेगा?

गुरुदेव अपने सशस्त्र सिक्खों के साथ आगे के गाँव के लिए चल पड़े। गाँववाले उनके पीछे-पीछे दूर तक गये। गुरुदेव ने सबको स्नेह के साथ विदा किया। गाँववाले कुछ देर ठहर गये। गुरुदेव के पग बढ़ रहे थे। गाँववाले धीरे-धीरे लौट गये।

सूरज पश्चिम की ओर बढ़ा जा रहा था। आकाश में पंछी लयबद्ध उड़ान भरते हुए अपने घोंसलों की ओर जाने लगे। गुरु जी का दल पंछियों का गीत सुनता हुआ और हरि स्मरण करता हुआ अग्रसर हो रहा था।

गुरु तेगबहादुर जी को उसी गाँव में ख़बर मिल गयी कि सतनामियों की युद्ध में हार हो गयी। मुग़लों ने बेरहमी से उनका क़त्ल किया है और गाँवों को उजाड़ा है। हाहाकार का स्वर आसमान में गुम हो गया। ...वे बहुत दूर थे। वे मदद नहीं कर सके। इसका अफ़सोस है। ...मन बहुत दुःखित हुआ। पर कुछ किया नहीं जा सका। ...शहंशाह तो ग़ाज़ी है। ...ग़ाज़ी बन रहे हैं—अपने विरोधियों को इस तरह

ख़त्म करके। ...हुकूमत तो कठोर होती है। वह क्रूर भी हो जाती है। यह चिन्ता की बात है।

पंजाब में सद्गुरु नानकदेव के शिष्य भक्ति के साथ शक्ति—दोनों को अपना चुके हैं। सतनामियों ने भी अपनाया। पर वे बड़ी शक्ति बने बिना बहुत बड़ी शक्ति से टकरा गये। हम टकराव से बच रहे हैं। भक्ति, शक्ति तथा सेवा के पथ पर बढ़ रहे हैं। ...इसके बाद भी कुछ लोगों ने भय और दबाव से घबराकर या लोभ में पड़ कर अपने धर्म, कर्म, समाज और भाषा—सबसे अपने को अलग कर लिया। अपने को काटकर दूसरों से जुड़ गये। पर सद्गुरु की भक्ति और शक्ति ने बहुतों को अपने समाज से जोड़ रखा है। ...नये मज़हब को अपनाने वाले अरबों तुर्क़ की नक़ल करने लगे। अपना सब कुछ भूल गये। अरबी, फ़ारसी और तुर्किस्तानी-सा वे अपने को समझने लगे। ...अपने देश के धर्म में पूजा पाठ की आज़ादी तो रही है। पूजा पद्धति बदलने का मतलब अरबी और फ़ारसी हो जाना है? यह तो सर्वथा ग़लत है। यह तो अपने को गुमनाम कर देना है। यह पतन है।

गुरु तेगबहादुर का दल घण्टे-भर में दूसरे गाँव में पहुँच गया। गाँववालों ने मशाल की रोशनी में उनकी अगवानी की। सबने गुरुदेव को नमन किया। गुरुदेव ने सबकी मंगलकामना की। और फिर पूछा—'पोखर बन चुका है? कितना काम बाक़ी है? ज़मीन से जल की धार फूट निकली है कि नहीं?'

'गुरु जी! पूरा हो जाता, पर सिपह-ए-दीन के दस्ते ने दो-दो बार अड़ंगा लगाया। ...उनका कहना था कि पहले ख़िराज दो, फिर सल्तनत की ज़मीन पर तालाब बनाओ।' एक ग्रामीण ने बताया।

'ऐसा! ज़मीन तो गाँव की होती है।'

'वे समझ रहे हैं कि यह पोखर आपके ज़रिये बन रहा है, मुग़ल हाकिम के ज़रिये नहीं। वे इस एहसास से परेशान हैं कि पोखर के बन जाने पर मुग़ल सल्तनत का ख़ौफ़ कम हो जायेगा। आपका असर बढ़ेगा।' दूसरे ग्रामीण ने स्पष्ट किया।

'इसका मतलब है कि हुकूमत का आधार ख़ौफ़ है, प्रजा का कल्याण नहीं। ...मुग़ल हुक्मराँ को समझना चाहिए कि रिआया को जीने के लिए अन्न-पानी चाहिए। ...खेती के लिए सिंचाई का इन्तज़ाम होना चाहिए। गाय-बैलों को चारा चाहिए। इनके अलावा रिआया को सामाजिक और धार्मिक जीवन जीने के लिए आज़ादी चाहिए। ...अफ़सोस की बात है कि ताक़तवर मुग़ल शहंशाह अपनी रिआया को यह सब देने में असमर्थ हैं। ये सिर्फ़ हुकूमत की आज़ादी चाहते हैं। यह तो बिल्कुल ग़लत है।' गुरु तेगबहादुर के स्वर में असन्तोष उभर आया।

'आपका आना जानकर वे चले गये हैं।' तीसरे ने सूचना दे दी।

'हम उनसे टकराना नहीं चाहते। ...हम तो अपने सिक्खों के साथ ही नहीं, सबके साथ बैठना चाहते हैं। हम सबके दुख-दर्द में खड़ा होना चाहते हैं। हम सबको

सोचने-विचारने और हरिभक्ति का अवसर देना चाह रहे हैं। ...बादशाह अकबर ने थोड़ी कोशिश की थी। उस समय बादशाह को राज्य को नये सिरे से खड़ा करना था। उन्हें कामयाबी मिली थी। पर आज की हुकूमत प्रजा के ख़िलाफ़ है।'

'आप आ गये हैं तो पोखर जल्द तैयार हो जायेगा। धरती माँ जल से भर देंगी। अब कोई डर नहीं है। ...पशु-पंछी, पेड़-पौधे और हम—सबको जल का वरदान मिलेगा!' चौथे ने विश्वास के साथ कहा।

'भाइयो! वह ओंकार रूप हरि निर्वैर है। निर्भय है। हमें भी भयमुक्त रहना है। किसी से दुश्मनी नहीं करनी चाहिए। ...धर्म की मूल भावना तो यही है। एक ही हैं हम सभी...हिन्दू और मुसलमान एक ही परमात्मा की सन्तान हैं। इसलिए हमें श्रीहरि पर विश्वास रखकर अपनी मेहनत से रोटी पाकर सबके साथ जीना है।' गुरु तेगबहादुर का गम्भीर स्वर गूँज उठा।

'गुरुदेव! हम यही तो चाहते हैं।'

'तो पोखर के अधूरे काम को पूरा कर लेना है। ...सभी तैयार हैं?

'जी, हाँ!'

दूसरे दिन प्रभात में गुरुदेव अपने सिक्खों के साथ हरि-स्मरण करने लगे। गाँव वाले भी आ गये। सबने एक साथ हरि स्मरण किया।

पोखर खोदने का अधूरा काम होने लगा। बच्चे भी खुरपी लेकर आ गये। बच्चों को देखकर गुरु तेगबहादुर मुस्कराने लगे। बच्चे खुरपी से एक कोने में मिट्टी खोदने लगे। तब एक ग्रामीण ने कहा—'बच्चे खेल रहे हैं।'

गुरु जी बोल उठे—'बच्चे खेल-खेल में बड़े-बड़े काम कर देते हैं। ...गोकुल के गोविन्द की कहानी को हम सभी जानते हैं।'

'जी, हाँ!'

'ये बच्चे बाल किशन हैं। जब इन बच्चों के हाथ लग गये हैं तो धरती माँ दूध के समान जल पिलायेंगी ही।' गुरु जी ने कहा।

सबके शीश हिले।

गुरु तेगबहादुर बच्चों के पास आ गये। उन्होंने एक खुरपी लेकर खुरपी चलाने का ढंग बता दिया। बच्चे मुस्कराने लगे।

उसी समय लगा कि सिपह-ए-दीन गाँव के पास आ गये हैं। ग्रामीणों के चेहरे पर थोड़ी परेशानी झलक आयी। सबकी दृष्टि गुरु जी की ओर गयी।

गुरुदेव ने कहा—'चिन्ता मत करो। अपने ऊपर विश्वास करो। कुदाल नहीं रुके।'

सिपह-ए-दिन के सालार ने दूर से देखा कि गुरु तेगबहादुर अपने हथियारबन्द सिक्खों के साथ मौजूद हैं। गाँववाले कुदाल और खंती चला रहे हैं। इसलिए सिपह-ए-दीन ने गाँव के भीतर घुसने की कोशिश नहीं की। दो लम्हें रुककर चले गये। ...वे बुदबुदा रहे थे—ये कब तक मुग़ल हुकूमत से मुख़ालिफ़त करते रहेंगे?

...शहंशाह बागियों को कुचलकर हसन अब्दाल से जल्द लौटेंगे। तब इन्हें सबक सिखाया जायेगा।

शाम तक पोखर के तल से जल की धार निकलने लगी। शीतल जल का फुहारा देखकर बच्चे उछलने लगे। अनेक जलधाराएँ फूट निकलीं। जयध्वनि होने लगी।

गुरुदेव ने चारों किनारों को मिट्टी से बाँध देने का इशारा किया। इसलिए किनारों पर चौड़ा और मज़बूत बाँध बनाने लगे। सभी उसी में लग गये।

गाँव की बहुएँ गुड़ की डली और फूल लेकर आ गयीं। उन्होंने किनारे पर फूल और गुड़ चढ़ाकर जलधार को नमन किया। गुरु जी ने अरदास कर सबको प्रसाद देकर हर्षित कर दिया। ...श्रम से प्राप्त धरती के शीतल जल को धरती माँ का दूध मानकर सबने ग्रहण किया।

जयध्वनि से गाँव गूँजने लगा।

अड़तालीस

कवि भूषण ने देखा कि रमा बड़े उत्साह के साथ जाने की तैयारी कर रही है। इतने दिनों के वियोग के बाद प्रिय का—कवि प्रिय का साथ मिला है। दूरी की चिन्ता नहीं है। साथ होने का हर्ष है। ...अधिकांश कवि तो संयोग और वियोग की स्थितियों की ही अभिव्यक्ति करते हैं। आज की कविता का मुख्य विषय श्रृंगार ही है। ...उनके भीतर संयोग-वियोग की अनुभूतियाँ जगती तो हैं, पर स्वराज और संघर्ष की चेतना प्रबल रही है। यह भाव सबसे भिन्न है। ...देखा कि रमा सन्दूक़ में वस्त्रों को सँभाल रही थी। वह गठरी की गाँठ को बाँधने लगी।

भूषण ने कहा—'रमा! मैं गाँठ को दृढ़ता से बाँध दूँगा।'

'हम दोनों की गाँठ शिथिल नहीं हुई है, कविजी!'

'हाँ, रमा! ...मेरा मन रमा में ही रमा हुआ है। यह गाँठ अति दृढ़ है।'

'कवियों को बात बनाना ख़ूब आता है।' रमा ने सस्मित मुख से कहा।

'मैंने तो सुना है कि सुन्दरियों का बात बनाना जन्मना गुण है।'

'जी, नहीं! बात बनाना कवियों के लिए सुरक्षित है। पर एक बात विशेष है। ब्रह्माजी ने स्त्रियों को सुन्दर बनाया है जिससे पुरुष—प्रेय और श्रेय—दोनों को चाहने वाले सुन्दरता की ओर आकृष्ट हों! संसार से पलायन नहीं करें। पुरुषार्थ करें। ...सौन्दर्य उनका स्वागत करे!'

'ऐसा है! मुझे इसका ज्ञान नहीं रहा है।'

'कवि महोदय! सौन्दर्य ब्रह्मा की दिव्य कला है। यह सौन्दर्य नयनों को आमन्त्रित करता है। आप तो श्रवण शक्ति से इस सौन्दर्य के बारे में सुन चुके थे। ...एक बार आपके नयन भी दौड़ पड़े थे।

'ऐसा मुझे स्मरण नहीं है, रमा!'

'अपराधी अपने अपराध को स्वीकार नहीं करता। काशी के पावन गंगा तट पर सच को स्वीकार करें, कविजी!'

'जी, हाँ! कुछ-कुछ स्मरण आ रहा है। ...पहाड़ी-पठार के क्षेत्र में मन थोड़ा नीरस हो गया है।'

'अब सरस हो गया न!'

'मान लिया, देवि! ...प्रस्थान की तैयारी करें।'

'मैं तैयार हो चुकी हूँ। आप पण्डित जी से मिल लें। साथ ले लें।'

भूषण पण्डित प्रवर विश्वेश्वर भट्ट के द्वार पर आये। पण्डित जी अपनी पोथी-पत्री और गठरी के साथ तैयार हो चुके थे। वे स्मरण कर रहे थे—वर्ण निर्णय के प्रमाण, यज्ञोपवीत संस्कार की पोथी और राज्याभिषेक अनुष्ठान से सम्बद्ध ग्रन्थ—सबको वे रख चुके हैं। ...वे अपने परिवार से मिलकर भूषण के साथ बाहर निकले। परिवार के सदस्य द्वार पर खड़े हो गये। सबके मन में द्वन्द्व चल रहा था—इतनी दूरी, मुग़ल शासन और मुग़लों के विरोधी शिवाजी का राजतिलक... पण्डित जी कब तक लौटेंगे!

भूषण ने रमा को साथ ले लिया। रक्षक साथी साथ हो गये। भदई को सस्नेह विदा किया।

पहले सबने काशी विश्वनाथ को प्रणाम निवेदित किया। ...मन्दिर तो लुप्त हो चुका था। मन पीड़ित हुआ। फिर सबने गंगा माँ को नमन किया और धीरे-धीरे सभी चल पड़े। काशी नगरी से बाहर आ गये।

पण्डित विश्वेश्वर भट्ट उपाख्य गागा भट्ट सोच रहे थे—वे विन्ध्याद्रि के क्षेत्र से सहयाद्रि के क्षेत्र में जा रहे हैं। मुग़लों के तख़्ते ताऊस की छाया से बहुत-बहुत दूर हिन्दवी स्वराज के गैरिक ध्वज की छाया में पहुँचना है। यह तो हर्ष का विषय है। यदि पुणे का पण्डित समुदाय राज्याभिषेक के विषय में द्वन्द्व में नहीं पड़ता तो उनकी आवश्यकता ही नहीं होती। उनके द्वन्द्व से उन्हें सुअवसर मिल गया। यह आशुतोष शिव की कृपा है जिससे उनका उधर जाना अनिवार्य हो गया। उन्हें धन्यवाद है! ...अब वे इस शताब्दी के स्वातन्त्र्यवीर का राजतिलक करेंगे। वे राजछत्र धरायेंगे। ...विजयनगर के हरिहर राय का राज्याभिषेक आचार्य माधव स्वामी विद्यारण्य ने कराया था। मेवाड़ के प्रताप तो राणा थे ही। वे जीवन-भर संघर्ष करते रहे। इस बार महाराष्ट्र का शिवा के राजतिलक कराने का अवसर उन्हें मिल गया है। त्रिपाठी परिवार के घनश्याम—कवि भूषण द्वार पर आ गये। इन्होंने अपनी कविता से मन को अनुप्राणित कर दिया है। शिवाजी स्फूर्त हैं। यही तो कवि कर्म है। पर अधिकांश कवि दरबारों में शाहों और राजाओं को प्रसन्न कर रहे हैं और विप्र समुदाय देश-काल-पात्र

के अनुसार व्यापक हित में निर्णय नहीं लेता। जड़ता का शिकार है। मुग़ल दरबार से जुड़े राजा तख़्ते ताऊस के आगे झुककर सुविधा भोग रहे हैं।

काशी में ध्वंस का दृश्य है। मथुरा की यही स्थिति है। परन्तु सहयाद्रि की गोद में नवसृजन का दृश्य दिखाई पड़ेगा। उस नवसृजन का अभिनन्दन सर्वथा उचित है।

तीसरे दिन सन्ध्या में सभी एक वनप्रान्तर के पास पहुँच गये। वन के भीतर हलचल सुनाई पड़ी। सभी चौकन्ने हो गये। रमा घबराने लगी। रक्षक सावधान हो गये।

तीन-चार जोड़ी आँखें इधर ही झाँक रही थीं। उनके हाथों में डण्डे थे। पर आँखों में भय झलक रहा था। ये वनवासी इनसे घबरा गये थे।

भूषण ने तेज़ स्वर में कहा—'हमसे डरना नहीं है। हमें डराना भी नहीं। हम तो गोदावरी नदी की ओर जा रहे हैं। बहुत दूर जाना है।'

झाड़ियों के भीतर से झाँकती आँखें इन्हें पहचानने की कोशिश कर रही थीं।

भूषण ने पुनः कहा—'हम मुग़ल नहीं हैं। हम शिकारी नहीं है। हम तीर्थयात्री हैं।'

दो व्यक्ति झाड़ी से बाहर आये। एक ने पूछा—'आप लोग कौन हैं?'

'आप काशी के पण्डित जी हैं। मैं त्रिविक्रमपुर का कवि भूषण हूँ। साथ में मेरी पत्नी हैं। ...अब आप अपने बारे में बतायें। आप लोग जंगल में रहकर यात्रियों से क्यों डर रहे हैं?'

दोनों ने एक-दूसरे को देखा। दोनों मुड़कर जाने लगे। भूषण ने उन्हें रोककर पूछा—'आप लोग कौन हैं?'

'हम सतनामी हैं। मुग़लों की प्यासी तलवारों से बचकर इस जंगल में रह रहे हैं। ...हमें चौकन्ना रहना पड़ता है।' एक ने बताया।

'हम सतनामी हैं'—यह सुनते ही कवि भूषण और पण्डित भट्ट उनके निकट आ गये। अपूर्व संवेदना जग गयी। अन्तर में स्नेहपूर्ण करुणा उभर आयी। ...सतनामियों की पराजय और मुग़लों की बेरहमी की जानकारी बहुत दिनों के बाद मिली थी। वे बेचैन हो गये थे। ...अभी वे उन दोनों सतनामियों को करुणासिक्त आत्मीयता से देखने लगे। पण्डित भट्ट ने कहा—'हमें दुख है कि सतनामी हार गये। यह इस देश का दुर्भाग्य है। हम चाहेंगे कि आप लोग इस हार को स्वीकार न करें। शिवाजी की ओर देखें।'

भूषण और उनके रक्षक साथियों ने हाथ जोड़कर आश्वासन दिया कि उन्हें स्नेहमय सहयोग मिलेगा।

दोनों सतनामियों ने हाथ जोड़कर उन्हें नमन किया और वे वन के भीतर चले गये। ...ये सभी उन्हें देखते रह गये। रमा के अन्तर में पीड़ा उभर आयी। वह भी वन की ओर देखने लगी।

अँधेरा छाने लगा और अँधेरे में वन भयानक लगने लगा। सामने के एक गाँव

में एक दीया टिमटिमाता दीख पड़ा। सब उधर ही चल पड़े। पर मन में सतनामियों की हार, उनके साथ निर्ममता और पलायन की स्थितियाँ घुमड़ती रहीं।

रमा सोचने लगी– 'वह माता जानकी के समान वन जा रही है। ...इन्होंने स्वेच्छा से वनवास स्वीकार कर लिया है। ...उसके कविजी अपने सभी भाइयों से विचित्र हैं। ...अपना घर और अपना गाँव छोड़कर दक्षिण के दुर्गम मार्ग पर जाना अजीब लग रहा है। इनका विचार तो उत्तम है। ...घर में जेठानियाँ क्या सोच रही होंगी?...दुखी तो नहीं लग रही थीं। ...वे जब-तब उलाहना देती रही हैं। वह अपने कक्ष में जाकर उदास हो जाती थी। ...अब तो वह स्वराज के साधक के कविजी के साथ है। इतने दिनों की व्यथा छूमन्तर हो गयी। ...जेठ जी तो बड़े दरबार में है। परन्तु इन्होंने उस बड़े दरबार की परवाह नहीं की।

गाँव आ गया। ग्रामीणों ने दीये की जोत में उन्हें पहचानने की कोशिश की। भूषण ने पहले पण्डित प्रवर का सादर परिचय कराकर अपने बारे में बताया और रात्रि विश्राम के लिए रैनबसेरा चाहा।

गाँववालों ने सम्मान के साथ व्यवस्था की। वैसे तो पण्डित भट्ट के घर से भोजन मिल गया था। रमा ने भी थोड़ी व्यवस्था कर ली थी। पर गाँववालों ने सबको भोजन कराया। ग्राम वृद्ध ने कहा–'अतिथि देवता का सत्कार तो धर्म है। काशी के पण्डित जी हैं। शिवाजी के कविजी हैं। यह तो हमारा सौभाग्य है!'

भूषण ने विनम्रतापूर्वक उत्तर-सा दिया–'गाँवों में ही धर्म का मानवीय रूप प्रकट हो जाता है।'

'हाँ, कवि भूषण! अपना धर्म तो इस मिट्टी का धर्म है। यह प्रकृति माता से प्राप्त है। अनेकानेक ग्रन्थों के ज्ञान भण्डार से प्रकट होने वाला धर्म है।' पण्डित प्रवर ने स्पष्ट किया।

'पर सभी ऐसा नहीं समझते। वे जड़ रूढ़ियों से बँधे रहते हैं।' भूषण ने अपना विचार रखा।

गाँव वाले झाँझ–करताल लेकर पीपल की घनी छाया में रामचरितमानस का गायन करने लगे। सारे वातावरण में 'मानस' के छन्द गीत के रूप में गूँजने लगे। पं. भट्ट और भूषण का दल लेटे-लेटे सुनता रहा। ...राम के वनगमन का प्रसंग बड़ा हृदयस्पर्शी था। वे सभी उठकर बैठ गये। ...घण्टे भर के बाद राजा रामचन्द्र की जय के साथ मानस गायन पूरा हुआ।

भूषण ने सोचा के इस मुग़ल शासन में सन्त तुलसीदास राजा रामचन्द्र की जय ध्वनि करा रहे हैं। ...ये जयध्वनि करके अपने अन्तर में राजा राम के राज्य की अनुभूति कर रहे हैं। ...गुलामी में आज़ादी की अनुभूति! अद्‌भुत!!

रमा ने मन्द स्वर में कहा–'कवि महोदय! आप मेरे साथ न्याय...काव्यन्याय नहीं कर रहे हैं।'

'काव्यन्याय! आप किस काव्य की नायिका हैं?'

'वनगमन के मार्ग में श्रीराम थकी हुई जानकी जी के विश्राम की शीघ्र व्यवस्था करते थे और आप मुझे घसीटे लिए जा रहे हैं। ...यह न्याय तो नहीं है! ...श्रीराम तो अधिकाधिक श्रान्त जानकी जी की सेवा भी करते थे।

'हाँ, रमा! थोड़ा विलम्ब हो गया है। क्षमा कर दें देवि! ...सेवा के लिए भी तत्पर हूँ। चरण दाब दूँ या ग्रीवा?'

गला दबाना भी सेवा है? यह कवि की नयी सूझ है?'

'देवि! पुनः क्षमा के लिए विनती है! आगे मैं श्रीराम के समान अपनी जानकी का ध्यान रखूँगा।'

'तब तो ठीक है। अब आप सो जायें। तारे न गिनने लगें।'

'मैं आपके पिताश्री के समान ज्योतिषी नहीं हूँ। मैं कवि हूँ।'

'कवि तो जब-तब चाँद-तारों से बात करते ही हैं!'

'यह तो मानता हूँ। ...क्या किया जाये! नायिका की प्रशंसा के लिए चाँद-तारों को लाना पड़ता है।'

'अच्छा, अब सो जाइये।'

प्रातःकाल होने पर सभी आगे जाने के लिए तत्पर हो गये। उसी समय जमुनादास और उधोदास वैरागी आ गये। दोनों ने अपना परिचय दिया। पं. भट्ट उधोदास को जानते ही थे। प्रणामी सम्प्रदाय के सन्त प्राणनाथ की चर्चा सर्वत्र होने लगी थी। जमुनादास तो सबका परिचय पाकर पुलकित हुआ।

सभी एक साथ रायगढ़ जाने के लिए उत्साह के साथ तैयार हुए। गाँव वालों ने मंगलकामना के साथ विदा किया। साथ ही 'राजा रामचन्द्र की जय' की ध्वनि गूँज उठी।

भूषण सोचने लगे कि इस जय-जयकार को उत्तर से दक्षिण तक गूँजना चाहिए। गाँव-गाँव से यह जयध्वनि उठे! नया विश्वास जगे। आत्मविश्वास और दृढ़ संकल्प दोनों आवश्यक हैं। इस सामूहिक जयध्वनि की सफलता के लिए वर्णगत और जातिगत भेदभाव दूर होना तो अति आवश्यक है। ...सब में सियाराम हैं तो सबकी एक अनुभूति हो...अन्तर से उभरता भाईचारा हो! ...आचार्य रामानन्द ने यही चाहा था।

बुन्देलखण्ड के स्वातन्त्र्य सेनानी छत्रसाल का दूत दुर्गेश सिंह भी रायगढ़ जाने के लिए साथ हो गया।

भूषण ने अनुभव किया कि उत्तर भारत हिन्दवी स्वराज के अभिनन्दन के लिए विन्ध्याचल के पार सहयाद्रि के पास जा रहा है। ...क्या एक नया भारत उठकर खड़ा हो रहा है?

उनचास

पं. विश्वेश्वर भट्ट, कवि भूषण, जमुनादास, उधोदास और दुर्गेश सिंह रक्षक सैनिकों के साथ तीर्थयात्री के रूप में बढ़े जा रहे थे। ...आगे पेड़ों का झुरमुट दिखाई पड़ा। सभी वहाँ रुके जिससे भोजन करके थोड़ा विश्राम कर सकें। ...वहाँ दो ग्रामीण विश्राम करते दिख गये पैरों की आवाज़ सुनकर वे चौंक गये। उठकर बैठे। त्रिपुण्डधारी पण्डित जी और दो साधुओं को देखकर वे उठ खड़े हुए। हाथ जोड़कर प्रणाम किया। भूषण ने पूछा—'आप दोनों कहाँ के हैं? कहाँ जा रहे हैं?' दोनों ग्रामीण समझ नहीं सके कि वे पूरा परिचय दें या नहीं। भूषण ने उनके द्वन्द्व को समझ कर पण्डित भट्ट का परिचय देते हुए तीर्थयात्री के रूप में भरोसा दिया।

एक ग्रामीण ने विनम्र स्वर में कहा—'मुझे लग रहा है कि आप लोग तीर्थयात्रा करते हुए शिवाजी के राजतिलक में सम्मिलित होंगे।'

'कुछ ऐसा ही है।'

'हम मथुरा के एक गाँव के हैं। वीर गोकुल के गाँव के हैं। उनका बलिदान हुआ। इधर शिवा का राजतिलक हो रहा है। हम भी संकल्प ले चुके हैं। ...हम राजतिलक के समारोह में ही जा रहे हैं।'

यह सुनकर भूषण ने पण्डित जी की ओर देखा। सभी उन दो ग्रामीणों के भाव की अनुभूति करने लगे। पण्डित जी मुस्कराये और बोले—'अब हमारा दल सम्पूर्ण हो गया। हम राजतिलक में ही जा रहे हैं। आप दोनों साथ चलें।'

दोनों हर्षित हो उठे।

सबने एक साथ भोजन और विश्राम किया और वे एक साथ चल पड़े। सबकी इच्छा हो रही थी कि वे 'हर हर महादेव' का जयघोष करें। शिवा की जयध्वनि करें। पर अभी सबने मौन रहकर चलने का निर्णय किया।

रात आयी। प्रभात हुआ। दिन तपता रहा। ग्रीष्म को तपना ही था। तपते हुए सूर्य धीरे-धीरे अस्ताचल पर पहुँच गये। आकाश शीतल होने लगा। चन्द्र मुस्कराने लगे। थोड़ा विश्राम हो जाता। मराठे रक्षक तत्पर रहते।

गाँव...वन...नदी...नाला...उबड़-खाबड़ पठार भूमि सबको यह दल पार करता आगे बढ़ता जाता। पं. विश्वेश्वर भट्ट प्रातः-सायं शिवकथा के प्रसंग सुना देते। कभी कवि भूषण के कवित्त में सभी तन्मय हो जाते। इस प्रकार दुर्गम मार्ग पर वे मुस्कराते हुए बढ़ते जाते।

उधर रायगढ़ में माता जीजाबाई विकल हो रही थीं। उन्हें लग रहा था कि उनका स्वास्थ्य गिर रहा है। पर उन्हें शिवा का छत्रधारण देखना है। आशीर्वाद के पुष्प को शिवा के शीश पर बरसाने हैं। ...पर मन घबरा रहा है। कवि भूषण के आगमन में विलम्ब हो रहा है। क्या होगा?

पुत्रवधुएँ–सोयराबाई, पुतलाबाई और सगुनाबाई पास में बैठी हुई थीं। वे भी भीतर से विकल थीं। पर वे कुछ कह नहीं पाती थीं। वे सासु माँ को ढाँढस बँधा रही थीं। ...सबकी दृष्टि भवन से बाहर बार-बार मुड़ जाती थी। सबके कान कवि भूषण के साथ पण्डित गागा भट्ट के शुभागमन की आहट सुनना चाह रहे थे। पर आहट मिल नहीं रही थी।

कुल-पुरोहित वल्लभ भट्ट और मुंशी बालाजी, पण्डित जी के स्वागत-सत्कार के लिए पथ पर बढ़ गये थे। पर पता नहीं चल रहा था। इसलिए क़िला उदास लग रहा था। क़िले के ऊपर फहरता ध्वज भी उदास था।

उसी समय समर्थ स्वामी रामदास जी क़िले के द्वार पर आ पहुँचे। माता जीजाबाई को सूचना मिली। मन को आश्वासन मिला। माता जीजाबाई और बहुएँ समर्थ स्वामी के स्वागत में खड़ी हो गयीं।

समर्थ स्वामी उपसेनापति आनन्दराव के साथ आ गये। सबके शीश झुक गये। समर्थ स्वामी ने आशीष प्रदान की। माता जीजाबाई के सादर अनुरोध पर समर्थ स्वामी ने आसन ग्रहण किया। दो क्षण का मौन रहा। उन्हें लगा कि सभी के मुख पर चिन्ता की रेखाएँ उभर आयी हैं।

माता जीजाबाई बोल उठीं–'सन्तवर! अभी तक कवि भूषण, पण्डित विश्वेश्वर भट्ट को काशी से लकर आ नहीं सके हैं। मुग़ल राज्य के क्षेत्र से उन्हें आना है। मन घबरा रहा है। हम क्या करें?'

समर्थ स्वामी ने समझाया–'आप क्यों घबरा रही हैं? काशी के पण्डित जी अवश्य आयेंगे। वे इस युग के व्यास हैं। वे रुक नहीं सकेंगे। वे भी शिवा को छत्रपति के रूप में देखना चाहेंगे। ...वे काशी, अयोध्या और मथुरा की दुःस्थिति की अनुभूति से विकल होंगे। वे शिवा के स्वराज का अवश्य अभिनन्दन करना चाहेंगे। ...अभी तो स्थिति भी अनुकूल है। शहंशाह ने दिलेर ख़ाँ को बुला लिया है। वे दूर पश्चिमोत्तर सीमा पर चले गये हैं। बीजापुर पराजित हो चुका है। गोलकुण्डा शान्त हो गया है क्योंकि उसके अधिकांश भाग पर शिवा का अधिकार है। ...और समुद्र पार के धूर्त्त व्यापारी पुर्तगीज़ और अंग्रेज़ सन्धि के लिए व्याकुल हैं। ...महाराष्ट्र का पण्डित समुदाय काशी के महापण्डित के पीछे खड़ा हो जायेगा। ...स्वराज में शिवा को छत्रपति होना है। अब कोई रोक नहीं सकेगा। आप लोग चिन्ता नहीं करें।'

'बहुत विलम्ब हो रहा है। इसलिए चिन्ता बढ़ रही है।' माता जीजाबाई ने गम्भीर स्वर में कहा।

'आने में समय तो लगेगा। आप अनुमान लगायें कि उन्हें कितनी दूर से आना है। रास्ते के अवरोध हटते जायेंगे। ...अब शिवा न बीजापुर के बाग़ी जागीरदार रहेंगे और न मुग़लों की दृष्टि में बाग़ी पहाड़ी सरदार। शिवा तो स्वातन्त्र्य सेनानी

हैं। कवि भूषण की वाणी में उत्तर भारत बधाई दे रहा है। विजयी सेनानी के शौर्य को शब्द व्यक्त कर रहे हैं।'

'आज आप रुकें। उनके आने के बाद आप प्रस्थान करें, माता जीजाबाई ने हाथ जोड़कर अनुरोध किया।

शिवाजी कुल-पुरोहित वल्लभ भट्ट के साथ आ गये। समर्थ स्वामी के समक्ष झुके। आशीष मिला।

बल्लभ भट्ट ने सूचना दी—'भूषण कवि पण्डित जी के साथ आ रहे हैं। गुप्तचर से जानकारी मिल गयी है। वे तीर्थयात्री के रूप में आ रहे हैं। कल सन्ध्या तक आ जाने की आशा है।'

समर्थ स्वामी बोल उठे—'जय जय रघुवीर समर्थ!'

सबके हाथ जुड़ गये और वे प्रसन्न मुद्रा में दो दिनों के लिए ठहर गये।

रायगढ़ दुर्ग का वातावरण सुखद लगने लगा। आसपास के गाँवों में यह समाचार फैल गया। वह समाचार पूना पहुँचने के लिए उड़ान भरने लगा। सैन्य छावनी में सूचना पहुँच गयी। पूर्णिमा के पूर्ण चन्द्र के समान सबका हृदय प्रकाशित हो उठा। सर-सेनापति ने देखा कि चारों दिशाओं में गैरिक ध्वज लहराने लगा है। समन्दर की लहरों ने जलतरंग के संगीत के द्वारा इसका अभिवादन किया है। सहयाद्रि के शिखर मुस्करा रहे हैं।

बीजापुर की आदिलशाही हुकूमत के सुल्तान का सर झुक गया है। दरबारों से जुड़े कुलीन सामन्तों को विश्वास नहीं हो रहा है। वे सोच रहे हैं कि असम्भव सम्भव कैसे हो गया?

सबने चाहा कि सूर्य के रथ की गति बढ़ जाये। वे अस्ताचल पर पहुँचकर नये प्रभात की सूचना दें। अपने आकाश के पंछी इस नवप्रभात का स्वागत तो करेंगे ही। इन्हें कौन रोक सकेगा?...रायगढ़ नये प्रभात के स्वागत के लिए अँगड़ाई लेने लगा। सूर्य ने अपने रथ पर मुस्कराते हुए रायगढ़ में प्रवेश किया। दिन बीत रहा था। सबकी उत्सुकता बढ़ रही थी। सबकी दृष्टि उत्तर भारत के मार्ग पर लगी हुई थी। सन्ध्या में पंछियों के कलरव के साथ भूषण का दल आता दिख गया। शिवाजी ने कुल-पुरोहित वल्लभ भट्ट के साथ स्वागत के लिए क़िले के नीचे ही व्यवस्था की। रायगढ़ एकत्र हो गया। जयध्वनि होने लगी।

कवि भूषण के साथ पण्डित प्रवर विश्वेश्वर भट्ट आ पहुँचे। रमा का हृदय उल्लसित हो उठा। थकान भाग चुकी थी।

शिवा ने कुल-पुरोहित, सरसेनापति और उपसेनापति के साथ महापण्डित को नमन किया और क़िले के अन्दर पधारने के लिए विनम्र निवेदन किया। उसी समय पुनः समर्थ स्वामी आ गये। यथायोग्य नमन हुआ।

समर्थ स्वामी ने कहा—'इस युग के वीर शिवा ने अटूट संकल्प, जन-सहयोग

और निरन्तर संघर्ष के द्वारा असम्भव को सम्भव कर दिया है। आप स्वराज और संघर्ष के नायक को छत्रपति के रूप में अभिषिक्त करने की कृपा करें।'

'श्रद्धेय स्वामी जी! हम इसीलिए शिव की नगरी से यहाँ आ गये हैं। जब आपका आशीर्वाद है तो यह अनुष्ठान भी निर्विघ्न पूरा होगा। हिमाद्रि और सहयाद्रि के साथ सूर्य और चन्द्र इस अनुष्ठान के साक्षी रहेंगे।' पण्डित प्रवर विश्वेश्वर भट्ट ने स्वीकृति प्रदान की।

'सबसे पहले आप महाराष्ट्र के पण्डित-पुरोहित समुदाय के समक्ष साधिकार घोषणा कर दें।' समर्थ स्वामी ने आग्रह किया।

पं. भट्ट ने देखा कि पण्डित-पुरोहित समुदाय उपस्थित हो गया है। सभी काशी के पण्डित प्रवर से घोषणा सुनने को उत्सुक दिखाई पड़े। उन्होंने सबकी ओर देखा और अपनी गठरी से शिवा से सम्बद्ध वंशावली को निकालकर घोषणा की—शिवा का कुल राजपूताने के प्रतिष्ठित क्षत्रिय कुल से जुड़ा हुआ है। सबके समक्ष यह वंशावली प्रस्तुत है। अतः शिवा का राज्याभिषेक हर दृष्टि से उचित है। ...देश-काल-पात्र के अनुसार तो ये छत्रधारण के लिए सर्वथा उपयुक्त हैं। आपत्ति का प्रश्न ही नहीं है। ...स्मरण रहे कि तीन सौ वर्ष पहले आचार्य माधव ने विजयनगर साम्राज्य के सिंहासन पर हरिहर राय का राजतिलक किया था। ...इस स्थिति में क्या आप लोगों का सहयोग मिलेगा?'

कुल-पुरोहित वल्लभ भट्ट ने सबसे सहयोग के लिए अनुरोध किया।

पण्डित-पुरोहित समुदाय ने दो क्षणों के बाद इस अनुरोध को स्वीकार कर लिया।

माता जीजाबाई ने अनुभव किया कि वे भीतर से स्वस्थ हो रही हैं। पुत्रवधुओं ने सासु माँ के चरण छूकर आशीष लिया।

सरसेनापति हम्वीरराव और उपसेनापति आनन्दराव ने शूल उठाकर इस मंगल क्षण का अभिनन्दन किया।

सम्पूर्ण रायगढ़ में यह शुभ समाचार फैलने लगा। कवि भूषण के साथ रमा देवी, जमुनादास, उधोदास, दुर्गेश सिंह और मथुरा के मोहन चौधरी-राम चौधरी सभी हर्षित हो उठे। उसी समय अमृतसर की ओर से नानकपन्थी साधु भी आ गया।

सबने अनुभव किया कि सम्पूर्ण भारत स्वराज के लिए आकुल है। सबकी उपस्थिति स्वराज की आकांक्षा को प्रकट कर रही थी। हिन्दवी स्वराज का अर्थ है—भारत का स्वराज। यही तो स्वतन्त्रचेता मानव की पहचान है।

पचास

शिवाजी पं. विश्वेश्वर भट्ट के निर्देश पर कुल-पुरोहित वल्लभ भट्ट, उपसेनापति आनन्दराव, माता जीजाबाई, वधू सोयराबाई और ज्येष्ठ पुत्र शम्भाजी के साथ कुलदेवी

की पूजा के लिए प्रतापगढ़ की ओर चल पड़े। ज्येष्ठ शुक्ल पक्ष—सम्वत् 1731 वि. के तपते सूर्य की किरणों के साथ उन्होंने प्रतापगढ़ पहुँचकर कुलदेवी भवानी के मन्दिर में प्रवेश किया। माता जीजाबाई ने शिवा को वधू शोयराबाई के साथ पूजा करने के लिए कहा। उनके निर्देश पर सोयराबाई पुत्र शम्भा को लेकर पति के साथ मन्दिर के भीतर गयीं। कुल-पुरोहित वल्लभ भट्ट ने पूजा सम्पन्न करायी और स्मरण दिलाया कि चिपलूण में श्रीराम की पूजा उनके द्वारा हो चुकी है। अतः चिपलूण नहीं जाना है। अब यहीं से श्रीराम को पुष्प अर्पित कर नमन कर लें।

इस पूजा के बाद यज्ञोपवीत संस्कार के लिए रायगढ़ में आयोजन हुआ। भारत के विभिन्न प्रदेशों से आये भिन्न-भिन्न पन्थ-सम्प्रदाय के श्री जमुनादास, उधोदास, पंजाब के दाऊ शाह, मथुरा के चौधरी बन्धु और बुन्देलखण्ड के दुर्गेश सिंह को सादर स्थान मिला। भूषण कवि इस आयोजन में कुल-पुरोहित वल्लभ भट्ट को सहयोग दे रहे थे। रमा शिवाजी के परिवार की महिलाओं के मध्य बैठ गयी। वह जीवन के इस रूप को देखकर उल्लसित हो रही थी।

पं. विश्वेश्वर भट्ट ने महाराष्ट्र के प्रमुख पण्डितों के साथ शिवा का यज्ञोपवीत संस्कार सम्पन्न करते हुए क्षत्रिय घोषित किया। मंगलाशीष और मंगलकामना के रूप में अक्षत और पुष्प शिवा पर बरस पड़े। अब ब्राह्मणों के पूर्ण सहयोग के कारण आयोजन सम्पन्न हो गया। शिवा ने ज्ञात-अज्ञात पापों से मुक्ति के लिए दान देना आरम्भ किया। दान लेने और आशीष देने वालों की भीड़ लग गयी। उस समय ऐसा लग रहा था कि आकाश में ज्येष्ठ मास के दमकते सूर्य ने इस अनुष्ठान को देखने के लिए अपने रथ की गति धीमी कर दी है। रायगढ़ दुर्ग तो ऐसे शुभ मुहूर्त के लिए बहुत दिनों से प्रतीक्षा कर रहा था।

बीजापुर, गोलकुण्डा और मुग़ल शासन से जुड़े मराठे सामन्तों की बोलती बन्द हो गयी। वे दूर से ही देख-सुन रहे थे कि एक कृषक जागीरदार बना। अब वह छत्रधारण कर रहा है। इस अनुष्ठान के लिए काशी से महापण्डित आ गये हैं। महाराष्ट्री ब्राह्मण सहयोग दे रहे हैं। ...असम्भव सम्भव हो गया! ...शिवा का ललाट तिलकांकित हो रहा है। यह काल का न्याय है। ...इधर के सन्तों ने तो आशीर्वाद दे दिया था। इस क्षेत्र के कृषक, शिल्पी और श्रमिक शिवा के सैनिक बन गये हैं। हिन्दवी स्वराज का भाव इतना प्रखर हो गया! यह तो चमत्कार हो गया।

शिवाजी के राज्याभिषेक का क्रम आगे बढ़ रहा था। भारत की पवित्र नदियों का पावन जल और विभिन्न तीर्थों की मिट्टी को एकत्र कर लिया गया था। ...कलशों में पवित्र जल भरा हुआ था। मंगल गीत गूँज रहा था। दुर्ग की भूमि रंगोली से मुस्करा रही थी। दुर्ग चारों ओर से बन्दनवार से बँध जाने पर अपनी अखण्ड स्वतन्त्रता की अनुभूति में मग्न हो रहा था।

शिवा और सोयरा पवित्र स्नान के लिए चौकी पर बैठे। महापण्डित गागा भट्ट

ने अन्य पण्डितों के साथ अभिषेक मन्त्रों के पाठ से पंचामृत स्नान और शुद्धोदक स्नान सम्पन्न कराया। शिवाजी मन्त्र में भारत की नदियों के नाम सुन रहे थे। उन्होंने सोचा कि इन नदियों में केवल गोदावरी महाराष्ट्र में है। शेष तो उत्तर से दक्षिण तक भारत को सींच रही हैं। ...सपना तो है ही कि सम्पूर्ण भारत में स्वराज स्थापित हो। भारत की सारी नदियों के जल में स्नान कर वे सम्पूर्ण भारत के हो चुके हैं। कितनी ऊँची भावना और कल्पना है! ...क्या अपनी यह भारतभूमि पाँच सौ वर्षों के तुर्क़-मुग़ल शासन के कठोर बन्धन से मुक्त हो सकेगी? आसेतु हिमाचल की स्वतन्त्रता के लिए संकल्प और संघर्ष की अपेक्षा है। ...महाराजा जयसिंह नहीं समझ सके। वे बन्धनों में गौरव की अनुभूति करते रहे हैं! पर समर्थ स्वामी रामदास का सपना पूर्ण हिन्दवी स्वराज का है।

स्नान के बाद शिवा ने माता जीजाबाई की देखरेख में वस्त्र धारण किये। स्वर्णाभूषणों को कण्ठ और भुजाओं में पहन लिया। सोयराबाई पटरानी की वेशभूषा में सजने लगी। पुतलाबाई और सगुनाबाई नूतन वस्त्राभूषणों में सहपटरानियों के रूप में शोभा पाने लगीं। माता जीजाबाई के संकेत पर रमा ने वस्त्राभूषण धारण में सहयोग दिया।

शिवा के पुत्र शम्भाजी और राजाराम हर्ष से उत्फुल्ल हो रहे थे। उन्हें लग रहा था कि धरती से आकाश तक इस महोत्सव की धूम है। ज्येष्ठ शुक्ल त्रयोदशी, विक्रम संवत् 1731 को महापण्डित विश्वेश्वर भट्ट ने स्थानीय पण्डितों के साथ सिंहासन को संस्कारित करते हुए शिवा और सोयरा को उस पर प्रतिष्ठित करने के लिए वल्लभ भट्ट को निर्देश दिया। वल्लभ भट्ट ने शिवा तथा सोयरा को सिंहासन पर आसनस्थ किया। महापण्डित विश्वेश्वर भट्ट उपाख्य गागा भट्ट ने सामूहिक मन्त्रोच्चारण के साथ शिवाजी का राजतिलक सम्पन्न किया। सभी पण्डितों ने पुष्प और पीले अक्षत से अभिनन्दन किया। तदुपरान्त शिवाजी के शीश पर मुकुट सुशोभित होने लगा। छत्र शीश पर आकर घोषित करने लगा कि मुग़ल हुकूमत की दहशत के बाद भी एक हिन्दू वीर छत्रपति कहलाने लगा। अब शिवा छत्रपति शिवा हैं। दुर्ग और दुर्ग के चतुर्दिक जयघोष गूँजने लगा, जिसकी प्रतीक्षा बरसों से की जा रही थी।

छत्रपति शिवा और पटरानी सोयराबाई ने महापण्डित विश्वेश्वर भट्ट के साथ अन्य वरिष्ठ पण्डितों को सादर नमन किया। सबसे मंगलाशीष पायी। इसके बाद छत्रपति शिवा ने कविवर भूषण, जमुनादास, उधोदास, दाऊशाह, दुर्गेश सिंह और चौधरी बन्धुओं को समादृत किया। पटरानी सोयराबाई के साथ पुतलाबाई और सगुनाबाई ने कवि भूषण की पत्नी रमा को वस्त्राभूषणों से सस्नेह प्रमुदित किया। ...जयघोष से सारा क्षेत्र गूँज रहा था। ग्रामीण जन और सैनिक–सभी इस ध्वनि में सम्मिलित थे।

जयध्वनि सुनकर समर्थ स्वामी आ गये। शिवाजी और सोयरा ने चरणों में झुक कर प्रणाम निवेदित किया। समर्थ स्वामी ने गम्भीर स्वर में कहा—'छत्रपति शिवा! यह धरती, धरती के जन तथा सन्तों ने आपको छत्रपति के रूप में देखना चाहा था। विजयनगर के हरिहर-बुक्का तथा कृष्ण देवराय के बाद भारत भूमि विकल थी। सम्राट हेमचन्द्र (हेमू) पराजित हो गये थे। आज विकलता दूर हुई। आकांक्षा पूरी हो गयी। अब आप भारत भूमि, भारतीय जन तथा गोधन की रक्षा का व्रत लें। आपकी साधना से सारे देश में स्वराज का भाव प्रखर रूप में जाग्रत हो।

स्मरण रहे, छत्रपति शिवा! आप इस राज्य के स्वामी नहीं, प्रजा के पालक—मुखिया हैं। प्रजा आपकी सन्तान है। सन्तान की देखभाल आपका कर्तव्य है। सभी पन्थों-सम्प्रदायों के साथ सद्व्यवहार आपका धर्म है! जाति और मज़हब के कारण किसी का दमन-दलन न हो। हिन्दू-मुसलमान प्रजा में कोई भेदभाव न हो। ...सभी सुखी हों। सभी का जीवन शान्तिमय हो। यही शासक की जीवनदृष्टि हो।'

'गुरुदेव! आपके आदेश का पालन होगा। मैंने तो स्वराज के लिए तलवार उठायी है। आपसे आशीष पायी है। इस स्वराज के लिए ही बाजीप्रभु, मुरारबाजी, तानाजी और प्रतापराव गूजर ने बलिदान दिया है; निरंकुश शासन के लिए नहीं। आपके ये निर्देश-आदेश और वीरों के बलिदान—दोनों सदा स्मरण रहेंगे।'

समर्थ स्वामी ने मन्द मुस्कान के साथ कल्याण कामना की और महापण्डित विश्वेश्वर भट्ट का समादर करके प्रस्थान किया।

राज्याभिषेक के उपलक्ष्य में विशाल जुलूस निकला।

सजे हुए गजराज पर छत्रपति शिवा और पटरानी—दोनों थे। युवराज के रूप में शम्भाजी भी थे! दूसरे गज पर माता जीजाबाई के साथ पुतलाबाई और सगुनाबाई थीं। घोड़ों पर सर-सनापति तथा उपसेनापति आरूढ़ होकर चल रहे थे। हर्षित-उल्लसित जनसमूह जय-जयकार से छत्रपति का अभिनन्दन कर रहा था। गजराज के आगे अश्वारूढ़ सैनिक थे तो पीछे पदातिक सेना चल रही थी। मध्य में स्वराज का गैरिक ध्वज लहरा रहा था। ...नगर-ग्राम सभी अपने छत्रपति शिवाजी महाराज का स्वागत कर रहे थे। फूलों की वर्षा हो रही थी। आकाश में भुवनभास्कर इस भव्य शोभायात्रा के साक्षी बन गये थे।

राजसभा आरम्भ हुई। शिवा का मन्त्रिमण्डल उपस्थित था। विभिन्न क्षेत्रों और विभिन्न सम्प्रदायों के प्रतिनिधि आसन ग्रहण कर चुके थे। जयध्वनि के मध्य शिवा ने राजसभा में प्रवेश किया। महापण्डित भट्ट तथा कुल-पुरोहित ने मंगलवाचन किया। शिवा के संकेत पर कवि भूषण ने काव्यपाठ आरम्भ किया—

वेद राखे विदित पुरान रखे सारयुत
रामनाम राख्यो अति रसना सुधर में।
हिन्दुन की चोटी रोटी रखी है सिपाहिन की

काँधे में जनेऊ राख्यो माला राखी गर में।
मीड़ि राखे मुग़ल मरोड़ि राखे पातसाह
वैरी पीसि राखे वरदान राख्यो कर में।
राजन को हद्द राखी तेगबल सिवराज
देव राखे देवल स्वधर्म राख्यो घर में।।

'धन्य-धन्य' के स्वर से सभा भवन गूँज उठा। भूषण ने शीश झुकाकर आभार प्रकट कर आसन ग्रहण किया। सबने महसूस किया कि कवि भूषण ने पिछले पाँच सौ वर्षों के तुर्क़-मुग़ल शासन की असीम पीड़ा को व्यक्त करते हुए शिवा के द्वारा इस मुक्ति के स्वरूप का वर्णन किया है। इस स्वराज का अभिनन्दन किया है।

जमुनादास, उधोदास, दाऊशाह, मोहन चौधरी, राम चौधरी और दुर्गेश सिंह– सभी मन-ही-मन कवि के छन्द को दुहराने लगे। मगन होने लगे। ...दो-तीन क्षणों के बाद महापण्डित भट्ट ने कहा–'छत्रपति शिवा! आप केवल कवि भूषण ही नहीं, भूषण दम्पति को पुरस्कृत कर वाणी का–सरस्वती का समादर करें। कुल-पुरोहित ने समर्थन किया। मुंशी बालाजी ने छत्रपति के संकेत पर चाँदी की थाली में स्वर्ण मुद्राओं और कौशेय वस्त्रों की व्यवस्था की। छत्रपति ने भूषण दम्पति को सम्मानित किया।

माता जीजाबाई थक गयी थीं। पर मन प्रफुल्ल था। जीवन का सपना पूरा हो गया था। उनकी कोख ने भगवान शिव के समान तेजस्वी सन्तान को जन्म दिया। उसे सही शिक्षा मिली। गुरु कोंडदेव और समर्थ स्वामी ने शिक्षा के साथ जीवनदृष्टि प्रदान की। शिवा ने अपने संकल्प को पूरा किया। जननी और जन्मभूमि–दोनों प्रसन्न हुईं। आज यहाँ उत्तर भारत के प्रतिनिधि के रूप में सभी स्वेच्छा से उपस्थित हुए हैं। ...आज शिवा के पिताजी प्रसन्न हो रहे होंगे।

इक्यावन

आनन्दपुर का नया नगर दिनोदिन गुलज़ार हो रहा था। मुग़लों का ख़ुफ़ियानवीस ख़ुर्शीद आलम परेशान था। वह सोच रहा था–'यह नया हरिमन्दिर तो क़िले के समान लग रहा है। मन्दर की मीनार के ऊपर झण्डा शान से फहरने लगा है। मुग़ल हुकूमत में क़ाफ़िरों के पीर-फ़क़ीर का यह रूआब! ताज्जुब है!!

बालक गोविन्दराय की दृष्टि कभी हरिमन्दिर के शिखर पर जाती और कभी द्वार के सामने सरोवर के स्वच्छ जल में तैरते जलपाँखी पर। ...जलपाँखियों के स्वर की नक़ल करने की इच्छा जग जाती। पर यह सम्भव नहीं था। वे भीतर आकर शिखर को देखते हुए गुरुवाणी के पाठ को सुनने लगे और वहीं बैठ गये। कण्ठ मन्द स्वर में दुहराने लगा। ...दो...चार क्षणों के बाद सोचने लगे कि अभी तक पिताजी लौटकर नहीं आये। ...कब तक आयेंगे? फिर उन्होंने मन को एकाग्र किया।

पं. देव कौल आ गये। बालक गोविन्दराय को आभास मिल गया। संस्कृत की पढ़ाई शुरू हो गयी। ...कुछ शब्दों के अर्थ को सुनाना है। अनुवाद को दिखाना है। ...वे संस्कृत शब्दों के अर्थ को सुनाने लगे। पं. देव कौल अपने क्रम से संस्कृत के शब्दों को बोलते। गोविन्द उत्तर दे देते! पर स्वर मन्द रहा। शीघ्र उत्तर नहीं सुनाई पड़ता। ...देव कौल ने अनुभव किया कि गोविन्दराय ने तो अर्थ को स्मरण किया है। पर उत्तर देने में संकोच क्यों हो रहा है? मन कहीं और है क्या?

पं. देव कौल पूछ बैठे—'क्या बात है? मन कहाँ दौड़ रहा है?'

'जी, पण्डित जी! पिताजी अभी तक लौटे नहीं हैं। इसलिए पिताजी की याद आ रही है। मन बेचैन हो रहा है।'

'हाँ, गोविन्दराय! गुरुदेव अभी तक नहीं आ सके हैं। याद तो आयेगी ही। वे उधर गाँवों में जल का प्रबन्ध करने गये हैं। थोड़ा समय तो लगेगा। पर उनका समाचार तो मिलना ही चाहिए। ...आपकी दादीजी कुछ बता सकती हैं।' पं. देव कौल ने समझाया।

'जी, हाँ! मैं दादीजी से पूछूँगा। ...शब्दों के अर्थ ठीक हैं न?'

'हाँ, अर्थ तो याद हैं। बहुत अच्छा!'

'तो अब अनुवाद देख लें। एकाध गलती हो सकती है।'

पं. देव कौल अनुवाद देखने लगे। तीन ग़लतियाँ दिखाई पड़ीं। इसलिए उन्होंने गोविन्दराय को ग़लतियों के बारे में बताया और ठीक कर दिया। गोविन्दराय ने सर हिलाया। इसके बाद उन्होंने नये पाठ को समझाया और अभ्यास कराया।

पं. देव कौल लौटने लगे। गोविन्दराय ने पण्डित जी को प्रणाम किया और वे दादी के पास पहुँच गये। दादी और माँ—एक साथ बैठकर बातचीत कर रही थीं। गोविन्द को देखकर चुप हो गयीं। गोविन्दराय ने देखा कि दोनों के मुखों पर चिन्ता की रेखाएँ झलक रही हैं। बात क्या है? क्या ये दोनों भी पिताजी के लिए चिन्ता कर रही हैं?

माँ गुजरी ने पूछा—'पढ़ाई के समय इधर आ गये हो, क्या बात है?'

'माँ! पिताजी कब तक आयेंगे। उनके बिना सब सूना-सूना लग रहा है। पढ़ने में मन नहीं लगता। ...आप लोग पिताजी के बारे में कुछ बताइए।'

माता गुजरी ने अपनी सासु माँ की ओर देखा। दोनों ने बालक की बेचैनी का एहसास किया। ...बच्चे पर वात्सल्य उमड़ आया। दादी ने गोविन्द को अपनी बाँहों में लेकर कहा—'गोविन्द! तुम्हारे पिताजी जल्द आयेंगे। ...मन में धीरज रहे और उस कर्तार पर विश्वास! गोविन्द को लगा कि दादी की आवाज़ में भारीपन है। इन्हें भी चिन्ता हो रही है।

'दादीजी! आप उन्हें जल्द बुला दें। ...मैं रात सपने में उन्हें देख रहा था। वे मुस्कराकर पूछ रहे थे कि मन लगाकर पढ़ रहे हो न? दादी और माँ को तंग मत करना।'

'तूने क्या उत्तर दिया?' माँ गुजरी ने प्रश्न कर दिया।

'मैंने कहा कि मैं मन से पढ़ रहा हूँ। ...दादी और माँ से भरपूर प्यार मिलता है। इसलिए उन्हें तंग नहीं करता।'

तब वे मुस्कराकर पूछने लगे– 'क्या वे उसे पूरा प्यार नहीं करते?'

'तो तुमने क्या कहा?' दादी ने पूछा।

'मैंने जवाब दिया कि आप कभी प्यार करते हैं और कभी ध्यान लगाते हैं। कभी एकान्त में बैठकर गुनगुनाते हुए कुछ लिखते हैं।'

'...उन्होंने मुझे बताया कि तुम्हें भी बड़ा होकर ध्यान लगाना है। गुनगुनाते हुए लिखना है। कृपाण को धारण करना ही है। ...और सबको प्यार करना है।'

'मैंने शीश हिला दिया। ...और फिर वह सपना कहीं चला गया। वे भी दिखाई नहीं पड़े। उनकी याद करके मैं बेचैन हूँ, दादीजी!'

'वे सपने में आये थे, गोविन्द! अब वे प्रत्यक्ष आ जायेंगे।' दादी ने ढाँढस बँधाया।

पंजाबी और ब्रजभाषा के शिक्षक चौपतराय आ गये। गोविन्दराय पढ़ने बैठ गये और अपना पाठ दिखाया। गुरु जी ने जाँचा। सन्तुष्ट हुए। गोविन्दराय ने एक पदांश का अर्थ पूछा।

'कौन-सा पदांश है?' शिक्षक चम्पत राय ने कहा।

गोविन्द ने सुनाया–

नानक परखै आप कउ, पर परखू जाण।
रोग दारु दोनों बुझै, ता बैदु सुजाण।।

'यह तो गुरु अंगददेव की वाणी है। वे कह रहे हैं कि जो मानुष अपने को पहचान लेता है, अपनी परख कर लेता है कि वह क्या है? सिर्फ़ हाड़-मांस का शरीर है या इसके भीतर आत्मराम है। वह सिर्फ़ शरीर नहीं, वह शुद्ध रूप में आत्मा है। सब में वही आत्मा है। यह आत्मा परमात्मा का अंश है। वैसे परमात्मा और आत्मा में तत्त्व की दृष्टि से कोई फ़र्क़ नहीं है। इसलिए मानुष को आत्मा और परमात्मा पर ही ध्यान रखना चाहिए। ऐसी परख करने वाला ही सच्चा पारखी है। जो वैद्य रोग की पहचान कर ले और फिर उसके लिए सही दवा को समझ ले, वही कुशल वैद्य कहा जायेगा।' शिक्षक ने अर्थ स्पष्ट किया।

बालक गोविन्द को अर्थ सही लगा। मन सन्तुष्ट हुआ। शीश हिला। हाथ जुड़ गये। चम्पत राय के होंठों पर मुस्कान आ गयी!

गोविन्द ने दूसरा प्रश्न किया कि सन्त कबीरदास ने कहा है–

गुरु गोविन्द दोनों खड़े, काके लागूँ पाँय।
बलिहारी गुरु आपने, जो गोविन्द दियो बताय।।
...इसका अर्थ समझा दीजिए।'

'सन्त कबीरदास कह रहे हैं कि अगर गुरु और गोविन्द–दोनों सामने आ जायें

तो इस स्थिति में हम क्या करें? जनसाधारण हरि गोविन्द को नहीं जानता है, न हीं पहचानता है। गुरु ही तो गोविन्द के बारे में बताते हैं, तभी हम श्रीहरि को जान पाते हैं। इसलिए पहले गुरु को प्रणाम करना चाहिए। उसके बाद हरि...गोविन्द ...राम को। ...बिना गुरु के आत्मज्ञान नहीं हो पाता।'

'इसीलिए सद्गुरु नानकदेव से यह गुरु परम्परा चल रही है और सभी हरि का ज्ञान पा रहे हैं।'

'हाँ, गोविन्दराय!'

'गोविन्द का क्या अर्थ हुआ?'

'तीन अर्थ हैं—गायों का पालक, किरणों का पालक और इन्द्रियों का चालक। तीसरे का मतलब हुआ—परमात्मा।

'गोविन्द के तीन अर्थ हुए—श्रीकृष्ण, सूर्य और परमात्मा।'

'बहुत सही, गोविन्दराय!'

बालक गोविन्द उल्लसित हो उठा। चौपतराय प्रसन्न हो गये, आज की पढ़ाई पूरी हो गयी। शिक्षक और छात्र दोनों सन्तुष्ट थे। गुरु चम्पत राय लौटने लगे। गोविन्द उन्हें विदा करने विशाल द्वार पर आ गये। ...देखा कि सरोवर के पास के पेड़ पर दो कबूतर आ गये हैं। 'गुटरगूँ' कर रहे हैं! गोविन्द के पैर तेज़ी से उधर ही चल पड़े। पर उन्होंने सोचा कि पैरों की धमक से ये उड़ जायेंगे। मन्दिर के शिखर पर चले जायेंगे या आकाश में उड़ान भरेंगे। ...वे विचार करने लगे कि क्या इनके द्वारा पिताजी के पास चिट्ठी को भेजा जा सकता है? पर चिट्ठी लिखते-लिखते तो ये उड़कर दूर चले जायेंगे। ...और इन्हें कैसे समझाया जायेगा कि चिट्ठी को कहाँ ले जाना है? जब तक इन्हें अभ्यास नहीं कराया जायेगा। तब तक ये चिट्ठी को नहीं ले जा सकते। ...पहले इन्हें अनाज चुगाना चाहिए। रोज़-रोज़ दाना-पानी पाने से ये पहचान सकेंगे। पास में आयेंगे। तब मैं इन्हें बता सकूँगा। समझा सकूँगा।

यह सोचकर गोविन्द भीतर से मुट्ठी भर अनाज लेकर आये। उन्होंने उनके सामने डाल दिया। ...पहले तो कबूतर उड़कर ऊपर की डाल पर चले गये। फिर उन्होंने देख लिया कि सामने अनाज है। पास में जल है, बैठने और वार्ता के लिए पेड़ है। ...कबूतर का वह जोड़ा नीचे आकर गेहूँ-जौ-बर्रे चुगने लगा। दूर रहकर गोविन्द उन्हें देखने लगे। दृश्य बड़ा अच्छा लग रहा था।

कबूतर दाने चुगकर पेड़ की डाल पर चले गये। गोविन्द ने कहा— 'कबूतर! तुम दोनों रोज़ आओ। यहाँ रोज़ अन्न-पानी मिलेगा। इस पेड़ पर आराम कर लेना। मुझसे दोस्ती करना। हम बातचीत करेंगे।'

कबूतर पेड़ की डाल पर गुटरगूँ करते हुए नाचने लगे। गोविन्द ने महसूस किया कि कबूतर खुश हैं। मेरी बात को समझ रहे हैं, तभी तो नाच रहे हैं।

विशाल द्वार पर खड़ा प्रहरी इस दृश्य को देखकर मुस्करा रहा था।

उसी समय कोई घोड़े पर आ गया। कबूतर उड़ गये। गोविन्द को अच्छा नहीं लगा। मन क्षुब्ध होने लगा। घुड़सवार ने बताया कि गुरुदेव शीघ्र ही पहुँच रहे हैं। और गुरुपुत्र गोविन्द हर्ष में उछल पड़े।

बावन

लाहौर के सूबेदार ज़ालिम ख़ाँ का खुफ़ियानवीस ख़ुर्शीद आलम दुबारा आनन्दपुर और क़िलेनुमा हरिमन्दिर के बारे में पता लगाने की कोशिश करने लगा। पर उसे कुछ ख़ास नहीं मिल रहा था। इतना तो पता लग गया था कि यह मन्दर ही है। क़िले की मानिन्द है। अन्दर कुछ नौजवान कवायद करते हैं। हथियारों का रियाज करते हैं। इससे ज़्यादा कुछ जानकारी नहीं मिल सकी। वह बेचैन था।

एक शाम बढ़ते हुए अँधेरे में ख़ुर्शीद ने एक औरत को सिसकते हुए पाया। उसने उसे बुलाया। वह सहमी हुई थी। उसकी नज़दीक जाने की हिम्मत नहीं हो रही थी। मगर ख़ुर्शीद ने शीरी ज़ुबान में आने के लिए कहा। ...वह आहिस्ता-आहिस्ता आ गयी। उसने पूछा—'तुम क्यों रो रही हो? कहाँ की रहने वाली हो?'

'मैं पास के गाँव की हूँ। बहुत ग़रीब हूँ। एक लाला जी के यहाँ काम करती थी। ...आज मैंने भूख के कारण रोटी माँगी तो उन्होंने पहले काम करने को कहा। घर की सफ़ाई में भूख से मन नहीं लगा तो उन्होंने डाँटकर घर से निकाल दिया। मैं लौट रही थी। पर अँधेरे में रास्ता भूल गयी हूँ।' उस औरत ने अपना दुख-दर्द बयान किया।

'तुम पहले कुछ खा लो। थोड़ा आराम करो। कल सुबह अपने गाँव लौट जाना।' ख़ुर्शीद आलम ने समझाया। औरत उस मुग़ल को पहचानने और जाने की कोशिश कर रही थी।

'डरने की कोई बात नहीं है। पहले खा लो।' ख़ुर्शीद ने कहा।

भूख से बेहाल उस औरत ने रोटी-दाल खा ली। पानी पी लिया। ...उसकी भूख शान्त हुई।

ख़ुर्शीद बोल उठा—'अब तुम चाहो तो आराम करो या अँधेरे में अपने गाँव जाओ।'

वह पेशोपेश में पड़ गयी। ख़ुर्शीद ने उसके लिए रहने की व्यवस्था कर दी। उसने भी सोचा कि वह अँधेरे में जायेगी तो भटक जायेगी। रात में यहीं आराम किया जाये। पर मन झिझक रहा था। अनजान मुग़ल मर्द है। यहाँ कैसे रहा जाये, पर बाहर अँधेरा छा गया था। वह चटाई बिछाकर लेट गयी। धीरे-धीरे उसे नींद आ गयी।

दूसरे रोज़ सुबह जब वह उठकर जाने को तैयार हुई। ख़ुर्शीद आलम ने उससे बर्तन साफ़कर कुछ खा लेने को कहा। उसे सही लगा। उसने बर्तनों को साफ़ किया और घर को झाड़-बुहार दिया तभी ख़ुर्शीद ने खाना बना देने को कहा।

उसका नाम तारा था। उसे ख़ुर्शीद आलम का व्यवहार अच्छा लगा। इसलिए वह नहाकर खाना बनाने लगी। इस तरह वह रुक गयी। दोपहर के बाद उसने जाना चाहा। ख़ुर्शीद ने मीठी ज़ुबान से रोका। रोकता रहा। तारा दोनों समय खाना बनाती रही। ख़ुर्शीद ने खाने की तारीफ़ कर उसे ख़ुश कर दिया। तारा की झिझक दूर हो गयी। ख़ौफ़ नहीं रहा।

तीसरे दिन ख़ुर्शीद ने कहा—'तारा! आनन्दपुर नया शहर है। नया-नया मन्दर बना है। वहाँ पीर-फ़क़ीर रहते हैं। वहाँ काम करो। वहाँ दिल लगेगा। अच्छे लोग हैं। रात में यहाँ आकर अपने कमरे में आराम करना। रात का खाना भी बना देना। ...कभी मैं भी तुम्हारे साथ नये मन्दर में चलूँगा। देखूँगा। देखने की बड़ी इच्छा है।'

तारा को यह सलाह ठीक लगी। उसे ख़ुद मन्दिर के भीतर जाने की इच्छा हो रही थी। गुरु जी के दर्शन की चाह थी। इसलिए उसने इस बात को मान लिया।

वह हरिमन्दिर के द्वार पर आयी। पूछकर भीतर पहुँच गयी। सबके पीछे बैठकर सबद-कीर्तन में शामिल हो गयी। उसे बहुत अच्छा लगा। अन्त में प्रसाद बँटा। तारा प्रसाद लेकर मन्दिर से बाहर आयी। सामने के मैदान में शस्त्राभ्यास चल रहा था। वह खड़ी हो गयी। वहीं प्रसाद खाने लगी। किसी ने डाँटा। वह घबरा गयी। वह पकड़ ली गयी। उससे पूछताछ होने लगी।

उसी समय गुरु तेगबहादुर जी दयालदास और अन्य सिक्खों के साथ आ गये। सरोवर तट से लेकर मन्दिर तक भीड़ हो गयी। सभी उनके दर्शन और श्रद्धापूर्ण सत्कार के लिए बेचैन हो उठे।

गुरु तेगबहादुर सबके स्वागत-सत्कार को स्वीकार कर रहे थे। सबका कुशल-मंगल पूछ रहे थे। सबकी मंगलकामना कर रहे थे। ...बालक गोविन्दराय ने आकर पिताजी के चरणों को स्पर्श किया। उन्होंने हृदय से लगा लिया। ...उसी क्षण वह ग़रीब औरत तारा पकड़कर लायी गयी।

गुरु जी पूछ बैठे—'इसे पकड़कर क्यों कष्ट दे रहे हो? मुक्त करो।'

तारा मुक्त होकर गुरु जी के चरणों में झुक आयी। गुरु जी ने पूछा—'कहाँ से आयी हो? क्या चाहती हो?'

तारा थर-थर काँप रही थी। उससे शस्त्राभ्यास के स्थान पर प्रसाद खाने की ग़लती हो गयी थी। वह हाथ जोड़े खड़ी रही।

'बोलो! यहाँ कोई भय नहीं है। यह तो हरि का मन्दिर है। यहाँ सद्‌गुरु का वास है।'

तारा ने आपबीती सुना दी। यह भी बता दिया कि एक मुग़ल ने यहाँ काम करने को कहा है। वह भी मन्दर को देखना चाहता है। ...वह उसका खाना बनाकर वहाँ रह रही है। पर वह अपने गाँव लौटना चाहती है। वह रोक रहा है।

'वह कहाँ रहता है?' गुरुदेव ने पूछा।

'पास की बस्ती की एक गली में रहता है। उससे कुछ लोग मिलने आते हैं। उनकी बातें समझ में नहीं आतीं।' तारा ने बताया।

'तुम तैयार रहो। तुम्हें गाँव पहुँचा दिया जायेगा।' गुरु जी ने गोविन्दराय के साथ तारा को माताजी के पास भेज दिया।

गोविन्दराय ने तारा को दादीजी और माताजी के पास पहुँचा दिया। उसके बारे थोड़ा बताया। ...तारा को इतना अपनापन मिला कि उसका हृदय उमड़ आया। इतना प्यार तो अपने घर में भी नहीं मिला है। ग़रीबी की मार से घर हाहाकार करता रहता है। ...माँ तो भगवान के पास चली गयी थी।

गुरु तेगबहादुर जी ने अपने तीन सिक्खों को उस मुग़ल के पास भेज दिया। ख़ुर्शीद ने देख लिया कि हथियारबन्द सिक्ख आ रहे हैं। वह वहाँ से निकल गया।

सशस्त्र सिक्खों ने उस मकान को खाली पाया। पड़ोसी ने बताया कि वह अपने को सौदागर बता रहा था। कहीं चला गया। लेकिन अन्दाज़ मिल गया कि वह मुग़ल जासूस ख़ुर्शीद आलम ही था। उसी ने तारा को भेजा था। पर वह भाग निकला। उन्होंने लौटकर गुरु जी को सब बता दिया।

गुरु जी कुछ सोचते हुए अपने आवास में आये। वहाँ तो माता नानकी जी और पत्नी गुजरी जी प्रतीक्षा कर रही थीं। वहीं तारा थी।

गुरुदेव ने पत्नी गुजरी से कहा– 'तारा को नये वस्त्र देकर विदा करें। इसे अपने गाँव जाना है। यदि इसे कष्ट होगा तो यहाँ आ जायेगी।'

तारा गद्‌गद हो गयी!

गोविन्दराय ने कहा–'अगर आप अभी नहीं आते तो मैं एक कबूतर के ज़रिये चिट्‌ठी भेजता।'

'गोविन्द! यदि आपकी चिट्‌ठी लेकर कबूतर आता तो मैं उसी के साथ लौट आता।'

'पिताजी! कबूतर तो आकाश में उड़ान भर यहाँ आ जाता। आप तो घोड़े पर आते न!'

'मेरा घोड़ा कबूतर की गति से उसी के नीचे ज़मीन पर दौड़ता हुआ आ जाता। ...दोनों का मुक़ाबला हो जाता।'

'मेरा कबूतर तो आपसे पहले सरोवर के पेड़ पर आकर मुझे समाचार दे देता।'

'अच्छी बात है। ...अपने कबूतर से मिला दो गोविन्द!'

'दाना चुगने और पानी पीने आता है। ...थोड़ा रुकें।'

'मैं प्रतीक्षा करूँगा।'

विश्राम के बाद गुरु जी ने बताया– 'उधर के किसानों, कारीगरों और मज़दूरों की हालत बहुत ख़राब है। हुकूमत की ओर से कोई मदद नहीं मिल सकी है।

सिपह-ए-दीन का दबाव है। ...अगर उनके मज़हब को अपना लें तो उन्हें मदद मिल सकती है।'

'दुख-दारिद्रय में दबाव डालकर अपने मज़हब में लाना...अपनी तादाद बढ़ाना ...ग़ैर-मुनासिब है। यह तो धर्म नहीं है।' माता नानकी ने तीखे स्वर में कहा।

'धर्म तो विवेक है! धर्म तो जीवन के कर्तव्य को बताता है। धर्म तो अच्छे गुणों को धारण करना है। सबको प्यार करना है।' गुरु तेगबहादुर ने गम्भीर स्वर में धर्म के स्वरूप को स्पष्ट कर दिया।

'सन्त और फ़क़ीर तो बताते रहते हैं– मुग़ल हुक्मरां क्यों नहीं समझते?' गुजरी जी ने अपना विचार रखा।

'तुर्क़-मुग़ल का मज़हब मुल्लाओं से चालित होता है। इनका मज़हब सियासत के साथ चलता है। इनकी सियासत के साथ मज़हब है। ...अपनी तादाद बढ़ाकर अरबोईरानी जीवनशैली का आरोपण है।'

'हम यह सब देख रही हैं।' गुजरी ने बताया।

'मैं उधर गया। उनका दबाव कम हुआ। गाँवों में जल के लिए कुएँ और पोखरे का इन्तज़ाम हुआ।'

'तब तो यह धर्म का काम हुआ।' माता नानकी जी ने कहा।

'पर नारनौल के सतनामी अधिक विश्वास और जल्दबाज़ी के कारण मुग़लों से पराजित हो गये। उसके बाद उनकी हत्याएँ...ख़ौफ़नाक! ओह!! ...दहशत पैदा करने के लिए क़त्लेआम ऐसी सियासत की चाल होती है।'

'सुना है कि महाराष्ट्र में शिवाजी कामयाब हो रहे हैं। उनका राजतिलक होने वाला है। दाऊ शाह उधर ही गये हैं।'

'दाऊ शाह लौटकर आयेंगे तो राजतिलक का पूरा समाचार मिलेगा। सबका विश्वास बढ़ेगा। मुग़ल सल्तनत और तख़्ते ताऊस की दहशत कम होगी।' नानकी जी ने कहा। गुजरी जी का शीश हिला।

गुरु तेगबहादुर जी ने श्रीहरि को नमन किया।

'आपके ध्यान में तो होगा कि मुग़लों द्वारा आप पर दिन-रात नज़र रखी जा रही है। आपके नहीं चाहने पर भी टकराव की स्थिति आ जाती है! ...आपको पहले से अधिक सचेत रहना है।' पत्नी गुजरी जी ने आग्रह किया।

'मैं टकराव से बचकर धर्म और समाज की सेवा कर रहा हूँ। आगे क्या होगा– यह तो वह परमात्मा जाने। सद्‌गुरु की कृपा तो है ही। चिन्ता करने की ज़रूरत नहीं है।' गुरुदेव ने भरोसा दिलाया।

सभी मन-ही-मन श्रीहरि का स्मरण करने लगे।

तिरपन

प्रातःकालीन संगत में सभी सिक्ख आ गये थे। सर्वश्री मतिदास, सतिदास, दयालदास और दाऊ शाह पहले से बैठे हुए थे। दोनों ओर अगरबत्ती जल रही थी। 'ओंकार' लिखित रूप में झलक रहा था। मंचस्थ चौकी पर श्री गुरुग्रन्थ साहब प्रतिष्ठित थे। पीछे सद्गुरु नानकदेव का चित्र था।

गुरु तेगबहादुर जी आये। साथ में गोविन्दराय भी थे। सभी उठकर खड़े हो गये। गुरुदेव आसन पर विराजमान हुए। सबको बैठने का सस्नेह संकेत किया! दाहिनी हथेली की आशीष मुद्रा भी दृष्टिगत हुई। सभी अन्तर से पुलकित हुए। पार्श्व में गोविन्दराय को बैठते देखकर गुरु जी ने कहा—'गोविन्द! आप मत्था टेककर जा सकते है। आपके शिक्षक आ जायेंगे!'

गोविन्दराय ने बताया—आज वे नहीं आ सकेंगे।'

'तब आप बैठ जायें।'

गुरु जी ने संगत की ओर उन्मुख होकर प्रवचन आरम्भ किया—'सद्गुरु नानकदेव जी ने श्री जपजी साहिब में मानव जीवन की आध्यात्मिक यात्रा को स्पष्ट किया है। ...धरमखण्ड, ग्यानखण्ड, सरमखण्ड, करमखण्ड और सचुखण्ड—ये पाँच इस साधना के पड़ाव हैं। ये पाँच भाग हैं। धरमखण्ड में हम मानुष होने के नाते मानव के गुणों को धारण कर धर्म पथ पर अग्रसर होते हैं। दूसरा पड़ाव ग्यानखण्ड है। इस खण्ड में हमें जीव, जगत और परमात्मा का ज्ञान मिल जाता है। पिण्ड और ब्रह्माण्ड के आवरण हट जाते हैं। आत्मा और परमात्मा का भेद ख़त्म हो जाता है। द्वैत भाव दूर होता है। शुद्ध आत्मा का रूप आ जाता है। सर्वत्र हरि की झलक मिलती है। इसलिए सारा संसार अपना कुटुम्ब-सा लगने लगता है। फिर हम तीसरे खण्ड यानी साधना के तीसरे भाग में पहुँचते हैं। तीसरा खण्ड सरमखण्ड है। यहाँ सबकी सेवा प्रधान है। सरम यानी श्रम यानी प्राणीमात्र की सेवा है क्योंकि सब में राम हैं इसीलिए तो सबके सहयोग से मालवा और बाँगड़ के दीन-दुखी जनों की थोड़ी सेवा हो सकती है। ...इस सेवा-साधना के बाद ही साधक करमखण्ड में पहुँचता है। आत्मवत सर्वजन की सेवा के बाद हरि की कृपा हो जाती है। करमखण्ड में ओंकार अकाल पुरुख की कृपा बरस जाती है। हरि की कृपा के बाद साधक-भक्त सचुखण्ड में पहुँचने का अधिकारी हो जाता है। यह पाँचवाँ खण्ड सत्यखण्ड या सत्यलोक है। सद्गुरु ने लिखा है— 'सचुखण्ड बसै निरंकार कर कर वेषै नदर निहाल।' साधक जीव इस सचुखण्ड में निरंकार के दर्शन कर निहाल हो जाता है। मानुष जन्म सार्थक हो जाता है। यही मनुष्य का लक्ष्य है। हिन्दू और मुसलमान, ब्राह्मण और शूद्र तथा पुरुष और स्त्री सभी अपने जीवन के अन्तिम लक्ष्य की ओर बढ़ सकते हैं। इनमें कोई फ़र्क़ दिखाई नहीं पड़ता।

सद्गुरु के सहयोगी शिष्य मरदाना ने इसे समझा था तभी तो वह मुस्लिम शिष्य जीवन-भर सद्गुरु के साथ रहा। शेख़ फ़रीद के शिष्य शेख़ इब्राहिम ने भी एहसास किया था। सूफ़ी फ़क़ीर सरमद तो अद्वैत बोध के साकार रूप थे। उन्होंने रहीम और राम में फ़र्क़ नहीं माना। मगर शहंशाह औरंगज़ेब ने तख़्ते ताऊस पर बैठकर अपने बड़े भाई दारा के साथ फ़क़ीर सरमद को इस धरती से दूर भेज दिया। ...सतनामी साधो समुदाय को भी मिटा देने की कोशिश हो चुकी है। हमें भी दबाने का षड्यन्त्र चल रहा है। परन्तु हम धर्म के पथ पर चलते रहेंगे। 'इक ओंकार सतनामु करता पुरुख निरभउ निर्वैर अकालमूरति अजूनी सैभं गुरु प्रसादि' का निरन्तर जप हम करते रहेंगे। याद रहे कि ओंकार सतनाम करता पुरुख की भक्ति साधना करने वाला निर्भय और निर्वैर होगा ही।'

सबके हाथ जुड़ गये। सबके होंठों पर 'इक ओंकार सतनाम करता पुरुख'... गूँजता रहा।

सबने प्रसाद पाया। सभी तृप्त हुए।

गुरु जी की नज़र दाऊ शाह पर पड़ी। उन्होंने बुलाया और रायगढ़ के समारोह के बारे में पूछा। दाऊ शाह ने शिवाजी के राजतिलक व छत्रधारण का विवरण देते हुए बताया कि—'पूरे महाराष्ट्र में एक नयी लहर लहराने लगी है। सबको विश्वास हो गया है कि पिछले पाँच सौ वर्षों के तुर्क़-मुग़ल शासन को पस्त कर स्वराज लाया जा सकता है। संकल्प, संगठन और नयी रणकला से संघर्ष कर शिवाजी ने असम्भव को सम्भव कर दिया है।'

'दाऊ शाह! शिवाजी ने अपनी माताजी से संस्कार, गुरुओं से शिक्षा और सन्तों से आशीष पाकर स्वराज के लिए संकल्प किया था। वे जनसाधारण से सहयोग लेकर स्वराज के लिए संघर्ष करते रहे हैं। इसलिए अब वे छत्रपति हैं। ...पर हमारी साधना राजसत्ता और शासन के लिए नहीं है। हम तो सद्गुरु नानकदेव के शिष्य हैं। हम निर्गुण राम के साधक हैं। भक्त हैं। यह भक्ति का पथ है। हमारी साधना आध्यात्मिक साधना है। सबको सच्चा मानुष बनाने की साधना है। ...हाथों में अस्त्र-शस्त्र आत्मरक्षा के लिए हैं।' गुरु तेगबहादुर जी ने अपनी विचारधारा को स्पष्ट कर दिया।

'जी, हाँ! यह तो हमारी साधना-भक्ति का सारांश है। ...सतनामी भी निर्गुण साधक ही रहे हैं। बेचारे...।'

'वे टकराव के रास्ते पर चल पड़े थे। हम टकराव से बच रहे हैं। टकराव से बचकर भक्ति और सेवा हो सकती है।'

'जी, हाँ!'

संगत उठ गयी। सभी ने अपने नये मन्दिर के शिखर की ओर देखा। गुरु तेगबहादुर जी ने देखा कि शिखर के साथ ही गैरिक ध्वज लहरा रहा है। यह आनन्दपुर

है—नया नगर...नया तीर्थ। पर पश्चिम पंजाब में सिपह-ए-दीन की दहशत है। कश्मीर में मुग़ल शासन असह्य हो रहा है। यह सब तख़्ते ताऊस की छाया में हो रहा है। ताऊस का अर्थ मोर होता है। सावन के बादलों को देखकर मोर अपने सुन्दर पंखों को फैलाकर नाच उठता है। वह भारत के वनप्रान्तर और उद्यान का सुन्दर पंछी है। वह तो अपने भीतर सुन्दरता और मधुरता का भाव जगाता है। सावन, बादल और मोर पर कवियों की क़लम चलती है। इसीलिए बादशाह शाहजहाँ ने तख़्ते ताऊस को बनवाया था। उसने भारत की धरती से जुड़ने की छोटी-सी कोशिश की थी। दाराशुकोह जैसा मानवतावादी-अद्वैतवादी शाहज़ादा भी सामने आया। अगर वह तख़्ते ताऊस पर बैठता तो इसका अर्थ सिद्ध हो जाता। आलमगीर ग़ाज़ी की हुकूमत तो मोर के इन्द्रधनुषी सौन्दर्य के बदले तेग-तलवार के साथ कहकहे लगाती है। ताऊस-मोर का दमन हो गया। ज़ख़्मी मोर आहें भर रहा है।

सन्त कबीरदास ने तो हिन्दू और मुसलमान के भेद को दूर करने की पूरी कोशिश की थी। परन्तु एक हिन्दू माँ की औलाद—सिकन्दर लोदी ने तख़्त के गुरूर और मज़हबी सियासत की कट्टरता की वजह से सन्त को दबाने ही नहीं मारने की साज़िश की थी। अद्वैत के साधक सन्त को न काशी के पण्डित मौन कर सके और न तुर्क़ शासक दबा सके। वे अपनी साधना में आगे बढ़ते रहे। सारे निर्गुण सन्त और भक्त अद्वैत के आधार पर हिन्दू-मुसलमान के भेद को दूर करने का प्रयत्न कर रहे हैं।

सद्‌गुरु नानकदेव जी से लेकर आज तक सभी दोनों कौमों के भेदभाव को दूर करते रहे हैं। पर अत्याचार का विरोध भी करते रहे हैं। सद्‌गुरु नानकदेव जी ने मुग़ल आक्रमणकारी बाबर के अत्याचार का विरोध किया था। वे क़ैद भी हो गये थे। बाद में बाबर ने सन्त-सद्‌गुरु को पहचाना था। मुक्त किया था। बादशाह अकबर ने समझदारी से अपने साम्राज्य को क़ायम किया। सन्तों को कष्ट नहीं दिया। परन्तु हिन्दू माँ की औलाद बादशाह जहाँगीर के अहंकार और कट्टरता के कारण गुरु अर्जुनदेव जी की शहादत हुई। गुरु हरगोविन्द जी को कारागार में क़ैद रहना पड़ा। बाद में वे मुक्त हुए। आज औरंगज़ेब शहंशाह हैं! आलमगीर पातशाह ग़ाज़ी कहलाते हैं। ...ज़िन्दापीर भी हैं। इस्लाम की दृष्टि से सच्चे साधु हैं—तख़्ते ताऊस पर बैठे हुए मुग़ल शासक। परन्तु इनकी दोधारी तलवार चल रही है। नतीजा है कि देश में इनके ख़िलाफ़ बग़ावत बढ़ रही है। ...अभी तो वे बाग़ी मुसलमानों को ही दबाने सरहद की ओर गये हैं।

उसी समय एक सिक्ख गुप्तचर लाहौर की तरफ़ से आ गया। थका-माँदा होने के साथ ही घबराया-सा भी लगा। वह गुरु जी के समक्ष आकर खड़ा हो गया। उसने नमन किया। सिक्ख गुप्तचर ने बताया—'सिपह-ए-दीन के सालार और ख़ुफ़ियानवीस—दोनों लाहौर के सूबेदार ज़ालिम ख़ाँ के आपके ख़िलाफ़ कान भर रहे हैं।'

'इस हुकूमत की यही रीतिनीति है। देखा जायेगा। मैंने तो आसाम में इन्हें मदद ही की है। मैंने टकराव से बचने का प्रयत्न किया है। पर ग़रीबों की सेवा में भी इन्हें बग़ावत की बू मिलती है। अजीब बात है।' गुरुदेव ने कहा।

'दीनदार शहंशाह "ज़िन्दापीर" कहलाते हैं। इनकी नज़र में हम क़ाफ़िर हैं।'

'पर मैंने तो इस्लाम की नुक्ताचीनी नहीं की है। हर मुस्लिम फ़क़ीर की इज़्ज़त की है। पीर-फ़क़ीर तो उसी एक ईश्वर की इबादत करते हैं। उनकी भक्ति करते हैं। ...पर शहंशाह शमशीर से प्रजा और इस देश के साधु-सन्तों को डराते-धमकाते हैं। ...यह ग़लत है। यह अधर्म है।'

गुरु जी का स्वर गम्भीर हो गया। आँखों में दृढ़ता की चमक झलक उठी।

सिक्ख गुप्तचर प्रणाम कर विश्राम के लिए जाने लगा।

चौवन

दूसरे दिन गुरु तेगबहादुर जी ने विचार किया कि आनन्दपुर नगर के विभिन्न भागों को प्रत्यक्ष देखकर इसे और सुव्यवस्थित करना चाहिए। विभिन्न भागों में बसे हुए जनसमूहों से मिलना ही चाहिए। वैसे वे हरिमन्दिर में आते रहते हैं। पर उनकी सुविधा-असुविधा को समझना आवश्यक है। साथ ही ग़लत लोगों की पहचान भी होनी चाहिए जिससे उन पर नियन्त्रण रखा जा सके। इसलिए उन्होंने दयालदास और गुरुदित्ता को साथ ले लिया। वे निकल पड़े। नगर में उनके आगमन की ख़बर फैल गयी। सभी बड़े ख़ुश हुए। वे अपने-अपने घर से बाहर आकर खड़े होने लगे। गुरुदेव की प्रतीक्षा करने लगे। उन्हें लगा कि गुरुदेव उनके मुहल्ले में उनके द्वार पर आ रहे हैं।

गुरु तेगबहादुर हर मुहल्ले में पहुँचने लगे। उस मुहल्ले के लोगों ने उनकी अगवानी की। झुककर नमन किया। वे सबका कुशल समाचार पूछते। सुख-दुख की जानकारी पाते। उनके अभाव और कष्ट को समझने की कोशिश करते। साथ ही प्रातः-सायं एक साथ बैठकर हरि कीर्तन के लिए अनुरोध करते। यदि कोई बीमार होता तो उसके इलाज के बारे में समझते। वैद्य-हकीम को बुलाया जाता। नगर प्रमुख को चिकित्सा सेवा पर ध्यान देने का आदेश मिलता। इसके बाद ही वे आगे बढ़ते।

नगर की पश्चिमी सीमा पर राजमिस्त्री, फल-सब्ज़ी बेचने वाले, कुँजड़ा और मांस बेचने वाले बसे हुए थे। वे मुस्लिम थे। गुरुदेव उनसे मिलने पहुँच गये। उनसे हाल समाचार पूछा। वे सभी हाथ जोड़कर खड़े हो गये। गुरु जी ने कहा—'आप लोगों की क्या तकलीफ़ है? आपको मदद मिलेगी। आनन्दपुर में कोई दुखी नहीं रहेगा।'

सबने सर झुकाकर जवाब दिया—'हमें तकलीफ़ होने पर हम आपसे ज़रूर गुज़ारिश करेंगे।'

एक राजमिस्त्री और कुछ मज़दूर मन्दिर के निर्माण में आ रहे थे। वे तो अपने दरवाज़े पर उन्हें देखकर बहुत खुश हुए। वे समझ नहीं सके कि कैसे उनका सत्कार किया जाये!

गुरु जी ने कहा कि मुग़ल हुकूमत का ख़ुफ़ियानवीस इधर आता जाता है। आनन्दपुर के ख़िलाफ़ कुछ जानना चाहता है! आप नज़र रखें। सच्चाई को बतायें।

एक ने जवाब दिया–'हम सरकारी अमलों को कैसे रोक सकते हैं? वे नज़दीक की बस्ती में छिपकर रहते हैं।'

'आपको न रोकना है और न उलझना है। उनके जाल में फँसना भी नहीं है। आनन्दपुर को नुकसान न हो–इसकी कोशिश हम सब मिलकर करेंगे।'

दूसरे ने हाथ जोड़कर कहा–'हम उनके जाल में नहीं फँसेंगे। अपने आनन्दपुर को नुकसान नहीं होने देंगे। आप इतमीनान रखें।'

गुरु जी सन्तुष्ट हुए।

वे दूसरे मुहल्ले की ओर बढ़ गये। लाला गुमानमल का द्वार आ गया। लाला जी द्वार पर खड़े थे। उन्होंने प्रणाम करते हुए गुरु जी को अपने घर के भीतर आने के लिए अनुरोध किया। गुरु जी ने गम्भीर स्वर में कहा–'आपके घर में एक ग़रीब स्त्री-तारा को बहुत तकलीफ़ हुई है। वह भूखी रहकर काम कर रही थी। आपने डाँटकर भगा दिया था। यह अधर्म है। यह अपराध है।'

'ग़लती हो गयी, गुरुदेव!' लालाजी ने हाथ जोड़कर क्षमा माँगी।

'यह ग़लती नहीं है। यह अधर्म है। इसलिए पाप है। ...अपने घर-द्वार और जीवन को इस पाप से मुक्त करें। ...उस ग़रीब स्त्री को उसका बकाया दे आयें। उससे माफ़ी माँगें।' गुरुदेव ने आदेश दिया।

'जी! मैं यह करूँगा।'

'मैं समझ लूँगा।' यह कहकर गुरुदेव आगे बढ़ गये।

नगर की पूर्वी सीमा पर वे आये। गो-पालकों से मिले। उनकी गायों को देखा। मन को सन्तोष हुआ। ...वे बोल उठे– गायों की सेवा हो। शुद्ध दूध का सही व्यापार हो। ...बूढ़ी गायों को वधिकों से बचाओ। ...मेरी दृष्टि रहेगी।' गो-पालकों ने शीश झुकाकर इस आदेश को स्वीकार किया।

वे हाट-बाज़ार की व्यवस्था को देखते हुए रक्षकों और अन्य कर्मचारियों के मुहल्ले में आये। उनके सुख-दुख को समझते हुए वे मन्दिर को ओर मुड़े। नगर के विकास पर विचार करते हुए वे दयालदास तथा गुरुदित्ता के साथ सरोवर के पास आ गये। दयालदास ने कहा–'अभी आनन्दपुर को व्यवस्थित करने में थोड़ा समय लगेगा।'

गुरुदेव ने समर्थन किया।

गुरुदेव ने शीश हिलाया। मुख पर गम्भीरता छा गयी।

अपराह्न में दिल्ली से लक्खीशाह अपने पुत्रों के साथ आ गये। सन्ध्या में वे

अरदास और सबद-कीर्तन के पहले गुरु जी से मिलने आये। गुरु जी अपने शिष्य लक्खीशाह को देखकर बड़े प्रसन्न हुए।

लक्खीशाह ने गाँवों की मदद के लिए अपनी थैली रख दी।

गुरु जी ने शुभाशीष के बाद पूछा—'दिल्ली की क्या हालत है, लक्खीशाह!'

'अभी तो शहंशाह पश्चिमी सरहद पर हैं। वज़ीर और सालार हुकूमत को सँभाल रहे हैं। रोशनआरा बेगम की देखभाल तो है ही।' लक्खीशाह ने बताया।

'आपका व्यापार कैसा चल रहा है? आप तो लाल क़िले के अन्नदाता हैं।'

'जी, हाँ! लाल क़िले में हर हफ़्ते गल्ला पहुँचाता हूँ। फिर दफ़्तर में भुगतान के लिए दौड़ता हूँ। मुंशियों और बख़्शी को ख़ुश करके भुगतान करा लेता हूँ। ...क़िले की थोड़ी जानकारी भी मिल जाती है।'

'लक्खीशाह ! आप क़िले में गल्ला मुहैया कराते रहें। हिम्मत से रहें। शहर की हरकतों पर नज़र रहे।'

'गुरुदेव! इन दिनों मुग़ल सरदारों का बोलबाला है! दरबार और दफ़्तरों में हम क़ाफ़िरों की संख्या घट रही है।'

'इस राज्य में ऐसा ही होगा।'

'नारनौल के सतनामियों की हार और हत्या के बाद हिन्दू सहमे हुए थे। पर शिवाजी के राजतिलक के बाद दहशत कुछ कम हुई है। ...अब शहंशाह की नज़र कश्मीर और पंजाब पर है। ...वैसे वे शिवाजी को दबा नहीं सके हैं।'

'लक्खीशाह! हम डरेंगे नहीं। सद्गुरु नानकदेव के सिक्ख कभी नहीं डरते।'

'जी हाँ, गुरुदेव! ...इसीलिए वे थोड़ा घबराते हैं।'

'जाओ, विश्राम करो।'

दूसरे दिन प्रातः स्नान और अरदास के बाद सभी मन्दिर में आये। लक्खीशाह भी पुत्रों के साथ आ गये। गुरुदेव के संकेत पर भाई गुरुदित्ता ने सद्गुरु नानकदेव के एक पद के एक अंश का पाठ किया—

उ अंकार ब्रह्मा उतपति। उ अंकार कीआ जिन चिति।
उ अंकार मैल जुग भए। उ अंकार वेद निरमए।
उ अंकार सबदि उघरे। उ अंकार गुरु मुखि तरे।
उत्तम आखर सुणहु बीचार। उनम अखरू त्रिभवण तार।

सभी एकाग्रचित्त होकर ओंकार के महत्त्व को समझ रहे थे। गुरु तेगबहादुर ने परमात्मा के शब्द रूप की चर्चा करते हुए कहा कि भारत की धरती ने उस अद्वैत यानी निर्गुण-निराकार परमात्मा का निरन्तर चिन्तन किया है। सद्गुरु ने इस परमतत्त्व के मूल रूप सृष्टि की मूल ध्वनि की गहरी अनुभूति कर लेने के बाद ही इसे सबके सामने रखा है। यह नानकपन्थी साधना की उपलब्धि है। यह सद्गुरु का प्रसाद है। इसे हृदय में स्थान देकर जीवन में बेख़ौफ़ आगे बढ़ें। काल महाकाल

बन चुका है। कहीं शान्ति नहीं है। इस हालत में हमें पूरी शक्ति और धैर्य के साथ खड़ा रहना चाहिए।

प्रवचन पूरा हुआ। सबके हाथ जुड़ गये।

सबको प्रसाद मिलने लगा। बालक गोविन्दराय को भी दो में प्रसाद मिला। वे पिताश्री के पास आ गये। पिता और पुत्र दोनों ने प्रसाद ग्रहण किया। हाथ-मुँह धोकर भवन में जाने लगे।

उसी समय दयालदास ने बताया कि कश्मीर से कुछ लोग गुरुदेव से मिलने आ गये हैं।

गुरु तेगबहादुर ने उन्हें शीघ्र लाने का निर्देश दिया। सभी प्रसाद खाते-खाते कश्मीर का नाम सुनकर ठिठक गये।

मट्टन नामक सूर्य मन्दिर के ग्राम से संस्कृताचार्य पं. कृपाराम के साथ अन्य कश्मीरी जन आ गये। नौ कश्मीरियों की मण्डली ने गुरु तेगबहादुर को नमन किया। और मन्दिर के भीतर जाकर मत्था टेका।

'आप लोग थोड़ा विश्राम कर लें, फिर बातचीत होगी।' गुरु जी ने अनुरोध किया।

पं. कृपाराम ने कहा—'हमारे जीवन में विश्राम कहाँ रह गया है, गुरुदेव! हम तो अपने गाँव-नगर में अधमरे जैसे हैं। शहंशाह का नया सूबेदार कश्मीरी हिन्दुओं पर ज़ुल्म ढा रहा है। अब हम वहाँ तीस प्रतिशत रह गये हैं। ...मुग़लों का अत्याचार सीमा पार कर रहा है। हम अपनी कैसे रक्षा करें?'

'ऐसी ख़ौफ़नाक हालत है?'

'जी हाँ। सूबेदार समझ रहा है कि यदि कश्मीरी ब्राह्मणों को भयभीत करके या प्रलोभन देकर इस्लाम को क़बूल करा लिया जाये तो शेष हिन्दू भी मज़हब की शरण में आ जायेंगे। हम अपने धर्म, अपनी परम्परा और अपनी धरती से जुड़े हुए हैं। इसलिए हम पर दबाव बढ़ता जा रहा है। हमें डराया जा रहा है। कुछ बोलने पर क्रूरतम दण्ड मिलता है। ...हमें अपने ही देश में जीने का अधिकार नहीं रह गया है। इसलिए हम आपके पास आये हैं। ...आप सबके लिए पूज्य हैं। आप संरक्षक हैं। इसलिए हम उतनी दूर से आ गये हैं।' पं. कृपाराम ने अपनी पीड़ा प्रकट कर दी।

गुरु तेगबहादुर ने देखा कि कश्मीरियों के चेहरे चिन्ता और पीड़ा से बेचैन हैं। सारे सिक्ख वहीं ठहर गये। सारा वातावरण पीड़ा से भर उठा। सबके चेहरों पर गहरी उदासी छा गयी।

पं. कृपाराम के शब्द गूँज रहे थे।

गुरु तेगबहादुर जी आँखें बन्द कर सोचने लगे। ...पंजाब में साहस जग गया है। जम्मू भी बचा हुआ है। पर कश्मीर की सुन्दर घाटी की ऐसी नारकीय स्थिति। वहाँ के निवासियों पर मुग़लों का इतना ज़ुल्म। वे अपने ही देश में जी नहीं पा रहे हैं। ... सभी उनके पास आये हैं। सबको उन्हीं पर विश्वास है। पर कैसे...?

बालक गोविन्दराय कुछ क्षणों तक सोचकर बोल उठे—'पिताजी! कश्मीर के हिन्दुओं की रक्षा के लिए कोई उपाय नहीं है?...सबकी रक्षा कैसे होगी? अपना देश है। अपने लोग हैं।'

'उपाय है, पुत्तर! इस समय धर्म और देश की रक्षा के लिए एकमात्र उपाय है— किसी महापुरुष का आगे बढ़ना...उत्सर्ग।'

'पिताजी! इस समय आपसे बढ़कर कौन बड़ा महापुरुष है?'

गोविन्दराय के शब्दों को सुनकर सभी चकित हुए। मौन छा गया। दयालदास ने गोविन्दराय को मौन रहने का संकेत किया, गुरु तेगबहादुर जी ने गम्भीर स्वर में कहा—'दयाल दास! गोविन्द का कथन सही है। मैं अपने को समर्पित करता हूँ।'

सबकी दृष्टि गुरुदेव पर केन्द्रित हो गयी है।

गुरुदेव ने घोषणा की—'आप लोग लाहौर और कश्मीर के मुग़ल सूबेदारों को ख़बर कर दें कि अगर शहंशाह ने गुरु तेगबहादुर को धर्म बदलने के लिए तैयार कर लिया तो सभी कश्मीरी नये मज़हब को क़बूल कर लेंगे।'

यह सुनकर सभी उन्हें देखने लगे। उनके शब्दों को सुनने लगे। गुरु जी के मुख पर तेज प्रकट हो गया था।

कश्मीरी शिष्टमण्डल को आश्वासन मिल गया।

पचपन

गुरु तेगबहादुर ने रात में आँखें बन्द कर अकालपुरुष का स्मरण करते हुए सोचा कि उनके इस निर्णय से उत्तर भारत के जनजीवन में एक नयी लहर उठेगी। धर्म और देश के लिए आत्मोसर्ग का संकल्प सबके मन में बिजली की चमक के समान कौंध जायेगा। सब में एक नयी शक्ति का संचार होगा। ...वैसे तो सन्त भक्ति साधना में लगा रहता है। जनजीवन को राग-द्वेष और मोह-माया से मुक्त कर परमात्मा की ओर उन्मुख करता है। आत्मरक्षा के लिए शस्त्र भी धारण कर लेता है। ...हरिहर-बुक्का, हेमू, शिवाजी और छत्रसाल तो स्वराज-राज के लिए सेना का संगठन कर युद्ध करते रहे हैं। हेमू को सफलता नहीं मिली। प्रताप को आंशिक सफलता मिली। हरिहर और शिवाजी सफल हो गये। पर शिवा और छत्रसाल के युद्ध चलते रहेंगे। ...पर वे तो मूलतः त्यागराय हैं। सद्गुरु नानकदेव की परम्परा के सन्त हैं। सब में हरि के दर्शन कर सबकी सेवा करनी है। उनकी रक्षा भी करनी है—राजसत्ता से दूर रहकर। ...यदि कश्मीर की रक्षा नहीं हुई तो सौन्दर्यमयी घाटी बरबाद हो जायेगी। उनकी पहचान मिटा दी जायेगी। ...यह देश पाँच सौ वर्षों से विध्वंस देख रहा है। इसलिए जन की शक्ति को दैवी शक्ति के रूप में उठाकर खड़ा कर देना होगा।

बलिदान के ज़रिये ही जनजीवन को जाग्रत कर अमोघ शक्ति के रूप में खड़ा

कर देना है। शहंशाह औरंगज़ेब को भी सोचने के लिए मजबूर होना पड़ेगा। इस देश के मूल-हिन्दुओं की पीड़ा का एहसास कर ही वे 'ज़िन्दापीर' कहला सकेंगे। सबको जीने का हक़ देना होगा। रिआया पर अरबो-तुर्की तहज़ीब और तमद्दुन लादने का ख़याल छोड़ देना होगा। पर आलमगीर ग़ाज़ी से क्या उम्मीद की जाये? उन्होंने तो अपने अब्बा हुज़ूर, बड़ी बहन, बेटी और बेटे को भी क़ैदखाने में डाला है।

उनके बाद नानकपन्थ का क्या होगा? गोविन्द तो छोटे हैं। पर तेजस्वी हैं। विचार की भी शक्ति है। ...गोविन्द को ही गुरुगद्दी का अधिकारी बनाना होगा। कल के कथन में श्रीहरि की प्रेरणा ही प्रकट हो रही थी।

दूसरे दिन उन्होंने स्नानादि के बाद गुरुवाणी का पाठ किया। संगत में सभी आकर बैठ गये थे। महिलाएँ भी बायीं तरफ़ बैठ गयीं। सबके मन में विकलता उभर आयी थी। सबकी आँखों से वह विकलता प्रकट हो रही थी। गुरु तेगबहादुर जी बालक गोविन्दराय के साथ आये। सभी खड़े हो गये। गुरु जी ने आसन ग्रहण किया। सभी चिन्ता और जिज्ञासा के भावों के साथ उनकी ओर देखने लगे। माता नानकी और पत्नी गुजरी की बेचैनी आँखों से कुछ कह रही थी।

गुरु तेगबहादुर का स्वर गूँज उठा–'मैंने तो कश्मीर की रक्षा के लिए अपने को समर्पित कर दिया है। इसलिए मैं गोविन्दराय को गुरुगद्दी का उत्तराधिकारी घोषित करता हूँ। ...आपको कुछ कहना है?'

सबने हाथ जोड़कर और शीश झुकाकर समर्थन किया, और तब उन्होंने नौ वर्षीय बालक गोविन्दराय को अपने हाथों से नारियल, सुपारी और पैसे अर्पित कर उत्तराधिकारी मान लिया। सभी ने एक साथ जयध्वनि की।

जयध्वनि की गूँज के मध्य सबको लगा कि गुरुदेव दिल्ली से लौट नहीं सकेंगे। सन्त त्यागराय का त्याग...सबके अन्तर में आह उठी। सबकी आँखें नम हो गयीं। ...उन्होंने सबके साथ प्रसाद ग्रहण किया। वे सबके साथ सहजता से बोल रहे थे। बालक गोविन्दराय उनके पास ही बैठे थे। माता नानकी और पत्नी गुजरी भरी हुई आँखों से दोनों को देख रही थीं।

गुरु जी ने दयालदास, भाई मतिदास और भाई सतिदास को लेकर सबसे मिलकर शुभकामना प्रकट की और फिर दिल्ली जाने का निश्चय कर लिया। ...दोपहर में माता नानकी और पत्नी गुजरी ने अपने हाथों से भोजन कराया। परिवार एक साथ बैठा रहा। वे परिवार से विदाई ले रहे थे। ...वे बोल उठे–आपकी आँखों में नमी नहीं दिखाई पड़े। मुझे कमज़ोर मत बनाइए। ...मुझे देखना है कि शहंशाह का दबाव-दमन प्रबल है या मेरा संकल्प...मेरा धर्म...मेरी निष्ठा?'

सबके शीश हिले। माँ ने आशीष दिया। पत्नी ने मंगलकामना की।

वे फिर कहने लगे–'हम अपने देश में अपने धर्म के साथ जी नहीं सकते?

हम अपने परिवार के साथ अपनी पहचान के साथ रह नहीं सकते?...यह तो सहन नहीं किया जा सकता।'

दूसरे दिन प्रातः वे चल पड़े। सारा आनन्दपुर उपस्थित हो गया। माता नानकी और पत्नी गुजरी ने अन्य महिलाओं के साथ उन्हें विदाई दी। बालक गोविन्द तो केवल अपने पिताश्री की ओर देख रहे थे, फिर वे माँ और दादी की ओर देखते और आनन्दपुर के श्रद्धालु जनों को। गुरु तेगबहादुर ने गोविन्दराय को आशीष दिया। बालक ने शीश झुकाकर प्रणाम किया। गुरु जी बोल उठे—'गोविन्द! मेरे बाद आप पन्थ के दशम गुरु के रूप में पवित्र आसन पर बैठेंगे। भक्ति सेवा और शक्ति के साथ आगे बढ़ेंगे। बेख़ौफ़ होकर सम्पूर्ण समाज के साथ खड़े हो जाना है। दसवें गुरु के जीवन से पन्थ आगे बढ़ेगा। सारे समाज को शक्ति मिलेगी।'...उन्होंने आनन्दपुर के श्रद्धालु लोगों को कहा—'मेरी मंगलकामना आप सबके लिए है।'

सबने शिरोधार्य किया। सबकी आँखें उन पर लगी रहीं। गुरु तेगबहादुर भाई दयालदास, भाई मतिदास और भाई सतिदास के साथ चल पड़े। ...आनन्दपुर उनके पीछे-पीछे चलने लगा। उन्होंने सबको मना किया। परन्तु आकाश में भगवान सूर्य ने सोचा कि इस त्यागी-तपस्वी सन्त के तेज में उनका तेज प्रदीप्त हो और इनके इस तेज से दिल्ली दीप्यमान हो जाये।

उधर पं. कृपाराम की मण्डली ने लाहौर के सूबेदार जालिम खाँ को अपनी दरख़्वास्त दे दी। सूबेदार दरख़्वास्त को पढ़कर बहुत ख़ुश हुआ। उसने हसन अब्दाल में शहंशाह को ख़बर भेज दी।

हसन अब्दाल में शहंशाह औरंगज़ेब को बाग़ी अफ़रीदियों की बग़ावत को दबाने में कामयाबी मिल रही थी। इस ख़बर से उनकी ख़ुशी दोगुनी हो गयी। उन्होंने कश्मीर के अपने सूबेदार इफ़्तिख़ार ख़ाँ के पास फ़रमान भेज दिया कि अभी दमनचक्र बन्द कर दे। क़ाफ़िरों के पीर-मुर्शिद गुरु तेगबहादुर जब दीन को अपनायेंगे, तब सभी अल्लाह ताला पर ईमान लायेंगे। चुनाँचे अभी रुकना है। सब्र करना है।

शहंशाह ने गुरु तेगबहादुर को दारुल सल्तनत देहली पहुँचाने का हुक्मनामा अपने हाकिम के पास भेज दिया। इसलिए मुग़ल सिपाही आनन्दपुर आ गये। उन्हें बताया गया कि वे अपने तीन सिक्ख साथियों के साथ दिल्ली की ओर यहाँ से रवाना हो चुके हैं। लेकिन मुग़लों को एतबार नहीं हुआ। उन्होंने देहली ख़बर भेज दी कि गुरु तेगबहादुर आनन्दपुर में नहीं मिल सके। इसलिए हुक्म आ गया कि उन्हें गिरफ़्तार करके सरहिन्द में क़ैद रखो। जब शहंशाह हसन अब्दाल से लौटेंगे तब उन्हें क़ैदी के रूप में देहली लाना है।

उधर गुरु तेगबहादुर भाई दयालदास, भाई मतिदास, भाई सतिदास के साथ श्रीहरि का सुमिरन करते सबद-कीर्तन करते चल रहे थे। अपने सिक्खों के साथ सबसे मिलते हुए जागरूकता की चर्चा करते बढ़ रहे थे। इस क्रम में उन्हें अनुभूति

हुई कि दिल्ली की यह यात्रा केवल संकल्प की यात्रा नहीं है। यह यात्रा मुग़ल नीति को केवल चुनौती ही नहीं है। इससे जनसाधरण का दबा-दबा और भयभीत मन भय से मुक्त हो रहा है।

साथ चल रहे भाई मतिदास, भाई सतिदास और भाई दयालदास अपने को धन्य समझ रहे थे। गुरु जी ने उन्हें साथ ले लिया था। वे हर क्षण उनके साथ हैं। वे संकल्प की हर साँस के साथ है। वे मुग़ल चुनौती के सामने अचल हैं। वे धर्म और देश के लिए अपने गुरुदेव के साथ हैं। गाँव-गाँव में सबकी मंगलकामना मिल रही है। केवल पन्थ के सिक्ख ही नहीं, सारा समाज उनकी जयध्वनि कर रहा है। पर सबकी आँखें भरी-भरी हैं। ...गुरुदेव के तेजस्वी व्यक्तित्व एवं संकल्पित शब्दों से आँखें बरस नहीं पातीं। उनमें अत्याचार से टकराने की उमंग उभर आती है। ...मथुरा और नारनौल ने तो शस्त्रों के साथ टकराने की कोशिश की थी। परन्तु इस बार निहत्थे सन्त ने आत्मविश्वास के आधार पर मुग़ल नीति को अमान्य किया है। बलिदान की राह को अपनाया है। ...इतिहास गवाह रहेगा। पर दरबारी इतिहासकार इस निहत्थे सन्त के संघर्ष का सच्चा लेखन कर सकेंगे? शायद नहीं! पर जन-जन के हृदय में यह निहत्था संघर्ष हमेशा के लिए अंकित रहेगा।

संकल्पित सन्त मण्डली रोपड़ पहुँच गयी। सबने वहाँ विश्राम किया। संगत में गुरुदेव ने ओंकार रूप श्रीहरि की भक्ति के बारे में अपने एक पद के साथ समझाया। साथ ही संगठित जनशक्ति के लिए आवाहन किया। ...संकल्पित और संगठित जनशक्ति ही दैवी शक्ति बन जाती है। सबकी सामूहिक शक्ति ही तो दुर्गा है।

संगत में बैठे लोग यह नयी व्याख्या सुनकर प्रसन्न हुए। सबने शीश हिलाकर समर्थन किया। जयध्वनि होने लगी। जयध्वनि सुनकर मुग़ल सिपाही आ धमके। दारोगा ने शाही हुक्मनामा सुनाकर उन्हें गिरफ़्तार कर लिया। साथ के तीनों साथी सिक्ख भी गिरफ़्तार किये गये। गाँव में हलचल मच गयी। गुरु तेगबहादुर ने सबको शान्त रहने का अनुरोध किया। साथ ही बताया—'मैं तो स्वेच्छा से दिल्ली जा रहा हूँ। हुक्मनामे की ज़रूरत नहीं थी। पर मुझे इस हुक्मनामे के मुताबिक़ दिल्ली ही आना है। कोई फ़र्क़ नहीं पड़ता।'

दारोगा ने जवाब दिया—'शाही हाकिम ने आपको फरार माना है चुनाँचे गिरफ़्तारी ज़रूरी हो गयी।

'इतने बरसों के बाद मुग़लों ने इस मिट्टी को नहीं पहचाना है। इसकी सोंधी ख़ुशबू से बहुत दूर हैं। ...हम सद्गुरु नानकदेव के चेले हैं। सिक्ख हैं। हम सच की खेती करते हैं। धर्म का जीवन जीते हैं। धर्म का मायने इन्सानियत...इन्सानी फ़र्ज़ है। पीर-पराई का एहसास है। दीनदुखी की ख़िदमत है। दूसरों पर अपने ख़याल़ात और विश्वास को लादना नहीं है। सबको सोचने और उपासना करने की आज़ादी

चाहिए। उसी आज़ादी के लिए हम स्वेच्छा से दिल्ली चल रहे हैं।' गुरु तेगबहादुर ने मन्द मुस्कान के साथ कहा।

गुरुदेव की इस निर्भीक वाणी को सुनकर दारोगा और उसके सिपाहियों के चेहरे की रंगत फीकी पड़ गयी। दो-चार लम्हों के बाद मुग़ल हुकूमत की शान ने उन्हें क़ैदी के रूप में देहली चलने का हुक्म दे दिया।

छप्पन

सरहिन्द में क़ैद गुरु तेगबहादुर ने अपनी तीनों शिष्यों से पूछा—'आप लोग कैसा महसूस कर रहे हैं?'

'गुरुदेव! हमें तो आपने यह सौभाग्य प्रदान किया है कि हम आपके साथ धर्म और देश के लिए उत्सर्ग के पथ पर चल पड़े हैं।' दयालदास ने उत्तर दिया।

गुरुदेव की दृष्टि भाई मतिदास की ओर गयी।

भाई मतिदास ने बताया—'मेरा जीवन तो आपको समर्पित रहा है। अब यह समर्पण की पूर्णता की ओर बढ़ रहा है। यह जीवन सार्थक हो रहा है।'

'गुरुदेव! हम अपने देश में अपने धर्म के साथ जियेंगे...और मरेंगे। भय और लोभ से अपनी धरती और अपने पुरखों का धर्म छोड़ने वालों को समझा देना है कि सुविधापूर्ण जीवन से श्रेष्ठ यह उत्सर्ग है। अपने ही देश में दूसरी-तीसरी श्रेणी की प्रजा बनकर सिर नहीं झुकाना है।'

गुरु तेगबहादुर का गम्भीर स्वर मुखरित हुआ—'हम सभी एक हैं। एक ही माँ की सन्तान हैं। हम अपने समाज में तीसरी-चौथी श्रेणी के जनों को छोटा न समझें। हम सभी समरस-समान होकर मुग़ल सल्तनत को समझा दें। अगर हम बँटे रहेंगे तो वे टुकड़े-टुकड़े को झुका देंगे।'

सभी ने एक साथ समर्थन करते हुए कहा— 'हम न तीसरी-चौथी श्रेणी की प्रजा हैं और न अपने समाज की छोटी जात-बिरादरी।'

'हाँ! हम सभी चरित्र और भक्ति से अच्छे...श्रेष्ठ बन रहे हैं। हम सभी धर्म की सच्ची भावना से जागकर जीवन में आगे बढ़ रहे हैं। ...श्रेष्ठ...उत्तम इन्सान बनना ही तो साधना है।' गुरु तेगबहादुर ने अपने विचार को स्पष्ट किया।

'और उत्तम इन्सान बनकर समाज और देश की सेवा कर्तव्य है। यह उत्सर्ग का पथ सेवा की ओर ले जा रहा है।' भाई मतिदास ने विनम्र भाव से कहा।

गुरुदेव ने मन्द मुस्कान के साथ अनुमोदन किया।

सरहिन्द के क़ैदखाने में तीन माह बीत चुके थे। क़ैदखाने के बाहर से शब्द हवा में तैरते हुए आ गये कि शहंशाह हसन अब्दाल से देहली लौट रहे हैं।

गुरु जी ने समझ लिया कि अब दिल्ली जाना है। इस क़ैदखाने से मुक्त होना है। आगे क्या होगा...? जो होगा उस पर निर्भीकता से निर्णय होगा।

दूसरे दिन सुबह मुग़ल फ़ौज की एक टुकड़ी गुरु तेगबहादुर, भाई मतिदास, भाई सतिदास और भाई दयालदास को लेकर चल पड़ी। मगर मुग़ल घोड़े घबराये हुए थे...कहीं लम्बी राह में इनके चेले खुराफ़ात न करें! वे हमला कर इन्हें छुड़ा लेने की कोशिश कर सकते हैं। ये क़ाफ़िरों के मुर्शिद हैं। गुरु कहलाते हैं। इनके कारण पंजाब में उथल-पुथल है। काश्तकारों ने तो सल्तनत के ख़िलाफ़ हरकतें की हैं। उसी वक़्त इनकी गिरफ़्तारी हो सकती थी, नहीं हुई। मगर ये खुद अपने जाल में फँस चुके हैं। देहली में इनका कुछ नहीं चलेगा। ...इन्हें देहली पहुँचाना है।

विक्रम सम्वत् 1732 की शरद् ऋतु आ गयी। शीतकाल आरम्भ होते सभी दिल्ली पहुँच गये। गुरु तेगबहादुर जी को उनके सिक्खों के साथ एक पुरानी हवेली में बन्द कर दिया गया।

गुरुदेव ने हवेली को देखकर कहा—'हम क़ैदखाने में नहीं हैं।'

'जी हाँ! लगता है किसी तुर्क़ की पुरानी हवेली है।' दयालदास ने चारों ओर देखकर अनुमान किया।

'क्या क़ैदखाने में हमारे रहने पर वहाँ के क़ैदी बग़ावत कर देते?' भाई मतिदास ने मुस्कराते हुए पूछा।

'मुझे तो लगता है कि वज़ीर ने सोच-समझकर हमें इस हवेली में रखा है। ...हम यहाँ आराम से रहें जिससे हम खुश होकर शहंशाह के हुक्म को मान लें।' भाई सतिदास ने अपना विचार रखा।

'आप जानते होंगे कि शाक्त अपने मन के पशु की बलि देने के बदले जीवित पशु की बलि दे देते हैं। इसलिए वे उस पशु को खिलाते-पिलाते हैं। इनके मज़हब में भी जानवर की ही कुर्बानी दी जाती है—बकरीद नामक त्योहार में। ये समझते हैं कि जानवर की कुर्बानी से खुदा खुश हो जाता है। इसलिए ये सभी साल भर जानवर को रख खिलाते हैं। हम तो अनीति और अनाचार से टकराने आये हैं।' गुरु तेगबहादुर ने बताया।

'हम देवी मन्दिर में तो पशु बलि के प्रति असहमति प्रकट कर देते हैं, पर बकरीद में तो कुर्बानी बिल्कुल ज़रूरी है।' भाई मतिदास ने कहा।

सबने समर्थन किया।

सभी एक साथ बैठ गये। श्रीहरि का स्मरण करते हुए सबने सबद-कीर्तन आरम्भ किया। बाहर खड़े मुग़ल पहरेदारों को ताज्जुब हुआ। ...उन्होंने टोकना चाहा, पर सबद-कीर्तन नहीं रुक सका।

एक हफ़्ता गुजर जाने पर मुग़ल सिपाही गुरु तेगबहादुर तथा उनके सिक्ख साथियों को चौक कोतवाली ले गये। कोतवाली का चौक सिपाहियों से घिरा हुआ था। लेकिन दिल्ली के लोग धीरे-धीरे आने लगे। थोड़ी दूरी पर सभी खड़े हो गये।

शहंशाह औरंगज़ेब की शाही सवारी आयी। शहंशाह ने गुरुदेव को देखा। उनके चेलों को भी देखा। उनका चेहरा सख़्त हो उठा। फ़ौज की टुकड़ी से घिरे शहंशाह ने गुरु तेगबहादुर के सामने इस क़ैद से रिहाई के लिए तीन शर्तों को रखना चाहा। उसी क्षण गुरु तेगबहादुर बोल उठे–'हम तो ख़ुद दिल्ली आ रहे थे। रोपड़ पहुँच गये थे। रोपड़ से हमें क़ैद करके लाने का मायने है कि शहंशाह को यक़ीन नहीं रहा। यह अफ़सोस की बात है। ...हमें गिरफ़्तार करना ग़ैर-ज़रूरी था। सन्तों और पीरों पर यक़ीन करना मुनासिब है। ...ख़ैर, मैं अपने धर्म की ख़ासियत को बताऊँगा। आप अपने मज़हब की ख़ासियत को बतायें और फिर फ़ैसला हो कि धर्म-परिवर्तन क्या मुनासिब है?

'क़ाफ़िर कुफ़्र की बात न करें। कुफ़्र की बातों को सुनना मेरे लिए गुनाह है। ...क़ाफ़िर पर एतबार नहीं किया जाता। चुनाँचे यह क़ैद ज़रूरी है। ...अब रिहाई के लिए शर्तें जान लीजिए। ...पहली शर्त है कि आप इस्लाम को क़बूल करें। दूसरी शर्त है कि आप कोई ग़ैबी करामात दिखायें, क्योंकि आप कामिल मुर्शिद माने जाते हैं। ...अगर दोनों शर्तें नामंज़ूर हैं तो क़ाज़ी के फ़ैसले सुनने के लिए तैयार रहें। ...कश्मीरी ब्राह्मणों को कोई रियायत नहीं मिलेगी।' शहंशाह आलमगीर औरंगज़ेब ने ऐलान कर दिया।

सबकी दृष्टि गुरु तेगबहादुर पर लग गयी। अजीब-सा सन्नाटा छा गया। गुरु जी के विचार सुनने के लिए सभी चौकन्ने हो गये। शहंशाह की आँखें एकटक देख रही थीं।

दूर खड़ी भीड़ ने भी शर्तों को सुना। उनके हृदय की धड़कनें बढ़ गयीं। मुग़ल सिपाही उन्हें हटा रहे थे। वे फिर आ जाते थे।

गुरु तेगबहादुर जी ने कहा–'शहंशाह! किसी इन्सान पर दबाव डालकर ख़ौफ़ दिखाकर उसके धर्म को बदल देना ग़ैर-मुनासिब है। हर आदमजात का बुनियादी हक़ है कि वह किसी भी रास्ते पर चलकर परमात्मा...खुदा की उपासना कर सके। यह तो अन्दर का विचार है। अन्दर का भाव-जज़्बा है। आदमी जिस रूप में चाहें ...परमात्मा-अल्लाह की इबादत-अरदास कर सकता है। उसे ऐसी आज़ादी है। इस देश में इस हक़ को...इस आज़ादी को छीना नहीं जा सकता।'

'आपको अपनी ज़िन्दगी प्यारी नहीं है क्या?' शहंशाह ने सवाल किया।

गुरु जी ने जवाब दिया–

चिन्ता ताको कीजिए, जो अनहोनी होय
इस मारग संसार में, नानक थिर नहीं कोय

...शहंशाह! मौत तो निश्चित है। इससे डरना क्यों? ...करिश्मा...करामात दिखाने के लिए मैं हरि की भक्ति नहीं करता। बाज़ीगर नहीं हूँ। जादूगर नहीं हूँ। मैं एक सन्त हूँ। गृहस्थ फ़क़ीर हूँ। सिर्फ़ इक ओंकार अकाल पुरुख का सुमिरन और जीवों की सेवा ही मैं अपना धर्म समझता हूँ। मेरे इस धर्म को मुझसे छीना न जाये।'

'इसका मतलब है कि आपको दोनों शर्तें नामंज़ूर हैं। फिर तो क़ाज़ी साहब फ़ैसला करेंगे।' शहंशाह गुस्से में बोल उठे।

'आप इन तीनों से भी पूछ लें', गुरुदेव ने कहा।

'आप तीनों का क्या ख़याल है? क्या कहना है?' शहंशाह ने पूछा।

'हम तो गुरुदेव के सिक्ख हैं। हम अपने गुरुदेव के साथ आये हैं। हमारा धर्म इस देश की मिट्टी से अंकुरित होकर वट वृक्ष बन गया है। ...अपने पुरखों-बुज़ुर्गों के धर्म को छोड़ना ग़लत होगा।' तीनों ने एक साथ जवाब दिया।

यह सुनकर शहंशाह की आँखों में गुस्सा उबलने लगा। उन्होंने क़ाज़ी अबुल वहाब की ओर इशारा किया। क़ाज़ी ने दो-चार लम्हे रुककर सोचकर सज़ा-ए-मौत का फ़ैसला सुना दिया।

गुरु तेगबहादुर ने अपने तीनों सिक्ख साथियों के साथ ओंकार रूप परमात्मा को नमन किया।

शहंशाह औरंगज़ेब ग़ाज़ी और क़ाज़ी को क़ैदियों का व्यवहार अजीब लगा। वे बेख़ौफ़-बेफ़िक्र दिख रहे थे। इसलिए क़ाज़ी वहाँ से विदा हो गया। पर दिल्ली के लोगों के चेहरे पर उदासी गहरी होने लगी। सिपाहियों ने डण्डों से उन्हें खदेड़ दिया.. .इधर कोतवाली चौक का ज़र्रा-ज़र्रा आँखें फाड़कर बेख़ौफ़ गुरु तेगबहादुर और उनके सिक्खों को देख रहा है। ऊपर से नीचे तक गुरुदेव के शब्द गूँज रहे हैं। पुनः भीड़ इकट्ठी हो गयी है। भीड़ में जमुनादास तथा उधोदास दिखाई पड़ने लगे। ...उनके संकेत पर भीड़ ने जयध्वनि की। मुग़ल सिपाही उन्हें डण्डों से खदेड़ने लगे। अनेक घायल हो गये। ...उधर शहंशाह ने इशारा कर दिया।

भाई मतिदास, भाई सतिदास और दयालदास ने गुरु जी से आशीष पा ली। गुरु जी ने उन्हें हृदय से लगा लिया।

सज़ा-ए-मौत का मंजर सामने आया। भीड़ घबरा उठी। उन्होंने मन-ही-मन ईश्वर का नाम लिया।

सबसे पहले मतिदास को दो तख़्तों से बाँध दिया गया। आरा चल पड़ा।

भाई दयालदास को बांधकर उबलते तेल के कड़ाह में डाल दिया गया।

जन-समूह की आहें आकाश तक फैल गयीं।

और तब भाई सतिदास को रुई में लपेटकर आग की लपटों मे। ...।

भीड़ चीत्कार कर उठी। उधोदास और जमुनादास दोनों के हृदय हाहाकार कर उठे। वे कुछ लोगों के साथ आगे बढ़े। डण्डे खाकर गिर पड़े।

गुरु तेगबहादुर के बलिदान का क्षण आ गया।

शहंशाह ने पूछा—'आपने अपने साथियों की हालत देख ली। ...यह ज़िन्दगी बेशक़ीमती है। आप सोच लें।'

गुरु जी ने कहा—'जो तुझ भावै साईं भली कार।'

शहंशाह दूसरे रोज़ सुबह में सज़ा देने का हुक्म देकर चले गये।

दूसरे दिन भीड़ जा पहुँची। सबके हाथ जुड़े हुए थे। सभी गुरुदेव का अन्तिम दर्शन कर लेना चाहते थे। ...कोतवाल ने सोचा कि यह सैलाब बग़ावत न बन जाये, जैसे दाराशुकोह के वक़्त हालत बन गयी थी। उसके इशारे पर सिपाहियों ने भीड़ को भगाना चाहा। लोग पीछे हट गये। ...उसी वक़्त आसमान में बादल छाने लगे। सूर्यभगवान बादलों में छिपने लगे।

गुरुदेव हाथ जोड़कर श्रीहरि का सुमिरन कर रहे थे। आँखें बन्द थीं। उधर बादलों ने आसमान को ढँक लिया। आँधी आ गयी। जल्लाद ने प्रहार किया। काली आँधी ने आसमान से ज़मीन तक सबको ढँक लिया। इसी स्थिति में भाई जैता दौड़ता हुआ आया। उसने उस काली आँधी में गुरु जी के शीश को उठाकर छिपा लिया। वह काली आँधी में ही आनन्दपुर की ओर दौड़ता चला गया।

कोतवाल और सिपाहियों की आँखें धूल से भर गयी थीं। कोतवाली अन्धकार में छिप गयी थी। इसलिए भाई जैता पर किसी की नज़र नहीं पड़ सकी।

क़िले में रसद का आपूर्तिकर्ता लक्खीशाह अपने पुत्रों के साथ गाड़ियों का क़ाफ़िला लिए दूर खड़ा था। उसे नियमित रूप से क़िले में रसद पहुँचाने का काम करना पड़ता था। इसलिए उसे क़िले में जाने पर रोक-टोक नहीं थी। वह आँधी के बीच रुई से भरी गाड़ियों को लेकर सिपाहियों को हटाते हुए आ पहुँचा। उसने आँधी के अँधेरे में गुरु जी की देह को गाड़ी की रुई में छिपा लिया। वह गाड़ियों का क़ाफ़िला लिए आगे बढ़ गया। लाल क़िला से होते हुए वह रायसीना गाँव की ओर चल पड़ा। उसने अपने घर में ही गुरु जी की देह का अन्तिम संस्कार कर दिया। कोई जान भी नहीं सका।

आँधी कम होने लगी। सिपाहियों ने देखा कि वहाँ न गुरु-मुर्शिद का सर है और न धड़। सिपाहियों ने कोतवाल की ओर देखा। कोतवाल के होश उड़ गये।

दिल्ली की प्रजा ने इस चमत्कार को देखा। उधोदास और जमुनादास घायल

थे। पर वे सन्तुष्ट थे कि मुग़लों के हाथ में गुरुदेव के सर और धड़ नहीं आ सके। सभी आकाश की ओर मुख करके नमन कर रहे थे।

शाही महल में शहंशाह हाथ मल रहे थे और वे महसूस कर रहे थे...तख़्ते ताऊस हिल रहा है।

मुग़ल सिपाही गश्त लगाने लगे जिससे रिआया बग़ावत की हिम्मत न कर सके। ...दूर रायसीना में लक्खीशाह का घर धू-धू जल रहा था।

□□